EXHUMATIONS

DU MÊME AUTEUR

Chez le même éditeur

Déjà dead, 1998
Passage mortel, 2000
Mortelles décisions, 2000
Voyage fatal, 2002
Secrets d'outre-tombe, 2004
Os troubles, 2005
Meurtres à la carte, 2006
À tombeau ouvert, 2007
Meurtres au scalpel, 2008
Meurtres en Acadie, 2009
Les Os du diable, 2010
Autopsies, 2011
Les Traces de l'Araignée, 2012
Circuit mortel, 2013
L'Ange du Nord, 2014
Un os à ronger, 2015
Macabre Retour, 2016
Délires mortels, 2017
Quatre Saisons de sang, 2018
La Mort sans visage, 2021

Chez Oh ! Éditions

Viral, 2010
Crise, 2011

Chez XO Éditions

Code, 2013
Risque, 2015

KATHY REICHS

EXHUMATIONS

Traduit de l'anglais (États-Unis)
par Dominique Haas et Stéphanie Leigniel

Robert Laffont

Titre original : THE BONE CODE

ISBN 978-2-221-24795-2
(édition originale : ISBN 978-1-9821-3996-4, Scribner, an Imprint of
Simon & Schuster, Inc., 1230 Avenue of the Americas, New York, NY 10020)

Dépôt légal : avril 2022
Éditions Robert Laffont – 92, avenue de France 75013 Paris

Pour Paul Aivars Reichs
Merci

« L'ADN ne sait pas et ne veut pas savoir.
L'ADN existe, c'est tout.
Et nous dansons au rythme de sa musique. »

Richard Dawkins

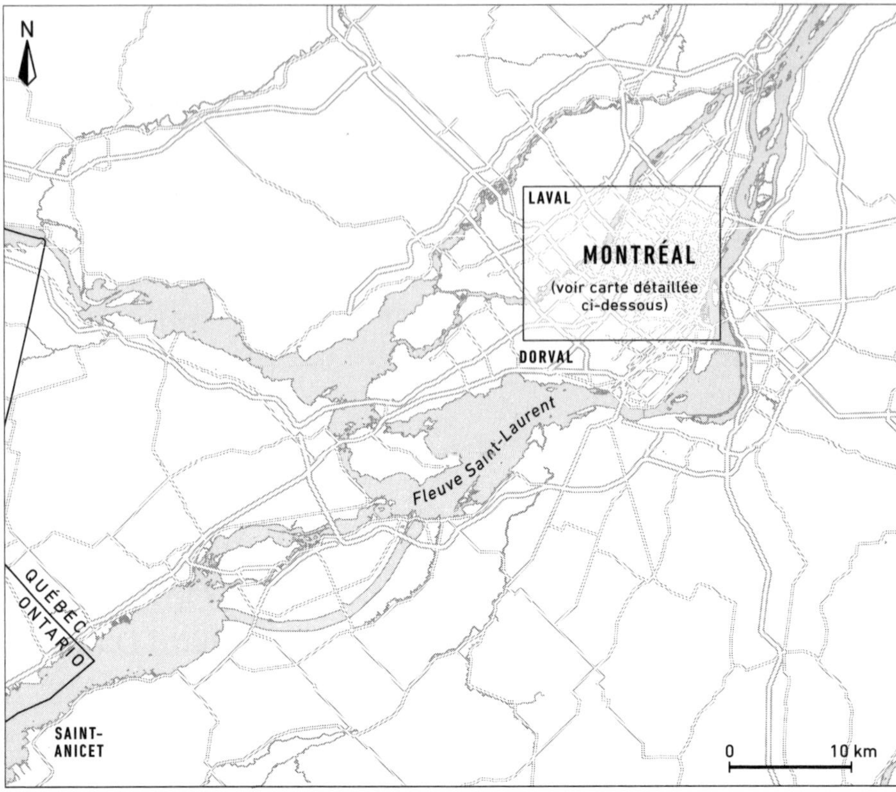
N
LAVAL
MONTRÉAL
(voir carte détaillée ci-dessous)
DORVAL
Fleuve Saint-Laurent
QUÉBEC
ONTARIO
SAINT-ANICET
0
10 km

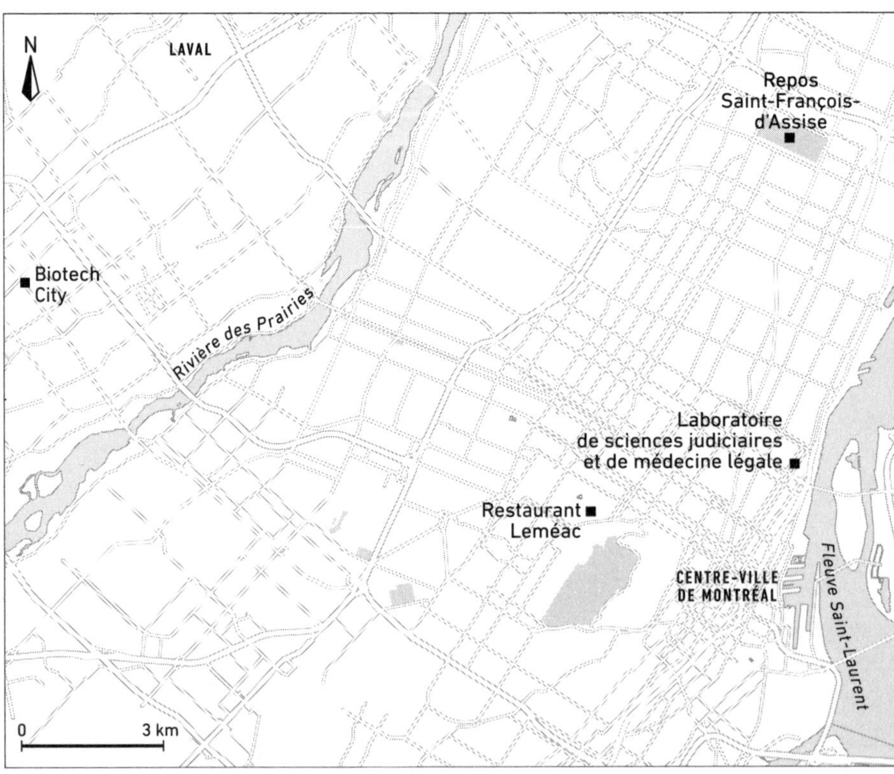
N
LAVAL
Repos Saint-François-d'Assise
Biotech City
Rivière des Prairies
Laboratoire de sciences judiciaires et de médecine légale
Restaurant Leméac
CENTRE-VILLE DE MONTRÉAL
Fleuve Saint-Laurent
0
3 km

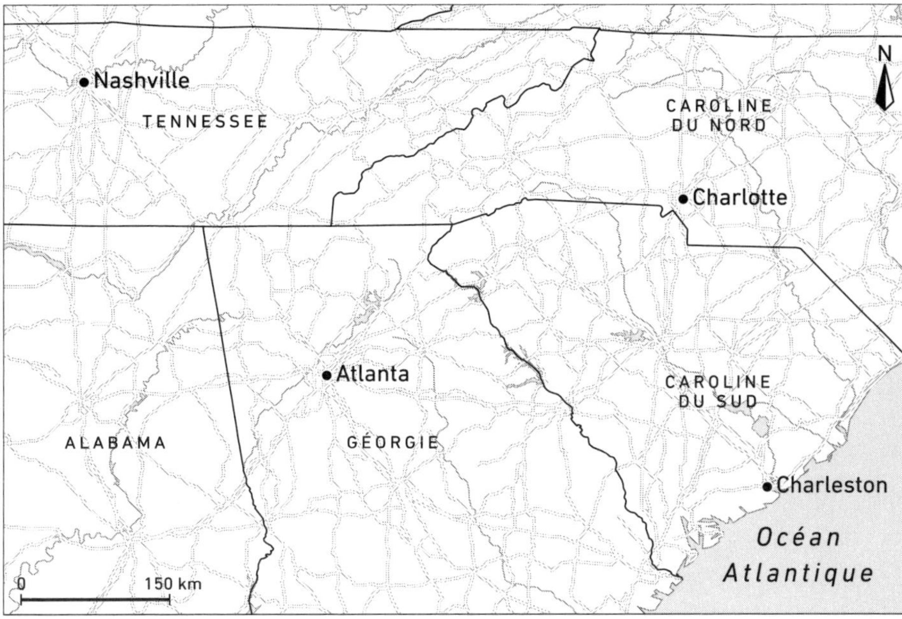
Nashville
TENNESSEE
CAROLINE DU NORD
Charlotte
Atlanta
CAROLINE DU SUD
ALABAMA
GÉORGIE
Charleston
Océan Atlantique
0
150 km
N

N
Citadelle
QG de la police
MUSC (hôpital universitaire de Caroline du Sud)
Rivière Ashley
SOUTH OF BROAD
Quartier de la Batterie
0
1 km
Rivière Cooper
Rivière Wando
CHARLESTON
(voir détail)
Île de Palms
Port de Charleston
Île Sullivan
Autoroute de Maybank
Océan Atlantique
Île James
0
3 km

1.

Mardi 5 octobre

La gamine était morte. Aucun doute à ce sujet. C'est ce qu'avait dit le type qui avait appelé la police. Elle était déjà morte à l'arrivée aux urgences. Le toxicologue avait indiqué la cause du décès. Le légiste avait signé le certificat.

La gamine était morte. Ce n'était pas la question.

Le téléphone a sonné. Je l'ai ignoré.

Derrière les vitres, le ciel était un tumulte de gris acier, d'anthracite et de vert attisé par un vent de plus en plus furieux.

J'allais être obligée d'y aller.

La palette de couleurs affichée sur mon écran faisait écho au chaos du dehors. Sur un fond de chairs grisâtres, les os brillaient comme la neige arctique.

Deux heures que je décortiquais les radios, et ma frustration s'intensifiait au même rythme que la tempête.

Un ultime coup d'œil au dernier cliché de la série. Les mains. Ensuite, ouste !

Je me suis forcée à me concentrer. Les carpes. Les métacarpes. Les phalanges.

Soudain, je me suis redressée sur ma chaise, les bourrasques et l'obscurité grandissante totalement oubliées.

J'ai zoomé sur le cinquième doigt de la main droite. Puis de la gauche.

Le téléphone a sonné. Pour la énième fois, je n'y ai pas prêté attention.

Je suis revenue sur les clichés du crâne.

Une hypothèse a commencé à prendre forme.

Je jouais avec cette idée, je la triturais dans tous les sens quand une voix dans mon dos m'a fait sursauter.

Dans l'encadrement de la porte se tenait une femme pas beaucoup plus grande que le sujet des radios que j'étais en train d'étudier. Un mètre cinquante à peu près, des cheveux bruns striés de gris retenus en queue-de-cheval sur la nuque. Une frange épaisse balayait des lunettes en écaille qui n'avaient pas été choisies pour faire joli.

— Docteure Nguyen ! Je ne savais pas que vous étiez encore là.

— Je terminais une autopsie.

Un accent léger, bostonien, avec une pointe d'exotisme sous-jacente.

Nguyen avait pris tout récemment les rênes du MCME, le Bureau du médecin légiste du comté de Mecklenburg, et nous en étions encore à nous flairer mutuellement. Si elle ne me donnait pas particulièrement l'impression de faire des étincelles, elle paraissait organisée, juste et honnête. Jusque-là, tout s'était bien passé entre nous.

Son regard est tombé sur mon écran.

— C'est l'affaire Deacon ?

— En effet.

— Vous conseillez la famille ?

— Oui. (Devant ses sourcils haussés, j'ai ajouté.) la requête vient d'un avocat, un certain Lloyd Thorn. J'espère que ça ne vous ennuie pas que j'examine les clichés ici ?

— Bien sûr que non, a fait Nguyen avec un mouvement de la main comme pour balayer cette idée. (Ou pour changer de sujet.) La tempête Inara est passée en catégorie trois et se déplace plus vite que prévu. Un ordre d'évacuation a été émis pour toutes les zones côtières et on s'attend à ce que la tempête pénètre dans les terres.

— C'est pas génial, les changements climatiques ?

Nguyen a ignoré ma plaisanterie.

— Je ferme le labo. Mme Flowers est déjà partie. Elle a prévu d'aller séjourner chez une cousine dans les montagnes.

Eunice Flowers était la réceptionniste du MCME depuis que Gutenberg avait commencé à cracher des bibles. Elle arrivait au bureau la première et en repartait la dernière.

— Il y a une femme à l'accueil qui souhaiterait vous voir. Mme Flowers lui a dit que vous n'étiez pas disponible, mais elle a insisté pour attendre.

— Qui est-ce ?

J'ai jeté un coup d'œil au téléphone. Un voyant rouge allumé en témoignait : j'avais négligé des appels.

— Je n'en ai aucune idée. Et j'ignore ce qui l'a poussée à s'aventurer dehors par ce temps.

— Je vais la voir.

Ai-je dit avec un pincement de remords d'avoir ignoré les appels de Mme Flowers.

— Ne traînez pas trop, m'a recommandé Nguyen.

— Rassurez-vous, ai-je répondu en déplaçant le curseur pour fermer le dossier des radios. À la minute où nous parlons, mon chat est probablement en train d'appeler les secours.

— On ne devrait rien avoir à craindre à Charlotte, m'a-t-elle assuré, sauf que ça manquait de conviction. On est bien trop loin de la côte.

J'ai laissé passer. C'est ce que je m'étais dit en 1989. Lors de l'ouragan Hugo.

Il n'était que 15 h 20 et pourtant une lumière crépusculaire filtrait par les portes et les fenêtres de l'accueil. Un silence de mort régnait dans le bâtiment. Hormis le vigile, invisible, mais sans aucun doute présent, je devais être seule sur les lieux.

La femme était assise sur la chaise qui faisait face au poste de commandement de Mme Flowers. Ses pieds, chaussés de bons souliers, reposaient bien sagement côte à côte sur le sol. On aurait dit qu'elle étudiait ses lacets.

Première réflexion : cette femme sortie de sa cambrousse était la vieille tante poussiéreuse de quelqu'un. Elle était drapée des épaules aux mollets dans un châle miteux, et elle s'était noué un foulard à fleurs sur la tête à la façon des paysannes russes. Un parapluie était accroché à son poignet et un sac de courses en tissu reposait sur ses genoux.

Deuxième réflexion : pourquoi cette tenue pour temps froid alors que ce jour-là le thermomètre affichait la température inhabituelle pour la saison de 27° ?

En entendant le bruit de mes pas, la femme a relevé le menton et sa tête de babouchka a lentement pivoté vers moi. Le reste de son corps paraissait tendu à bloc.

En me rapprochant, j'ai remarqué qu'elle avait des prunelles très pâles – pas d'un bleu ou d'un vert classique, mais d'une nuance qui évoquait un bocal de miel. Je lui donnais au bas mot soixante-cinq ans. Une évaluation fortement basée sur sa tenue, le foulard lui cachant une grande partie du visage.

— Je suis Temperance Brennan. Désolée de vous avoir fait attendre.

La visiteuse m'a tendu une main veinée de bleu et déformée. L'intensité de sa poigne m'a surprise.

— Merci. Merci infiniment. Je comprends. Oui, bien sûr. J'ai attendu longtemps. Je peux attendre encore, ça ne me dérange pas.

En s'appuyant lourdement sur son parapluie, elle a fait mine de se lever. Je lui ai fait signe de rester assise.

— Je vous en prie.

J'ai posé ma mallette par terre et me suis perchée sur le bout de la chaise voisine, en évitant ostensiblement de m'y adosser.

— Bien. Donc vous êtes...

— Dieu du ciel. Pardonnez mon impolitesse. J'aurais dû commencer par me présenter. Je m'appelle Polly Susanne Beecroft.

— Ravie de vous rencontrer, madame Beecroft. Je...

— C'est « mademoiselle ». Je me fiche des titres, a-t-elle lancé, et le *f* fricatif a fait frémir la soie qui encadrait son visage. Si quelqu'un ne s'est jamais marié, quel mal y a-t-il à le dire ? Vous n'êtes pas d'accord ?

— Hmm.

— Mais je vous en prie, appelez-moi Polly.

— En quoi puis-je vous aider, Polly ? ai-je demandé, pressée d'en finir.

Ses yeux de miel se sont verrouillés sur les miens.

— J'espère que vous me pardonnerez cette approche un peu cavalière. Je suis venue implorer votre aide.

— Je suis anthropologue judi...

— Oui, oui, bien sûr. C'est précisément pour ça que je pense que vous êtes la personne qu'il me faut.

— Je vous écoute.

— C'est toute une histoire.

Je l'ai rassurée d'un geste. Comme si je n'avais que ça à faire.

Beecroft a inspiré un petit coup, tel l'acrobate avant de s'élancer. Des secondes se sont envolées, mais pas un mot ne franchissait ses lèvres.

— Ne soyez pas si nerveuse, ai-je dit pour l'encourager.

Un bref hochement de tête. Et puis :

— Ma sœur jumelle est morte l'année dernière, bénie soit-elle. Elle avait soixante-treize ans.

Et voilà, j'avais compris où tout cela nous mènerait. Je l'ai laissée poursuivre quand même.

— Harriet s'est mariée, mais elle a été veuve très tôt et n'a jamais eu d'enfant. Elle avait une trentaine d'années quand elle s'est lancée dans la peinture, et ça l'a complètement absorbée. Je crains que ni elle ni moi n'ayons été les ventres fertiles de la Bible, a-t-elle ajouté avec un sourire fugace. Dans le sillage de la mort d'Harriet…

— Mademoiselle Beecroft…

— Polly, s'il vous plaît.

— Toutes mes condoléances, Polly. Mais si c'est le décès de votre sœur qui vous turlupine, vous devriez soumettre vos préoccupations au coroner ou au médecin légiste qui a signé le certificat de décès.

— Oh non, ce n'est pas ça du tout. Harriet est morte en soins palliatifs d'un cancer du pancréas.

D'accord. Je m'étais trompée sur le motif de la visite de Beecroft. Du coup, un poil curieuse, je l'avoue, je l'ai écoutée sans rien dire.

— Comme j'étais le seul membre de sa famille, c'est à moi qu'il est revenu de vider sa maison. Elle habitait en Virginie, dans une petite ville pas très loin de Richmond. Mais ce n'est pas important. Alors que je triais ses affaires, j'ai découvert plusieurs éléments qui m'ont grandement troublée.

Les plafonniers ont oscillé légèrement avant de se stabiliser.

— Oh mon Dieu.

Une main tavelée s'est élevée dans les airs et y est restée, planant comme une libellule intriguée de se trouver soudain libre.

— Peut-être que ceci pourrait attendre un jour ou deux, le temps que la tempête se calme ? ai-je doucement suggéré.

Mais Beecroft n'avait pas l'intention de lâcher le morceau.

— Puis-je vous montrer ce que j'ai trouvé ? Je vous promets de faire très vite. Ensuite, je file.

Une image a surgi dans mon cerveau. Celle de ma mère, presque octogénaire, tâchant de garder le contrôle de son parapluie dans une bourrasque.

— Vous êtes venue en voiture, Polly ?

— Dieu du ciel, non. J'ai pris un taxi.

Merde.

— Vous habitez en ville ?

— J'ai un appartement à Rosewood. Vous connaissez ?

Je connaissais très bien. Maman y avait récemment installé ses pénates. Et maintenant, j'avais une petite idée de la façon dont Beecroft était parvenue jusqu'à moi.

J'ai aussi pensé que sa tenue dépenaillée était trompeuse. Rosewood est un complexe de presque quatre hectares bâti sur le modèle du domaine construit par George Vanderbilt à Asheville, au dix-neuvième siècle. Vivre dans cette féerie couronnée par trois tours n'était pas franchement donné. Beecroft avait des moyens.

— Les taxis risquent de se faire rares, avec la tempête. (*Et merde de merde.*) Et si vous m'exposiez votre problème pendant que je vous raccompagne chez vous ?

— Je ne peux décemment pas vous imposer ça.

— C'est sur mon chemin.

Non, pas du tout.

— C'est terriblement aimable de votre part. Je savais que vous étiez quelqu'un de gentil. Très bien. Mais il faut d'abord que je vous montre ça.

La gentille personne a regardé Beecroft extirper une enveloppe de son cabas et en sortir trois photos. En garder deux et m'offrir la troisième.

— Elle a été prise en 1966. Je suis avec ma sœur. On se sentait un peu canailles, cet après-midi-là.

La photo était en couleurs, mais un peu passée. En gros plan, elle avait été prise à l'extérieur par une journée ensoleillée. Deux ados, des filles, prenaient la pose derrière un mur, le menton et les avant-bras appuyés sur le haut, ne laissant voir que leurs têtes. Elles avaient toutes les deux les cheveux châtains, coiffés avec la raie au milieu et passés derrière les oreilles. Elles partageaient aussi le même regard couleur de miel.

Elles souriaient malicieusement en regardant l'objectif bien en face. Elles étaient la copie conforme l'une de l'autre.

J'ai examiné la photo avec un vague sentiment de malaise. De reconnaissance ? Non, c'était impossible.

La voix de Beecroft s'est frayé un chemin dans mon cerveau.

— ... prenait pas autant de photos, à l'époque. Pas comme aujourd'hui, avec les jeunes qui photographient chaque seconde de leur vie, qui postent des clichés d'eux en train de se passer du fil dentaire, de nettoyer leur penderie ou de torturer un chat, enfin, vous voyez le topo. Franchement. Il y a vraiment des gens qui s'intéressent à ces niaiseries ? Mais pardonnez-moi, je vous en prie, je m'égare.

« La qualité s'est détériorée, mais on distingue encore très bien nos visages. Je suis sur la gauche et Harriet à droite. Nous avions dix-huit ans. Nous venions de finir le lycée et nous avions été admises à Vassar. Mais là non plus, ce n'est pas le sujet. Je reprends le fil...

Beecroft m'a tendu une deuxième photo, celle-ci protégée dans une pochette. J'ai posé la première sur la table à côté de moi et pris l'autre pour l'étudier à travers le plastique.

Les tons sépia et les pliures blanches suggéraient que cette photo était considérablement plus ancienne. Hypothèse étayée par la pose guindée et le style vestimentaire.

Mais le sujet était similaire. Deux adolescentes, qui regardaient droit vers l'objectif, l'une assise, l'autre debout derrière elle, une main posée sur le dossier de la chaise. Elles portaient des robes à manches longues et col montant, et les jupes qui descendaient jusqu'aux chevilles formaient des plis complexes. Aucune des deux ne souriait.

Leur ressemblance avec Polly et Harriet Beecroft était troublante.

J'ai levé les yeux, quêtant une explication.

— C'est ma grand-mère et sa sœur, dit Beecroft. Elles aussi étaient jumelles.

Mon regard s'est reposé sur la photo.

— Ce portrait a été fait en 1887. Elles avaient dix-sept ans.

— La ressemblance est extraordinaire…

— Oui, a fini Beecroft. C'est le cas. C'était.

Puis Beecroft m'a tendu la dernière photo.

Un silence sépulcral vibrait autour de nous, ponctué par les grondements de la tempête qui forcissait.

Je n'entendais rien. Ne voyais rien d'autre que la photo dans ma main.

Ma gorge s'est serrée, j'étais trop secouée pour dire quelque chose.

2.

Mardi 5 octobre

Les deux États de Caroline ont des kilomètres de côtes, et donc les ouragans n'y sont pas inhabituels. Wilmington, New Bern, Myrtle Beach, Charleston. À un moment ou à un autre de leur histoire, ces quatre villes ont été touchées.

Située en altitude, sur le piémont appalachien, Charlotte est plus ou moins préservée. Malgré tout, quand une alerte ouragan ou tempête de neige est lancée, la Ville Reine pète les plombs. Les écoles et les tribunaux ferment. Les supermarchés se vident. On ne trouve plus un générateur ou une batterie nulle part. Habituellement, à ce stade, c'est l'effervescence. On donne un dernier coup de balai, on finit d'emballer ses courses, de discuter avec les clients, et on fait du covoiturage.

Je ne suis pas alarmiste. Loin de là. Mais les éléments semblaient vouloir être à la hauteur du battage médiatique. La pluie ne s'abattait pas encore, mais la pression atmosphérique semblait friser la tonne au centimètre carré, avec des bourrasques de plus en plus violentes.

Au niveau aérodynamique, un châle et un foulard noué sous le menton n'étaient guère adaptés au vent, contrairement aux godillots, qui constituaient un choix judicieux.

Rejoindre la porte d'entrée de Beecroft fut un défi, mais nous y sommes arrivées.

En temps normal, j'aurais fait un saut pour voir si maman allait bien, mais elle était partie pour l'une de ses aventures de guérison spirituelle. En Arizona ? Dans les Catskills ? Je ne savais pas trop. Me suis fait une note mentale de lui téléphoner.

De Rosewood, on n'était qu'à un jet de pierre de Sharon Hall, le manoir début de siècle reconverti en appartements dont j'occupe ce qu'on appelle « l'Annexe ». Personne ne sait quand le minuscule édifice à deux étages a été construit. Ni pourquoi. L'Annexe ne figure sur aucun ancien acte notarié ni sur le cadastre. Je me fiche que son passé soit perdu pour l'Histoire. À vrai dire, cette énigme fait partie de son charme.

Je me suis installée à l'Annexe dans le sillage de l'effondrement de mon mariage, et depuis mon entrée dans les lieux, je n'ai presque rien changé, en dehors des ampoules et de quelques filtres. Jusqu'à ces derniers temps. À présent, un tout nouveau et très chic bureau occupe l'espace qui servait de grenier depuis des lustres.

Une image fugace m'est venue à l'esprit. Un visage buriné, un regard bleu à se pâmer, des cheveux blonds grisonnants.

Ma poitrine s'est serrée. En pensant à mon nouveau colocataire, Andrew Ryan ? Ou à cause de la forte bourrasque qui avait fait trembler la voiture ?

Bref rappel au sujet d'Andrew, équipe des crimes contre la personne, Sûreté du Québec. Je suis anthropologue judiciaire pour le LSJML – le Laboratoire de sciences judiciaires et de médecine légale –, et le *lieutenant-détective*[1] était attaché au département homicide de la police de la Belle

1. Les mots en italiques sont en français dans le texte. (N.d.T.)

Province. Nous travaillions pour le même quartier général, à Montréal, et nous avons donc été amenés, au fil des décennies, à collaborer sur plusieurs enquêtes pour homicide. À un moment donné, nous avons commencé à sortir ensemble. Puis à faire un peu plus que ça. Et maintenant, nous vivons sous le même toit. En quelque sorte.

J'y reviendrai plus tard.

En arrivant à l'Annexe, j'ai dû batailler pour ouvrir la portière. Elle s'est refermée toute seule. J'ai couru me mettre à l'abri, pliée en deux, les cheveux fouettant l'air, mon attaché-case valsant dans tous les sens.

— Birdie ? ai-je appelé en posant mon barda sur le comptoir.

Aucune réponse du chat. Pas étonnant. Les conditions climatiques extrêmes perturbent sa psyché féline.

— Je suis rentrée, Bird !

Toujours rien.

Comme le hall d'accueil du MCME, l'intérieur de l'Annexe était inhabituellement obscur pour un milieu d'après-midi. J'ai appuyé sur l'interrupteur mural pour allumer dans la salle à manger, et j'ai gravi l'escalier jusqu'à ma chambre. Je me débarrassais de mes Nike quand un petit museau blanc a pointé de sous le lit, les oreilles rabattues le plus bas possible.

— Du calme, chat-minou. Ça souffle un peu, c'est tout.

Birdie m'a étudiée, méfiant. Peut-être agacé. Difficile de trancher, avec les chats.

Ou alors, j'étais en train de projeter ma propre angoisse sur lui. Le temps avait vraiment l'air menaçant. Devais-je rester ici en attendant que ça passe ? Ne ferais-je pas mieux d'aller dans un motel au pied des collines ?

Une bourrasque a projeté une bordée de gravier contre le pignon de la maison. Le chat s'est retranché dans son refuge.

— Bon, d'accord. Je vais regarder ce que racontent les experts.

Je suis retournée dans la cuisine, j'ai localisé la télécommande et me suis branchée sur la chaîne locale d'infos en continu. J'ai coupé le sifflet à un gars qui voulait nettoyer mes gouttières. Puis à une pub pour le poulet Bojangles. Puis à l'annonce du prochain match de football des Panthers.

Finalement, sur l'écran est apparu un présentateur assis derrière un bureau au plateau de verre autour duquel tournoyaient de petites lumières. John Medford. Je l'avais rencontré à différentes reprises lors de galas de charité. Je savais que sa vanité surpassait de loin son QI.

Au-dessus de son épaule droite, une autre série de lumières clignotantes entourait une carte de la région. Une inquiétante masse verte planait au sud-est de Charlotte. En bas de l'écran, un bandeau annonçait : *Inara arrive !*

J'ai remis le son. Medford parlait sur un ton monocorde, mais les sourcils arqués juste ce qu'il fallait pour traduire l'inquiétude de rigueur.

— ... une modélisation au moins montre qu'elle va s'abattre sur Charleston, puis se retrouver prise en sandwich entre le système de haute pression qui tourne dans le sens des aiguilles d'une montre au-dessus de l'Atlantique et la poussée dans le sens trigonométrique d'une zone de basse pression localisée dans la vallée du Mississippi. Ça vous rappelle quelque chose, les anciens ? Ça devrait. C'est la même combinaison qui a envoyé Hugo nous pilonner en 1989. Bien sûr, une seule des modélisations le prévoit. D'après les autres, la tempête devrait frôler la côte avant de filer au large. Mais il vaut toujours mieux se préparer au pire.

Une liste à puces s'est matérialisée à côté de la carte. Medford a déroulé chacun des points, avec la même voix désinvolte.

— Je suis sûr que vous connaissez tous les consignes, mais ça fait jamais de mal de les répéter. Si Inara s'abat sur nous, restez chez vous, de préférence dans une pièce aveugle, comme un placard ou une salle de bain, et ne vous approchez pas des fenêtres, des verrières et des portes vitrées.

D'accord. Là, Birdie avait un coup d'avance sur moi.

— Si des inondations menacent votre maison, coupez le disjoncteur électrique. Et en cas de coupure de courant, éteignez vos principaux appareils – comme l'air conditionné ou le ballon d'eau chaude –, les machines qui coûtent bonbon et que vous ne voulez pas voir endommager en cas de surtension. Et vous feriez mieux, aussi, d'éviter d'utiliser vos petits appareils électroménagers, et notamment votre ordinateur.

Bon sang. Où en étaient les batteries de mon ordi et de mon téléphone ? J'ai sorti les deux de mon attaché-case pour les mettre à charger tout en écoutant la voix de Medford continuer son ronron.

— J'imagine que ça devrait bien se passer, ici, à Charlotte, mais ça pourrait vraiment secouer sur la côte. (Avec un sourire encourageant.) Restez avec nous. Je reviens dans trente minutes pour une nouvelle évaluation de la situation.

Allons bon, encore une coupure publicitaire. J'ai de nouveau coupé le son et je m'apprêtais à prendre mon téléphone quand il s'est mis à sonner. Bourdonner, plus exactement. Après avoir vérifié l'appelant, j'ai décroché.

— Salut, Ryan.

— *Bonjour mon canard en sucre.*

— Ne m'appelle pas comme ça. Tu es toujours à Yellowknife ?

Après avoir pris sa retraite de la SQ, Ryan s'était lancé comme détective privé. En ce moment, il enquêtait sur une histoire de mine de diamants et de concessions, et l'une des parties était assez mécontente. Je n'ai pas posé de questions.

— Oui, m'dame. La température maximale du jour sera de – 14°.

— Celsius.

— *Et ça caille.* J'ai entendu parler de petits coups de vent dans ton coin ?

— La carte est couverte de modélisations. Comme d'habitude. D'après l'une des simulations, Inara pourrait frapper les Carolines. D'après les autres, la tempête se dirigerait vers l'ouest. Vers Keokuk.

— C'est où, ça ?

— Dans l'Iowa.

— C'est pas vrai.

— Si si. C'est la ville la plus au sud-est de l'État.

Ryan a ignoré l'explication.

— Une possibilité que Charlotte se retrouve dans l'œil du cyclone ?

— Hautement improbable.

— C'est déjà arrivé.

— En effet.

— Et comment va Cuicui-le-Chat ?

— Il fait vraiment pitié. Écoute, Ryan, ça me fait plaisir que tu prennes de mes nouvelles, mais je dois terminer une analyse qui pourrait confirmer une éventuelle mise en danger d'enfant. Peut-être un homicide.

— Éventuelle ?

— C'est compliqué.

— J'ai été flic pendant plusieurs années.

— C'est ce que disait ton insigne.

Dis-je, reprenant l'une des nouvelles réparties préférées de Ryan.

— En effet.

— D'accord. (J'ai réorganisé les grandes lignes de l'affaire dans ma tête.) La victime, qui vivait ici, en Caroline du Nord, a été retrouvée morte à son domicile la semaine dernière. L'autopsie n'a révélé aucune trace de traumatisme, mais sa toxicologie indique une dose létale d'alcool dans le sang.

— Où étaient les parents ?

— En bateau, dans les Caraïbes.

— Quel âge avait la victime ?

— Le détective va droit au but.

— Ex-détective.

— Ouais. La victime – elle s'appelle Tereza – est arrivée aux États-Unis en 2012, par l'entremise d'une agence d'adoption bulgare. À l'époque, on a dit aux parents qu'elle avait sept ans. Mais ils prétendent avoir découvert par la suite des documents qui établissaient sa date de naissance en 2000 et non 2005. Et donc, au moment de son décès elle n'aurait pas eu quinze ans, mais vingt.

— Et donc, elle aurait été adulte, et pas mineure.

— Bingo.

— Auquel cas les parents étaient parfaitement dans leur droit en la laissant seule à la maison. Alors quel est le problème ?

— Tereza a dit à tout le monde qu'elle était née en 2005. Et c'est ce que l'agence d'adoption soutient mordicus.

— Elle n'avait pas d'amis, cette enfant-là ?

— Elle ne parlait pas un mot d'anglais quand elle a débarqué aux États-Unis, alors ses parents ont opté pour l'école à la maison. Au fil des ans, cet arrangement s'est poursuivi à cause de troubles du comportement. Je ne sais pas très bien lesquels.

— Et donc, ta victime avait très peu de contacts avec le monde extérieur.

— Exactement. Elle était de très petite taille, et au moment de sa mort, elle prétendait être mineure, s'habillait comme une enfant, et agissait comme telle. Les parents disent qu'elle faisait semblant depuis le début et que Tereza était une sociopathe qui les avait roulés dans la farine pendant des années.

— Laisse-moi deviner. Un procureur n'est pas d'accord, et décide d'engager des poursuites.

— Abandon d'enfant, mise en danger d'un enfant, homicide par négligence. Et qui sait quoi d'autre ? L'avocat des parents, un certain Lloyd Thorn, répète que ses clients ne sont coupables que d'avoir été trop gentils. Il dit qu'ils ont fourni un foyer à Tereza sans demander de contrepartie. Mais qu'ils ne supportaient plus son comportement agressif.

— Et qu'ont-ils fait, alors ?

— Ils ont pris des vacances prolongées en espérant qu'à leur retour elle aurait déménagé, comme ils le lui avaient suggéré. Ils pensaient qu'elle se débrouillerait très bien toute seule.

— Où sont-ils, en ce moment ?

— Sous mandat d'arrêt, à Sainte-Croix. Thorn m'a contactée hier après avoir eu accès aux radiographies prises l'année dernière, quand Tereza avait fait une mauvaise chute.

— Les radios sont utiles ?

— Très. J'ai une hypothèse, mais je veux effectuer d'autres recherches avant de la soumettre à Thorn. Il m'a appelée quatre fois en deux jours. Le gars ne veut pas me lâcher.

— Et je sais comment tu réagis quand on t'intimide.

— Garde bien ça en tête, monsieur le détective.

— *Oui, madame.*

— Il pourrait y avoir une panne de courant, il faut que je me dépêche de boucler ça.

— Les prévisions météo sont si mauvaises ?

— Les coupures d'électricité sont monnaie courante, ici.

— Tu me rappelles dans quelques heures ?

— Absolument.

— On pourra se dire des trucs cochons ?

— Au revoir, Ryan.

Après avoir raccroché, j'ai vérifié plusieurs points en ligne. Puis je me suis tournée vers mes bouquins d'ostéologie et de génétique.

Je me levais de temps à autre pour regarder par la fenêtre. Ou pour m'informer auprès de notre très populaire Monsieur Météo. À chaque coup d'œil, l'accent circonflexe formé par ses sourcils était plus aigu.

J'étudiais une dernière fois chacune des radios quand une masse volumineuse a glissé sur la pelouse et s'est encastrée dans un mur avec un bruit affreux. L'Annexe a plongé dans le noir.

Et j'étais plus convaincue que je ne le serais jamais concernant le cas de Tereza.

Le moment était venu de penser sérieusement à se calfeutrer.

Inspirée par la deuxième recommandation de Medford et le refuge que Birdie s'était choisi instinctivement, j'ai traîné un matelas et des couvertures dans la pièce la plus centrale de la maison, un cagibi sans fenêtre et au plafond en pente, aménagé sous la cage d'escalier. J'ai ajouté mon téléphone portable, mon ordinateur, un bidon d'eau, une boîte de barres de céréales, le livre de Karin Slaughter que j'étais en train de lire et les bols de nourriture et d'eau de Birdie.

Un rapide sandwich à la lumière de ma torche, un aller-retour aux toilettes, puis je me suis mise en quête du chat. Il n'a pas eu l'air ravi que je l'extirpe de sous le lit.

La pluie s'est mise à tomber au moment où je redescendais l'escalier. Ça n'a pas commencé par quelques gouttes d'avertissement, le déluge s'est annoncé d'emblée, puissant et oblique, comme l'eau jaillissant d'une lance d'incendie.

J'ai relâché un peu ma prise pour que le chat puisse sauter de mes bras et se catapulter dans le refuge anti-tempête improvisé. Il a filé derrière une rangée de boîtes en carton entreposées là, les yeux ronds comme des Frisbee, les poils et la queue dressés à la verticale, un miaulement s'échappant sporadiquement de la gorge. Je me suis faufilée derrière lui et j'ai refermé la porte.

— Tout va bien, Birdie. On a plein de trucs à manger.

Je me suis étirée sur mon lit de fortune et j'ai essayé de me détendre. Finalement, le chat m'a rejointe et s'est roulé contre mon genou. Je l'ai caressé. Il tremblait de tout son corps.

Au cours des heures qui ont suivi, Birdie et moi avons écouté la cacophonie créée par la pluie battante et le vent hurlant, étouffé, mais assurément féroce. Je me suis interrogée sur le montant des dégâts. Nul doute que les pensées du chat suivaient des considérations bien différentes.

Puis je me suis assoupie. Et j'ai été réveillée par l'explosion d'un transformateur.

Sentant que le chat se crispait et se remettait à trembler, j'ai recommencé à le caresser, lentement et doucement. Tandis que la magie de ma main opérait, mes pensées m'ont ramenée à ma visiteuse de l'après-midi.

Polly Beecroft et sa sœur, Harriet, étaient des jumelles monozygotes, ce qui signifie qu'elles s'étaient développées à partir du même œuf qui s'était divisé en deux à un stade précoce du développement embryonnaire. Elles partageaient le même ADN, et elles se ressemblaient. Rien de renversant. Les chances d'avoir des jumeaux identiques sont de trois ou quatre pour mille naissances.

J'ai senti que Birdie commençait à se détendre. Mes caresses avaient l'effet escompté. Ou alors il était à court de jus.

La grand-mère et la grand-tante de Polly, nées à Londres en 1870, étaient elles aussi des jumelles monozygotes. Polly m'avait montré leur portrait. L'une s'appelait Sybil, l'autre Susanne Bouvier. Elles aussi avaient l'air d'être le clone l'une de l'autre, et leur ressemblance avec Polly et Harriet, nées huit décennies plus tard, était frappante.

Quelque chose a explosé dans la cour. Le tremblement de Birdie a repris de plus belle. J'ai décidé d'ajouter ma voix aux caresses, moitié pour le bénéfice du chat, moitié pour couvrir le vacarme du dehors.

— Susanne et Sybil se sont rendues à Paris en 1888. Elles étaient là depuis un mois quand Sybil a disparu sans laisser de traces. À ce jour, personne ne sait ce qu'elle est devenue.

« La grand-mère de Polly, Susanne, a émigré aux États-Unis, s'y est mariée et a eu des enfants. La mère de Polly est née en 1909. Polly et Harriet ont débarqué sur la planète en 1948.

« Et c'est là que ça devient étrange, Bird. À part la disparition de Sybil, bien sûr. Polly m'a aussi montré la photo d'un masque mortuaire. »

Birdie a roulé sur le dos. J'ai pris ça comme une manifestation de son intérêt.

— Les masques mortuaires étaient populaires au dix-neuvième siècle, avant que les gens possèdent des appareils photo. Disons que c'était des espèces de *selfies* en céramique, réalisés pour permettre aux amis et à la famille de garder un souvenir du défunt.

J'ai inventé ce détail, mais ça me paraissait assez logique. Birdie n'a pas contesté mon explication.

— Polly ignorait où Harriet avait trouvé la photo. Et elle n'avait aucune idée de l'endroit où pouvait se trouver le masque. Attention, tu es prêt ? Le masque mortuaire de la photo de Polly est son portrait craché. Comme il est celui des quatre femmes. (Ça, je l'ai ajouté au cas où le chat aurait eu besoin d'éclaircissements.) Les traits du visage étaient absolument identiques à ceux des deux paires de jumelles.

Bird a étiré ses pattes avant droit vers le ciel et en a laissé retomber le bout, mollement.

— Donc, tu veux savoir pourquoi Polly est venue me trouver ? Excellente question. Elle se demande si la femme du masque mortuaire ne serait pas sa grand-tante Sybil. Et le cas échéant, elle aimerait que je découvre ce qui lui est arrivé.

Sur la pelouse, un arbre s'est abattu avec un bruit sec. J'ai entendu un craquement loin au-dessus de ma tête, puis quelque chose d'énorme a raclé le toit.

Le chat a filé se mettre à l'abri sous la couette. On est restés tapis là le reste de la nuit, Birdie tout tremblant et moi me demandant quel niveau de dévastation j'allais trouver au petit matin.

J'étais loin d'imaginer que les dommages causés par la tempête seraient insignifiants à côté de ce qu'un appel entrant allait déclencher.

3.

Mercredi 6 octobre

Je me suis réveillée dans le noir complet.

Groggy, je me suis accroupie et j'ai attrapé la chaînette de la lampe au-dessus de ma tête. J'ai tiré. Rien.

Super. Toujours pas d'électricité.

Je me suis laissée retomber sur mon lit de fortune et j'ai localisé mon téléphone. L'écran indiquait 6 h 22.

Du matin ?

J'ai ouvert mon appli de traçage des ouragans.

Inara avait atteint le continent hier soir, vers 21 heures, entre Savannah et Charleston, sous la forme d'une tempête de catégorie 2. Après une grosse colère de cinq heures, elle s'était éloignée vers le large, devenant à présent le problème de la Virginie.

Bonne nouvelle. Charlotte ne l'avait essuyée que sur son flanc ouest.

J'ai ouvert la porte du placard. Une clarté gris perle filtrait entre les lames des persiennes, projetant des rais de lumière en diagonale sur le plancher.

Je me suis traînée dans l'entrée. Birdie, plus prudent que jamais, est resté blotti sous la couette.

Dans l'Annexe, tout était silencieux. Pas de réfrigérateur bourdonnant, pas de soufflerie d'air conditionné. Dehors, des oiseaux pépiaient haut dans le ciel et un chien aboyait au loin.

À l'aide de la fonction torche de mon téléphone, j'ai fait un rapide tour des deux niveaux. À part une moustiquaire tordue sur une fenêtre de la chambre, tout paraissait intact.

Impossible de faire du café. J'ai donc attrapé un Coca Light dans le frigo endormi, puis j'ai traversé la cuisine. En dépit de mes assauts répétés, la porte sur l'arrière a refusé de s'ouvrir. Ce n'était pas le cas de la porte principale, aussi je suis sortie sur le perron.

Comme chaque fois après un ouragan, l'air paraissait extraordinairement limpide et sec. Il n'y avait pas le moindre nuage dans le ciel, qui s'éclairait peu à peu.

Sharon Hall avait un air postatomique. Des arbres étaient tombés, le sol était jonché de débris et de végétation. Des arbustes déracinés s'enchevêtraient tout autour du manoir et une poubelle était coincée de travers entre les colonnes de la façade. Deux jardinières en ciment avaient explosé et leurs éclats jonchaient la terrasse. De la terre et des pétunias s'en échappaient, pareils aux entrailles d'un cafard écrabouillé.

Lentement, mes voisins ont commencé à émerger, hésitants mais résolus, tels des survivants d'un film apocalyptique de série B. Presque tous étaient déjà équipés en vue des travaux et réparations à effectuer. Certains poussaient une brouette. Beaucoup étaient armés d'outils de jardinage.

Je suis rentrée me brosser les dents et j'ai enfilé un jean et un sweat-shirt. J'ai localisé une vieille paire de gants de bricolage et me suis jointe aux efforts de réhabilitation, en faisant de mon mieux avec un râteau contestable.

Peu après 9 heures, la rumeur a couru que l'électricité était rétablie. J'ai fait une pause pour rentrer à l'Annexe et brancher mon portable. Et pour me réjouir. J'ai un aveu à vous faire : je vénère la Fée Électricité.

Birdie s'était aventuré au dehors, réveillé par la lumière soudainement apparue dans son refuge. Il était plus calme, mais il aurait encore eu bien besoin de deux milligrammes de quelque chose pour retrouver son état normal.

Je m'apprêtais à ressortir quand mon téléphone fraîchement connecté s'est mis à bourdonner. Le premier d'une série de trois appels, ce jour-là. Pas celui qui allait faire dérailler ma vie.

J'ai reconnu le numéro et me suis crispée. Des conversations précédentes avaient démontré que – et là, je suis gentille – Lloyd Thorn manquait de moelleux dans la relation.

— Bonjour, monsieur Thorn.

— Je me demandais si j'arriverais à vous joindre. Une vraie chierie, cette tempête.

— On commence juste à nettoyer les dégâts.

— Mes clients font dans leur froc en attendant vos conclusions.

— Je comprends.

— Ne vous méprenez pas. La mort de Tereza est une foutue tragédie. Mais mes clients n'ont rien à se reprocher. C'est un scandale qu'on les laisse derrière les barreaux.

— Ne quittez pas, je vais chercher mes notes.

Reprenant la conversation, j'ai mis Thorn sur haut-parleur. Je l'entendais s'impatienter, probablement en train de faire cliqueter un stylo-bille.

— Disons que j'ai fait avec les moyens du bord, puisque je n'ai pas examiné Tereza ni vu de photos d'elle. Mais j'ai tout de même passé quelques heures sur les radios.

— Arrêtez de tourner autour du pot.

— Selon moi, au moment de sa mort, Tereza avait une petite vingtaine d'années, peut-être vingt-cinq. Je pense qu'elle était atteinte du syndrome de Silver-Russel.

— Qu'est-ce que c'est que ça ?

Le cliquetis avait cessé. Bruissement de papier.

— Un trouble congénital de la croissance qui...

— J'ai fait du droit, pas l'école de médecine. Pour l'instant, cantonnez-vous à l'essentiel.

— Ce syndrome peut expliquer ce retard de croissance.

— Retard ?

— Les enfants qui souffrent de SRS ont tendance à avoir le front haut, la mâchoire petite et un visage triangulaire. Mais ces traits se font moins saillants avec l'âge.

— Hm hm...

— Il n'existe pas d'examen radiologique spécifique qui confirme le syndrome. Cela étant, un retard de croissance osseuse, une clinodactylie ou une hypoplasie des phalanges distales ou intermédiaires de l'auriculaire ont été signalés comme suggérant ce syndrome.

Tout cela dit en parlant *über* lentement et en employant sciemment le jargon médical.

— Et ça veut dire ?

— Ce sont des caractéristiques que l'on peut observer sur une radio. C'est le support sur lequel je me suis penchée et ça constitue une preuve objective. La clinodactylie est la déformation anormale d'un doigt. L'hypoplasie désigne le développement insuffisant d'une partie du corps, dans le cas qui nous occupe, certaines phalanges de l'auriculaire.

— Tereza avait tout ça ?

— Oui.

— Et en quoi ça nous intéresse ?

— Ça pourrait expliquer son extrême petitesse.

— Sa petitesse pour une adulte ?

— Exactement. Surtout si les anomalies de croissance n'ont pas été traitées après la naissance.

— C'est *ça* qui se serait produit en Bulgarie. C'est fréquent, ce SRS ?

— Disons un cas sur n'importe quoi entre trois mille et cent mille naissances, d'après les statistiques.

— C'est aussi utile qu'un nichon à une bonne sœur.

Ne pouvant qu'être d'accord, je n'ai rien répondu.

— Vous avez dit congénital. Ce truc est héréditaire ?

— Oui. Mais la génétique n'est pas très claire. Des modèles de transmission autosomique dominant, autosomique récessif et liés au chromosome X ont été rapportés, mais sans entrer dans les…

— C'est ça, évitez.

Comme j'en avais jusque-là de l'acrimonie de ce bonhomme, j'ai obtempéré.

— On pense que les locus – pensez « gènes » – sur le chromosome 11 jouent un rôle majeur dans le SRS. Mais le chromosome 7 peut tout aussi bien…

— Vous dites que Tereza est naine à cause de gènes bancals ?

— Je ne le dirais pas comme ça.

Ai-je louvoyé en me demandant où exactement ce crétin avait étudié le droit.

— Donc ce n'était pas une gamine, mais une adulte. D'une vingtaine d'années.

— Oui.

— Et pas quinze, bordel.

Non, pas Harvard, définitivement.

— Vous allez me mettre tout ça par écrit ?

— Je vous enverrai un rapport complet.

— Quand ?

— Quand il sera terminé.

— Vous savez, un jour, cette petite tarée a noyé le chaton de la famille. Une autre fois, elle a mis le feu à la maison. Je peux continuer. (Infos ajoutées pour m'aiguillonner ?) En tout cas, bravo, doc. Je m'en vais crucifier cette saloperie de procureur sur-le-champ.

J'ai plaint le malheureux procureur qui allait entendre sonner son téléphone.

Malgré mes gants, je me suis fait un assortiment épique d'ampoules. À midi, je suis rentrée à l'Annexe pour m'en occuper.

Mon portable était posé sur le comptoir, la batterie enfin rechargée. La petite icône verte m'a signalé un message vocal. Ma meilleure amie, Anne Turnip.

Le deuxième appel de la journée, après celui de Thorn. Qui ne changerait pas non plus la face du monde.

J'ai écouté les directives, délivrées par Anne dans son style mélodramatique coutumier.

— Rappelle-moi illico. Genre tout de suite ! Dès que tu as ce message.

Quelques mots sur ma meilleure amie pour la vie.

Anne a des yeux émeraude et de longs cheveux blonds, couleur maintenant entretenue grâce à la magie de la chimie. Elle est tout en jambes et malgré son aversion pour l'exercice et généralement l'idée même de sport, elle est restée aussi mince que le jour où on s'est rencontrées. Il y a une éternité.

Après avoir englouti un yaourt à la pêche tiédasse, j'ai appuyé sur le bouton rappel.

— Bonté divine, Tempe ! Il faut absolument que tu viennes !

Le ton d'Anne faisait paraître le chat très zen en comparaison.

— Où es-tu ?

— À la maison de la plage. Maintenant que cette espèce de morveux de flicaillon m'a laissée accéder à l'île. (Sa prononciation des voyelles reflétait sa naissance en Alabama et son éducation dans le Mississippi, voyelles rendues encore plus traînantes par son indignation.) Une attitude ! Incroyable ! La Gestapo n'en aurait pas voulu, trop cruel…

— À quoi ça ressemble ?

— C'est dévasté ! J'ai besoin d'aide !

— Respire un bon coup.

Une longue pause. Puis :

— D'accord. Tu as absolument raison. Je dois avoir l'air complètement folle.

— La maison est toujours debout ?

— Oui.

— Le toit est toujours en place ?

— À peu près.

— Les routes sont praticables ?

— Oui.

— Tu as du courant ?

— Pas encore. Dieu tout-puissant, rien ne fonctionne. Cette putain de chasse d'eau ne marche pas !

— Elle va marcher. Le siège ne s'allumera pas, c'est tout. Et puis, tu en as six autres.

— Je ne peux pas recharger la voiture. Je suis piégée ici !

Ça faisait écho à ma matinée. Sauf pour les toilettes japonaises et la Tesla.

— Où est TT ? ai-je demandé.

— Ça, seul le Grand Flamant Rose le sait.

Pendant des années, Anne a été mariée à un avocat nommé Tom Turnip. Quelques dizaines d'années plus tôt, quand Tom était tout jeune associé, un partenaire principal l'avait appelé Ted pendant un mois entier. Après, on l'avait appelé Tom-Ted. TT.

Leur mariage s'était conclu par un divorce. Une histoire aussi longue que banale. Anne s'en était magnifiquement sortie, pécuniairement parlant, ayant obtenu notamment la propriété sur l'île de Palms, en Caroline du Sud. Malgré cette belle fessée financière, TT et Anne étaient restés amis.

Et amants. Mais apparemment pas associés dans les restaurations post-tempête.

— Anne, je ne peux pas…

— Ils ont rétabli la circulation sur l'I-26 en direction de l'est. Tu n'auras aucun mal à arriver jusqu'ici.

— Ce n'est pas ça.

— Tu as beaucoup de dégâts, chez toi ?

— Non, mais…

— Tu travailles sur une affaire *énoooorme* ?

— Non, mais…

— Si ton patron a besoin de toi, Charlotte n'est qu'à trois heures.

Là, elle m'avait coincée. Et si les rôles avaient été inversés, je savais qu'Anne aurait tout laissé tomber pour venir à ma rescousse. Elle l'avait déjà fait dans le passé. Plus d'une fois.

J'ai regardé l'heure. Poussé un soupir exagérément dramatique.

— D'accord. Mais il va me falloir au moins une heure pour sécuriser l'Annexe et emballer quelques affaires.

— Alléluia ! La cuisine est toujours intacte, alors je vais nous concocter une kyrielle de cocktails avec des petites ombrelles en papier. Sans alcool pour toi, cela va sans dire. Dieu merci, j'ai des Fritos dans le garde-manger.

J'ai promis l'apport de denrées et j'ai raccroché.

En me retournant, j'ai vu que Birdie me regardait intensément.

— Prêt pour une petite virée en auto ?

Regard totalement réservé.

Un coup de fil rapide à Nguyen, quelques affaires jetées dans un sac, je me suis occupée de la branche qui bloquait la porte de service, et on était partis.

La traversée de la ville a été une expérience que je n'étais pas pressée de renouveler. Les rues étaient jonchées de branches brisées et d'arbres déracinés, ce qui exigeait moult demi-tours et déviations. Les feux de signalisation étaient défectueux à de nombreux carrefours, obligeant les conducteurs à se débrouiller tout seuls. Certains étaient plus doués que d'autres.

En temps normal, il faut vingt minutes depuis l'Annexe pour rejoindre l'I-77. Ce matin-là, il m'a fallu une heure. Une heure pendant laquelle Birdie n'a cessé de miauler.

Trois heures après avoir laissé Charlotte derrière moi, j'avais quitté l'I-26 et parcouru plusieurs kilomètres sur l'I-526 quand mon téléphone a sonné pour la troisième fois de la journée.

Indicatif régional : 843

L'appel qui allait bouleverser ma vie pendant des semaines et changer ma vision du monde pour toujours.

— Temperance Brennan, ai-je répondu en utilisant le haut-parleur.

— Docteure Brennan. Je m'appelle Ebony Herrin. (La voix était rocailleuse, ni aiguë ni grave. En me basant sur le ton et la cadence, j'ai pensé que l'appelant était un homme, et sans doute noir. Mais je n'étais sûre ni de l'un ni de l'autre.) Je suis la nouvelle coroner du comté de Charleston.

— En quoi puis-je vous aider, docteure Herrin ?

— Laissez tomber le « docteure ». J'ai un diplôme de sciences infirmières.

— En quoi puis-je vous aider ?

— J'ai contacté votre bureau à Charlotte, on m'a passé la Dre Nguyen. Elle m'a dit que vous étiez en route pour Charleston.

Là, un petit retour sur mon passé.

À part un bref et déplaisant hiatus, j'ai toujours exercé en tant qu'anthropologue judiciaire au MCME, le Bureau du médecin légiste du comté de Mecklenburg, à Charlotte, Caroline du Nord. Le MCME est le décodeur de la mort pour la région, et je suis la spécialiste chargée d'analyser les restes qui n'intéressent pas le scalpel du pathologiste : tout ce qui est décomposé, démembré, brûlé, momifié, mutilé, et osseux.

Pendant toute ma carrière, je n'ai eu qu'un patron, le Dr Tim Larabee, pathologiste brillantissime, marathonien amateur, et un type bien à tous points de vue. Larabee a dirigé le service jusqu'à ce qu'un toxicomane surexcité l'abatte sans raison de deux balles dans le ventre. Une agression gratuite.

Après le meurtre de Larabee, la Dre Margot Heavner a été recrutée. Pendant son temps libre, la nouvelle patronne écrivait des bouquins où elle déballait tout sur la médecine légale, ce qui lui a valu le surnom de « Dre Morgue ». Pour booster les ventes, Dre Morgue se pavanait sur tous les plateaux de télé qui voulaient bien d'elle, et où elle faisait sensation. Beaucoup de ses commentaires me déplaisaient considérablement. Et je l'ai dit. Résultat, il y avait un passif entre nous.

Exemple : j'avais eu le malheur de critiquer publiquement une série d'entretiens qu'elle avait faits avec un blogueur frappadingue doublé d'un adepte de la théorie du complot nommé Nick Body. Heavner en avait été ulcérée. Et m'en avait voulu à mort. D'où le hiatus. Pendant sa gouvernance, je me suis retrouvée bannie du MCME.

Heureusement, elle n'est pas restée longtemps en poste. Quelques mois à peine. Elle s'est fait coincer pour corruption et a dû démissionner dans la disgrâce. À la suite de quoi la Dre Samantha Nguyen a été choisie pour la remplacer.

Contrairement à Heavner, Nguyen n'hésitait pas à me confier des missions extérieures.

— Oui.

Les pneus ont bourdonné quand j'ai pris le pont sur la rivière Wando. J'ai jeté un coup d'œil vers le sud et vu les grues des quais du port de Wando, sombres et squelettiques sur le fond rose et jaune du jour déclinant.

— Comme vous le savez déjà, il y a des années que nous n'avons pas d'anthropologue judiciaire résident en Caroline du Sud. Et j'ai noté à partir d'anciens rapports que vous aviez conduit des consultations pour mon prédécesseur.

Moi, méfiante :

— Oui...

— Je me trouve face à une situation qui requiert vos compétences.

Moi, réticente :

— Je vous écoute.

— L'ouragan de la nuit dernière a rejeté un conteneur sur le rivage, près du quartier de la Batterie. Je ne vous ensevelirai pas sous les détails par téléphone, mais un groupe de kayakistes l'ont trouvé tôt ce matin. Quand ils l'ont ouvert, ils ont cru apercevoir un corps. Ils ont appelé les flics, qui m'ont appelée. Mon enquêteur a récupéré le conteneur et l'a fait transporter à la morgue du MUSC. En réalité, il y a deux personnes dedans. À première vue, à en juger par la masse, il semblerait qu'il s'agisse d'un adulte et d'un enfant.

— Une identification visuelle est-elle possible ?

Franchement, Brennan ! Dans ce cas, pourquoi ferait-on appel à toi ?

— D'après moi, la décomposition doit être trop avancée.

— Des effets personnels ? Vêtements, bijoux, etc. ?

— Les deux corps étaient enveloppés dans des bâches en plastique ficelées avec du câble électrique. Je n'ai pas voulu trop fouiller, mais j'ai tiré un peu la bâche et vu qu'au moins l'un des corps est nu.

Une image en flashback, venue de nulle part. Une femme. Un enfant. Un conteneur en plastique restitué par les flots.

Nœud dans les tripes. Bouche sèche.

J'ai avalé la boule que j'avais dans la gorge.

— Une idée de la cause du décès ?

— J'ai mieux regardé le corps visible, en écartant un peu plus la bâche que les jeunes avaient commencé à soulever. J'ai eu l'impression que le corps avait reçu une balle dans la tête. Ah, et puis, il n'y a plus ni doigts ni dents.

Impossible.

— Il va vous falloir un pathologiste.

Cela dit avec un calme qui ne reflétait pas mon tumulte intérieur.

— Il y a un type que j'aime bien, un certain Klopp. Je lui ai laissé un message lui suggérant de nous retrouver à l'hôpital demain. Je vous enverrai par texto l'heure à laquelle il sera là.

— Entendu.

— Une *détective* du nom de Vislosky est venue sur place. Je ne suis pas sûre que son estomac réagisse bien aux autopsies. (Une courte pause.) Dites-moi ce dont vous aurez besoin.

Ce que j'ai fait, avant de raccrocher.

Quelques instants plus tard, j'ai traversé le pont qui relie Mount Pleasant et l'île de Palms. Des marais salants s'étendaient des deux côtés jusqu'à l'horizon, tranquilles, immobiles. Çà et là, j'apercevais un éclair blanc, un ibis ou une aigrette, qui se fondaient dans les ombres tout comme les spartines au milieu desquelles ils se tenaient.

J'ai tourné dans Palm Boulevard, tandis qu'un mot ricochait dans ma tête, un mantra né d'une prémonition.

Impossible.

Impossible.

4.

Mercredi 6 octobre – jeudi 7 octobre

Anne avait quatre verres de chardonnay d'avance quand je suis arrivée. Et, sans surprise, je l'ai trouvée plutôt calmée. Malgré un palmier déraciné qui avait emporté un coin de la véranda de devant.

Birdie, qui n'a jamais été un amateur de voyages, tous modes de transport confondus, diffusait son déplaisir à travers l'ouverture en maille de son sac de transport. Tandis que j'installais « une station d'épuration féline », pour reprendre l'expression d'Anne, elle a fait de son mieux pour lui remonter le moral avec les restes de son Whopper du midi.

Anne n'ayant jamais adoré les chats, son mieux n'était pas terrible. Même chose pour les chiens, les oiseaux, les lapins et les poissons. Percevant son aversion pour les animaux de compagnie, le chat est resté à bonne distance, malgré le bakchich alléchant.

Le courant n'étant pas revenu, Anne et moi avons fait griller des filets de mérou sur le barbecue. J'avais apporté de la laitue, des tomates et un avocat à l'air un peu triste, mais ensemble ils ont composé une salade tout à fait potable. La séance d'épluchage, de découpage et de grillade m'a momentanément distraite des images glauques qui assombrissaient mes pensées.

Nous avons dîné sur la terrasse, à l'arrière de la maison, en regardant l'océan rouler sur la plage et refluer. À l'instar de mon hôtesse, tout était parfaitement calme.

Les dégâts qui avaient propulsé Anne en mode panique consistaient, outre le palmier déraciné, en un peu de sable dans la cour et la disparition de la promenade qui franchissait les dunes et redescendait vers la plage. Elle comprenait à présent le comique de sa réaction exagérée. De tout, d'ailleurs, que ça soit drôle ou non.

Nous en avons discuté en déjeunant. Rien de sérieux, surtout de nos rejetons. L'appel d'Herrin m'avait bien trop déstabilisée pour que j'aborde des sujets plus graves.

Anne m'a raconté que son benjamin, Stuart, était toujours un ardent défenseur des droits des homosexuels et qu'il vivait actuellement dans le Colorado. Les jumeaux, Lola et Josh, étaient à Los Angeles et tâchaient de percer dans l'industrie cinématographique, la première comme scénariste, le deuxième en tant qu'acteur. Je lui ai dit que ma fille, Katy, qui terminait son deuxième déploiement en Afghanistan, allait rentrer aux États-Unis d'ici quelques semaines. Nous nous sommes tapé la main en poussant des grands « Super ! ».

Anne a pris des nouvelles de Ryan. Je lui ai expliqué qu'il était à Yellowknife.

— Tu as vraiment tiré le bon numéro, a-t-elle commenté d'une voix pas encore pâteuse, mais en bonne voie de le devenir. Continue à le laisser mariner, et il va te filer entre les doigts.

— Tu l'as déjà dit. (*Ad nauseam.*)

— C'est pourtant vrai. Qu'est-ce que tu fous, bon sang ?

J'ai éludé la réponse, et elle est passée à autre chose.

— Il se passe des trucs intéressants au boulot, en ce moment ?

Comme je voulais éviter l'inquisition qui s'ensuivrait si je mentionnais l'appel d'Herrin, je lui ai parlé de Polly Beecroft et du masque mortuaire. Quand j'en ai eu terminé, elle m'a demandé :

— Alors, c'est qui ?

— Je n'en sais rien. Mais attends, il y a mieux. Elles me paraissent toutes vaguement familières.

— Les sœurs jumelles, leur grand-mère et leur grand-tante ? a-t-elle fait, plus que dubitative.

— Et le masque.

— Comment serait-ce possible alors que tu n'avais jamais vu aucune d'entre elles, avant ? Je veux dire, avant Polly ?

— Peut-être qu'elles me rappellent quelqu'un que j'ai connu ?

— Tu as dit que Polly avait un appartement à Rosewood. Tu l'as peut-être croisée là-bas ?

— J'y ai pensé. Mais maman n'y vit que depuis peu. Et son appartement n'est pas du tout à côté de celui de Polly. Il est dans un autre bâtiment. Et puis si je l'avais croisée, ne serait-ce qu'en passant, je pense que je m'en souviendrais.

Une pause et Anne a repris le crachoir :

— Josh et Lola se ressemblent autant qu'un perroquet et un hamster.

— Ils ne sont pas monozygotes.

Regard vide.

— Dans leur cas, deux petits nageurs se sont dégoté un œuf chacun.

— C'est vrai. Des gènes différents. Des chromosomes différents. Mouais.

Elle a disparu dans la cuisine pour refaire le plein de chardonnay. Son cinquième ? Un texto s'est annoncé au moment où elle repassait la porte.

J'ai jeté un œil à mon portable. Herrin.

— S'agirait-il de *Monsieur le Détective* ?

— Non.

— Katy ?

— Non.

— Brad *fucking* Pitt ? Un gloussement alcoolisé ponctuant sa propre blague.

Les corps d'Herrin n'étaient pas le sujet de conversation que j'aurais choisi, mais il allait bien falloir que je justifie mon absence du lendemain.

— C'est la coroner du comté de Charleston, ai-je dit.

Le monde se divise en deux catégories de personnes : celles qui évitent soigneusement toute allusion à mon boulot, et celles qui se repaissent du moindre détail macabre. Comme ma mère. Et ma meilleure amie roule avec cette dernière. Anne s'est penchée en avant, des étoiles dans les yeux. Ou les reflets de la lune.

— Allez, crache le morceau.

— Mon aide est requise sur une affaire.

— Un meurtre ?

Cela demandé avec un poil trop d'exaltation.

— Rien d'extraordinaire. Des restes humains retrouvés sur la plage après la tempête.

Pressentant que je ne lui disais pas toute la vérité, Anne a actionné ses antennes.

— S'il n'y a rien d'extraordinaire…, a-t-elle fait en esquissant vaguement des guillemets dans le vide, pourquoi es-tu tendue à bloc depuis que tu es arrivée ?

Pourquoi pas, après tout ? Herrin n'avait pas donné d'info top secret, alors ? Et évoquer mes craintes les apaiserait peut-être.

Je lui ai tracé les grandes lignes. Le conteneur. La bâche en plastique et le fil électrique. Les restes. L'impact de balle. Anne m'a écoutée sans m'interrompre.

Quand je me suis tue :
— Bon, c'est moche, mais rien que tu n'aies déjà vu.
— C'est justement ça, le problème. Ça ressemble exactement à une affaire dont je me suis occupée au Québec.
— Quand ça ?
— Il y a quinze ans.
— Sérieusement ?
— Très.
— Ça fait des lustres, et c'est pas la porte à côté non plus.
J'ai haussé les épaules.
— Bon. Quels sont les points de ressemblance ?
Un flot d'images a inondé mon cerveau.
J'ai commencé à décompter les similitudes sur les doigts de ma main droite.
Index.
— Dans les deux affaires, les corps étaient dévêtus, emballés dans du plastique, ils ont été déposés dans un conteneur à déchets et balancés à la mer.
Techniquement, à Montréal, il s'agissait d'un fleuve, mais tout ça, c'est de l'eau, non ?
Majeur.
— Dans l'affaire du Québec, j'ai estimé que l'un des corps était celui d'une femme d'une trentaine d'années, l'autre, celui d'un enfant de huit à dix ans. Herrin pense que ses victimes sont un adulte et un enfant.
— Mais ce n'est pas certain ?
Un point pour toi, Annie.
— Non. Herrin n'est ni médecin, ni anthropologue, et ne dispose que d'un diplôme de sciences infirmières.
— Continue.
J'ai poursuivi, sans les doigts.
— Dans les deux affaires, la mort a été provoquée par une balle dans la tête. Dans les deux affaires, les victimes

ont été amputées de leurs doigts, et leur dentition a été détruite.

— Donc pas d'empreintes, pas de dents.

Ai-je mentionné qu'Anne se shoote aux séries policières ?

J'ai acquiescé.

— Combien de temps s'est écoulé depuis le décès ?

— Difficile à dire. À l'époque, j'avais estimé le délai entre un et cinq ans maximum.

— Ryan était aussi sur l'affaire ?

— On s'est cassé le cul dessus pendant des mois, tous les deux. À la demande expresse de Ryan, un groupe de travail a été constitué. Tout le monde a épluché les dossiers de personnes disparues dans tous les sens. On a interrogé tous ceux qui vivaient près du site où le conteneur s'est échoué. On a repris les rapports de la marina et du port en remontant sur plusieurs années. On avait même lancé une ligne téléphonique spéciale pour recueillir des témoignages.

Je me souvenais de toutes ces démarches comme si c'était la veille.

« Ryan a envoyé des questionnaires dans toutes les écoles élémentaires du Québec pour savoir si un élève avait cessé de venir. Puis il a élargi la demande aux autres provinces, ainsi qu'au Vermont et à New York. Il a passé un temps interminable à vérifier et revérifier des bases de données, celles de la Gendarmerie royale du Canada et du FBI, entre autres.

« J'avais fait extrapoler des approximations faciales à partir des crânes. Quelques chaînes de télé et certains journaux avaient diffusé les dessins. Étonnamment, ça n'avait pas eu l'air d'intéresser tant que ça les médias. »

— Et… ?

— Que dalle. Ça n'a mené nulle part.

— Les victimes n'ont jamais été identifiées ?

— Nan.

— Qu'est-ce qui leur est arrivé ?

— Finalement, on les a enterrées.

Je me suis tue, me souvenant combien j'avais été anéantie par notre échec.

— C'est tellement triste.

— L'une des victimes n'était qu'un enfant. À ce jour, il gît dans une tombe qui ne porte qu'un numéro. Et pendant ce temps, quelqu'un quelque part se demande ce qui a pu lui arriver, et quelqu'un d'autre se dit qu'il s'en est bien tiré.

Cela dit avec beaucoup trop d'émotion.

— Cette affaire t'a vraiment secouée, a dit Anne, doucement.

— Comme tous les meurtres d'enfants.

Elle a posé sa main sur la mienne.

— À cause de Kevin ?

Quand mon petit frère a succombé à une leucémie, à l'âge de trois ans, mon univers de fillette de huit ans s'est effondré. Je ne suis pas une fervente de la théorie freudienne, mais je soupçonne que, quelque part, le décès de Kevin est la force inconsciente sous-jacente à mon engagement auprès des morts.

— Non, ai-je marmonné. Peut-être. Va savoir.

Anne a bu d'un trait ce qui restait de vin dans son verre, a reposé celui-ci avec un luxe de précaution, et s'est levée.

— Demain, j'ai une mission : trouver des gars pour réparer ce merdier, a-t-elle dit en englobant la maison et la cour d'un ample geste de la main. Et toi, tu t'occupes de coller un nom sur ces corps.

En l'an 2021 de notre ère, en Caroline du Sud, le système repose toujours sur un coroner pour traiter les décès qui surviennent à l'intérieur de ses frontières. Et sur les élections pour déterminer qui occupera cette fonction.

Pour postuler, les candidats doivent être âgés d'au moins vingt et un ans, être citoyens américains, résidents du comté, inscrits sur les listes électorales, diplômés du secondaire et avoir un casier vierge. Hourra. Cela exclut Ted Bundy et l'enfant de la pub pour des céréales.

Le médecin légiste, pour sa part, est généralement nommé, et doit être pathologiste judiciaire, pathologiste ou, au minimum, médecin. Certains coroners sont très bons dans leur domaine, mais leur rôle est limité et n'implique jamais ni scalpel ni incision en Y.

Le comté de Charleston a, en ce qui concerne les coroners, une exigence supplémentaire qui peut être satisfaite par une expérience dans les enquêtes pour homicides ou par diverses formations scolaires. L'un des diplômes qualifiants est un baccalauréat en soins infirmiers. D'où Ebony Herrin.

Bien que les bureaux de Herrin se situent en banlieue, la plupart des autopsies sont conduites au MUSC – pour Medical University of South Carolina –, l'institut universitaire du plus grand hôpital de Caroline du Sud, une tour insipide située dans un complexe de tours insipides, à une enjambée du quartier le plus privilégié, South of Broad, sur la péninsule. Imaginez des rues pavées, des demeures géorgiennes en briques, des murets fleuris et des écuries reconverties.

À 9 h 30 du matin, j'avais déjà négocié le même genre de champ de ruines qu'à Charlotte. Un paquet de branches et d'usnée barbue jonchaient le sol. Çà et là, un poteau électrique couché. Des poubelles et des meubles de jardin éparpillés à des endroits improbables. Et quelques routes barrées, à cause de mares d'eau stagnante. Mais déjà, les débris étaient empilés ou enchevêtrés en gros tas le long des trottoirs.

Après m'être garée à l'endroit que m'avait indiqué Herrin, je me suis rendue sur Ashley Avenue et suis entrée dans le hall principal de l'hôpital. En cours de route, j'ai croisé une armada de *food trucks* bariolés. *Promesse à moi-même : empanada dans un avenir rapproché. Peut-être une grillade.*

Grâce à des générateurs de secours, l'hôpital tournait à plein régime. J'ai présenté ma pièce d'identité à l'accueil et demandé le chemin de la morgue. La réceptionniste, une femme noire d'un certain âge affublée d'une perruque qui ne lui allait pas, m'a demandé de patienter. Puis, à deux à l'heure, elle a composé un numéro abrégé et est entrée en relation avec quelqu'un quelque part, probablement au Cambodge.

Dix minutes plus tard, un jeune homme s'est matérialisé, ses bras osseux pendouillant des manches d'une blouse chirurgicale trop grande d'une taille, minimum. Il avait un vilain teint marbré et si peu de cheveux que par comparaison la perruque de la réceptionniste faisait son petit effet.

— Docteure Brennan ?

Son badge annonçait Brian.

— Oui.

— Suivez-moi. Je vous accompagne au deuxième étage.

Je me suis exécutée. Il s'est exécuté.

— Le vestiaire des femmes est ici. (Il a pointé un pouce vers l'une des portes dans le couloir.) Les blouses sont sur les étagères, à gauche. (Nouveau coup de pouce.) Les autopsies, c'est là.

J'ai remercié Brian, de toute évidence un homme peu loquace, et suis entrée dans une petite pièce où des casiers s'alignaient le long des murs et formaient des rangées au milieu. Un banc en métal occupait le centre de chaque zone ainsi définie.

Les blouses se trouvaient à l'endroit indiqué. Je me suis dégoté un ensemble en taille S, l'ai enfilé à la place de mes vêtements de ville, et je suis ressortie.

Je suis passée devant ce que j'ai supposé être la partie bureaux, suis entrée à l'endroit que m'avait indiqué Brian, et me suis retrouvée sur le théâtre des opérations. Un ascenseur descendait directement à la morgue, avec juste en dessous une zone d'observation, une salle d'autopsie principale et une plus petite, peut-être pour les corps décomposés ou autres sujets malodorants.

En entrant dans la zone d'observation, j'ai évalué l'espace dans lequel j'allais officier. J'ai repéré les tables en acier inoxydable, les chariots, les comptoirs, les éviers, les balances suspendues. Des meubles de rangement aux innombrables tiroirs. Des lampes à haute intensité ajustables. Un sol en béton peint généreusement, pourvu de bondes. Un décor que j'avais déjà vu des dizaines de fois.

En plus de Brian, deux personnes étaient là, un homme et une femme. Cette dernière – blazer bleu marine, polo blanc et pantalon en toile kaki – se tenait un peu à l'écart, les pouces passés dans la ceinture, le regard vert dans un visage acajou, balayant la pièce du haut de son mètre quatre-vingts. Elle avait dû sortir de l'école maternelle déjà flic.

L'homme observait quelque chose, penché sur un écran d'ordinateur. Avec ses oreilles d'éléphant, son nez crochu et sa pomme d'Adam proéminente, il ressemblait à la version Disney d'Ichabod Crane, en plus vieux, plus grand et plus maigre.

Une recherche numérique précédant le petit-déjeuner avait révélé que le MUSC disposait de cinq pathologistes, dont un certain Walter Carl Klopp. J'ai présumé qu'Ichabod était le Dr Klopp.

L'état de sa blouse suggérait qu'il avait déjà commencé à manier le scalpel. Des taches de sang maculaient le côté droit de sa poitrine, et une éclaboussure en forme de kumquat ornait sa manche.

Chacune des deux tables accueillait une housse mortuaire. Le contenu de la table de gauche paraissait considérablement plus substantiel que celui de droite.

J'ai pris une profonde inspiration.

Poussé les portes battantes en acier. Et l'odeur s'est échappée vers l'extérieur. Un mélange âcre et douceâtre de chairs congelées, de putréfaction et de désinfectant. Et une touche d'autre chose. Aigre et saumâtre, et qui évoquait la mer.

Trois têtes ont pivoté dans ma direction. Klopp a souri. Pas la flic.

— Docteure Brennan, je présume ? (Klopp avait retiré son masque et le tenait à la main.) Herrin nous a dit de vous traiter comme une reine.

— J'espère pouvoir vous être utile, ai-je répondu.

— Walter Klopp, a-t-il dit, avec ce salut à deux doigts que certains hommes trouvent apparemment cool. Walt.

— Tempe, ai-je annoncé, heureuse que Klopp n'ait pas offert de me serrer la main.

Il s'est tourné vers la femme.

— La *détective* Vislosky, de la police de Charleston.

Vislosky a hoché la tête.

— Je viens de terminer une autopsie médicale, a dit Klopp, comme s'il éprouvait le besoin de justifier sa blouse maculée. Un cas de capno.

J'ai dû avoir l'air larguée.

— *Capnocytophaga*, a expliqué Klopp avec un coup de menton vers l'écran qu'il étudiait. Regardez. On n'en voit pas tous les jours.

Curieuse, je l'ai rejoint.

L'image montrait un corps posé sur une table, comme les deux derrière nous. Le tronc et le crâne béaient, vides. Les organes étaient répartis entre une balance suspendue et un plateau de dissection.

— Le pauvre gars a été empoisonné par son propre cockapoo.

Je n'étais pas très sûre de ce que ça voulait dire, mais une chose était claire. Le pauvre bougre avait connu une fin pour le moins déplaisante. Une jambe, amputée au niveau du genou, montrait des cicatrices chirurgicales, mais une cicatrisation seulement à peine amorcée au niveau du moignon. Le pied survivant et ses orteils étaient aussi noirs que de la créosote. Des bandes squameuses couvraient le front, les lèvres et les joues de l'homme, et tout ce qui restait de son nez était un triangle béant.

Je me suis adressé une note mentale de me renseigner sur la capno. Et de l'éviter. Ainsi que sur les cockapoos…

— On va commencer par l'examen externe des deux corps, a dit Klopp à l'intention de Brian, en indiquant les victimes du conteneur d'Herrin. Essayons d'avoir une vue générale de la situation.

Vislosky nous a regardés, Brian, Klopp et moi, enfiler nos gants et nos masques. Auxquels se sont ajoutés des tabliers et des lunettes pour une protection renforcée.

Une fois prêts, Klopp a levé le pouce.

Au moment d'arriver à la morgue, chaque victime avait reçu un numéro de dossier indiquant que l'autopsie serait de nature médico-légale. Brian a commencé par la housse mortuaire la plus volumineuse, AF21-986. Le chuintement de la fermeture Éclair a résonné comme un cri au milieu du silence.

Il s'est approché d'AF21-987.

Nouveau cri.

Vislosky est restée à distance.

Je me suis rapprochée.

5.

Jeudi 7 octobre

C'était du déjà-vu.

La même bâche en polyéthylène bleu ciel. Le même fil électrique rouge coquelicot. La même algue vert perroquet. Le même conteneur en polypropylène gris souris arborant un logo jaune orangé terni.

Le même crâne multicolore.

Un déjà-vu arc-en-ciel.

Quand les kayakistes qui étaient tombés sur le conteneur l'avaient ouvert, ils avaient essayé de tirer sur le plastique qui enveloppait le premier corps. Herrin avait en partie sectionné le fil électrique et un coin de la bâche pour s'assurer qu'il s'agissait bien d'un cadavre humain. Et l'océan l'avait déjà bien attaqué.

Klopp a demandé à Brian de déballer le crâne AF21-986 sans tout découper, dans la mesure du possible. Il a réussi à dévoiler la moitié du visage. Les orbites étaient vides et avaient l'air écarquillées, comme si elles étaient gênées par la lumière soudaine. Sous la tête, les déchirures dans la bâche permettaient de deviner des os recouverts d'algues. Un morceau de mandibule, édentée. Trois phalanges proximales sectionnées à la moitié. La courbe d'un os iliaque visqueux.

Les choses ont été plus simples pour AF21-987, la plus petite des deux victimes, celle qui se trouvait dessous. Dans son cas, l'enveloppe macabre était restée plus ou moins intacte.

Herrin avait fourni tout ce que j'avais demandé. Et tandis que j'installais mes instruments sur un comptoir – je suis maniaque en ce qui concerne leur disposition – Klopp a filmé les restes.

Scie à os. Pied à coulisse. Microscope. Forceps. Pince à épiler. Cure-dents. Brosses douces en poil naturel de tailles variées. Brosses à dents. Flacons pour recueillir les prélèvements.

Finalement, j'ai fouillé dans un assortiment de graphiques et de diagrammes et les ai coincés sous la pince d'un porte-bloc.

Quand je me suis retournée, Klopp reposait l'appareil photo.

— Vous avez pris ça ?

Je lui ai montré le conteneur de deux cents litres environ dont s'échappait de l'eau de mer, boueuse, qui dégouttait sur une bâche, dans un coin. Apporté ici à ma demande.

Sans un mot, Klopp a traversé la pièce et pris encore quelques clichés. Après avoir étiqueté deux flacons, je l'ai rejoint, un trou se formant dans ma poitrine.

— L'inscription est effacée.

Klopp était de nouveau courbé, cette fois pour prendre des gros plans. Vu sa taille, ça lui faisait une sacrée bosse.

— C'est le symbole de risque biologique, ai-je dit. Destiné aux déchets médicaux.

— Ça par exemple ! Vous arrivez à lire ça ?

— Filmez les cailloux, dans le fond.

— Le salaud avait lesté le tout pour que ça coule.

Comme dans le cas des victimes de Montréal.

J'ai indiqué plusieurs traces de saletés incrustées sur les surfaces intérieure et extérieure du conteneur.

— Prenez des clichés des bernacles, ensuite je prélèverai des échantillons.

— Pourquoi ?

— Elles seront peut-être utiles pour déterminer le moment où le conteneur a pénétré dans l'eau. Et peut-être même où, si on a beaucoup de bol.

Du coin de l'œil, j'ai perçu le premier frémissement d'intérêt de la part de Vislosky. Elle a sorti ses pouces de sa ceinture, s'est redressée et m'a attentivement regardée retirer quelques-uns des minuscules crustacés en forme de tige, en faire deux groupes et les placer dans deux flacons différents.

Un regard intense m'a suivie jusqu'au comptoir. Quand mon regard a croisé le sien, un sourcil aussi fin qu'un coup de crayon s'est très légèrement haussé.

— Ou pas, ai-je ajouté.

Vislosky est restée coite.

Une autopsie procure rarement l'intensité dramatique caractéristique des séries policières. Rarissime, le grand « *Ta da !* » lorsque, d'un coup de pince à épiler, on extirpe une microscopique écaille de reptile patagonien du conduit auditif de la victime. Comme pour n'importe quelle démarche scientifique, les objectifs sont au nombre de trois : exactitude, précision et documentation.

Le protocole est précis, la procédure, fastidieuse.

Klopp et moi avons parlé stratégie. Nous nous sommes mis d'accord. Il allait se concentrer sur les tissus mous, je m'occuperais des os. Ma tâche allait se révéler bien plus éprouvante que la sienne.

L'odeur a empiré quand nous avons, à trois, Brian, Klopp et moi, sorti les corps des housses mortuaires. Le cocktail délétère d'algues pourrissantes, de créatures marines et de chair humaine m'a brûlé les yeux et forcée à respirer par la bouche.

AF21-986 a émis un son flasque en glissant sur la table en acier. AF21-987, aussi léger qu'une plume, n'a presque pas fait de bruit. Les deux corps avaient été complètement repliés sur eux-mêmes pour pouvoir rentrer dans le conteneur.

Tandis que Klopp continuait de filmer et que je prenais des notes, Brian sectionnait les fils électriques à la pince coupante. Après vingt minutes de découpage et d'épluchage, nous avons enfin réussi à avoir une vision dégagée des restes humains.

On pourrait croire que s'enfoncer très profondément sous les vagues est une bonne façon d'échapper à ce truc de décomposition *post-mortem* répugnant. Grosse erreur. Dans l'océan, les cadavres sont soumis à de multiples forces physiques et biologiques qui concourent toutes à recycler les molécules du corps et à les rendre à la nature. La température, la salinité, les courants, la profondeur et la nature du substrat, autant de paramètres qui influent sur le temps que ça prendra. Et comme sur la terre ferme, de nombreuses créatures entrent en jeu.

Les animaux marins sont aussi opportunistes que leurs alter ego terrestres. Les poissons et les anguilles font les poubelles. Les arthropodes, les crevettes, les crabes, et surtout les gros comme les homards, sont les rois du dépeçage. Les mollusques, qui se nourrissent principalement d'algues, ne crachent pas sur les charognes. Les échinodermes comme les étoiles de mer, les oursins, les dollars des sables et les concombres de mer raffolent de la chair quand ils ont la chance d'en trouver.

Enfin, les bernacles mentionnées tout à l'heure. Ces crustacés, comme d'autres invertébrés, s'accrochent davantage aux restes qu'ils ne les consomment.

Le conteneur en polypropylène avait mieux vécu son immersion que s'il avait été en métal, mais il avait failli à sa promesse d'étanchéité. Dégradé et déformé, le couvercle avait laissé pénétrer l'eau salée et une belle variété d'espèces.

Et cette invasion avait permis au processus de recyclage de fonctionner à plein régime.

Je me suis effacée pour permettre à Klopp de profiter du spectacle et l'ai regardé examiner les restes de cadavres. En le voyant penché sur son travail, je n'ai pas pu m'empêcher de penser à une mante religieuse. Finalement, il s'est redressé et s'est tourné vers moi.

— Bon, eh bien, on dirait que ça va être à vous de jouer, docteure Brennan. Pas de cerveau, pas d'organes, que des os. Je ne sais pas si je dois m'en réjouir ou non, a-t-il conclu en secouant la tête.

— Peut-être pourriez-vous tamiser le contenu de la poubelle ? Ou continuer à filmer ?

— Les deux me vont. En fait, j'aimerais bien vous regarder travailler. J'apprendrais peut-être deux ou trois nouveaux trucs.

— Bien sûr.

J'ai horreur qu'on regarde par-dessus mon épaule.

J'ai commencé par AF21-986. Quoique complètement réduites à l'état de squelette par la compression due au linceul en plastique, les principales parties du corps étaient encore plus ou moins à leur place, anatomiquement parlant. Les petits os des mains et des pieds, un peu moins.

— C'est quoi, ces marbrures ?

Tandis que je démêlais et replaçais les éléments du squelette, Klopp filmait les traces rouges, vertes et bleues qui maculaient le crâne.

— Des algues.

— Et ça ? C'est quoi, ça ? a-t-il demandé en zoomant sur les os pariétal et frontal colonisés par un groupe de baguettes tirebouchonnées.

— Probablement des vers marins.

— Et les petits cratères ?

Klopp m'interrogeait sur un amas de petits trous ronds sur le pariétal et le temporal gauches.

— Des traces laissées par des limaçons.

— Des limaçons ?

Cela dit avec une pointe de scepticisme.

— À part les bivalves…

— Comme les palourdes, les moules, les huîtres, et toutes ces bestioles délicieuses ?

— C'est ça. En dehors des bivalves, tous les mollusques – les bulots, les bigorneaux, les berlingots de mer – ont des dents chitineuses qui sont idéales pour racler les os. Mais je ne suis pas biologiste marine.

— Non, bien sûr, a acquiescé Klopp en se remettant à filmer. Ah, j'ai une entrée de balle à l'arrière du crâne. On dirait qu'elle a été tuée par derrière.

Je n'ai ni confirmé ni infirmé.

— Pour les dents, c'est définitivement fichu. Je suppose qu'elles sont tombées *post-mortem* ?

— J'en doute.

Je savais que j'allais trouver des micro-fractures sur la mandibule et le maxillaire, mais je ne l'ai pas dit.

— En tout cas, elles ne sont plus là. Même chose pour les doigts. Peut-être coupés au sécateur ? On a parfois la chance de pouvoir identifier un outil en fonction des motifs imprimés sur les surfaces sectionnées. Vous avez déjà fait ça ? Dans des cas de démembrements, par exemple ?

Concentrée sur ma tâche, j'ai hoché la tête distraitement.

Klopp a encore filmé quelques plans et s'est tourné vers l'autre table.

J'ai continué mon travail de reconstruction, en prêtant particulièrement attention aux éléments crâniens et pelviens, ainsi qu'à l'état des os longs et des clavicules. Le temps de finir et j'avais une idée de la victime.

Et le mantra s'est remis à pilonner mon cerveau.

C'est impossible.

C'est impossible.

— Il y a quelques résidus de tissu sur le pied et la cheville de celui-là. On pourra peut-être récupérer de l'ADN ?

Je l'ai rejoint devant AF21-987.

Klopp avait raison. Des vestiges de ligaments et de cartilages restaient accrochés à l'articulation principale, et une bande de peau et de muscles putréfiés recouvraient le tarse et le métatarse gauches.

— On dirait qu'il y a des fibres coincées sous le zygomatique.

Sans me laisser le temps de répondre, Klopp a pris les forceps et entrepris de prélever des fibres depuis l'arrière de la pommette droite. J'ai étiqueté un flacon d'échantillonnage et le lui ai tendu.

Quand il me l'a rendu, fermé, je l'ai présenté à la lumière.

— Je pense que ce sont des cheveux, ai-je dit.

— C'est possible, a-t-il abondé, en louchant sur le tube, puis en secouant la tête : il y a vraiment des gens qui font des trucs horribles, hein ?

Les cheveux, courts et ondulés, étaient foncés à la racine et rose bonbon sur la longueur.

J'ai pris un cliché et rédigé une note sur mon formulaire.

— Ce corps est plus petit que l'autre. (Klopp ne faisait que débiter une évidence.) Herrin pense que c'était un enfant. Je n'en suis pas si sûr. C'est vraiment couillon qu'on n'ait pas de dents pour estimer son âge.

Je n'ai pas répondu. Mon regard se promenait sur les os. Les sutures crâniennes. J'ai pris une clavicule. Le crâne. Un os non identifié – l'un des os fusionnés du bassin.

— Il semblerait que le pied gauche ait été tordu vers l'arrière et maintenu dans cette position dans la bâche de plastique, a continué Klopp.

— Ce corps-là a été placé en premier dans le conteneur. Puis elle… (J'ai indiqué AF21-986.) a été déposée dessus. Ce qui lui a offert une certaine protection.

Pour la première fois de la journée, Vislosky a ouvert la bouche.

— Elle ?

J'ai hoché la tête.

— Comment le savez-vous ? a demandé Klopp.

— En grande partie à cause du bassin.

— Montrez-moi, a demandé Klopp en faisant le tour de la table.

Vislosky s'est approchée de nous.

Et merde.

La journée promettait d'être longue. N'étant pas d'humeur à donner un cours d'anatomie, j'ai décidé de couper court.

J'ai fait pivoter l'os iliaque et décrit ses caractéristiques en utilisant un vocabulaire accessible et en simplifiant outrageusement.

— La partie supérieure, la hanche, est élargie, évasée. Le segment pubien est long, et l'angle sous-pubien, sur le devant, est large. L'échancrure sciatique est large…

J'ai démontré la largeur de cette dernière en y insérant mon pouce et en l'agitant.

— Vous pouvez déterminer tout ça rien qu'à partir de cet os ?

A dit Vislosky, l'air intéressée, malgré elle.

J'ai reposé le bassin et pris le crâne.

— Le crâne aussi est important. Les points d'attache musculaire sont lisses. On remarque aussi la petitesse des apophyses mastoïdes et des arcades sourcilières, ainsi que la partie supérieure, saillante, des arcades orbitaires, ai-je détaillé en les pointant l'une après l'autre.

— Une estimation de l'âge ? a demandé Klopp.

— Les deux sujets sont jeunes, ai-je dit.

— Jeunes à quel point ?

Ça, c'était Vislosky.

J'ai repris l'os iliaque et indiqué la symphyse pubienne, le point où cette moitié de bassin aurait dû rencontrer sa jumelle dans la vie.

— Vous voyez comme cette surface a l'air ondulée ? Pour moi, c'est l'indication d'un os jeune.

J'ai retourné l'os iliaque pour montrer la crête supérieure incurvée.

— Ondulée, a répété Klopp.

— C'est ça. Chez les filles, une crête osseuse se forme sur cette surface entre quinze et vingt-deux ans. Approximativement, bien sûr. En tout cas, ici, on ne constate pas cette ossification.

J'ai reposé l'os iliaque et pris la clavicule.

— Ça, c'est une clavicule. Vous voyez comme l'une des extrémités est ondulée ? (Vislosky et Klopp ont hoché la tête sans relever les yeux.) Chez les filles, une petite capsule osseuse appelée épiphyse se forme sur cette extrémité à la fin de l'adolescence ou vers vingt ans, parfois plus tard. On ne remarque rien de tel ici.

J'ai troqué la clavicule contre un fémur.

— Voici l'os de la cuisse. (J'ai montré une grosse boule à une extrémité.) C'est la tête fémorale. Vous voyez cette ligne ? (Nouveaux hochements de tête.) On voit que l'épiphyse est en cours de formation, mais que le processus n'est pas achevé. Ce qui se produit entre treize et dix-sept ans chez la majorité des filles.

— Elle était en pleine adolescence.

Vislosky avait pigé.

— Probablement, ai-je confirmé.

Coup de pouce en direction de AF21-986.

— Et celui-là ?

— Le sujet est un peu plus âgé.

Vislosky m'a envoyé un regard du genre « tu me gaves ».

Comme Ryan l'a fait remarquer, je ne supporte pas qu'on me mette l'épée dans les reins.

— Je déteste tirer des conclusions avant d'avoir terminé mon analyse.

— Faites-le quand même, m'a intimé Vislosky.

Je n'ai pas répondu.

— Rien de ce que vous direz ne sortira de cette pièce ? a proposé Klopp, décochant un regard éloquent à Vislosky.

— C'est pas écrit Fox News sur mon front, si ? a-t-elle éructé.

— Tout élément descripteur aidera la *détective* Vislosky à démarrer son enquête, m'a dit Klopp, tâchant de faire retomber la pression.

Je m'apprêtais à défendre mon point de vue, mais Vislosky a coupé court à mes protestations.

— Écoutez. Un trou du cul a flingué ces deux-là, leur a sectionné les doigts et les a balancées dans l'Atlantique. Vous dites que ce corps appartenait à une enfant, a-t-elle fait en montrant les os à portée de sa main. Ça me donne envie d'épingler *ledit* trouduc et de lui serrer les couilles dans un étau. Plus tôt je pourrai établir des profils et éplucher les avis de personnes disparues, plus tôt je saurai qui sont ces deux-là. Ce qui est la première étape pour coincer l'enculé qui les a tuées. *Comprendo ?*

Certes, le ton était agressif, mais elle n'avait pas tort.

— Comme je vous le disais, vos victimes sont toutes les deux de sexe féminin. Celle-ci pourrait avoir entre quinze et dix-sept ans. Celle-là, ai-je dit en indiquant l'autre table, était un peu plus âgée.

Vislosky a tiré un calepin et un stylo de sa poche.

— Autre chose ? Taille ? Antécédents médicaux ? Spécificités individuelles ?

— Pas à ce stade.

Vislosky a rempoché son carnet, fait deux pas vers le comptoir et balancé une carte dessus.

— J'attends votre appel.

J'ai regardé sa silhouette de joueuse de basket disparaître par la porte.

6.

Jeudi 7 octobre

Klopp a tenu jusqu'à 18 heures. Brian et moi, nous y étions encore à 22.

J'ai commencé par procéder à un inventaire complet du squelette le plus âgé. Ensuite, j'ai pris toutes les mesures et les ai passées dans le programme Fordisc 3.1 qui classifie les adultes selon leur sexe et leur ascendance. Puis j'ai calculé sa taille.

Ayant achevé la morphoscopie et les mensurations, j'ai filmé les points d'entrée et de sortie des balles et j'en ai réalisé des moulages. Après cela, j'ai fait de même avec l'extrémité tronquée de chaque phalange. Finalement, j'ai examiné chaque millimètre de chacun des os à l'œil nu et sous microscope.

Pendant que je m'affairais, Brian prenait des clichés. Et m'assistait dans la collecte d'échantillons en vue des tests ADN et au moyen des radio-isotopes. Il a aussi fini de tamiser la boue et de placer dans des sachets scellés tous les éléments récupérés dans le conteneur. Tandis que je complétais mes notes sur AF21-986, il a piqué un sprint jusqu'aux *food trucks*. Je serais bien incapable de dire ce qu'on a mangé.

Après le dîner, j'ai recommencé la procédure pour la plus jeune des deux victimes.

J'ai remarqué l'heure quand nous avons sorti les chariots de l'ascenseur pour les remettre dans la chambre froide de la morgue. 22 h 29.

Et le fait que Ryan avait appelé. Plus d'une fois. Pas de message.

Anne n'était pas encore couchée quand j'ai regagné l'île de Palms et la maison de la plage. Elle sirotait un verre de chardonnay en regardant un vieil épisode de *Bones* sur un iPad qu'elle avait branché à un chargeur portable. À la lumière des bougies.

Elle a tapoté le canapé.

— Salut, copine. Viens près de moi. Je regarde celui où ils trouvent un cadavre aplati derrière les gradins d'un gymnase.

— C'est la dernière chose que j'ai envie de voir.

— D'accord. Plutôt cool, hein ? a-t-elle dit en indiquant l'objet pareil à une brique connecté à sa tablette. Ma batterie externe Zeus sert à la fois de batterie de secours et de chargeur USB.

— Tu as acheté ça ?

Je n'en revenais pas qu'un truc pareil soit toujours commercialisé.

— Non. C'est TT qui m'a rappelé que je l'avais.

— Cette maison n'a pas de générateur de secours ?

— Si. Mais disons que j'ai oublié de programmer une livraison d'essence. Ils viennent demain. Veux-tu un petit en-cas ?

— J'ai déjà dîné.

— Quoi ?

— Du chili, possiblement.

— Ta journée a été si épouvantable que ça ?

J'ai haussé les épaules.

— Ça peut aider d'en parler.

— J'aimerais juste prendre une douche et me coucher.

— Tu sais quoi ? Pendant que tu te rafraîchis, je nous concocte une bonne petite camomille. (Anne ne lâche jamais le morceau.) Ça t'aidera à te détendre.

— D'accord. (Et moi j'étais résolue à ne pas discuter de ma journée.) Une tisane, c'est tentant.

La douche fut rapide. Et tiède, vaguement. Dix minutes plus tard, j'étais de retour dans le salon, sentant moins mauvais et me sentant considérablement mieux.

Ma résolution a tenu cinq minutes.

— Deux filles. Mon instinct me dit que l'une doit avoir dans les quinze ans et l'autre pas loin de vingt. Les deux ont été tuées d'une seule balle dans la nuque.

— Eh merde…

— C'est le cas de le dire. (Sirotant ma tisane.) Comment as-tu fait bouillir l'eau ?

— J'ai mis la bouilloire sur la grille du barbecue.

— Pur génie.

— Tu vois toujours un lien avec ton affaire canadienne ?

— À Montréal, l'une des victimes avait dans les trente ans et l'autre, neuf ou dix ans. Ici, les deux sont adolescentes.

— Et pourtant ?

— Un conteneur de déchets médicaux largué dans l'océan. Des corps enveloppés dans une bâche en plastique ficelée avec du fil électrique. Deux victimes de sexe féminin. Une seule balle dans la tête. Des doigts coupés et des dents arrachées.

— *Shit.* Ça fait un sacré paquet de coïncidences.

— En effet.

Anne a réfléchi un long moment. Puis :

— Pourquoi, à ton avis, l'affaire canadienne n'a jamais été résolue ?

— Pff… On n'a pas pu identifier les victimes.

Cela dit un peu trop sèchement.

— Mais pourquoi ?

Une question avec laquelle je m'étais débattue toutes ces années. Pourquoi n'avions-nous pas réussi à les identifier ?

— À l'époque, la police de Montréal en avait plein les bras.

— À cause de ce truc de séparatisme au Québec ?

J'ai secoué la tête.

— *La guerre des motards.*

Anne a haussé un sourcil.

— Quels motards ?

— Des gangs criminels. Au milieu des années 1990, les Hells Angels et les talents locaux appelés Rock Machine ont commencé à en découdre pour prendre le contrôle du marché de la drogue québécois. Et jusqu'en 2002, ça n'a été que tueries déchaînées et bombes des deux côtés.

— Ça s'est terminé comment ?

— En mars 2001, la Gendarmerie royale, la police de l'Ontario, la Sûreté du Québec et la police de Montréal ont joint leurs efforts, ce qui a permis l'arrestation d'un paquet d'Angels sur tout le territoire du Canada. Quelque chose comme cent trente-huit rien qu'au Québec et cinquante et un à Calgary.

— Joli score.

— Comme tu dis. Mais ça n'a pas mis fin à la violence. En 2006, les Bandidos, qui étaient alors les seuls éventuels rivaux de ce qui restait des Hells Angels, se sont autodétruits après le meurtre de huit de leurs propres membres en Ontario. Les médias ont baptisé ça le massacre de Shedden.

— Judas sur un trampoline ! C'était l'équipée sauvage à l'époque, dis donc.

— Je te le confirme. Et tout un tas de cadavres atterrissaient dans mon labo.

— Mais quel lien avec ton affaire de conteneur ?

— Peut-être bien une tonne. Le conteneur s'est échoué en 2006, peu après le massacre de Shedden. La même semaine, un homme qui venait de sortir de prison a été abattu et son corps a été retrouvé dans une voiture incendiée à proximité de l'endroit où le conteneur est apparu. Le type était une espèce d'aspirant bandit, et mettre le feu à un véhicule était le *modus operandi* classique chez les motards. On a donc supposé que c'était un coup des Hells ou des Bandidos.

— Ce qui a pu faire craindre que la guerre ne reparte.

— Exactement.

— Et donc cette enquête a pris le pas sur la tienne, l'affaire du conteneur.

— C'est un euphémisme. Tout le monde était dessus. Les polices du Québec, de l'Ontario et de Montréal, plus ce qui restait des forces opérationnelles. Il n'y en avait que pour le massacre des Bandidos. En dehors de Ryan, de sa petite équipe des crimes contre la personne et de ma pomme, personne ne s'intéressait à de vieux ossements rejetés par le Saint-Laurent. Notre affaire était carrément négligée.

Birdie a choisi ce moment pour faire son entrée. Il a sauté sur le canapé et s'est étalé de tout son long entre nous.

— Sans compter que toutes ces enquêtes disparates ont conduit à pas mal de fausses pistes, ai-je ajouté. Un vrai gaspillage de temps et de ressources.

— Ça a dû être frustrant.

— Oui, ça a vraiment foiré. À part les crimes commis par ces trous du cul de motards, les meurtres étaient plutôt rares, à Montréal. Notre enquête aurait dû être déclarée prioritaire. Mais ça n'a pas été le cas. Bref, nos victimes, une femme et un enfant, n'ont jamais été identifiées. Et nous n'avions aucun moyen d'orienter nos recherches.

— Et l'affaire a été classée.

— Classée et oubliée.

Birdie a roulé sur le dos. J'ai commencé à lui caresser le ventre. Il s'est mis à ronronner comme une machine à coudre.

Quelques minutes sont passées.

— Qu'est-il arrivé au gars dans la voiture incendiée ? a demandé Anne.

— Je ne crois pas que l'enquête ait abouti. J'ai examiné ses restes, et remis mon rapport au pathologiste et à quelques enquêteurs. Ryan n'a pas été mis sur le coup. J'étais complètement concentrée sur les victimes du conteneur et je n'ai pas cherché à suivre cette affaire-là.

— Si quelqu'un avait été inculpé, tu l'aurais su, non ? Tu aurais reçu une convocation ou un truc dans le genre ?

— C'est possible.

Je me suis fait une note mentale de poser la question à Ryan.

Anne s'est avancée pour caresser le chat. Il n'a pas reculé, mais on ne peut pas dire qu'il se soit spécialement liquéfié sous ses marques d'affection.

— Donc, a fait Anne, reprenant le fil. Tu n'avais ni dentition ni empreintes des corps du conteneur. Et tu n'as pas pu récupérer d'ADN.

— On a essayé, mais on n'en avait pas suffisamment pour le séquençage. Les os étaient trop dégradés.

Anne est restée silencieuse un long moment.

Puis elle a fait une suggestion étonnante.

7.

Jeudi 7 octobre – vendredi 8 octobre

Dans ma chambre à l'étage, j'ai ouvert la baie vitrée qui donnait sur le balcon. C'était la marée basse, et loin sur la plage, l'océan battait sa mesure chuintante. L'odeur d'air salé, de sable mouillé, habituellement apaisante, a ramené à la surface des images d'un bac en plastique et d'os couverts d'algues.

Et d'autre chose.

Une bague avec une émeraude bien trop grosse pour être vraie. Sans valeur. Sauf pour une fillette qui avait trouvées jolies la pierre clinquante et la monture argentée qui maintenant s'écaillait.

Je ne pourrai jamais en être certaine, mais j'imaginais cette petite fille désespérée qui glissait son trésor dans la seule cachette possible pour elle. À genoux, le canon d'un pistolet pressé contre sa tête.

Quand j'avais découvert le bijou en plastique coincé dans ce qui avait été un tout petit œsophage, mon cœur avait raté un battement et un désir brûlant m'avait embrasée. *Je te vengerai,* avais-je chuchoté à l'oreille de la petite morte. *Et je te coincerai,* avais-je lancé dans un murmure à son meurtrier.

Cet affreux moment restait incrusté dans les recoins sombres de mon cerveau. Au fil des années, j'avais appris à maintenir ce souvenir dans sa tanière. Mais quand un déclencheur l'en faisait sortir, l'image était aussi claire et nette qu'une impression en haute définition.

Tout comme mon obsession pour le mobile des crimes. Contrairement à ce qui se passe dans les autres délits, la raison d'un meurtre est souvent trouble. Jalousie ? Passion ? Vengeance ? Appât du gain ?

Quand même, une femme et une enfant ? Les victimes du tueur avaient-elles surpris quelque chose, le tueur s'était-il senti menacé ? Avaient-elles refusé de faire quelque chose ? Les avait-il tuées pour de l'argent ? Des infos ? Avait-il menacé de tuer l'enfant si la femme ne lui obéissait pas ? L'enfant était-elle morte la première, la femme suppliant pour qu'il l'épargne ? Était-ce la femme qui était morte en premier, sous les yeux de la petite terrifiée ?

Stop !

Je me suis forcée à effacer ces images, affalée sur mon lit et calée contre une pile d'oreillers. Après avoir calculé l'heure qu'il était dans les Territoires du Nord-Ouest, j'ai appelé Ryan. Il a répondu tout de suite.

— *Bonjour mon sucre d'orge.*

— Salut.

— Je t'ai appelée plusieurs fois, mais tu n'as pas décroché.

Détectais-je une pointe de reproche ?

— Désolée, j'ai passé la journée à la morgue.

Soit Ryan n'a pas entendu, soit il a choisi de ne pas relever.

— Et là, tu es où ?

— Sur l'île de Palms. Avec Anne.

Silence.

— Anne Turnip ? ai-je avancé. Ma meilleure amie pour la vie ?

— Celle qui a des jambes interm…

— Oui. Sa maison sur la plage a subi des dégâts et elle m'a appelée à la rescousse.

— C'est sérieux ?

— Non. La tempête a touché terre très au sud de Charleston, rien de monstrueux, et puis elle a filé vers le large.

— Et l'Annexe ?

— Intacte. Tu te plais toujours à Yellowknife ?

— J'ai découvert un endroit appelé Bullocks Bistro. C'est sur Ragged Ass Road. Je pense que je vais déménager ici.

— Hmm.

— Il y a un ours polaire dans le terminal de l'aéroport.

— Vivant ?

— Empaillé.

— Il a dû mourir à force d'attendre ses bagages.

— C'est Yellowknife.

J'ai étouffé un bâillement.

— Je t'empêche de dormir ? a demandé Ryan.

— C'est pas gagné. Ça a été une sacrée journée.

— Passée dans une morgue.

J'aurais dû m'en douter. Rien ne lui échappe. Je lui ai raconté toute l'histoire : le conteneur, la bâche et les fils électriques, les victimes aux doigts sectionnés, tuées d'une balle dans la tête. Il a écouté sans m'interrompre.

Quand j'en ai eu fini, un ange est passé. Puis Ryan a dit, d'un ton plus de flic que d'amant :

— Tu penses à l'affaire de 2006.

— Oui. (Soudain, bien réveillée.) Toi aussi tu vois les parallèles ?

— Ça pourrait être une coïncidence.

— Mes tripes me disent tout autre chose.

— La Caroline du Sud est bien loin du Québec.

Exactement la même réaction qu'Anne.

— Ces victimes n'ont jamais bénéficié de l'attention qu'elles méritaient.

— Aïe !

— Mais non, pas à cause de toi. (Bon sang. La fatigue me faisait dire pile ce qu'il ne fallait pas.) Ton équipe a fait tout ce qu'elle pouvait. Mais dans le sillage du massacre de Shedden, et du type trouvé brûlé dans sa voiture, tout le monde craignait que les Hells Angels aient repris du service.

— Il y en avait, chez les gros bonnets, qui pensaient que les meurtres du conteneur pouvaient être liés à une histoire de gang, a dit Ryan.

— Une femme et une enfant ?

— Tu as raison. Pas le genre des motards.

— Mais la guerre des motards était tellement plus sexy que des vieux os dans un conteneur.

— Pas aussi sexy que toi. (Ça, ce n'était pas du langage de flic.) Quand reviens-tu à Montréal ?

— D'ici deux semaines. Écoute, tu pourrais me rendre un méga service ?

— Ça pourrait impliquer un échange de bons procédés. Tu sais, le truc que tu fais avec ta…

— Tu pourrais déterrer le dossier ? M'envoyer tout ce que tu trouves ?

— Je ferai mon possible. (D'un ton loin d'être assuré.) Ça fait quinze ans…

— Merci.

— À quoi tu penses ?

Je lui ai parlé de la suggestion d'Anne.

— C'est tiré par les cheveux, a-t-il dit.

— Tiré jusqu'à *Pictor* aller-retour.

— *Pictor ?*

— La constellation du Peintre, là où ce jeune a découvert une nouvelle exoplanète.

Le courant a été rétabli dans la nuit. J'ai été réveillée par le gémissement strident d'une tronçonneuse. Ce n'était que la première salve.

Neuf heures du matin, et la maison comme le terrain grouillaient de travailleurs. Un charpentier réparait la véranda de devant. Deux autres gars reclouaient des tuiles sur le toit. Une équipe pompait la boue dans la piscine sur la terrasse arrière. Devant la maison, un type élaguait les palmiers et faisait des gerbes avec les tiges coupées.

Je venais juste de préparer le café quand Herrin, la coroner, a appelé. Je lui ai lu mes notes. Elle m'a remerciée, puis demandé si je pouvais briefer Vislosky. J'ai accepté.

Au lieu de l'appeler, j'ai décidé de la mettre au courant de visu. Tous les prétextes étaient bons pour échapper au chaos.

La partie aristocratique, élégante, de Charleston est un bout de terre en forme de pétale isolé de l'Atlantique par deux fleuves, le Cooper à l'est et l'Ashley à l'ouest. Le quartier le plus recherché est un essaim de rues étroites bordées d'arbres, situé à la pointe sud du pétale. Bien que loin d'être majoritaires par les temps qui courent, beaucoup de résidents de ce quartier, appelé SOB, pour South of Broad, revendiquent des ancêtres du temps des plantations, avant la guerre civile.

Je me suis frayé un chemin depuis l'île de Palms jusqu'à l'île Sullivan, en traversant Mount Pleasant puis en prenant le pont sur le Cooper, et j'ai traversé le pétale jusqu'au 180 Lockwood Boulevard. Bien que géographiquement proche, l'adresse est à des lustres des boutiques pittoresques, des carrioles tirées par des chevaux et des maisons de SOB, d'étroites demeures géorgiennes tournées vers la rue. Enfin, les habitants n'ont pas de problème de parking. Contraste apprécié.

Les bâtiments du complexe municipal Chief Reuben M. Greenberg abritent le tribunal, les services administratifs et juridiques, le département de la circulation et des transports, et le bureau des immatriculations. Derrière le Greenberg se trouve le centre Chief John Conroy, le siège de la police de Charleston, beaucoup plus imposant.

En contemplant le QG de la police, je me suis fait la réflexion que c'était une main architecturale du même acabit qui avait présidé à la construction du MUSC, le complexe hospitalier universitaire. Les mêmes lignes géométriques fonctionnelles, des kilomètres de brique rouge et de verre sans un poil de créativité. Les mêmes palmiers parfaitement alignés selon une configuration inexistante dans la nature.

De l'autre côté de Lockwood Boulevard s'étendait Brittlebank Park, un espace vert tourné vers l'Ashley. Au nord-ouest, le stade River Dogs, le fief des Yankees, une équipe de niveau A de la ligue mineure de baseball. Au sud-est, l'Université de Charleston et un hôtel Marriott. Quelques pâtés de maisons plus loin à peine se trouvait le bâtiment où j'avais travaillé la veille. Et le bout de rivage déchiqueté où le conteneur s'était échoué.

Avant de m'extraire de ma voiture, j'ai sorti la carte de Vislosky de mon sac. Elle était affectée à la Division des crimes violents. Pas une grosse surprise.

J'ai composé le numéro. Vislosky a répondu et m'a dit d'entrer.

J'ai traversé le parking, gravi les marches, et pénétré dans le QG de la police de Charleston. Le hall d'entrée était tout ce qu'il y a de plus standard. Un carrelage éraflé. Des portes en bois. Des sièges boulonnés au sol. Des vitrines dans lesquelles étaient exposés des trophées et des photos des caïds du département.

Et un objet qui m'a fait m'arrêter une seconde.

Près d'un pilier se trouvait un petit conteneur rouge vif fourni par la chaîne de pharmacies CVS. L'inscription sur le devant expliquait son utilité : *Déchets médicaux.* Après l'avoir pris en photo avec mon téléphone, je me suis dirigée vers la réception et adressée à l'officier de service. Il m'a demandé une pièce d'identité. J'ai appliqué mon permis de conduire contre la vitre. Il l'a observé, a passé un coup de fil.

Quelques instants plus tard, l'ascenseur est arrivé et s'est ouvert sur Vislosky. Sa veste du jour était gris anthracite et son pantalon gris pâle. Sa chevelure noire, lustrée, formait autour de sa tête un halo de courtes boucles serrées.

Nous sommes montées en silence, toutes les deux concentrées sur les chiffres qui s'allumaient et s'éteignaient. De temps en temps, je risquais un petit coup d'œil de côté. Vislosky me mettait bien douze centimètres dans la vue. Sa posture, pieds écartés, corps tendu, suggérait une préférence systématique pour le combat plutôt que la fuite.

Quand les portes se sont rouvertes, elle m'a conduite le long d'un couloir vers une salle commune qui, comme le hall d'entrée, n'offrait aucune surprise. Des drapeaux de la ville, de l'État et des États-Unis étaient tendus sur les murs en béton brut. Entre les drapeaux, des panneaux d'affichage croulaient sous les photos, les dépliants, les avis de recherche et les menus de repas à emporter.

Le bureau de Vislosky était dans un coin éloigné. B+ pour l'ordre.

D'un coup de cheville, elle a rapproché une chaise vacante et m'a fait signe de m'asseoir. Depuis l'autre côté du bureau, elle a demandé :

— Vous avez quoi ?

— Oui, moi aussi je suis contente de vous revoir, *détective.*

Cela dit en sortant mes notes.

Vislosky est restée de marbre.

— Sexe féminin pour les deux. L'une entre quinze et dix-sept ans, l'autre entre dix-huit et vingt, voire vingt-deux, ce n'est pas exclu. Type caucasien.

— Blanches.

A-t-elle dit en attrapant crayon et papier.

— Oui. La plus jeune fait entre un mètre cinquante-cinq et un mètre cinquante-sept, la plus âgée entre un mètre soixante-douze et un mètre soixante-dix-huit.

— Poids ? Corpulence ?

— Mystère. Je peux seulement dire que la plus jeune devait être légère.

Vislosky a haussé un sourcil.

— Les points d'attache musculaire sont petits.

— Continuez, a-t-elle ordonné, les yeux rivés sur sa feuille.

— La plus jeune a souffert d'une fracture du condyle latéral de l'humérus droit, entre neuf mois et un an avant sa mort.

Vislosky a levé les yeux, et je lui ai indiqué du doigt une protubérance osseuse sur la partie extérieure de mon coude.

— La fracture s'est bien consolidée, sans déformation, ce qui suggère qu'elle a vu un médecin et probablement été plâtrée pendant quelques semaines.

— Comment se fait-on ce genre de blessure ?

— Les jeunes, ça tombe.

Vislosky a relevé le menton et penché la tête sur le côté.

— C'est courant ?

— Les coudes comptent pour 10 % de toutes les fractures constatées chez les enfants.

Vislosky a écrit quelque chose.

— Il est possible qu'elle ait eu les cheveux noirs, courts, teints en rose, ai-je ajouté en repensant aux « fibres » que Klopp avait prélevées.

Je me suis tue, en proie à la même douleur poignante que pendant l'autopsie. La plus jeune s'était fracturé le bras, peut-être en faisant des pirouettes ou en tombant d'une planche à roulettes. Elle s'était teint les cheveux en un rose barbe à papa provocant, pour tester l'image qu'elle renvoyait au monde. En examinant ses os, j'avais ressenti un mélange de joie de vivre et d'angoisse adolescente. Je l'avais connu, ce stade inconfortable, moitié enfant moitié femme. Tellement d'espoirs. Tant de raisons de vivre. Tout cela étouffé dans l'œuf.

La question de Vislosky m'a ramenée sur terre.

— Et la plus âgée ?

— Elle avait un abcès près de la seconde molaire supérieure gauche, inflammatoire au moment de son décès. Il est probable qu'il la faisait souffrir. Je doute qu'elle ait été vue par un dentiste.

À deux bureaux de là, un téléphone s'est mis à sonner.

— Les deux sont mortes d'une seule balle tirée dans l'occiput.

Vislosky a levé les yeux au ciel.

— L'arrière du crâne. La trajectoire suggère que les victimes étaient à genoux, le tireur dans leur dos.

— Style exécution.

Image fugace d'une femme et d'une enfant à Montréal. Je l'ai chassée de ma tête.

— On dirait, oui. Je n'ai pas observé sur les squelettes de traces de violence autres que *post-mortem*.

— Après qu'on les a abattues.

— C'est ça. (Le téléphone s'est tu.) Les deux victimes ont eu les dents arrachées ou fracassées, et leurs doigts ont été sectionnés juste au-dessus des jointures.

— Avec quoi ?

— Un outil à lame lisse. Je parierais pour un sécateur, mais je ne peux rien dire de plus.

— Quoi d'autre ?

— C'est tout.

— Combien de temps pensez-vous qu'elles soient restées dans ce conteneur ?

— Difficile à dire avec précision. Entre un et cinq ans ?

— Et cette histoire de bernacles, on en est où ?

— Ça va prendre du temps. Et la consultation de divers experts.

— Qui dois-je contacter ?

— À vous de voir.

— Et la bâche ?

— En polyéthylène standard. Même chose pour le fil électrique. Du monobrin 18 AWG, c'est-à-dire du fil standard, comme on en trouve dans n'importe quel magasin de bricolage.

Vislosky a rejeté son stylo sur son ordinateur, s'est calée contre son dossier et a étiré ses jambes. Qui allaient très loin. Un silence, puis :

— C'est les os qui vous ont dit tout ça ?

— Sauf l'info sur la disponibilité du fil électrique.

— Sacré nom d'un chien.

Vislosky a récupéré son stylo et l'a fait osciller entre ses doigts. De très longs doigts. Puis elle a tendu sa main libre au-dessus du bureau et m'a décoché un léger, très léger sourire.

— J'ai peut-être été un peu abrupte à la morgue, hier. (Cela dit sans s'excuser, sur un ton simplement factuel.) Je m'appelle Tonia.

— Temperance Brennan. Tempe. (On s'est serré la main, la mienne avalée par la sienne.) C'est original, Tonia.

— Ma mère l'avait entendu quelque part et l'a probablement noté en se trompant. On s'en tape. Elle voulait que je sois toubib. Je voulais être flic.

— Vous n'avez pas lâché.

— Je suis calibrée comme ça.

Elle a braqué sur moi, comme un pistolet, un index digne d'E.T., a pris et ouvert un dossier bleu ciel, et a enchaîné.

— En sortant de la salle d'autopsie hier, j'ai commencé à fouiller dans les signalements de personnes disparues. Je suis remontée cinq ans en arrière pour retracer des enfants correspondant à votre profil. Que dalle.

— Vous avez élargi le périmètre jusqu'où ?

— Rien dans le secteur de Charleston, en Caroline du Sud, du Nord, et en Géorgie. Maintenant, je peux affiner ma recherche. Les infos médicales valent de l'or. Je vais contacter les hôpitaux, leur demander de vérifier leurs dossiers en remontant sur cinq ans à la recherche d'une jeune fille qui se serait présentée avec une… (Elle a parcouru ses notes du regard.) Une fracture du condyle latéral.

— Ils vont adorer.

— Je vais contacter le FBI, envoyer des requêtes aux écoles, vérifier auprès du NCMEC.

Vislosky faisait référence au Centre national pour les enfants disparus et sexuellement exploités.

Ensuite, elle a pris dix minutes pour m'exposer son plan de jeu. Tout semblait douloureusement familier.

Quand elle en a eu terminé, j'ai dit :

— Ces meurtres ont peut-être des ramifications dont vous n'avez pas conscience.

— Ce qui veut dire ?

Je lui ai parlé de l'affaire de Montréal.

Sa réaction a été exactement celle que j'attendais.

8.

Vendredi 8 octobre

Ryan m'a appelée vers 17 h 30. Installée sur la terrasse arrière, je travaillais sur mon ordinateur. Anne était dans le jardin en contrebas, en train de discuter avec un ouvrier. Bruyamment.

— *Bonjour mon sucre d'orge.*

— Ne m'appelle pas comme ça. Salut.

— C'est quoi ces hurlements ?

— Un des paysagistes d'Anne est tombé sur un serpent dans une touffe d'avoine de mer. Il veut le tuer. Elle tente de le convaincre de le capturer et de le relâcher.

— Quel genre de serpent ?

Son ton laissait penser qu'il prenait plutôt parti pour le gars au râteau.

— Un pauvre petit serpent noir inoffensif.

En m'efforçant d'imiter Anne, en beaucoup moins sonore.

— Qu'est-ce que tu fais ? a demandé Ryan.

— Des rapports pour mon amie la coroner Herrin et cet avocat, Thorn. Tant que c'est tout frais dans mon esprit.

— Qui est de première fraîcheur, pas de doute.

— Tu as pu mettre la main sur le dossier ?

— Dis-moi que je suis un génie.

— Tu es un génie.

— Dis-moi que je suis ton héros.

— Bon, qu'est-ce que tu as trouvé ?

Lui, sur un ton faussement meurtri :

— Ma biche ?

— Tu es mon héros. Qu'est-ce que tu as trouvé ?

— Tout le dossier.

— Tout ?

— *La totale.*

— Ryan, ai-je fait avec une pointe d'impatience.

— Les notes et les rapports des détectives, celui de l'anthropologue, des photos, quelques coupures de presse, le…

Moi, complètement surexcitée :

— Le dossier est volumineux ?

— Non.

— Tu pourrais le scanner et me l'envoyer ?

— Déjà dans le tuyau.

— Tu es mon héros.

— Et j'ai eu du mérite ! Pas facile comme mission.

— Serais-je si difficile à satisfaire ?

— Sans commentaire. Mais voici qui devrait te réjouir : j'ai aussi retracé des infos sur le type qui a grillé dans sa voiture.

— Tu penses qu'il a un lien avec notre affaire ?

— C'était plutôt de la curiosité. Ça me turlupinait de ne pas me rappeler comment l'enquête s'était déroulée.

— Il me semble que tu étais souvent en mission spéciale, à l'époque ?

— Exact. (J'ai entendu une page qu'on tourne.) La victime a fini par être identifiée grâce à son dossier dentaire. Jean-Pierre Tremblay, de Sorel. La piste était restée dans une impasse pendant cinq ans, et puis le service des affaires non élucidées a rouvert l'enquête.

— Pourquoi ?

— Je l'ignore. En tout cas, il se trouve que la conjointe de Tremblay, Sonja, avait eu tout le temps de réfléchir pendant que son chéri croupissait en tôle. Elle a décidé qu'elle en avait ras le pompon d'être son punching-bag. Faut dire qu'elle s'était aussi trouvé un nouveau petit copain.

— Laisse-moi deviner. Sonja et son nouveau chéri ont concocté un plan.

— Ils ont abattu Jean-Pierre dans les jours qui ont suivi sa sortie de prison, et fait brûler sa voiture pour faire croire à un contrat de motard.

— Il faut leur laisser ça : ils se tenaient au courant de l'actualité.

— En effet.

— Sonja et compagnie ont été inculpés ?

— Eh bien, côté karma, ils ont décroché le gros lot. Un an après qu'ils ont fait frire Jean-Pierre, leur camion s'est fait ratatiner par un train à un passage à niveau.

— Ils sont morts tous les deux ?

— *Très* morts. (J'ai entendu le grincement d'une chaise.) Tu devrais recevoir le dossier sur les victimes du conteneur en fin de journée.

— Sérieux, Ryan. Je te revaudrai ça.

— Et quand pourrais-tu me revaloir ça ?

D'une voix rauque, pas du tout subtile.

— On ne m'attend pas au labo avant une quinzaine de jours.

— Je ne suis pas sûr de pouvoir attendre.

— Tu sauras t'occuper.

— J'ai reçu un appel d'un gars du Vermont, aujourd'hui.

— Tu es sacrément populaire, comme détective privé.

— C'est ce truc de génie que j'ai…

Les cris se sont tus et j'ai entendu Anne monter l'escalier.

— Je vais guetter ton e-mail.

— *Ciao.*

— *Ciao.*

— Ce crétin a un QI de sole meunière !

Le désastreux chignon d'Anne était sur le point de rendre son dernier soupir.

— C'est un jardinier.

— Précisément. Ce qui veut dire qu'il ne préside pas le comité où on décide quelle faune a le droit de vivre et laquelle doit mourir. Pas chez moi.

— Où est le serpent en question ?

— L'élagueur m'a aidée à le piéger dans un sac de graines. Il m'a promis d'aller le relâcher dans les marais.

— Ça aime l'eau saumâtre, les serpents noirs ?

Anne s'est contentée de me regarder. Sa joue droite était décorée d'une tache qui aurait pu être du guacamole.

— Je suis certaine que Señor Snake va beaucoup se plaire dans sa nouvelle maison, ai-je dit. Bon, qu'est-ce qu'on se prépare pour le dîner ?

— C'est moi qui fais la cuisine.

Mamma mia...

Je me suis remise à mon rapport.

Une heure plus tard, Anne m'a appelée à l'intérieur. Elle avait préparé un plat de *grits*[1] avec du fromage, des crevettes et du piment, qui promettait de propulser mon cholestérol à un niveau stratosphérique.

— Tu as bien avancé, dis donc, ai-je dit en ajoutant des crustacés au monticule de glucides orange dans mon assiette.

— Pas évident quand ceux qui t'aident ont un QI de plante verte.

— Tu as passé ta journée dehors ?

1. Il s'agit de semoule de maïs. Un plat emblématique du sud-est des États-Unis.

— En grande partie. Mais pas seulement. J'ai fait quelques recherches. Quand tu sauras ce que j'ai trouvé, tu sauteras de joie.

— Quel genre de recherches ?

— Sur les masques mortuaires.

J'ai dû avoir l'air perplexe.

— Polly Beecroft ? Les photos ? m'a-t-elle soufflé.

— Oui, oui.

— Dieu tout-puissant, Tempe ! Tu as oublié cette charmante vieille dame ?

— Bien sûr que non.

Sauf que si, avec l'ouragan et l'affaire du conteneur échoué.

— Bouge pas.

Anne a quitté la table avant de revenir quelques minutes plus tard avec son ordinateur. Qu'elle a posé sur un plutôt gros grumeau de *grits*.

— Bon. La pratique du masque dans le but de conserver un souvenir des visages, à l'aide de cire ou de plâtre, parfois de bronze, remonte à l'Antiquité. Tu as déjà vu des photos de celui de Toutankhamon, n'est-ce pas ?

— Je l'ai vu en vrai.

— Naturellement, où avais-je la tête ? a-t-elle fait en levant les yeux au ciel. Le masque de Tout' est un masque mortuaire. Les Romains fortunés en faisaient aussi, mais pour une raison différente, pour exposer leurs ancêtres, peut-être même les vénérer, là, je ne sais pas trop.

Anne s'est arrêtée pour gober une crevette. La mastiquer.

— À l'époque de la reine Victoria, on ne jurait que par ça. À ma connaissance, c'était très souvent en lien avec un truc qui s'appelle la phrénologie. Ça te parle ?

— Les phrénologues prétendent qu'on peut déterminer l'intelligence et la personnalité d'un individu en se basant sur la forme de son crâne et les traits de son visage. Du grand n'importe quoi.

— D'accord. Ça a commencé avec un médecin allemand, Franz Joseph Gall. Il est à l'origine de la théorie selon laquelle les creux et les bosses du crâne permettraient de déterminer le caractère de l'individu. Ça paraît cinglé, mais à l'époque où la phrénologie était populaire, en gros, entre les années 1820 et 1840, un employeur pouvait exiger des références sur le caractère établies par un phrénologue.

— Tu plaisantes ?

Anne a secoué la tête.

— Comme tu dis, complètement fou, mais ça a conduit des gens à faire fabriquer tout un tas de masques. Un Anglais, James de Ville, en a rassemblé plus de deux mille. Tous n'avaient pas été fabriqués à cause de la phrénologie, bien sûr. Certains étaient utilisés comme modèle pour les individus qui voulaient se faire portraiturer…

J'ai coupé court :

— Bon, mais quel est le lien avec Polly Beecroft ?

Un peu brutal, mais nous avions fini de dîner et j'étais pressée d'aller voir si le message de Ryan était arrivé dans ma boîte e-mail.

— J'y viens.

Anne a un peu pianoté sur son portable et vérifié quelque chose.

— L'Université de Princeton possède une collection de masques mortuaires. Tout comme le musée d'Anatomie de l'Université d'Édimbourg et le musée du Crime de Scotland Yard. Les Victoriens étaient obsédés par les meurtres atroces, et ils ont réalisé un nombre considérable de masques mortuaires de condamnés à mort exécutés. Tu as entendu parler de William Burke ?

— Burke et son copain William Hare déterraient les cadavres dans les cimetières, puis ils se sont convertis en meurtriers pour fournir les facultés de médecine.

— Et se remplir les poches. Bref, son masque est dans la nature. (Re-pianotage sur son clavier.) Certains de ces objets ont pris une valeur insensée. Un masque en bronze de Napoléon, réalisé peu après sa mort en 1821, a été vendu près de 220 000 dollars en 2013.

Mon regard a dérivé sur l'horloge accrochée au mur au-dessus de l'épaule d'Anne. Elle s'en est aperçue.

— Détends-toi du string. C'est là que ça devient intéressant.

— Je t'écoute.

— Dante, Marie Stuart, reine d'Écosse, John Keats, Napoléon, Oliver Cromwell, William Blake, Beethoven, John Dillinger, James Dean – tu serais surprise de la quantité de gens dont on a réalisé le masque mortuaire. Et pas que des célébrités.

« Pendant des années, l'University College de Londres a possédé une collection de trente-sept têtes. Personne ne savait à qui elles appartenaient. Durant une certaine période, on les a prêtées comme modèles aux étudiants en arts plastiques. Puis dans les années 1990, des étudiants sont tombés sur une publication intitulée *Notes biographiques et phrénologiques illustrant une collection de moulages*, d'un certain Robert R. Noel.

— Les masques de l'université de Londres appartenaient originellement à Noel ?

— Ouaip. Apparemment, il y en avait davantage – environ quarante-sept, comprenant aussi une série de crânes.

— Et au fil des années, des spécimens ont disparu.

Je commençais à voir où elle voulait en venir.

— Bingo. Aujourd'hui, un certain Nick Booth, un collectionneur anglais de masques mortuaires, propose une « amnistie crânienne ».

— Hein ?

— Booth raconte que si on a fréquenté la Slade School of Fine Art dans les années 1980 et chipé l'une des petites merveilles de Noel, on peut la lui retourner, il ne posera pas de questions.

Anne a refermé son Mac et m'a regardée, dans l'expectative.

— Tu penses que le masque sur la photo de Beecroft pourrait être l'un de ceux qui ont disparu de la collection de Noel ?

— Tu n'as pas dit que la sœur de Polly était artiste ?

— Harriet. Elle était peintre.

— Harriet n'aurait pas fait des études à Londres dans les années 1980 ?

J'ai fait un rapide calcul.

— Ce serait possible, oui. Mais...

— Réfléchis. Les masques de la collection de Noel ont été divisés en deux catégories : les intellectuels d'un côté, les criminels et les suicidés de l'autre.

— Ça en dit long sur ce qu'on pensait du suicide, à l'époque.

— Et si la femme du masque était la grand-tante de Beecroft qui se serait suicidée ?

J'ai cherché une réponse, n'en ai pas trouvé.

— Un autre élément intéressant sur lequel je suis tombée : les masques n'étaient pas uniquement réalisés par des phrénologues ou des peintres qui s'en servaient comme modèles. Ils avaient une troisième utilité.

Elle m'a laissée mariner un moment, puis elle a lâché sa bombe.

— On réalisait parfois des masques de morts non identifiés.

— Pour que les proches d'une personne disparue puissent aller voir les masques à la morgue.

Anne a solennellement hoché la tête.

— Pas mal, Annie.

— Je reste sur l'affaire.

Ça, je n'en doutais pas.

Comme un phoque de course lâché sur un banc de poissons.

Une demi-heure plus tard, la table débarrassée, la vaisselle chargée dans le Bosch, Birdie et moi nous sommes retirés dans notre chambre. J'ai rouvert la baie vitrée. Répondant à l'appel de la nature, le chat s'est aventuré sur le balcon.

Assise en tailleur sur le lit, j'ai allumé mon Mac. L'Atlantique me paraissait plus folâtre, ce soir, j'ai donc travaillé au son des vagues qui déferlaient en projetant leur écume sur le sable. Au cri des mouettes qui discutaient en langue aviaire. Elles se plaignaient peut-être d'une pénurie de poissons.

L'e-mail de Ryan était arrivé. Je l'ai téléchargé et j'ai regardé les deux pièces jointes. Un dossier rassemblait les documents, l'autre, les photos.

J'ai commencé par un rapide inventaire du premier. S'y trouvaient : le rapport de la scène de crime, un recueil de résumés de témoignages. Des formulaires listant les indices et les effets personnels retrouvés et analysés. Des notes rédigées par Ryan, le détective en chef, et deux autres membres des forces d'intervention, tous deux de la Sûreté du Québec. Le point de vue de Ryan sur l'enquête. Un rapport sur un gastéropode. Un rapport sur le système hydraulique du Saint-Laurent. Des rapports établis par le pathologiste, le coroner et moi-même.

J'ai mis de côté les documents pour plus tard et me suis tournée vers le deuxième dossier en pensant que des photos seraient peut-être à même de rafraîchir ma mémoire plus efficacement que du texte.

Ryan avait scanné des photos de quatre provenances différentes. Une série émanait du service des scènes de crime de la Sûreté du Québec, appelée sur les lieux. Une autre venait de Paul LaManche, le pathologiste du LSJML, le Laboratoire de sciences judiciaires et de médecine légale, qui avait procédé à l'autopsie. Une troisième était de moi. Pour la quatrième série, je ne savais pas trop. Je m'en occuperais en dernier.

Malheureusement, j'avais raison pour ce qui était du choc provoqué par les images. J'ai cliqué dessus, et toute l'horreur de l'affaire est revenue me frapper comme un boomerang : le conteneur enfoncé dans une plage boueuse. Le fil électrique et la bâche en plastique tapissés par les algues gluantes. Les os tachetés. Les phalanges sectionnées. Les impacts de balles, sombres, circulaires, mortels. La petite bague avec son émeraude en toc.

C'en était trop pour que j'arrive à bloquer le flot d'images. J'ai vu la femme et l'enfant à genoux. J'ai imaginé la petite fille se fourrant subrepticement son trésor dans la bouche.

Les mêmes questions déchirantes m'ont assaillie. L'enfant et la femme avaient-elles été tuées ensemble ? Avaient-elles supplié qu'on les épargne ? Laquelle était morte la première ? L'enfant avait-elle compris qu'elle allait mourir ?

J'ai pensé à ma fille Katy au même âge. Me suis interrogée. L'enfant comprenait-elle la notion de mort ? Que sait-on de la mortalité quand on a dix ans ?

J'ai banni ces pensées insupportables et me suis tournée vers la dernière série d'images. Les plus bouleversantes de toutes.

Le cimetière désolé de la rue Sherbrooke, le Repos Saint-François d'Assise. La rangée de pierres tombales, toutes anonymes. Les inscriptions, si tristes.

LSJML-41207 Ossements féminins non identifiés. LSJML-41208 Ossements d'enfant non identifiés.

La douleur m'a étreinte aussi violemment que le jour où je m'étais tenue devant cette tombe.

En essuyant une larme sur ma joue, j'ai repensé à la suggestion d'Anne.

Et j'ai pris une décision.

9.

Samedi 9 octobre – dimanche 10 octobre

Malgré la berceuse apaisante fredonnée par la mer, j'ai mal dormi. Un million d'images et de questions inquiètes ricochaient dans ma tête. Des os. Des conteneurs. Les Beecroft. Birdie. Que faire du chat si je mettais mon plan à exécution ?

À 6 h 30, j'ai renoncé, enfilé une tenue de sport, je me suis fait une queue-de-cheval et je suis sortie. La marée était basse, le soleil apparaissait à peine sur l'horizon. Dans les premiers rayons obliques, l'océan et le rivage brillaient d'un bronze rosé.

La plage était quasiment déserte. J'ai dépassé au petit trot des promeneurs de chiens qui jouaient à la balle avec leurs caniches ou leurs boxers. À un moment, j'ai failli marcher sur une bécassine qui fouillait le sable, ses longues pattes grêles plantées dans l'image à l'envers d'elle-même.

À l'extrémité sud de l'île, sous le pont qui dessert l'île Sullivan, un groupe de dauphins exécutaient des saltos lents et paresseux dans le Breach Inlet. Je voyais leur peau lancer des reflets d'argent chaque fois que leur dos fendait l'eau.

Le rapide jogging de trois kilomètres m'a aidée à m'éclaircir les idées. J'ai abandonné mes chaussures pleines de sable sur la terrasse, pris une douche, enfilé un short et mon tee-shirt préféré de l'UNCC, puis je suis descendue m'expliquer avec la Jura X8, un délire de machine à café qui a possiblement coûté plus cher que ma voiture. J'en étais au rapport d'Herrin, et à ma troisième tasse de café, quand mon hôtesse a franchi la porte en tanguant.

Anne n'est pas du matin. Du milieu de la matinée non plus. « Échevelée » ne rendrait pas justice à la déroute sauvage de sa chevelure. Son mascara lui faisait une scène de guerre autour des yeux.

— Tu es ravissante, ai-je dit.

— Mmm.

— J'ai fait du café.

Anne a levé un doigt pour montrer qu'elle avait compris et s'est approchée de la fameuse machine. J'ai entendu un placard qu'on ouvrait, des bruits de vaisselle, puis le grille-pain.

J'ajoutais un dernier détail au dossier AF21-986 quand Anne m'a rejointe à la table avec un toast couvert de quelque chose de foncé et gélatineux qui, à mon avis, n'avait rien à faire sur du pain.

— C'est quoi, ça ?

— Vegemite. Super nutritif.

— À condition d'être australien et de vivre dans l'Outback.

— Tu devrais essayer. C'est à base de légumes.

— C'est une espèce dangereuse, mon amie.

— Hein ?

— Non, rien. Puis-je te poser une question ?

Les yeux de panda se sont posés sur moi.

— J'ai réfléchi à ta suggestion.

— D'essayer la Vegemite ?

— Sur l'affaire rouverte à Montréal.

Silence.

— Ça t'ennuierait que je reparte demain ? J'aimerais filer vers le nord plus tôt que prévu.

— Ils n'ont plus besoin de toi à Charleston ?

— Je vais m'en assurer auprès de Vislosky et Herrin. Et de ma patronne, à Charlotte.

— Je pense que c'est une merveilleuse idée. De toute façon, tu ne me sers à rien, ici. (Clin d'œil joyeux du panda.) Et c'est les valseuses de Ryan qui vont jouer des castagnettes.

J'ai levé les yeux au ciel, et passé la demi-heure suivante au téléphone.

Herrin a dit qu'un rapport serait super. Vislosky a posé quelques questions, n'a donné aucune info supplémentaire. Nguyen n'avait rien d'intéressant pour moi, a promis de m'appeler ou de me prévenir par e-mail si la situation devait changer. Toutes les trois m'ont conseillé d'y aller.

J'ai reposé mon téléphone, soulagée. Et un peu en manque d'amour.

Jusqu'à ce que j'appelle Ryan. J'entendais d'ici ses valseuses jouer des castagnettes.

Après, j'ai appelé American Airlines, rassemblé mes affaires, l'attirail du félin, et je suis partie à sa recherche.

Tout comme Anne, Birdie a la faculté troublante de lire dans mes pensées. Et de décoder mes faits et gestes. Il m'a fallu quarante minutes pour le localiser sous un lit, dans les entrailles d'un matelas à ressorts éventré.

Le retour à Charlotte a été éminemment pénible, mon passager de la banquette arrière ayant persisté à vocaliser son indignation durant tout le trajet. Pour étouffer les miaulements, j'ai écouté NPR, la station radio locale, en me demandant s'il serait question de la découverte du jeudi.

Il n'y a eu aucune mention du conteneur ou des corps, ce qui ne m'a pas étonnée. Ni Herrin ni Vislosky ne m'avaient paru adeptes des médias. Ou alors, l'affaire était déjà reléguée aux oubliettes.

Une info a tout de même attiré mon attention, une brève chronique sur le nombre croissant de décès par *Capnocytophaga* en Caroline du Sud. J'ai tout de suite pensé à Walter Klopp et à l'homme qu'il avait autopsié deux jours plus tôt.

D'après le journaliste, même si le CDC, le centre pour le contrôle des maladies, ne parlait pas encore officiellement de foyer infectieux, les autorités médicales surveillaient la progression de la capno dans la région. Je me suis demandé combien il fallait de morts pour entrer dans les statistiques du CDC.

Un intéressant commentaire annexe rapportait une évolution des ventes d'armes à feu dans l'État. Les personnes interrogées disaient qu'elles avaient entendu dire que c'était les animaux familiers qui donnaient la capno. Apparemment, le citoyen moyen s'armait en vue d'empêcher qu'on colle Fluffy et Fido à la fourrière.

À l'Annexe, j'ai défait mon sac et lancé une machine. Puis j'ai téléphoné à Archie, le garçon de douze ans qui s'occupe de Birdie quand je voyage.

Premier râteau. La mère d'Archie m'a répondu qu'il était à la montagne, à un camp d'automne organisé par son école.

J'ai essayé mon voisin, Walter.

Deuxième râteau. La nièce de Walter, Rhonda, était venue lui rendre visite du Colorado. Et Rhonda était gravement allergique aux chats.

— Et merde !

Alerté par ma véhémence, Birdie s'est mis en mode sauve-qui-peut.

J'ai regardé le chat. Il m'a regardée, n'a pas offert de solution.

Le reste de la journée et la soirée, j'ai relu avec plus d'attention les documents que Ryan m'avait envoyés.

Ce que j'y ai trouvé n'était pas prometteur.

Un mot sur ma vie de transfrontalière schizoïde.

Pendant des lustres, j'ai enseigné l'anthropologie biologique et judiciaire à Charlotte, à l'UNCC, l'Université de Caroline du Nord. Quelques décennies plus tôt, à la faculté, lors d'une réunion de département, une communication sur le National Faculty Exchange avait été mise à l'ordre du jour. Le NFE est, comme son nom l'indique, un programme d'échange entre professeurs d'institutions différentes le temps d'une année universitaire, et il se trouvait qu'un enseignant canadien avait manifesté le désir de venir à l'UNCC.

Ça va être marrant, avais-je pensé. Et hop, j'y étais allée.

J'enseignais à Concordia et McGill, les deux universités anglophones de Montréal, quand j'avais été approchée par le directeur du Laboratoire de sciences judiciaires et de médecine légale, le labo central pour la province de Québec. Le LSJML – qui était connu sous un nom plus court à l'époque –, avait besoin d'une anthropologue judiciaire. Deux préalables étaient demandés pour postuler : la certification par l'American Board of Forensic Anthropology et la pratique du français.

J'étais loin d'être bilingue, à l'époque, mais j'ai décroché le job.

Fantastique !

À la fin de mon année de NFE, le LSJML était content de moi, et moi j'étais contente d'eux. Je suis rentrée à Charlotte, mais nous avons concocté un accord selon lequel je me rendrais à Montréal tous les deux mois. Et je me débrouillerais pour être immédiatement disponible en cas de catastrophe, d'affaire urgente ou de témoignage au tribunal.

Depuis, c'est ma vie.

À 10 heures le lendemain matin, Birdie et moi étions à l'aéroport international Charlotte-Douglas. Nous avons embarqué à l'heure, mais décollé avec vingt minutes de retard. Ce qui n'a pas contribué à améliorer l'humeur du chat, déjà en rogne. L'attente n'a fait que pousser le volume de ses protestations à un niveau jusque-là inégalé.

Le temps que nous atterrissions à l'aéroport international Pierre-Elliott-Trudeau, à Dorval, j'étais la deuxième passagère la plus détestée à bord, la première place revenant à mon compagnon planqué sous mon siège.

Et maintenant, les infos promises sur Andrew Ryan.

Comme je l'ai mentionné plus tôt, quand nous nous sommes rencontrés, le lieutenant-détective Ryan appartenait à l'équipe des crimes contre la personne de la Sûreté du Québec, la police provinciale. Dont les bureaux se trouvent dans le même bâtiment que le LSJML, et que mon labo. Nos routes ne pouvaient faire autrement que de se croiser.

Pendant des années, nous nous sommes tournés autour, Ryan et moi. Au bout d'un moment, nous nous sommes rapprochés.

Nous sommes sortis ensemble. Longtemps. Très longtemps.

Et récemment, Ryan m'a demandée en mariage.

Eh ouais, les gars !

J'ai accepté d'essayer la cohabitation.

Pour prouver mon engagement dans cette nouvelle organisation, j'ai fait agrandir l'Annexe, à Charlotte, vendu mon appartement adoré du centre-ville de Montréal, et nous en avons acheté un autre dans une tour très chic, aussi au centre-ville. Bien qu'à quelques rues seulement de mon vieux chez-moi en rez-de-jardin, ce nouvel endroit est, à tous points de vue, à des galaxies de l'ancien.

J'ai donné l'adresse de la rue Sherbrooke à André, le chauffeur Uber. Il a zyeuté le chat avec dégoût avant de hisser ma valise dans le coffre de sa Maxima, et c'était parti.

Vu la fluidité de la circulation sur l'autoroute 20, le trajet jusqu'en ville a été relativement rapide. Pas assez pour Birdie.

Arrivé au niveau de notre gratte-ciel, André a tout fait pour se débarrasser de nous le plus vite possible. Il s'est emparé de ma valise et l'a balancée sur le trottoir avant de fusiller le chat du regard, puis il a fait ronfler son moteur et redémarré, ses roues propulsant une gerbe de gravier et de feuilles mortes.

Le portier, Sylvain, m'a délestée de mon sac de transport et de ma valise de la taille d'une Buick, puis m'a accompagnée à l'ascenseur. J'étais trop éreintée pour protester. Pas Bird.

— Il a de sacrés *poumons*, a dit Sylvain.

— *Oui*, ai-je confirmé.

Le nouvel et rutilant ascenseur a filé dans les étages et je suis entrée avec Birdie dans nos nouvelles et rutilantes pénates.

Je n'ai pas pu m'empêcher de m'esclaffer.

Ryan avait accroché des ballons, suspendu des banderoles en papier crépon et fixé au mur une énorme pancarte. *Bienvenue !*

J'ai fait rouler ma valise dans la chambre et libéré mon compagnon de voyage extrêmement mécontent. En sortant de sa prison, Birdie a observé les alentours, toujours irrité, mais curieux de découvrir ce nouvel endroit. Enfin du silence.

J'étudiais le contenu du frigo quand un texto s'est annoncé sur mon portable.

Bien arrivée ?

Oui.

Chat content ?

Sans commentaire.

Détends-toi. J'apporte le dîner.

J'adore tes ballons.

À tout de suite.

En tout premier lieu, j'ai installé la station d'épuration de Birdie. Il l'a utilisée. Ne m'a pas remerciée, mais a magnifiquement camouflé son dépôt à coups de pattes dans la litière.

Je venais de finir de déballer mes affaires quand j'ai entendu le déclic de la porte d'entrée.

— Où es-tu, mon petit sucre ? a entonné Ryan.

— Appelle-moi encore une fois comme ça, et je ne serai bientôt plus là du tout.

Ryan a fait son apparition sur le seuil de la chambre, une pizza dans une main, un petit rongeur en peluche dans l'autre.

— Une Angela Spéciale pour nous, a-t-il dit en brandissant la pizza. Et un joujou pour ton ami.

— L'affection de Birdie ne s'achète pas.

— Le petit être m'idolâtre déjà.

Après avoir posé la pizza et le jouet sur la table de nuit, Ryan a fondu sur moi et m'a enlacée dans une étreinte d'ours. Suivie d'un baiser très long, très senti.

Ai-je déjà mentionné que Ryan est taillé comme un Dieu et ressemble à une star ? Et qu'on ne s'était pas vus depuis près d'un mois ?

J'ai senti un pincement au creux de l'estomac. Ou pour être plus précise, très au sud de l'estomac.

Je ne l'ai pas repoussé.

En mangeant notre pizza, qui avait refroidi pendant nos cabrioles entre les draps, Ryan et moi avons parlé de l'affaire du conteneur. Et des raisons pour lesquelles le dossier était si mince.

— Les victimes sont mortes depuis des années. Sans identification, on n'avait personne à contacter, ni famille, ni proches. Il n'y avait pas eu de témoins, pas de suspects. Personne ne savait rien.

— Ou prétendait ne rien savoir, ai-je dit.

Ryan a acquiescé d'une inclinaison de sa bouteille de Moosehead.

— Le conteneur s'est échoué dans un parc de caravanes, à Saint-Anicet, ai-je dit.

— Exact. On a interrogé le type qui l'a découvert.

— Pas la créature de Dieu la plus futée.

— En gros, un tronc cérébral sur deux pattes. On a parlé à tous les résidents du camping ainsi qu'aux habitants de la ville et des fermes environnantes. On a ratissé toutes les marinas le long du rivage, vérifié les antécédents de tous les propriétaires de bateaux enregistrés dans la province.

— En pensant que le conteneur avait été balancé par-dessus bord, dans le fleuve.

— On a contacté toutes les écoles de la zone. Bon sang, de toute la province, et plus loin encore !

— Il y avait très peu de choses sur les formulaires d'indices et d'effets personnels, ai-je dit. La bâche en polyéthylène et le fil électrique sont identiques à ceux qui ont été utilisés à Charleston.

— Ici, on avait la bague de la petite fille, a dit Ryan. Là-bas, tu n'as trouvé aucun objet personnel.

L'image enfouie s'est retournée et a relevé la tête. J'ai refusé qu'elle envahisse mon poste de commande cérébral, et j'ai acquiescé. Puis, anticipant la question de Ryan :

— Aucune empreinte. Pareil pour le conteneur.

Ryan a approché son pouce pour essuyer un peu de sauce sur ma lèvre supérieure. Peut-être du fromage.

— Merci, ai-je dit, pas hostile au fait que sa main s'attardait bien plus que nécessaire. Les pierres trouvées au fond du conteneur ont été analysées.

— J'avais oublié. Une bonne surprise ?

— Des cailloux de rivière communs, comme on en trouve dans une multitude d'endroits.

— Il n'y avait pas une histoire de gastéropode, aussi ?

— Une limace de mer. Noire et d'espèce indéterminée. (Je lui ai résumé le rapport du malacologiste.) L'expert en hydraulique fluviale n'a pas été plus utile.

— Tu as trouvé beaucoup de parallèles avec les victimes de Charleston ?

Je les lui ai tous cités.

Nous avons fait la vaisselle ensemble et glissé le reste de la pizza dans un Ziploc. Ryan a décapsulé une nouvelle Moosehead et je me suis fait un thé.

Nous nous sommes installés dans deux fauteuils, face à la baie vitrée et à la *skyline* qui s'étirait jusqu'au fleuve. Douze étages plus bas, les fenêtres, le long de Sherbrooke, se teintaient d'or dans les derniers rayons du jour finissant.

— Seras-tu très occupé pendant que je serai là ? ai-je demandé.

— Un type à Montpelier m'a chargé d'enquêter sur un accident de voiture mortel.

— Grisant.

— Mouais.

Les pensées de Ryan ne tournaient pas autour d'un accident dans le Vermont. Après avoir englouti le reste de sa bière, il a fait pivoter mon fauteuil, s'est penché en avant et s'est mis à me masser le cou et les épaules.

J'ai reposé mon thé. Pour la première fois depuis longtemps, j'ai commencé à me détendre.

Les mains de Ryan sont descendues plus bas, ses pouces décrivant de larges cercles dans les muscles le long de ma colonne vertébrale.

J'ai un aveu à faire. Je me damnerais pour un bon massage dorsal. Et même pour un mauvais. En échange d'une séance de massothérapie professionnelle, je divulguerais la localisation de toutes les ogives nucléaires de l'arsenal américain.

Les mains de Ryan se sont glissées sous la ceinture de mon jean.

— Deux fois en une nuit ? Tu me prends vraiment pour une fille facile, hmm ?

— Si on en débattait plus tard ?

Ses doigts ont glissé plus bas.

Avantage, Ryan.

10.

Lundi 11 octobre

J'ai été réveillée par l'odeur du café. Le lit était vide.

Un Post-it ornait la porte du rutilant frigo Sub-Zero dernier cri en inox. Toute rougissante, j'ai déchiré l'œuvre de Ryan avant de la jeter à la poubelle.

Birdie était scotché à la fenêtre du salon, la queue oscillant chaque fois qu'un pigeon tombait dans son champ de vision, après un vol plané depuis le toit. Ryan n'était pas en vue.

Quand nous avions acheté cet appartement, dont le prix avait dangereusement dépassé notre budget, nous avions, Ryan et moi, décidé d'y aller à fond en nous offrant deux places de stationnement souterrain. Ayant pris sa retraite de la Sûreté du Québec, il ne se déplaçait plus en ville aux frais des contribuables et avait dû se rabattre sur la Jeep qu'il possédait depuis des années. Comme j'avais dépensé pas mal pour une nouvelle voiture à Charlotte, j'avais laissé ma vieille Mazda à Montréal afin de pouvoir l'utiliser lors de mes séjours bimestriels.

Et puis zut. On n'a qu'une vie.

Quand je suis arrivée au parking, j'ai vu que la place de Ryan était vide. Sûrement parti voir quelqu'un à propos de l'accident de voiture, ai-je présumé.

En émergeant du souterrain, je me suis dirigée vers Hochelaga-Maisonneuve, un quartier ouvrier à un jet de pierre du centre-ville. J'ai rôdé dix minutes dans le labyrinthe de rues étroites et je suis tombée sur un espace entre deux voitures garées le long d'un trottoir. Après d'épuisants coups de volant et marches arrière et avant, j'ai réussi à m'y insinuer en laissant trente bons centimètres devant chaque pare-chocs.

Essoufflée et légèrement transpirante, je suis sortie de voiture et j'ai étudié les trois panneaux détaillant les restrictions de stationnement pour ce côté de la rue, ce jour-là de la semaine, pendant ce mois-ci, et appliquées aux conducteurs sans permis de résident ou décret d'exemption obtenu du tribunal pangalactique sur le stationnement provisoire des véhicules. Ne me lancez pas sur le sujet des règles de stationnement à Montréal.

Raisonnablement rassurée – l'emplacement était autorisé –, j'ai *wip wipé* les serrures et me suis mise en marche. La journée était fraîche, le ciel de plomb, l'air plein d'odeurs de feuilles mortes et de gaz d'échappement. Parfois pimenté par des relents d'essence ou de poisson mort charriés par le fleuve.

En quelques minutes, j'ai atteint la tour en forme de T qui jurait inélégamment avec les petits bâtiments d'un ou deux étages sans ascenseur qui l'environnaient. Le Laboratoire de sciences judiciaires et de médecine légale occupe les deux étages supérieurs, le Bureau du coroner est au onzième et la morgue au sous-sol. Mais comme la surface restante appartient à la Sûreté du Québec, le bâtiment, bien qu'officiellement baptisé Édifice Wilfrid-Derome, est toujours « la SQ » pour les anciens.

J'ai passé mon badge de sécurité, franchi les portiques, pris l'ascenseur réservé au LSJML/Coroner, et repassé mon badge pour monter en compagnie d'une douzaine de personnes, certaines plus enjouées qui murmuraient des « *Bonjour* » et des « *Comment ça va ?* ».

C'est à peu près tout ce que chacun pouvait gérer un lundi matin, première heure.

Quatre d'entre nous sont descendus au douzième étage. Après avoir traversé le hall, j'ai passé une deuxième carte de sécurité et suis entrée dans la zone du labo. Par les fenêtres d'observation et les portes ouvertes, je voyais des secrétaires allumer des ordinateurs, des techniciens actionner des interrupteurs, des scientifiques et des analystes enfiler des blouses de labo.

J'ai passé mon badge une dernière fois. Les portes en verre se sont ouvertes en chuintant, m'accueillant dans l'aile médico-légale.

D'après le tableau d'affichage, trois des cinq pathologistes étaient présents. La case à côté du nom d'Emily Santangelo affichait : *Témoignage à Joliette.* Natalie Ayers était en *congé pour raison personnelle.*

J'ai suivi le couloir qui desservait la pathologie, l'histologie et l'anthropologie-odontologie sur la gauche, et les bureaux des pathologistes sur la droite. LaManche. Pelletier. Morin. Santangelo. Ayers. Le mien apparaissait en queue de peloton.

Encore des mesures de sécurité. À l'ancienne : serrure et clé.

J'étais restée absente deux semaines. Mon bureau avait l'air d'avoir été abandonné au moment de la chute du mur de Berlin.

Des employés, probablement des techniciens de surface, avaient posé tout ce qui pouvait l'être sur mon bureau. La corbeille à papier, le fauteuil, le porte-manteau du couloir sur lequel étaient encore accrochées, sur leurs cintres, des blouses de labo propres. Mon kit de scène de crime, quant à lui, tenait compagnie à mes bottines et à un cactus en pot sinistré sur le rebord de la fenêtre. En tout cas, le sol étincelait sous mes pieds.

Après avoir remis le mobilier en place, je me suis installée dans mon vieux fauteuil grinçant.

Le sous-main était enseveli sous une paperasse qui avait dû coûter la vie à de nombreux arbres. J'ai jeté les divers prospectus publicitaires et gardé le reste : le dernier exemplaire de *Voir Dire*, la feuille de chou en français du LSJML ; un dossier médical provenant d'un hôpital de Saint-Jérôme ; un paquet de clichés pris par le photographe de la Section d'identité judiciaire ; une lettre venant d'un avocat de la ville de Québec ; et deux formulaires de *Demande d'expertise en anthropologie.*

Antédiluvien, d'accord, mais je garde une copie papier de chacune des affaires que j'ai traitées. En plus des photos et du rapport final, qui sont sauvegardés dans le système, je conserve mes notes manuscrites et mes diagrammes, ainsi que les documents que je remplis quand je procède à une analyse.

Ignorant les survivants de ma séance de tri, je me suis approchée d'une armoire de classement d'une hauteur terrifiante et qui a tendance à tanguer vers l'avant quand les deux tiroirs du haut sont ouverts en même temps, et j'en ai ressorti les dossiers LSJML-41207 et LSJML-41208. Quinze ans d'ancienneté, donc tiroir du bas – territoire plus sûr par rapport au phénomène de gravité évoqué.

Je suis retournée à mon bureau et ai ouvert le premier dossier. L'ai parcouru. Suis passée au second.

Armée de l'info nécessaire, j'ai commencé ma quête. D'abord sur mon ordinateur, ensuite dans un certain nombre d'endroits un peu partout dans le bâtiment.

Une heure plus tard, j'étais de retour. Bredouille. Découragée autant que frustrée, j'ai basculé vers des affaires plus récentes, et lu la première demande de consultation en anthropologie concernant des restes arrivés récemment au LSJML.

Pathologiste : M. Morin. Enquêteur : L. Claudel, Service de police de la Ville de Montréal. SPVM. Anciennement connu comme le Service de police de la Communauté urbaine de Montréal, ou SPCUM. Le SPVM, c'est les flics de la ville. Mêmes gars, nouvelle étiquette. *Nom : Inconnu.* Je me suis dispensée de la lecture des numéros de dossier des incidents du LSJML, de la morgue et de la police, et j'ai sauté directement au résumé des faits connus.

Un propriétaire qui creusait dans sa cave à Saint-Léonard avait déterré des ossements. Pourrais-je déterminer s'il s'agissait de restes humains ? Le cas échéant, le nombre d'individus ? Le temps écoulé depuis la mort ? Si récente, pourrais-je établir l'âge, le sexe et la taille des individus, ainsi que décrire des caractéristiques spécifiques à chacun ? Pourrais-je déterminer la cause du décès ?

La routine, en somme.

Sur le second document, le pathologiste désigné était Pierre LaManche. J'ai lu ce résumé-là. Il s'agissait d'un accident de voiture et d'un os de membre inférieur manquant. Je l'ai relu, n'en croyant pas mes yeux.

Contrairement à l'affaire attribuée à Morin, celle de LaManche avait échu à la SQ. Les flics de la province.

Une ville, deux services de police ? Ça paraît compliqué. Ça ne l'est pas. En même temps ça l'est.

Montréal est une île dont l'extrémité sud est embrassée par le Saint-Laurent et la frontière nord par la rivière des Prairies. Ce bout de terre long de cinquante petits kilomètres fait entre cinq et trente kilomètres de large. Il est affiné aux extrémités, plus ventru au centre. Sa caractéristique dominante est le mont Royal, une surrection ignée qui s'élève fièrement à deux cent trente et un mètres au-dessus du niveau de la mer. *Les Montréalais* appellent cette modeste bosse *la montagne.*

Pour le maintien de l'ordre, Montréal est segmentée en fonction des particularités géologiques locales. Sur l'île : SPVM. Sur le continent : SQ. Sachant qu'il y a très peu de corps de police municipaux. Il existe des rivalités, mais en général, *ça marche.*

Le Dr Pierre LaManche, directeur de la section médico-légale du LSJML, adepte des semelles de crêpe et des poches vides, se déplace avec une telle discrétion qu'il peut soudain apparaître par surprise.

C'est ce qu'il a fait à ce moment précis.

— Quelle heureuse tournure des événements.

LaManche parle un français parisien, précis.

J'ai relevé la tête.

Il se tenait sur le seuil de mon bureau, serrant des dossiers sur sa poitrine. Beaucoup de dossiers. Typique d'un lundi matin. Comme dans n'importe quelle juridiction, les Québécois trouvent une infinité de manières de se foutre en l'air ou de foutre les autres en l'air le week-end. Après un pack de six bières ou un litre de bourbon, un saut périlleux dans une carrière ou un objet piégé fait maison, par exemple, donnent l'impression d'être des idées brillantes.

— La rumeur m'est parvenue que vous nous étiez revenue plus vite ?

— *Bonjour.* Entrez, je vous en prie.

Ai-je dit en masquant ma surprise. Le patron ne pointait pas souvent son nez dans mon humble domaine.

LaManche est un colosse dans le genre du Grand-Tonton-Joe-qu'était-linebacker. Il a allégrement passé la soixantaine, et sa posture fait maintenant penser au sonneur de cloches de Notre-Dame. Il a jeté un regard circulaire, hésitant.

— Désolée.

J'ai fait le tour de mon bureau pour ramasser les blouses de labo en tas sur la chaise réservée aux visiteurs et les raccrocher au porte-manteau.

LaManche est entré en hochant la tête et s'est reconfiguré pour passer de la station verticale voûtée à celle d'assis voûté, les sourcils toujours étroitement froncés. Visiblement, quelque chose le préoccupait. J'ai attendu qu'il commence.

— Vous connaissez *maître* Lauzon, bien sûr.

Au Québec, les coroners sont soit médecins, soit avocats. Système bizarre, mais *ça marche.* Hélène Lauzon est avocate, d'où le *maître.*

J'ai acquiescé.

— Samedi, en rentrant chez lui après sa partie de bowling hebdomadaire, le père de *maître* Lauzon, Alfonse Vachon, s'est encastré dans l'arrière d'une camionnette de déménagement, écrasant l'un des deux employés qui chargeaient un canapé. La force de l'impact a coincé M. Vachon derrière son volant. Il a le tibia droit et plusieurs côtes fracturés, et son visage est sévèrement lacéré.

— Il avait bouclé sa ceinture ? dis-je, ne voyant pas du tout où cela nous menait.

Sensation fréquente, ces derniers temps.

— Non. Et il avait bu.

— Aïe.

LaManche a paru s'abîmer dans la contemplation du cactus défunt. J'ai attendu qu'il poursuive.

— M. Vachon a été opéré tôt ce matin pour réduire la fracture de sa jambe. Au moment de disséquer et de nettoyer les tissus environnants, le chirurgien a découvert qu'une portion du tibia de son patient était manquante.

— Manquante ?

Je n'étais pas sûre d'avoir bien compris.

— Elle avait disparu.

— Et elle était où ?

— Telle est précisément la question.

Je n'ai rien dit.

— Le chirurgien a téléphoné à Me Lauzon. Elle m'a appelé pour m'expliquer la situation et me demande qu'on fouille méticuleusement la voiture de son père. J'ai mentionné que vous étiez en ce moment à Montréal et elle a exprimé le désir que vous soyez présente.

— Pourquoi moi ?

— Les os n'ont pas de secrets pour vous.

— Ça me paraît très bizarre.

LaManche a soulevé une épaule, exécutant l'un des innombrables haussements d'épaules du répertoire perfectionné par les Français. Traduction : « Qui sait ? » « Qu'est-ce que j'en ai à fiche ? » « J'ai besoin d'une clope. »

— Où se trouve la voiture ?

— Pierrefonds.

— Quand veulent-ils que j'y aille ?

— Le plus vite possible. Quand vous appellerez en bas, un agent de la SQ vous accompagnera sur place.

Quand. Pas si. Super.

— Comment va l'employé écrasé par le camion ?

— Ce monsieur est dans notre chambre froide.

— Je m'en occupe.

Résignée. Ce n'était pas ce que j'avais envisagé pour ma première journée de retour au boulot.

LaManche a posé ses mains sur ses genoux, prêt à se lever.

— Si vous avez une minute, avant de partir, il y a quelque chose dont j'aimerais vous entretenir.

— Bien sûr.

Je me suis réinstallée dans mon fauteuil.

J'avais préparé mon discours et j'ai fait preuve de concision.

J'ai parlé à LaManche des corps non identifiés retrouvés dans un conteneur en 2006. Lui ai montré des photos et mes vieux rapports. Il a dit qu'il se souvenait vaguement de l'affaire.

Puis je lui ai parlé des victimes de la semaine dernière, à Charleston.

Le vieil homme est souvent difficile à décrypter. Mais pas là. Les rides de son visage se sont muées en une cartographie du doute.

J'ai insisté.

— On a fait des avancées dans le domaine de l'ADN depuis 2006. Des améliorations dans les techniques d'extraction et d'amplification. Une expansion des bases de données. La même chose est vraie pour ce qui concerne les protocoles médico-légaux. Les analyses isotopiques…

— Que proposez-vous, Temperance ?

LaManche prononce toujours mon prénom en entier, en faisant porter l'accent tonique sur la dernière syllabe, la faisant rimer avec *ronce.*

— Une exhumation.

— Vous n'aviez pas prélevé d'échantillons, en 2006 ?

— Les os étaient tellement dégradés que les résultats étaient non concluants.

— Et vous ne pouvez pas réutiliser ces mêmes échantillons ?

— Je ne les retrouve pas. Je crains que les prélèvements d'ossements n'aient été détruits en 2016, au cours de la suppression des matériaux stockés.

Sans mon consentement. Mais ça, je ne l'ai pas dit à haute voix.

Les rides se sont réorganisées. Pas d'une manière positive.

— Je m'occuperai des démarches, ai-je continué. Mais j'ai besoin de votre autorisation.

Les épaules de LaManche se sont affaissées et il a lentement secoué la tête.

— Je suis navré, Temperance. Ces jours-ci, je ne peux pas me permettre de consacrer du personnel ou des fonds à une affaire si ancienne. La Dre Ayers est absente en raison du décès de sa mère. La Dre Santangelo sera à Joliette pour une période prolongée. J'espère que vous comprenez.

— Bien sûr.

Mais je n'ai pas cherché à cacher ma déception.

— Si la situation devait évoluer…

Un haussement d'épaules, et LaManche a laissé sa phrase en suspens.

L'île de Montréal est en forme de pied avec les orteils au nord-est, le talon au sud-est et la cheville orientée vers le sud-ouest. Hochelaga-Maisonneuve et le centre-ville sont situés assez bas sur le talon. L'arrondissement de Pierrefonds-Roxboro est sur le bord nord-ouest du tibia, le long de la rivière des Prairies. Ce qui est une façon détournée de dire que la voiture de M. Vachon n'était pas précisément au coin de la rue. Le temps que je réintègre l'appartement, il était près de 19 h.

L'un des plaisirs de la vie est de rentrer chez soi après une longue journée de boulot et d'être accueillie par une bonne odeur de cuisine. C'est ce que j'ai vécu quand j'ai ouvert la porte d'entrée.

— Chéri, je suis rentrée !

Une réplique de *Papa a raison* qui nous amuse toujours.

Pas de réponse. J'ai accroché ma veste dans le placard et je suis remontée à la source du fumet d'ail et de romarin.

Ryan était dans la cuisine, l'air d'un gars qui a pris un jour de congé. Écarlate et les cheveux en bataille. Sa chemise, débraillée, était maculée de graisse, et il s'était noué un tablier autour du cou et de la taille. Dessus figurait l'inscription : *Patron du thon.* Allitération réussie.

— Joli tablier, ai-je dit.

— C'était celui de ma mère.

J'ai gardé pour moi mon opinion sur les vieilles nippes de Môman et me suis approchée pour l'embrasser. Birdie, l'éternel optimiste, n'a pas bougé de son poste d'observation près du four.

— Ça sent délicieusement bon, ai-je dit.

— Et ce sera au moins aussi bon, *ma* pâquerette en sucre. Allez, ouste ! a-t-il fait en me chassant de sa main qui ne tenait pas la spatule. Premier service, 19 h 30.

— Mais…

— Ouste !

J'ai tourné les talons.

Quarante minutes plus tard, nous étions dans les fauteuils face à la baie vitrée, sirotant des espressos et digérant les blancs de poulet marinés au romarin et à l'ail, l'écrasé de pommes de terre et les asperges poêlées. Ryan n'avait pas exagéré. Le repas avait été somptueux.

— Le véhicule était à la fourrière, ai-je dit en poursuivant le compte rendu des événements de la journée.

— Il y avait un chien sur place ?

— Un gros molosse brun.

— Les chiens de fourrière peuvent être assez irritables.

— Il s'appelait Merle. Il nous a tenus à l'œil, très pro. Toujours est-il que la voiture avait des tapis de sol, tu sais, pour les bottes pleines de neige, ou genre.

— On est au Québec. Même Merle a un tapis de sol.

Je lui balancé *ze* regard.

— Le seul élément qui apparaissait du côté conducteur était du sang séché. Mais quand j'ai déplacé le tapis de sol, près des pédales, j'ai aperçu un petit trou comme froncé dans la moquette en dessous. J'ai découpé cette partie du tapis, et j'ai remarqué une minuscule déchirure triangulaire dans le plancher. Accroche-toi, il y avait une esquille de tibia coincé dedans.

— L'os du gars avait traversé le tapis de sol, le revêtement et le plancher métallique de la voiture ? C'est possible, ça ?

— La portion corticale du tibia est épaisse, c'est ce qui lui confère son impressionnante résistance à la traction. Vachon roulait à 65 km/h, le camion était à l'arrêt, et l'impact a dû être terrible.

— J'imagine que les secouristes se sont préoccupés d'extraire Vachon du véhicule sans se soucier de savoir s'ils n'en laissaient pas un fragment sur place.

— Et comme sa fracture de la jambe était ouverte, il devait y avoir plein de sang. (J'ai pris une gorgée de café.) Après plus de quarante-huit heures, le tissu mou était cuit. Mais on voit toujours des fibres de moquette collées sur l'os.

— Son pied devait pendouiller comme une poupée de chiffon.

Là, j'ai feint de lui lancer un regard désapprobateur.

— Qu'est-il arrivé au morceau que tu as retrouvé ? a-t-il demandé.

— Emballé et étiqueté. Je ne sais pas trop ce que le labo va vouloir en faire.

— Peut-il réintégrer la jambe de M. Vachon ?

— Aucune chance. Et toi, ta victime d'accident ?

Un peu plus tôt, nous avions, Ryan et moi, commenté l'ironie de travailler tous les deux sur des affaires impliquant des accidents de la route.

— Pas grand-chose à en dire. Le type qui m'a contacté est l'expert d'une compagnie d'assurances de Montpelier. Pour faire court, la femme du défunt insiste pour que la mort de son mari soit reconnue comme un accident de travail. Si ça marche, elle va palper un joli paquet de pognon.

— Ça paraît plutôt sans intérêt.

— Le truc étrange, c'est que l'accident a eu lieu il y a quatre ans.

— Pourquoi avoir attendu aussi longtemps avant de faire une réclamation ?

— C'est précisément la question de mon client.

— Tu penses à une escroquerie ?

— J'ai bien l'intention de le découvrir.

J'allais lui demander de me tenir au courant quand mon portable a sonné. J'ai regardé le nom de l'appelant.

— LaManche, ai-je annoncé.

— Il t'appelle souvent sur ton portable ?

— Jamais.

J'ai décroché.

LaManche a dit la dernière chose que je m'attendais à entendre.

11.

Mercredi 13 octobre

La rue Sherbrooke, qui s'étire sur plus de trente kilomètres, est une artère est-ouest majeure et la deuxième plus longue rue de l'île de Montréal. Notre appartement du centre-ville se trouve près d'une des extrémités. Le Repos Saint-François d'Assise est à l'opposé.

À 7 heures, le mercredi matin, je roulais vers l'est. Comme je l'avais déjà fait le mardi.

Et comme je l'avais fait par une sinistre journée d'automne, en 2010.

L'appel de LaManche m'avait littéralement alertée. Sans donner d'explication pour ce revirement de situation soudain, il m'avait annoncé qu'il donnait le feu vert à l'exhumation. Et suggéré que je contacte Rémi Arbour, le directeur du Repos.

C'est ce que j'avais fait. Une nanoseconde après l'ouverture des portes, ce mardi matin-là. Bien que sans enthousiasme, Arbour avait accepté de me recevoir. Proposé que nous nous retrouvions à son bureau, à midi.

J'étais arrivée avec une demi-heure d'avance. Arbour avait déboulé dix minutes après. Dans la quarantaine, obèse et essoufflé, le gars suintait la crise cardiaque.

Récemment embauché, il ignorait tout des enterrements antérieurs à deux ans. Et n'avait nulle intention de creuser le sujet.

Succombant à mon insistance, il avait accepté de m'aider à fouiller dans les archives. Et nous étions partis dans son pick-up. Quelques éléments du décor m'avaient semblé familiers. Une statue de saint François. Un dragon.

Finalement, nous avions localisé la section utilisée pour ensevelir les anonymes en 2010, l'année où LSJML-41207 et LSJML-41208 avaient finies par être enterrées. Nous étions descendus du pick-up et nous avions parcouru les rangées jusqu'à trouver leurs tombes.

J'avais comparé l'endroit avec les photos que j'avais apportées avec moi. Un vieil érable avait disparu, un buisson s'était considérablement développé. En dehors de ça, le décor était le même qu'une décennie plus tôt.

Pareil pour la vacuité glacée qui me remplissait la poitrine.

Et donc, ce matin-là, j'étais au volant, comme la veille, plissant des yeux dans l'aube safranée, le pouls battant bien trop vite.

Pour dissiper mon angoisse, j'ai passé en revue les connaissances que j'avais glanées au cours d'une rapide visite nocturne sur Google.

Fondé en 1724, le Repos Saint-François d'Assise est l'un des plus anciens cimetières de Montréal. Après avoir changé plusieurs fois de nom et d'emplacement au fil du temps, le cimetière actuel propose la possibilité d'enterrements et de crémations, ainsi que trois options pour l'entreposage à long terme : columbarium, mausolée ou tombe à l'ancienne. Quelle que soit votre croyance en l'au-delà, saint François d'Assise vous couvre, sans jeu de mots.

Autre info, pas collectée en ligne, celle-là. À l'époque, le Repos avait avec le gouvernement un contrat par lequel il s'engageait à fournir des emplacements pour les malheureux qui avaient la mauvaise idée de mourir fauchés ou incognito.

Juste après avoir passé la rue Saint-Germain, le SUV qui me précédait s'est brutalement arrêté. J'ai pilé.

Des travaux sur un pipeline éventraient la moitié de la rue et la circulation était arrêtée dans les deux sens. Une femme en gilet orange fluo, dotée d'une pancarte pivotante et d'un complexe napoléonien, contrôlait le trafic. Et la petite caporale-cheffe n'était pas pressée.

J'ai tambouriné sur mon volant en écoutant CJAD, une chaîne d'infos en continu, au cas où il serait question de notre petite fête d'exhumation. Que dalle. Le retard de vingt minutes et les nouvelles du jour n'ont rien fait pour calmer mon énervement.

Le soleil était bien au-dessus de l'horizon quand j'ai franchi l'accès principal du cimetière, près du boulevard Langelier. Après de multiples slaloms entre les pierres tombales et un tour de montagnes russes grâce aux bosses et aux creux, je me suis rapprochée des tombes que j'avais identifiées avec Arbour.

Et je n'ai pas pu retenir un juron. Le bal avait déjà commencé.

Une voiture de patrouille de la SQ, un camion de scène de crime de la SIJ – la Section identité judiciaire –, le fourgon d'un coroner, une voiturette de golf et le pick-up d'Arbour étaient garés près de l'allée étroite. J'ai parqué ma Mazda au bout de la file de véhicules et me suis dépêchée de rejoindre le groupe, en enregistrant mentalement les détails.

Aucune précaution n'avait été prise pour assurer la confidentialité de l'opération. Pas de barrières provisoires. Pas de tente en plastique. Pas de ruban jaune accroché à des piquets.

Une tractopelle rétrocaveuse attendait, l'opérateur aux commandes, en train de boire à même son thermos. Des planches de contreplaqué couvraient le sol de part et d'autre de chacune des tombes.

Neuf personnes discutaient par petits groupes de deux ou trois. Deux policiers de la SQ, le conducteur du fourgon et son collègue, deux techniciens de l'Identité judiciaire, et Arbour. Sur le côté, deux individus arborant les mêmes bottes, jeans, coupe-vent et air renfrogné, s'appuyaient sur de longues pelles.

C'était bien vu côté discrétion. Elle n'était pas nécessaire. Pas un journaliste n'avait fait le déplacement. Peut-être que les médias n'avaient pas été informés. Peut-être que, comme autrefois, ils s'en foutaient.

— Pardon pour mon retard !

Cela lancé à la cantonade.

L'un des convoyeurs du Bureau du coroner est venu à ma rencontre. Gaston quelque chose. J'avais déjà procédé à des exhumations avec lui.

— *Bonjour, doc.*

Il m'a offert un gobelet en polystyrène.

— Merci.

Le contenu du gobelet n'était pas tout à fait tiède. Gaston devait être là depuis un bout de temps. Les autres aussi, ai-je présumé.

Suintant l'impatience par toutes les coutures de sa veste en polyester luisante, Arbour a demandé :

— *Nous sommes prêts ? Enfin ?*

Jésus sur un toast.

— Allons-y, ai-je dit, froidement, mais avec le sourire.

Arbour a levé un doigt et fait des cercles rapides dans l'air. Semblant nous dire d'enchaîner.

— L'enfoiré doit être vraiment pressé de tremper son biscuit, a murmuré Gaston.

Le conducteur de la tractopelle a rebouché son thermos et l'a reposé. Quelques secondes plus tard, la grosse brute jaune s'est mise à rugir. Après de nombreuses manœuvres, l'engin s'est arrêté, et la pelle de chargement située à l'avant s'est mise en position, au pied de la tombe la plus au nord.

Arbour a refait le geste avec son doigt.

Les mâchoires de la pelleteuse ont glissé en arrière, éventrant la pelouse brunie par l'hiver. L'odeur d'herbe morte et de terre humide a envahi l'air.

Le godet s'est élevé puis a pivoté à droite. Il a libéré sa charge, s'est remis en position et a répété la même manœuvre. Encore et encore.

Tandis que la blessure se faisait plus profonde dans la terre, j'ai observé attentivement et fini par voir une poignée d'échardes détrempées se mêler au reste.

— Stop ! ai-je crié en levant la main pour me faire entendre malgré le vacarme.

Le godet s'est arrêté à mi-course.

Pour confirmer, je me suis accroupie à côté du trou.

— Au tour des pelles, ai-je dit.

— Ça va beaucoup nous ralentir.

L'agacement d'Arbour était palpable à dix mètres.

— Je commence à voir apparaître des fragments.

Une ombre massive s'est projetée en travers de la tombe. J'ai montré du doigt. Les mains de l'ombre se sont collées sur ses hanches.

— Les restes devraient se trouver dans des housses mortuaires elles-mêmes contenues dans des cercueils en bois aggloméré. On approche.

Arbour a refait son truc avec le doigt. Il faut croire qu'il y prenait goût.

Les ouvriers du cimetière ont sauté dans la tranchée et se sont mis à pelleter. Le soleil s'est hissé plus haut, réchauffant l'air frais, faisant fondre la fine pellicule de glace qui blanchissait la pelouse. Au bout d'un moment, les deux hommes ont retiré leur blouson.

De nouveaux bruits sont venus combler le vide laissé par la pelleteuse à l'arrêt. Le *tchonk !* des pelles qui fouillaient la terre. Le *woush !* de la terre qui glissait des pelles. Les *critch-crac* d'électricité statique crachotés par la radio de la voiture de patrouille. Occasionnellement, un oiseau optimiste lançait un trille plein d'espoir.

Les exhumations ne provoquent pas plus de montée d'adrénaline que les autopsies. Ici aussi, la procédure était lente et ennuyeuse. Pour passer le temps, je vérifiais mon téléphone par intermittence. Et les alentours.

Le cimetière restait presque désert. Çà et là, une voiture ou une camionnette de gardien passait. À un certain moment, une femme s'est pointée dans une Hyundai bleue, en est sortie, et s'est dirigée vers les tombes situées de l'autre côté de l'allée. Elle portait une veste en cuir noire, une jupe longue verte, et elle avait les cheveux courts, frisottés, d'un orange carotte désastreux. Je l'ai observée discrètement en me demandant qui elle pouvait bien pleurer.

Cheveux Carotte s'est arrêtée devant une pierre tombale cruciforme en granit rose. Les bras croisés sur la poitrine, les pieds écartés, elle paraissait étudier l'inscription.

— Hé ! On peut la sortir.

Les beuglements d'Arbour m'ont ramenée sur terre.

Les fossoyeurs étaient ressortis du trou. Pareillement en nage, ils buvaient de grandes lampées au goulot de bouteilles en plastique.

Je suis passée devant eux et j'ai regardé dans la tombe.

Le cercueil de fortune était visible en entier. Détrempé par les infiltrations d'eau, écrasé par le poids de la terre qui l'avait recouvert, il s'était effondré sur lui-même et enveloppait à présent la housse mortuaire comme une couche-culotte usagée.

J'ai enfilé mes gants, fait glisser mon bandana de mon cou sur ma bouche, attrapé une truelle, et sauté dans la tombe. Après quelques minutes passées à gratter la terre collante, l'étiquette est apparue. Un coup de pouce dessus, et le numéro est devenu lisible.

J'ai pris une profonde inspiration. Lentement relâché l'air. Nous avions trouvé l'enfant.

J'ai accepté une main tendue pour m'extraire du trou avant de donner le feu vert.

L'un des techniciens du SIJ a pris des clichés tandis que l'autre filmait. Après quoi Gaston et son collègue ont soulevé LSJML-41208 et l'ont délicatement posée sur une civière.

La tractopelle est revenue à la vie.

Tandis que la seconde exhumation commençait, j'ai suivi les gars du coroner jusqu'à leur fourgon et les ai regardés glisser la civière à l'intérieur. Les portes du hayon se sont refermées en claquant.

Au-delà de nos véhicules garés, Cheveux Carotte était toujours devant la stèle en forme de croix, apparemment plongée dans ses pensées. Une prière ? C'était long, cette visite à un cher disparu, ai-je pensé.

J'ai retiré mes gants crasseux avant de m'approcher de la glacière. Je me redressais, une bouteille d'eau à la main, quand mon regard a une nouvelle fois dérivé de l'autre côté de l'allée.

Mon dos s'est contracté, mon pouls s'est emballé.

Le téléphone de Cheveux Carotte était braqué en plein sur moi.

En voyant ma réaction, la femme a lâché son portable dans son sac en bandoulière, s'est empressée de regagner sa Hyundai et a filé.

Cheveux Carotte était-elle en train de me filmer ? Ou était-ce mon imagination ?

Meilleure question :

Bordel ! Pourquoi diable n'avais-je pas noté sa plaque d'immatriculation ?

Toute l'opération a pris six heures. J'ai laissé Arbour gueuler ses instructions pour le remplissage des fosses.

Arrivée au labo, j'ai appelé en bas. Les restes exhumés étaient arrivés et avaient été dûment enregistrés. J'ai demandé que les deux affaires soient amenées salle quatre, la « salle puante », qui est pourvue d'une ventilation spéciale. Je ne m'attendais pas à ce qu'il y ait beaucoup d'odeurs, mais j'aime travailler dans cette salle, la dernière du couloir dédié aux autopsies. Plus de solitude, moins d'interruption.

J'ai utilisé ma clé et suis descendue par l'ascenseur du coroner. Arrivée au sous-sol où se trouve la morgue, j'ai enfilé une blouse stérile et me suis dépêchée de gagner la salle quatre.

Deux civières en inox étaient rangées le long de murs opposés. Dessus, des housses mortuaires pleines de boue. Une civière supplémentaire avait été disposée près de la table boulonnée au centre de la pièce.

Après avoir rempli une fiche d'identification par civière, j'ai dézippé les housses et pris des clichés de sauvegarde avec un Polaroid. Lisa est arrivée au moment où je reposais l'appareil photo.

Un mot au sujet de Lisa Savard. Brillante et motivée, elle sait anticiper et n'a pas besoin d'être cornaquée à chaque étape. J'ai travaillé avec nombre de techniciens de la morgue dans ma vie, mais elle reste ma préférée.

Blonde et dotée d'une jolie paire de nibards, Lisa est aussi la préférée de nombreux policiers. Parmi les représentants mâles de l'institution, du moins.

— Voulez-vous des radios ?

Lisa, qui est francophone, exerce toujours son anglais avec moi.

J'ai hoché la tête.

— Si vous trouvez quoi que ce soit de suspicieux là-dedans, je veux le savoir.

Trente minutes plus tard, Lisa était de retour. Nous avons regardé les radios ensemble. Repéré zéro surprise.

Pendant que Lisa étalait des draps sur la table d'autopsie et la civière vide, et posait un tamis sur l'évier, j'ai pris une blouse en intissé dans un tiroir, l'ai enfilée par la tête et nouée autour de ma taille. Puis j'ai mis un masque, des gants chirurgicaux et j'ai commencé à extraire les éléments du squelette contenus dans la housse étiquetée LSJML-41207.

J'ai commencé au niveau des pieds pour remonter jusqu'à la tête en disposant au fur et à mesure les os dans la position anatomique. Lisa tamisait le contenu, passant soigneusement sous l'eau chaque poignée de terre.

Trois heures plus tard, la procédure fastidieuse était achevée.

Un squelette incrusté de terre reposait sur la table. Un autre, bien plus petit, gisait sur la civière.

Une collection de cocons d'insectes et de petits cailloux séchaient sur la paillasse, à côté d'un bouton en plastique et d'une épingle à nourrice rouillée. La présence du squelette partiel d'une souris a résolu l'énigme de ces objets créés de main d'homme, les corps ayant été enterrés nus. Restait le mystère de l'attrait que ces objets avaient exercé sur feu le rongeur.

L'horloge murale annonçait 21 h 46. J'étais épuisée, affamée, et j'imaginais qu'il en allait de même pour Lisa. Nous n'avions mangé qu'un sandwich du distributeur vers 18 heures.

J'ai remercié Lisa et lui ai dit de rentrer chez elle. Tandis qu'elle emmenait la victime adulte dans la chambre froide de la morgue, j'ai rapidement regardé l'enfant. Le crâne. Le bassin. Les os longs. J'étais replongée en 2006.

En 2006, et à Charleston.

Dès le lendemain, je procéderais à un inventaire complet et confirmerais les bio-profils. Mais je savais déjà quelles seraient mes conclusions. Nous avions exhumé les bonnes personnes – la femme et l'enfant retrouvées dans un conteneur près de Saint-Anicet.

J'ai traîné un moment, le crâne de LSJML-41208 reposant dans le creux de ma main.

— Je te le promets, ai-je dit doucement, je découvrirai qui tu es.

Les orbites vides m'ont rendu un regard éteint par la mort.

Je reposais le crâne sur l'anneau en caoutchouc quand un éclat de lumière m'a piqué l'œil. L'éclair d'un reflet révélé par les néons du plafonnier.

Curieuse, j'ai ressorti une torche-stylo de mon sac et l'ai pointée sur l'orbite droite. Mais rien n'était coincé dedans, ni derrière les fissures en papillon au fond de l'orbite. J'ai réorienté le rayon lumineux. L'orbite gauche était tout aussi vide.

J'ai éclairé la cavité nasale.

Mon souffle est resté bloqué dans ma gorge.

12.

Mercredi 13 octobre – jeudi 14 octobre

— On dirait que vous avez vu un… Comment dites-vous *un fantôme* en anglais ? a demandé Lisa, qui était encore là.

— *A ghost.* Forceps, s'il vous plaît.

Elle me les a passés.

Avec d'infinies précautions, j'ai extirpé l'objet des fosses nasales.

Lisa avait vu juste. Un fantôme. Un fantôme affreusement triste.

Je suis allée à l'évier, ai fait couler de l'eau sur ma découverte et l'ai déposée sur le comptoir. Lisa s'est approchée. Nous l'avons regardée ensemble.

— Qu'est-ce que c'est ?

J'ai secoué la tête, n'osant parler de crainte que ma voix ne me lâche.

Lisa n'a pas insisté. Un autre trait que j'apprécie chez elle.

Ensemble, nous avons recouvert l'enfant LSJML-41208 d'un drap et Lisa l'a emmenée. Après nous être dépouillées de notre équipement, nous avons remis nos tenues de ville et quitté le bâtiment.

Un dernier au revoir, et nous sommes parties dans la nuit, dans des directions opposées.

Ryan lisait au lit. Il a posé son livre sur sa poitrine.

— Longue journée ?

— Qui doit s'achever sur une très longue douche, ai-je dit.

— Besoin d'aide ?

— Ça devrait aller.

Il m'a quand même assistée. Ryan est champion du monde du savonnage et du gommage. Entre autres.

L'eau brûlante me triturait la peau, la magie de Ryan opérait, j'ai commencé à sentir ma tension revenir à la normale.

Trente minutes plus tard, nous étions tous les deux sous la couette, sentant bon le pamplemousse et la bergamote, picorant des morceaux de fromage que Ryan avait disposés sur une assiette.

— Sympa, ce savon, a dit Ryan.

— Old Whaling Company. Qu'est-ce que tu lis ?

— *Tess d'Urberville.*

— Pourquoi ?

— C'est un classique.

Je ne pouvais qu'être d'accord. Ryan a changé de sujet :

— L'exhumation s'est bien passée ? Pas de surprises ?

— En fait, si. Une.

Je lui ai parlé de l'objet que j'avais extrait de LSJML-41208.

— Comment une image pieuse a pu atterrir dans son nez ? a demandé Ryan.

— C'est moi qui l'y ai mise.

Les sourcils de Ryan sont remontés jusqu'à ses cheveux.

— Pas dans son nez, ai-je rectifié. Sur son front. Juste avant l'enterrement.

— Comment a-t-elle pu glisser jusqu'à une narine ?

— Sérieusement ? C'est la première question qui te vient à l'esprit ?

Ryan a haussé les épaules.

— Elle était toute petite. Peut-être destinée à garnir un porte-clés ou un médaillon.

Ryan n'a rien dit.

— La pellicule en plastique l'a en partie protégée, mais l'image est presque entièrement détruite.

— L'image à qui ?

— *De* qui.

Nous adorons, Ryan et moi, nous reprendre quand l'un de nous deux fait une faute de grammaire.

— Un point pour toi.

— Mère Mary MacKillop. Elle est représentée dans une ancienne tenue de religieuse.

— Pourquoi elle ?

— C'est une longue histoire.

— J'ai toute la nuit. Mais tu préférerais peut-être…

Ryan Groucho a tricoté des sourcils.

— Quelqu'un d'une paroisse voisine, une certaine Ariel quelque chose, est venue assister à leur enterrement en 2010. Elle a dit qu'un membre de sa pieuse communauté se déplaçait à chaque enterrement d'un anonyme.

— Histoire de dire un dernier adieu au défunt.

J'ai acquiescé.

— C'est une délicate attention.

— En effet. Je ne suis pas sûre qu'ils continuent de le faire.

Je me suis octroyé un bout de fromage.

— Toujours est-il qu'Ariel m'a demandé de glisser l'image sainte dans la housse de l'enfant. Elle a beaucoup insisté, et ça m'a paru inoffensif, alors je me suis dit, ben, pourquoi pas.

— Pourquoi MacKillop ?

— C'est la sainte patronne des petites filles violentées.

— Elle a été canonisée ?

— Oui. C'est aussi pour ça qu'Ariel a pensé à elle. Tu connais le frère André ?

André Bessette, un frère de la congrégation de Sainte-Croix, était un personnage très aimé de Montréal.

— Tu plaisantes ? Quand ces enfoirés ont fauché son cœur, toute la ville a pété les plombs.

C'était arrivé avant ma naissance, mais l'histoire était devenue légendaire. Le cœur du frère André reposait depuis des années dans un bocal de verre posé sur un piédestal en marbre dans la basilique de l'oratoire Saint-Joseph. En 1973, des voleurs l'avaient subtilisé contre une rançon. Quand on l'avait retrouvé l'année suivante, c'est notre labo qui avait procédé à son identification.

— D'après Ariel, le frère André et la mère Mary McKillop avaient tous les deux été canonisés la semaine précédente. Le même jour.

C'est drôle la façon dont le cerveau fonctionne, comment il retient certains détails et en efface d'autres. Ils avaient été canonisés un 17 octobre. Est-ce que je me souvenais de la date parce que c'était celle de l'anniversaire de mon petit frère ? Était-ce pour cela que j'avais agi aussi impulsivement ? Avais-je accédé à la requête d'Ariel à cause de Kevin ?

— Pas d'autre bizarrerie ? a demandé Ryan. Pas de badauds ou de journalistes à tenir à distance ?

— En fait, il y a eu un truc étrange. Une femme s'est pointée sur une tombe, de l'autre côté de l'allée par rapport à l'endroit où on s'affairait.

J'ai marqué une pause, pas très sûre que l'incident mérite d'être mentionné.

— Et ? m'a relancée Ryan.

— Et je l'ai surprise en train de prendre des photos de l'exhumation.

Peut-être.

— Curiosité morbide ?

— Qui sait ? Elle espère peut-être refourguer son histoire à *Dateline.*

— Qu'est-ce qui est prévu pour demain ?

— Je vais étudier les deux squelettes, pour remplir le dossier, mais l'objectif principal est de prélever des échantillons.

— La quête de la double hélice en or.

— La matière osseuse n'est pas idéale, mais avec un peu de chance… Et puis je vais essayer aussi de demander une analyse aux radio-isotopes.

— Je suis sûr que tu vas m'expliquer.

— L'examen radio-isotopique des os peut permettre de déterminer où l'individu a vécu les dix années précédant sa mort. L'analyse des dents peut montrer où il a passé les cinq ou dix premières années de sa vie.

— Où il a grandi, donc.

— Vraisemblablement. Les cheveux, c'est encore mieux. En divisant un cheveu en segments de croissance, on peut retracer les déplacements d'un individu au cours de la dernière période de sa vie.

— Tu en as ?

Ne sachant de quoi il voulait parler, j'ai répondu :

— Des dents, non. Pour les cheveux, je revérifierai, mais je ne suis pas très optimiste.

— Encore une journée de franche rigolade en perspective.

Ryan avait raison. Encore une journée de franche rigolade.

Je me suis réveillée à 7 heures. Une fois de plus, mon coloc m'avait devancée et le lit était vide. C'est fou comme il était silencieux, le matin.

J'ai donné à manger à Birdie. Une boîte de truc brunâtre qui impliquait du poulet. Il a reniflé la chose et manifesté sa réprobation en repartant.

Note à moi-même : Faire des réserves de la bouffe préférée du chat.

Coups rapides sur les dents et les cheveux. Différentes brosses, même niveau d'effort. Qui allais-je voir qu'il m'aurait fallu impressionner ?

Après avoir rapidement enfilé un jean et un sweat-shirt, j'ai ramassé mon téléphone. Anne m'avait appelée. Et textoté. Deux fois.

J'étais pressée de partir, mais j'ai pris le temps de la rappeler. Suis tombée sur sa boîte vocale. Ai laissé un message.

Sur la route, c'était pare-chocs contre pare-chocs. Le temps que je me gare et que j'arrive au labo, il était largement plus de 8 heures. J'ai déposé mon sac dans un tiroir de mon bureau, accroché ma veste au portemanteau et je suis descendue en vitesse.

Lisa était équipée et prête à commencer. J'ai enfilé une blouse, et nous avons passé une heure et demie à réexaminer les os, les housses mortuaires et les débris récupérés à l'issue du tamisage. Nous avons trouvé six poils égarés. Tous provenant de la souris.

Lisa a emballé un fémur de chaque victime pendant que je me changeais. Puis j'ai repris l'ascenseur pour remonter à l'étage.

Claire Willoughby, la technicienne qui s'occupait des prélèvements d'ADN, trimballait sa carcasse de quasiment trentenaire, grande et élancée, comme si elle était persuadée d'être sublime. Ce qu'elle n'était pas, vu ses goûts en matière de maquillage.

Elle a lu le formulaire de demande en diagonale, un sourcil surépilé arqué très au-dessus d'une paupière émeraude. Puis elle a écouté mon compte rendu.

— Je vais être franche avec vous, a-t-elle répondu avec un accent tellement *british* que je l'aurais bien vue agiter une photo de la reine. Je ne suis pas très optimiste.

— Faites de votre mieux, ai-je répondu.

En cœur, on a fait le truc des pouces levés.

De retour dans mon bureau, j'ai regardé dans mes contacts et composé un numéro. Une voix m'a répondu, aussi guillerette et amicale que la fée Dragée.

— DNA Analysis International. En quoi puis-je vous aider ?

— La Dre Griesser, s'il vous plaît.

— Puis-je demander qui je dois annoncer ?

— Temperance Brennan.

— Un moment, je vous prie. Passez une belle journée.

Une version ascenseur de *Brown Skin Girl* – assurément, pas Beyoncé – a été fort heureusement interrompue par une autre voix, de grande fumeuse, celle-ci, et teintée d'inquiétude.

— Tempe. Comment ça va, ma belle ?

— Impec. Désolée de t'appeler aux heures de bureau.

— Un problème avec maman ?

Lizzie Griesser est biologiste moléculaire, et travaille pour DAI, un labo privé d'ADN dont le siège se trouve en Virginie. Nous avons fait connaissance alors que nous étions sur les mêmes affaires, à Charlotte, Lizzie pour le compte du labo criminel de la police locale et moi pour le MCME. Au bout d'un certain temps, la relation professionnelle s'était muée en amitié.

Quelques années plus tard, Lizzie avait été repérée par un chasseur de têtes et expédiée à Richmond quand sa mère, atteinte de démence, avait dû intégrer une résidence médicalisée. Comme l'établissement n'était pas très loin de chez moi, j'avais promis à Lizzie de rendre visite à sa mère aussi souvent que possible. Cela faisait bien huit ans que je tenais ma promesse.

Je l'ai tout de suite rassurée :

— Je l'ai vue la semaine dernière, elle allait bien.

— Merci de t'occuper d'elle, m'a-t-elle dit avec un soulagement évident. Donc. J'ai appris qu'il y avait un nouveau shérif en ville ?

— Samantha Nguyen.

— Et ?

— Je l'aime bien.

— Wahou ! Tu reviens dans la partie !

— En fait, c'est la raison de mon appel.

— Dis-moi tout.

Je lui ai parlé du conteneur et de l'exhumation, et lui ai expliqué que je voulais un portrait reconstitué à partir du phénotypage ADN, ainsi qu'une estimation des probabilités d'ascendance géographique de chacune des deux victimes. Lizzie procédait régulièrement à ce type d'analyses. Elle n'avait pas besoin que je lui explique comment faire.

Un silence. Quand Lizzie s'est remise à parler, c'était d'une voix pleine de doutes.

— Après cinq années passées au fond de l'eau, plus quatre dans une chambre froide et encore onze sous terre, il se pourrait que tes gars ne séquencent rien du tout.

— Mais ils vont essayer. Et cette fois, la demande sera officielle.

Au cours de mon exil du MCME, Lizzie avait réalisé en douce une approximation faciale pour une de mes affaires.

— Ça veut dire qu'on sera payés ? a-t-elle dit avec un grand rire guttural.

— Et généreusement.

— Envoie-moi directement le formulaire.

Après nous être promis de nous voir aussitôt que nous serions en même temps à Charlotte, nous avons raccroché.

Mes anciens tirages papier des affaires LSJML-41207 et LSJML-41208 étaient toujours sur mon bureau. Les approximations faciales que j'avais demandées en 2006 avaient été scannées et entrées dans les archives centrales, mais la collectionneuse compulsive que je suis avait conservé les originaux.

J'ai sorti les deux dessins et les ai posés côte à côte sur mon sous-main.

Les images ont libéré autant d'émotion que les photos de la scène de crime et de l'autopsie. Peut-être davantage encore. Je les ai étudiées, en autorisant les souvenirs atroces à s'épanouir dans ma tête.

La reconstitution faciale n'a jamais été mon truc, mais je connaissais la procédure. À l'époque, cela consistait à fixer des marqueurs d'épaisseur des tissus à des points-clés de l'anatomie, scanner le crâne ainsi marqué et l'enregistrer dans l'ordinateur, rentrer les données éventuellement disponibles sur le sexe, l'âge et les origines ethniques, puis sélectionner et superposer des traits enregistrés dans la base de données du programme.

Le résultat obtenu était invariablement une image en dégradé de gris qui faisait assez personnage de dessin animé. Barbe ? Moustache ? Lunettes ? Rouflaquettes ? Sourcils broussailleux ? Joues rondes ? Autant de données uniquement basées sur les os. L'objectif était de parvenir à une ressemblance tout en évitant d'ajouter ce qui ne serait que des fioritures. Si toutes les tentatives d'identification échouaient, les flics et les médias feraient circuler les dessins dans l'espoir que quelqu'un reconnaisse le sujet.

Comme attendu, les visages étaient inexpressifs et artificiellement symétriques. J'ai examiné les deux portraits.

La femme avait de grands yeux, le nez long et étroit. La mâchoire effilée jusqu'au menton, proéminent. L'artiste l'avait coiffée avec la raie au milieu, les cheveux passés derrière des oreilles standards. Les sourcils fins et arqués n'étaient que pure spéculation.

L'enfant avait le front haut et était coiffée dans le même style passe-partout que la femme. Elle avait les yeux écartés et retombant vers les tempes. Les mêmes sourcils.

Les deux sujets étaient représentés les lèvres étroitement pincées. Pas de dents, donc pas d'interprétation d'une dentition qui aurait pu éveiller des souvenirs.

Regarder le visage de la gamine a ranimé l'image troublante de la bague. L'image bouleversante de sa tentative de la cacher au tueur. J'ai pensé à toutes ces choses qu'elle ne connaîtrait jamais. Les sapins de Noël qu'elle ne décorerait pas. Les châteaux de sable qu'elle ne construirait pas. Les bals de promo auxquels elle ne danserait pas.

Stop !

J'ai troqué le dessin de la fillette contre celui de la femme.

En l'observant, un mauvais pressentiment s'est lentement insinué en moi.

Ces yeux.

C'est impossible. Un troupeau de cellules cérébrales a confirmé.

Ce menton.

Il n'est pas si extraordinaire. Ont raisonné les cellules.

Soudain, j'ai été envahie par la peur.

Le genre de peur qui vous noue les tripes.

13.

Vendredi 15 octobre – lundi 25 octobre

Quand l'hiver s'abat sur Montréal, c'est avec la puissance d'une bombe glacée de cinq kilotonnes.

Le jeudi, le mercure était monté à treize très doux degrés.

Le vendredi, je me suis réveillée sous des températures négatives et dix centimètres de neige.

En digne fille du Sud, j'aime les sandales et les robes de plage, l'odeur de la lotion solaire Hawaiian Tropic, et entendre les frondaisons des palmiers caresser la moustiquaire. Il ne fait jamais trop chaud ni trop humide pour moi.

Et pourtant, je travaille au nord du quarante-neuvième parallèle.

Tous les ans, au début de l'hiver, je me tiens un petit discours de motivation. *Il va faire froid. Très froid. Mais il n'y a pas de météo dégueu, il n'y a que des vêtements pas adaptés. Habille-toi en conséquence et tu seras parée.*

Je ne le suis jamais.

Peut-être que les Québécois ne l'étaient pas non plus cette année. Déprimés par les jours qui raccourcissaient à toute vitesse ? Appréhendant une nouvelle longue et sombre saison ? Énervés qu'il se soit mis à faire froid trop tôt ? Quelle qu'en soit la raison, la population s'était lancée avec énergie dans l'abattage sélectif.

Ce qui m'a tenue très occupée en attendant les résultats de l'ADN.

Un fermier de Saint-Félicien avait étranglé sa femme et l'avait enterrée dans sa grange. Deux jours plus tard, il hallucinait qu'elle revenait le harceler. Au bout d'une semaine, le mari avait déterré son épouse et appelé son curé. Quand elle avait franchi nos portes, la dame n'était pas à son mieux.

Un pharmacien de Trois-Rivières avait fait une *overdose* avec un produit prélevé sur ses propres étagères. Sa petite copine l'avait retrouvé, mort depuis trois jours, en pantoufles, les pieds sur un radiateur d'appoint, une couverture sur les genoux. Son amour de la chaleur lui avait été préjudiciable.

Une droguée de Val-d'Or avait rampé dans une buse d'évacuation et s'était enfoncé une aiguille à tricoter dans la tempe. Je ne suis pas sûre de la chronologie des événements. Son corps avait été retrouvé par une équipe de la voirie qui recherchait l'origine d'une obstruction.

Des pêcheurs avaient trouvé une paire de jambes dans leur filet au lac Saint-Jean. Vous voyez le tableau. Tous les jours, j'ai dû faire des allers-retours au labo. Un autre aveu : passer du temps avec un corps putréfié ou démembré, même pas mal. Mais conduire dans la neige ou sur la glace me fout complètement la trouille. Pas entièrement de ma faute. Dites « flocon », et n'importe quel habitant de Charlotte normalement constitué file aux abris en attendant le dégel.

Ce n'est pas comme ça que ça fonctionne à Montréal. Après un blizzard, les artères principales sont déneigées avant l'heure de pointe du lendemain matin, et la vie continue comme si de rien n'était.

Pour les autres, du moins. Et pour moi ? Je regarde les voitures couvertes de neige alignées dans la rue Sherbrooke et j'évalue les avantages comparés de la voiture et du métro. Les transports collectifs impliquent de voyager serrés comme des sardines dans un espace exigu mal ventilé. Depuis la pandémie de Covid-19, ce n'est plus une option pour moi. Et donc, j'enfile des grosses chaussettes, des bottes, une parka, des gants, un cache-nez, et, ignorant les vannes de Ryan à propos des Eskimos et du bonhomme Michelin, je fonce ventre à terre jusqu'au stationnement.

Les articulations livides à force de serrer le volant, en nage, mais prête pour l'aventure, je m'insère dans la file de banlieusards coiffés de laine qui lâchent des petits nuages de gaz d'échappement gelés. Vu que les rues d'Hochelaga-Maisonneuve ne sont empruntables qu'à condition de rouler sur les traces de pneus qui serpentent en leur milieu, je paie pour me garer dans le parc de stationnement Wilfrid-Derome. Puis, en faisant attention au verglas, je ressors dans l'air réfrigéré, et tête baissée, le visage enveloppé dans du cachemire, je cours jusqu'au bâtiment.

Le week-end, je ne mets pas le nez dehors.

Le premier samedi matin, alors que je préparais des œufs brouillés au fromage avec du bacon, l'une de mes rares spécialités culinaires, Ryan est sorti acheter la *Gazette*. Après le petit-déjeuner, il a fait un feu et on s'est partagé le journal. J'ai commencé par les nouvelles et la section des arts. Il s'est jeté sur les sports et la finance.

Je lisais la page quatre de la rubrique locale quand une photo a attiré mon regard. Une photo en noir et blanc, granuleuse, en bas de page. J'ai lu rapidement l'article qui l'accompagnait : dix lignes, sur une seule colonne.

Et j'ai explosé.

— Espèce de sale fille de pute !

— Oui, madame !

Sans lever les yeux.

— Je le crois pas !

— Il va encore neiger ?
— Tu te souviens de cette femme dont je t'ai parlé ?
— Celle qui t'a vendu cet affreux camembert ?
— Celle qui se trouvait au cimetière le jour de l'exhumation.
— Celle dont tu n'aimais pas les cheveux.
J'ai levé les yeux au ciel et balancé le journal à Ryan.
Un rapide coup d'œil à la photo, puis :
— Hé, mais c'est toi.
— En effet.
— Tu es très photogénique.
Absolument pas.
— Tu lui as parlé ? a demandé Ryan.
— Jamais de la vie !
— Le compte rendu a l'air fidèle. 2006... Une femme et une gamine. La...
— C'est pas ça, le problème.
— Le papier n'est pas signé. Tu crois que c'est Cheveux Carotte, la photographe, qui l'a écrit ?
J'ai haussé les épaules. Comme si je le savais.
— C'est peut-être Arbour qui l'a tuyautée ?
— Ou l'un de ses employés.
Ryan a pris un temps de réflexion. Et puis :
— Bah, y a pas mort d'homme. Et qui sait ? Cette visibilité pourrait peut-être même t'aider. Tu sais, en incitant les lecteurs à repenser aux victimes.
— Peut-être.
J'ai laissé tomber.
Grave erreur.
Ce soir-là, Ryan est allé chercher des plats chinois au Roi du Wonton. Après dîner, il a regardé les Canadiens jouer contre les Bruins, les Islanders contre les Sharks, quelqu'un d'autre contre quelqu'un d'autre pendant que je me concentrais sur la demande de Polly Beecroft.

Installée à la table de la salle à manger, j'ai allumé mon ordinateur et affiché les clichés que j'avais faits de la photo du masque mortuaire de Beecroft. Puis, ne sachant pas très bien par quel bout prendre le sujet, je suis partie de ce qu'Anne avait découvert à propos de l'UCL.

Comme l'avait dit Anne, la collection Robert Noel de masques vivants et mortuaires, qui compte trente-sept exemplaires, était l'œuvre d'un Allemand du dix-neuvième siècle passionné de phrénologie. En faisant un moulage des têtes des vivants et des morts, Noel espérait valider sa conviction selon laquelle les creux et les bosses du crâne révélaient la personnalité de l'individu.

Comme l'avait aussi dit Anne, la collection de Noel a été exposée à plusieurs reprises : une fois au laboratoire Galton Eugenics, une autre fois à la Slade School of Fine Art. Jusqu'à une époque récente, on n'en savait pas beaucoup plus sur le sujet. On a eu un premier aperçu de son histoire lorsque l'un des moulages a été offert à un groupe d'étudiants en muséologie pour leur programme de deuxième année d'études en conservation de collections. Le spécimen choisi était le seul dont les informations d'origine avaient été préservées, une inscription manuscrite sur une étiquette attachée au cou : *Irmscher N ; 34, meurtrier, décapité en 1840.*

Je savais déjà – merci, Anne, encore une fois – que les étudiants astucieux avaient réussi à déterrer un obscur volume à la British Library : *Notes Biographical and Phrenological Illustrating a Collection of Casts.* L'ouvrage, écrit par Noel, donnait des informations sur chacun des individus de sa collection.

Ce qu'Anne ne m'avait pas signalé, c'était la nature absolument fascinante du projet de Noel. Elle ne m'avait pas non plus parlé des vidéos YouTube qui décrivaient les sujets des deux catégories « criminels » et « intellectuels ».

Pendant que Ryan se passionnait pour des palets et des filets, lâchant occasionnellement un cri ou un gémissement, je me suis laissé happer par les vidéos. C'était comme de se promener dans les allées d'un cimetière, en imaginant les tragédies reflétées par les inscriptions gravées sur les stèles.

Carl Gottlob Irmscher avait noyé son fils de deux ans dans un ruisseau, puis il avait recouché le corps de son enfant dans son lit. Par la suite, craignant d'être démasqué, il avait envoyé sa femme chercher des pommes de terre à la cave et l'avait tuée à coups de hache alors qu'elle descendait l'escalier. Il avait été exécuté par décapitation, à l'épée. Son masque montre un homme aux lèvres entrouvertes, les poils des sourcils pris dans le plâtre.

Christian Gottlieb Meyer avait assassiné ses enfants en les jetant dans un puits de mine. Condamné, il était mort en prison. Chose intéressante, l'appréciation que Noel porte sur Meyer diffère grandement de ses commentaires concernant Irmscher. D'après ses notes, la région du crâne de Meyer qui correspond à l'amour des enfants était plutôt proéminente et rien sur son crâne n'indiquait une propension à la violence. Noel en concluait que ses actes avaient été provoqués par une consommation excessive d'alcool et la peur que ses enfants soient placés. Malgré l'infanticide, Noel qualifiait Meyer de « non violent ». Un léger trucage de données, doc ?

La seule femme de la collection de Noel, Johanne Rehn, avait jeté sa fille tête la première dans une fosse à purin pour éviter d'être plaquée par son nouvel amant. L'autopsie montrait que l'enfant avait survécu à la chute, mais s'était noyée dans les excréments. Noel catégorisait Rehn comme criminelle, notant que sa zone frontale était petite par rapport à « la partie arrière de la tête », ce qui expliquait sa « déficience dans la faculté d'aimer les enfants ». Rehn avait été décapitée devant une foule de vingt mille personnes. Le bourreau l'avait ratée deux fois, et ces loupés, suturés *post-mortem*, apparaissent clairement sur son masque mortuaire.

J'ai continué à m'absorber dans les vidéos et les comptes rendus écrits, fascinée par les visages et les histoires qui se cachaient derrière. Pas seulement les sujets de Noel, mais les centaines d'autres, certains célèbres, d'autres non. En attendant, je n'ai rien découvert de pertinent sur la disparition de la grand-tante de Polly Beecroft.

Quand j'ai levé la tête, la télé était silencieuse et Ryan tisonnait le feu.

J'ai passé le plus clair de mon dimanche à explorer davantage de masques mortuaires. Là non plus, je n'ai rien appris se rapportant à Beecroft.

La semaine et le week-end suivants se sont passés en mode copier-coller.

Les résultats de l'analyse ADN n'arrivent pas subito presto comme à la télé. Ça prend du temps. Je le savais. Pourtant, l'attente me mettait à cran.

J'ai appelé deux fois Vislosky. Ai entendu le même compte rendu deux fois. À partir de mes profilages, elle poursuivait ses investigations selon plusieurs lignes : les rapports de police, les écoles, les hôpitaux, d'anciennes alertes enlèvement, des rapports d'arrestation de mineurs. Jusque-là, elle avait fait chou blanc.

J'ai reçu l'appel le deuxième lundi, une heure après mon arrivée au labo. Il y avait dix jours que j'avais envoyé le fémur au labo d'ADN. Le rapport préliminaire de Willoughby était enfin disponible. Je me suis empressée d'aller la voir.

Je l'ai aperçue par les vitres qui donnaient sur le couloir. Elle était devant le panneau de contrôle d'une machine à l'aspect complexe. J'ai toqué sur le carreau et elle m'a ouvert.

— *Bonjour – Hi.*

Ce jour-là, les paupières de Willoughby étaient turquoise. Enfin, celle que j'arrivais à voir. Ses cheveux, maintenant rasés du côté gauche, étaient striés de violet et drapés sur son front du côté droit.

— Salut, ai-je répondu en scrutant son expression dans l'espoir d'y déceler un indice. Bonne nouvelle ? Mauvaise nouvelle ?

— Allons à mon bureau, a-t-elle proposé.

Ce que nous avons fait. Sans s'asseoir, ni sourire, elle a pris deux tirages d'imprimante qu'elle m'a tendus.

J'ai parcouru le haut de la première page, traduisant au fur et à mesure que je lisais. *Nom ; Nature du délit ; Référence de l'affaire ; Priorité ; Date de la demande ; Date de réalisation du test ; Date du rapport ; Demande de... ; Effectuée par...*

Et dessous :

Échantillon reçu : un fémur droit dans un conteneur scellé, référence LSJML-41207.

Mon regard a filé tout en bas du formulaire, à la recherche de l'info qui m'intéressait.

Résultats : De l'ADN humain a pu être recueilli et quantifié à partir du fémur.

Oui !

L'ADN recueilli a été caractérisé par PCR (réaction de polymérisation en chaîne) avec analyse du gène homologue pour détermination du sexe et des locus des STR (séquences courtes répétées en tandem).

Suivait un paragraphe énumérant les locus.

Le cœur battant, j'ai aussitôt regardé le deuxième document.

Et relevé la tête. Willoughby m'observait, les bras croisés.

— Génial !

J'ai failli lui faire un *high-five.*

— Vous êtes parvenue à établir les deux profils.

Elle a haussé les épaules.

— Vous doutiez de moi ?

Les lèvres écarlates se sont légèrement incurvées à un coin.

— Jamais. Comment avez-vous fait ?

— Purification et amplification, chérie.

Une réplique culte de spécialistes de l'ADN ?

— J'imagine que les techniques ont fait de sacrés progrès depuis 2006.

— Et le matériel.

— Et je vois que vous avez classé ma requête comme absolument prioritaire. Je vous revaudrai ça.

— Je ne refuserais pas une bouteille de Jimmy B.

— Comme si c'était fait.

— Ce rapport doit rester entre nous, a dit Willoughby. C'est qu'un préliminaire.

— Compris. Comment se fait-il que vous m'ayez mise sur le dessus de la pile ?

— La rumeur court que vous pouvez être une sacrée emmerdeuse quand vous voulez.

— Merci.

Enfin, merci…

— L'ensemble complet apparaîtra sous forme de pièce jointe dans les rapports officiels.

J'ai hoché la tête.

— Vous avez bien compris que ça vous dit que dalle sur l'identité de vos victimes.

— Bien reçu. Mais là, je suis sûre que l'enfant est une fille.

— Aucun doute.

— Et j'ai maintenant des profils à passer dans toutes les bases de données de la planète.

— C'est pas gagné, je dirais. Mais c'est le boulot des flics, ça.

— Vous avez compris ce que je voulais dire.

— Ma cheffe dit que je dois envoyer le rapport à la SQ, à un certain Trout.

Le nom ne m'était pas familier.

— Ça vous va si je mets aussi Ryan au courant ?

— Je croyais qu'il avait pris sa retraite.

— De cette affaire-là, jamais.

— Ce gaillard remplit magnifiquement une chemise.

— Quand peut-on espérer des profils complets ?

— J'ai pas l'intention de lambiner.

Le mélange improbable de jargon et d'accent de la monarchie m'a toujours amusé chez Willoughby. J'ai compris qu'elle n'envisageait pas de lâcher l'affaire.

— Une dernière chose, a-t-elle ajouté.

Même si elle n'était pas décoiffante, son nota bene était vraiment utile.

14.

Lundi 25 octobre – mercredi 27 octobre

De retour à mon bureau, j'ai vu qu'une nouvelle demande d'expertise avait atterri sur mon sous-main. LaManche voulait mon avis sur des « Fragments de corps suspects » retrouvés dans un bâtiment en construction, rue Verreau.

J'ai ignoré la demande et appelé Ryan. Il a répondu tout de suite. Le fond sonore suggérait qu'il était sur la route.

Survoltée comme une supernova, je suis allée droit au but.

— Doucement, s'il te plaît, mon chou à la *crème.*

— Willoughby a réussi, ai-je dit d'un ton plus modéré, comme il me le demandait. Elle a séquencé l'ADN.

— À partir des os exhumés ?

— Oui.

— Ah ben ça alors ! L'affaire a été assignée à quelqu'un, à la SQ ?

— Un dénommé Trout.

— Trout. Je le connais. (J'ai senti qu'il retenait un commentaire. Peu flatteur.) Je vais voir ce que je peux faire.

— Sérieux ?

— Je suis un génie, je te rappelle.

— Si je t'envoie le rapport officiel, tu pourrais passer les profils dans le NDDB, le CODIS, le DNA Gateway, tout ce qui te passe par la tête ?

Je faisais référence à la base de données canadienne d'ADN, à son équivalent américain ainsi qu'à Interpol. Et tous les trucs dans le genre.

J'ai attendu qu'un concert de klaxons s'arrête. Et puis :

— Ça marche.

— Je vais mettre à jour nos entrées sur NamUS et les sites canadiens pour les personnes disparues et les restes non identifiés, ai-je ajouté.

— N'en attends pas trop. On a déjà essayé ça en 2006.

— On n'avait pas l'ADN en 2006.

— Exact.

— Willoughby a fourni des infos vraiment intéressantes. L'enfant est bien une fille.

— Tu le savais déjà.

— Je le soupçonnais fortement.

— Elle avait cette babiole.

— On peut difficilement considérer ça comme une preuve. L'ADN, si. Autre chose, la femme et la fillette étaient apparentées.

— Mère et fille ?

— Peut-être.

— C'est pas rien, ça.

— En effet. Tu es où, là ?

— Je vais à Burlington.

— Dans le Vermont ?

— Comme je te l'ai dit, la femme de mon trépassé prétend que l'accident de voiture de son mari a un lien avec son travail. Elle dit qu'on lui doit deux cent mille gros billets.

— La police d'assurance va payer tout ça ?

— Seulement si la veuve dit vrai quant aux circonstances.

— Pourquoi a-t-elle mis quatre ans avant de lancer une procédure ?

— C'est ce que l'expert voudrait savoir.

Je me suis soudain sentie coupable. J'étais tellement concentrée sur mes problèmes que je ne m'étais pas intéressée à ceux de Ryan.

— Je suis désolée, ai-je dit. Allez, mets-moi au parfum.

— J'ai passé la semaine dernière à fureter dans le coin, et j'ai appris que les collègues du type n'avaient jamais entendu parler de sa femme. Elle s'appelle Agnes, au fait. Lui, c'est Rupert. J'ai aussi découvert que l'accident s'est produit à plus de cent kilomètres de l'usine où travaillait Rupert.

— Un poil étrange.

— J'ai aussi retrouvé certains de ses anciens collègues. La plupart se souvenaient à peine de lui.

— C'est triste.

— Quand on est mort, on est mort.

— Bon, et maintenant ?

— Pendant la semaine, Rupert habitait dans un parc à caravanes appelé Idle Acres.

— Ça paraît idyllique.

— Ils autorisent les animaux de compagnie d'un poids inférieur à onze kilos. J'y vais, tout de suite.

— Pour continuer à enquêter.

— C'est mon boulot. Et toi ?

— Je regarde un truc pour LaManche.

Enfin, plus ou moins.

— Je devrais être rentré vers 17 heures, a dit Ryan.

— Prends soin de toi, ai-je dit.

— Tu veux me dire de faire attention aux shih tzu et aux yorkshires ?

— Ma grand-mère s'était fait bouffer un orteil par un bichon énervé.

On a raccroché, et du pouce, j'ai fait apparaître un autre numéro. Indicatif régional 843.

Une voix de robot s'est excusée avec autant de chaleur qu'un fonctionnaire du service des permis et immatriculations. M'a priée de laisser un message. Ce que j'ai fait, agacée.

Un coup d'œil aux « Fragments suspects » de LaManche m'a suffi. Un charpentier ou un couvreur s'était offert un jarret de porc dans la maison en chantier et avait balancé les os par terre.

Je finissais de rédiger un rapport d'une ligne, en me demandant si j'arriverais à trouver l'énergie de faire un osso buco plus tard, quand mon téléphone a sonné. Herrin.

— Merci de me rappeler aussi vite, ai-je dit.

— Va falloir faire court, c'est la panique, ici.

— Oh ?

— Vous vous souvenez de l'autopsie de Klopp sur son cas *rare* de capno ?

J'ai noté l'épithète chargée de sarcasme.

— Il vous en a parlé ?

— En effet.

— Je vous écoute.

J'ai revu le corps supplicié sur l'écran de la pathologiste. Et me suis rappelé que je n'avais pas fait de recherches sur l'agent pathogène, contrairement à la promesse que je m'étais faite.

— Les cas explosent en Caroline du Sud.

— Oui, j'en ai entendu parler à la radio locale.

— Charleston s'est pris la Covid-19 dans la gueule, et maintenant ça. Ça pourrait être le coup mortel pour mon budget. Sans jeu de mots.

Malgré la blague, le ton d'Herrin suintait le stress.

— Je ne pensais pas que la capno était contagieuse.

— Elle ne l'est pas. Mais tout à coup, on devient le foutu épicentre d'une épidémie majeure. Bon, faut que je file. Vous avez besoin de quoi ?

— En bref : je suis à Montréal. Le LSJML a pu extraire de l'ADN des corps de la femme et de l'enfant trouvés dans un conteneur à Saint-Anicet en 2006.

— Vous pensez toujours que vos victimes québécoises sont liées aux ados qu'on a trouvées ici ?

— Je pense que c'est une possibilité.

— Ah ouais…

Réplique prononcée sur un ton tellement dubitatif que je l'ai visualisée les deux mains sur les hanches.

— Pendant mon analyse, j'ai prélevé des fragments d'os en vue de tests ADN. Je me demandais si vous aviez fait pareil ?

— Sainte Mère de Dieu ! La planète n'a que ce mot à la bouche ! L'ADN ! Les médias ont tellement affolé la population avec cette histoire de capno que maintenant, tout le monde se met à cracher dans des tubes.

Cette phrase a piqué ma curiosité.

— Il existe un test pour ça ?

— Ces péquenauds pensent qu'il y a des gènes qui immunisent les gens et d'autres non.

Une voix s'est élevée à l'arrière-plan. La communication est devenue étouffée, probablement parce qu'Herrin couvrait le téléphone de sa main.

— Désolée.

— L'affaire des conteneurs ? ai-je dit pour remettre la conversation sur ses rails.

— Je ne suis pas née de la dernière pluie, doc. Le labo de l'État a fait un miracle.

— Ils ont obtenu de l'ADN ?

— Eh oui.

— Pour les deux victimes ?

— Ouaip. Je m'étonne que Vislosky ne vous ait pas mise au courant. Mon bureau lui a transmis le rapport jeudi dernier.

— Vous pourriez me le transférer, s'il vous plaît ? Ainsi qu'à une microbiologiste, Lizzie Griesser ?

— Pas de problème. Envoyez-moi son adresse.

— Ce sera fait.

— J'aurais dû m'en occuper plus tôt. C'est l'asile, ici.

— Merci.

Trois bips m'ont signalé qu'Herrin était passée à autre chose.

Je suis restée assise un moment, le temps de ravaler ma colère. J'avais parlé à Vislosky le mercredi. Elle savait combien j'étais investie dans l'affaire du conteneur. Elle avait eu les infos sur l'ADN le lendemain et n'avait pas pris la peine de m'en informer ?

Une profonde inspiration pour me calmer. Une autre. Puis j'ai composé un nouveau numéro.

— Vislosky.

Le brouhaha familier suggérait qu'elle était dans la salle de la brigade.

— Tempe.

— J'ai un identifiant des appels entrants.

— Herrin me dit que son bureau vous a envoyé les résultats de l'ADN ?

— En effet.

— Et ?

— Je suis en train de les passer dans la machine.

— Et ?

— Jusque-là, rien du tout. Pas de correspondances, ni locales, ni à l'échelle de l'État, ni nationales. Et toujours zéro signalement d'enfants disparus correspondant aux descriptions que vous m'avez fournies.

— Vous êtes remontée cinq ans en arrière ?

— On en a déjà parlé.
— Autre chose que vous ne me dites pas ?
— Depuis mercredi ?
Tu t'es assise sur l'ADN, alors… Mais je ne l'ai pas dit.
— J'ai des profils de mes victimes, ici.
Vislosky m'a laissée continuer.
— La femme et l'enfant sont apparentées.
— L'une à l'autre ?
— Oui.
— Super hourra.
— « Super hourra » ?
Ai-je répété en tâchant très fort de ne pas m'énerver.
— Vous vous attendiez à quoi ? Votre assassin chope une nana au hasard, une gamine au hasard, et les enfourne dans un conteneur ? Évidemment qu'elles sont apparentées.
Je ne pouvais pas lui donner tort. Mais je détestais son arrogance. Et le fait qu'elle ait joué les cow-boys solitaires.
— Vous avez avancé sur les bernacles ?
— Un biologiste marin de l'Université de Charleston m'a dit qu'il allait procéder à quelques simulations.
— Préciser le temps qui s'est écoulé depuis la mort pourrait être bien utile.
— Pourrait.
— Ou le fait de savoir où le conteneur a stagné.
— Le gars n'est pas très optimiste.
— Tenez-moi au courant.
— Ouais, ouais.
Et puis je me suis remise à attendre.

Willoughby m'a envoyé son rapport complet le mardi, en fin d'après-midi. Comme elle l'avait souligné, les labos de médecine légale peuvent légalement profiler des parties spécifiques du génome d'un individu. Mais seules les forces de l'ordre ont le droit d'entrer ces profils dans les différentes bases de données ADN existantes.

Après avoir parlé à Willoughby, j'ai composé un numéro familier, celui du quartier général de la SQ. L'enquêteur Yves Trout m'a écoutée, visiblement impatient, puis m'a promis d'intervenir sur mon affaire de conteneur *si* et seulement si, il avait le temps.

Furieuse de m'être fait envoyer promener, j'ai appelé Ryan. Il m'a expliqué que Trout, qui venait d'intégrer l'équipe des crimes contre la personne, avait la réputation de ne s'occuper que des affaires susceptibles de faire avancer sa carrière. Et que, typiquement, les affaires classées n'entraient pas dans cette catégorie.

Mercredi matin, se doutant que j'allais faire mon « emmerdeuse » comme avait dit Willoughby, Ryan a provisoirement laissé tomber Rupert et Agnes pour rendre une petite visite à ses anciens lieux de travail du quartier général de la SQ. Trout lui a raconté qu'il était sur une affaire d'homicide conjugal et dit qu'il pouvait faire ce que bon lui semblait des victimes de Saint-Anicet. Ryan n'avait pas vraiment besoin de l'autorisation de Trout. Même s'il avait pris sa retraite, il avait encore le bras long.

Comme j'avais de la paperasse à finir et besoin d'accéder au matériel du LSJML, nous sommes allés ensemble au Wilfrid-Derome. En attendant chacun notre ascenseur, nous avons convenu de nous retrouver dans le hall d'accueil à 16 h 30.

À 2 heures de l'après-midi, je finissais un rapport sur la femme du fermier de Saint-Félicien quand mon portable a pépié. J'ai pris note, mentalement, de changer de sonnerie et regardé mon écran.

Vislosky.

Surprise, j'ai répondu.

— Bonjour, *détective.*

— Il pleut des cordes, ici.

— J'espère que vous appelez avec de bonnes nouvelles ?

— J'ai peut-être une piste pour la plus jeune des victimes.

Cela annoncé sur un fond sonore similaire à celui auquel j'avais eu droit avec Ryan, lundi. Moteur. Essuie-glaces. Avec un supplément climatiseur.

— Vraiment ?

— Vraiment. En 2017, les urgences du Beaufort Memorial ont soigné une gamine pour… comment s'appelle cette fracture ?

— Une fracture du condyle externe de l'humérus droit.

— C'est ça. Jessica Gray Jeben. Sexe féminin, race blanche, date de naissance, 1er juillet 2002.

Rapide calcul.

— Âgée de quinze ans. Ça colle.

— Elle n'est jamais revenue se faire enlever son plâtre. À peu près à la même époque, elle a cessé d'aller à l'école.

— Putain de merde !

— La mère habite toujours à la même adresse, à Yemassee.

— C'est où, ça ?

— Dans le comté de Beaufort. J'en repars, là. C'est une zone rurale, et on voit bien que la mamma ne va pas fissurer l'atome.

— Comment explique-t-elle la fracture de sa fille ?

— Ils ont une espèce de balançoire improvisée avec un pneu accroché à un arbre dans le jardin de devant. Elle prétend qu'elle était tombée en se balançant.

— Vous la croyez ?

— Allez savoir.

— Jessica a réapparu ?

— Non.

— Et qu'en dit-elle ?

— Que sa fille avait rompu avec son petit copain.

— J'imagine qu'elle n'est pas allée trouver la police ?

— La bonne femme serait pas foutue de trouver de l'eau dans la mer.

— Vous avez fait un prélèvement d'ADN ?

— J'ai une canette de Coors dans un Ziploc sur le siège passager.

— Bien joué.

— Servir et protéger, ma belle.

— Tenez-moi…

— Ouais ouais. Au boulot.

Ryan n'était qu'à quelques étages en-dessous de moi, mais on ne s'est pas croisés de la journée. Je suis arrivée dans le hall avant lui. Quand j'ai vu sa tête, j'ai deviné qu'il s'était ramassé un bide.

— Bredouille ? ai-je demandé au moment où il sortait de l'ascenseur.

Ryan a secoué la tête.

— Ce n'est pas étonnant en ce qui concerne la fille, ai-je admis. Mais je me disais qu'on aurait peut-être un coup de chance avec la femme.

— Il faut croire qu'elle se tenait à carreau.

— Et qu'elle ne s'est jamais engagée dans l'armée.

— Tu le prends bien, a dit Ryan. Je pensais que tu serais déçue.

Je lui ai parlé de la piste de Vislosky.

— Vraiment ? a-t-il commenté.

Il allait falloir qu'on enrichisse notre vocabulaire, tous les deux.

La conversation a cessé quand nous avons quitté le bâtiment. Dans le vent âpre et mordant, nous avons failli cesser de respirer tout court. J'ai avancé tête basse, le dos rond, la bouche fermée, en espérant que les larmes ne gèleraient pas sur mon visage.

Une fois dans la Jeep, Ryan s'est démené avec le chauffage, régulièrement récalcitrant. J'ai plié et déplié mes doigts dans l'idée de relancer la circulation sanguine.

— Il te faut des gants plus chauds, a suggéré Ryan.

— Oui.

— Il ne fait généralement pas si froid en octobre.

— Hmm.

Combien de fois avais-je entendu ça ?

— J'ai fait des recherches sur ta paparazzi, a repris Ryan en déboitant du trottoir pour s'engager dans le trafic.

— Pardon ?

Le changement de sujet abrupt m'avait perdue.

— La photo glamour dans la *Gazette*. La journaliste est une pigiste du nom de Laura Bianchi. Il paraît qu'elle est jeune et ambitieuse, et qu'elle surveille les fréquences de la police en quête d'un scoop.

— C'est comme ça qu'elle a appris pour l'exhumation ?

— L'actualité est plutôt calme, en ce moment, elle a dû se dire qu'arracher des cadavres à la terre était mieux que rien. Elle a pris la photo, vendu l'histoire à une quelconque agence de presse, et la *Gazette* l'a publiée. Fin de l'histoire. Rien de glauque.

— Tu n'as pas vu ses cheveux.

C'était *l'heure de pointe*, la si mal-nommée, se pointer où que ce soit à l'heure en ce moment précis étant fortement déconseillé. Nous avons quand même fait le détour par le boulevard Saint-Laurent pour acheter de la viande fumée. Pendant que Ryan s'engouffrait chez Schwartz's, j'ai vérifié mes e-mails, les doigts suffisamment réchauffés pour pianoter.

Les rapports d'ADN d'Herrin étaient arrivés.

J'ai ouvert et parcouru les deux documents. Décontractée, certaine qu'on ne tarderait plus à identifier la cadette des victimes. Que son nom nous mènerait à l'identité de sa compagne.

En plissant les yeux pour mieux lire les infos sur le petit écran, quelque chose, très loin dans les profondeurs de mon cerveau, a dit : *Hein ?*

Quoi ?

Malgré mes efforts, je n'arrivais pas à déloger cette pensée du recoin subliminal qu'elle occupait dans mon crâne. J'essayais encore quand Ryan a ouvert la portière et s'est remis au volant. Le véhicule s'est rempli d'odeurs concurrentes d'air hivernal, de laine mouillée et de viande épicée chaude.

Sans trop savoir pourquoi, j'ai transféré le rapport d'Herrin à Willoughby. Sans attendre de réaction.

J'avais bien tort.

15.

Vendredi 29 octobre

Mon téléphone a sonné au milieu de la matinée du vendredi, annonçant une avancée importante.

— L'aînée des filles de Charleston est apparentée à la femme d'ici.

Les paroles de Willoughby ont envoyé une décharge d'adrénaline dans tout mon système sanguin.

— Vous êtes sûre ? ai-je demandé, momentanément déstabilisée.

— Oui.

— Et pour la gamine de Saint-Anicet ?

— Son échantillon était trop dégradé.

J'en savais juste assez pour comprendre que Willoughby et son alter ego en Caroline du Sud avaient recherché des variations génétiques dans de courtes séquences répétées d'ADN à des locus spécifiques sur les chromosomes. Et que Willoughby avait réussi à suffisamment amplifier le prélèvement de la femme de Montréal pour le comparer à celui des deux ados de Charleston. Ce qui s'était révélé impossible pour celle de Montréal.

—… choper ces enfoirés.

Les paroles de Willoughby m'ont ramenée au présent.

— Mais vous avez réussi à déterminer que l'enfant était apparentée à la femme qui se trouvait dans le conteneur avec elle.

C'était plus une question qu'une affirmation.

— Oui. Mais cette comparaison se basait sur un nombre inférieur de locus. C'est compliqué. Vous voulez que je vous explique la procédure en détail ?

— Pas tout de suite, dis-je, mon cerveau s'efforçant d'intégrer l'info. Donc, si la femme et l'enfant de Montréal sont apparentées, on peut présumer qu'il y a un lien de famille entre elles deux et l'ado de Charleston.

— Présumons.

— Waouh.

J'allais dire *Vraiment.*

— Votre intuition était la bonne.

— Qu'est-ce qui vous a poussée à effectuer les comparaisons ?

Je ne lui avais pas demandé de le faire.

— Quelque chose dans les génomes a attiré mon regard, alors je me suis dit, pourquoi ne pas tenter le pari ?

— Ryan a rentré vos profils ici et aux États-Unis. Peau de balle.

— Ce n'est pas une surprise.

J'ai hésité à parler de Jessica Jeben à Willoughby. Pour une raison que j'ignore, je ne l'ai pas fait. Au lieu de ça :

— Une fois encore, je vous suis redevable.

— Allez, avouez que je suis mythique !

— Je confirme.

Pas très sûre d'avoir compris ce qu'elle voulait dire.

— S'il y a du neuf, quoi que ce soit, appelez-nous.

Mon téléphone a signalé un appel entrant.

Ryan. Parfait.

J'ai décroché, l'euphorie me rendant si maladroite que j'ai failli faire tomber l'objet.

— Bonjour, détective, ai-je dit *lentement.*

Mais Ryan n'était pas dupe.

— Alors, quoi de neuf ?

— Pardon ? ai-je demandé, faussement sur la défensive.

— Tu as la voix d'une junkie qui se serait envoyé trois grammes de coke.

Je lui ai raconté ce que je venais d'apprendre de Willoughby.

Ryan n'a pas commenté.

— J'avais raison. Les affaires, celle d'ici et celle de Charleston, sont liées.

— Du nouveau sur la piste Jeben ?

— Vislosky a demandé de mettre la gomme. Même s'ils posent sa demande sur le dessus de la pile, les résultats nécessiteront malgré tout quelques jours.

Un silence, puis :

— On devrait fêter ça.

— C'est un peu tôt pour sortir les guirlandes.

— Vrai. Mais on peut apprécier un bon dîner sans raison particulière.

— Ce soir ?

— Pourquoi pas.

— Où ?

— Je te ferai la surprise. Sois prête à 19 heures.

Je suis restée assise sans bouger, le temps de reprendre mon calme. Le regard posé sur le paysage au-delà de la fenêtre qui jouxte mon bureau.

Dans la nuit, un front plus clément avait chassé le froid polaire et, douze étages plus bas, la neige en train de fondre envoyait des petits ruisseaux d'un noir brillant serpenter sur la surface asphaltée du parc de stationnement. Au loin, des nuages boursouflés planaient bas sur le Saint-Laurent qui s'étirait, sombre et silencieux, vers l'horizon.

Quand mon pouls est revenu à la normale, j'ai appelé Vislosky.

Elle a répondu tout de suite.

— Vislosky.

En lui relatant la nouvelle choc de Willoughby, je la voyais, de là où j'étais, hausser cyniquement les sourcils.

— Ça pourrait être une avancée déterminante, ai-je lancé après un long moment.

Vislosky n'avait toujours pas répondu.

— Et maintenant, elles sont quatre…

Elles avaient toujours été quatre, ai-je pensé.

— Des nouvelles à propos de Jeben ?

— Le petit ami était un dénommé Thomas Slinger. Vingt-six ans. Surnommé Slick.

— Slick Slinger ?

— Ça dit tout ce qu'il y a à savoir sur l'asticot.

— Qui sortait avec une ado de quinze ans.

— Oui, ça aussi.

— Qu'est-ce qu'on sait d'autre sur lui ?

— Le gars a des lacunes en fait de bonnes manières.

— Ce qui veut dire ?

— Un délinquant juvénile avec un casier long comme le bras. Rien de créatif, surtout des délits mineurs – conduite sous influence, trouble à l'ordre public, vandalisme, vol à l'étalage. Les Marines l'ont viré pour manquement à l'honneur en 2015.

— Pour quel motif ?

— Ce personnage a un penchant pour les trucs glauques. Mon préféré : le shérif du comté de Beaufort l'a coffré en 2016 pour avoir fait bouffer des poulets vivants aux pitbulls qu'il entraînait au combat. Le rapport s'arrête là.

— Doux Jésus. Vous lui avez parlé ?

— L'ex-soldat Slinger s'est actuellement évaporé dans la nature.

— Laissez-moi deviner. On perd sa trace à peu près au moment où Jessica Jeben a disparu.

— Dans le mille. Écoutez, j'ai encore du porte-à-porte à faire, et une tonne de paperasse à rédiger le cul vissé sur une chaise.

Silence radio.

Encore une fois, il ne me restait plus qu'à attendre.

Quinze heures trente. Les nuages étaient si bas à présent qu'ils paraissaient embrasser le fleuve. Sombres, gonflés, annonciateurs d'un déluge. Imminent.

Je venais juste de finir un énième rapport. La droguée de la conduite d'évacuation était bien Marie Cloutier, malade mentale présumée. Si je ne pouvais pas établir la cause de son décès, en revanche, je pouvais affirmer que l'aiguille à tricoter avait infligé d'impressionnants dommages à son lobe temporal.

Au moment où j'appuyais sur la touche d'envoi, mon esprit a basculé vers la femme et l'ado rejetées sur le rivage à Saint-Anicet. J'ai ouvert le dossier sur mon ordinateur et contemplé le rendu cruel des deux visages.

Elles m'ont renvoyé mon regard. Une femme au nez étroit et au menton proéminent. Une enfant au front haut et aux yeux écartés.

J'ai été assaillie par l'habituel tumulte de pensées. Tandis que j'essayais de faire le tri là-dedans, un faisceau de neurones a émis un *psst !* provocant.

Quoi ?

J'ai essayé d'attirer la synapse subliminale à la surface.

Les neurones s'obstinaient à faire profil bas.

En étudiant les traits des visages sur mon écran, je me suis interrogée : quel détail infime la partie centrale inférieure de mon cerveau avait-elle remarqué qui m'avait échappé ?

De façon inattendue, mon esprit a projeté une image de Polly Beecroft.

Cette alerte synaptique était-elle similaire à celle que j'avais reçue en voyant le masque mortuaire de Beecroft ? Alors, qu'est-ce qui avait bien pu déclencher l'alarme au sein de ces cellules ?

J'ai fermé les yeux et tenté de reconstituer ma rencontre pré-tempête avec Beecroft.

La boîte de vitesse mentale a refusé d'embrayer.

Frustrée, j'ai réduit la fenêtre des dessins et ouvert le dossier contenant les clichés que j'avais pris des photos de Beecroft.

Quelques neurones réticents ont cédé, admettant que la source de mon inconfort venait du sentiment que ces femmes, mortes depuis très longtemps, m'étaient d'une certaine façon familières.

Pourtant, je n'avais jamais rencontré Polly Beecroft avant sa visite au MCME. Et encore moins sa mystérieuse aïeule au masque mortuaire. *Peut-être* aïeule.

Déclic cérébral. C'était ça ? C'était à la visite de Beecroft que mes cellules grises voulaient absolument que je réfléchisse ?

Je me suis calée contre mon dossier, l'esprit fusant tous azimuts.

Du bourbier de mes pensées en a jailli une, crédible.

Je suis allée sur le site internet de l'American Academy of Forensic Sciences, me suis connectée en tant que membre de l'AAFS, et j'ai téléchargé le *Journal of Forensic Sciences.* J'ai trouvé l'article que je cherchais, l'ai lu en entier.

Et pris mon téléphone.

Ryan avait réservé dans un de mes bistrots préférés, Leméac, sur l'avenue Laurier Ouest, dans le quartier Outremont. Il a insisté pour que nous y allions en voiture, pas une super idée un vendredi soir. Nous avons fini par nous garer à plusieurs années-lumière de notre destination. Heureusement, il ne pleuvait pas encore. Mais l'air humide et lourd promettait que ça ne durerait pas.

La fonte des congères noircies par les gaz d'échappement des voitures provoquait des ruisseaux boueux qui se déversaient dans les caniveaux et sur la chaussée. Sous nos pas pressés, nos talons imprimaient des tatouages humides sur le trottoir.

Le petit restaurant était bondé, mais on nous a rapidement conduits à notre table. Pour commencer, j'ai commandé une salade de roquette et de fenouil. Ryan a choisi un velouté de courge butternut. Pour le plat principal, nous avons tous les deux pris les moules-frites.

En attendant d'être servis, j'ai pris bien soin de demander à Ryan des nouvelles d'Agnes et de Rupert. Le niveau sonore était tel que nous devions nous pencher tout près l'un de l'autre pour nous entendre.

— Comment ça s'est passé à Idle Acres ?

— J'ai rencontré un rottweiler appelé Jose.

— Un rottweiler de moins de onze kilos ?

— Je ne me suis pas enquis du poids de Jose. Il ne s'est pas enquis de la raison de ma visite.

— C'est de bonne guerre.

— Il se trouve que le parc a un nouveau propriétaire. Arnie Kim. Kim m'a dit que l'endroit avait changé plusieurs fois de mains. Il l'a acheté il y a deux ans et ne connaissait ni Rupert ni Agnes.

— Kim avait des archives ?

— C'est un parc à caravanes…

— Il devait connaître le nom de l'ancien proprio ?

— Oui. Jimmie Gardner.

— Savait-il où trouver Gardner ?

— Il l'ignorait.

Nos entrées sont arrivées. Nous avons pris le temps d'ajouter le sel et le poivre. J'ai commandé un deuxième Perrier rondelle. Il a demandé une deuxième Moosehead et repris le fil de la conversation.

— Je ne me suis pas découragé. J'ai appelé tous les Jimmie et les James Gardner de tous les annuaires du Vermont.

— Tu ne lâches jamais, toi, hein ?

— Je trouve toujours mon bonhomme.

— Sérieusement ?

— Tu crois que je plaisanterais sur un tel sujet ? a rétorqué Ryan, les yeux étincelants comme des saphirs à la lueur vacillante des bougies. Gardner se souvenait de Rupert, vaguement d'Agnes et de leur fils, Zeke. Il les voyait parfois passer au bureau. Leur nom de famille est Schultz, au fait. Il n'aimait pas beaucoup Zeke.

— Pourquoi ?

— L'explication de Jimmie n'est pas super claire.

Ryan a terminé son velouté et reposé sa cuillère sur la table.

— Les jours de semaine, Rupert restait à Idle Acres parce que c'était plus près de l'usine où il travaillait. Les week-ends, il rentrait chez lui, au Vermont, dans un village appelé Ferdinand, un grain de poussière sur la carte.

Après une lampée de bière, Ryan s'est adossé à sa chaise.

— Et ? ai-je demandé.

— J'ai un peu fait le détective, à Ferdinand.

Ryan avait terminé son compte rendu quand nos plats sont arrivés.

Le mien était à la hauteur de mes espérances. Le dessert, pour sa part, une préparation qui défiait la gravité à base de mousse au chocolat, de cerises et de crème fouettée, remportait la palme. Quand nous avons terminé – Ryan a payé l'addition malgré mes protestations –, il était 22 h 30.

Après avoir passé la journée à se contrôler, la tempête avait fini par se lâcher, et elle était de fort mauvaise humeur. Ryan a proposé d'aller chercher la voiture, mais j'ai insisté pour que nous y allions tous les deux au pas de course. Un court débat, dans les deux langues, et il a cédé.

Main dans la main, nous avons remonté l'avenue Laurier au petit trot. L'artère était quasiment déserte exception faite des voitures arrêtées, de force, le long du trottoir, des deux côtés. Le déluge martelait les pare-brise, les capots et les toits. Le vent qui soufflait à présent par bourrasques faisait tournoyer les feuilles mortes autour de nos pieds. Les bâtiments, les arbres et les poteaux électriques étaient réduits à des taches floues sous la lumière voilée des lampes au sodium.

Nous courions, pliés en deux, le visage et les cheveux fouettés par la pluie, quand la rue s'est illuminée dans notre dos. J'ai vu Ryan jeter un coup d'œil par-dessus son épaule, ai suivi son regard vers des phares à un demi-pâté de maisons derrière nous.

Je ne voyais pas grand-chose à travers le rideau de pluie. Mais j'ai enregistré deux choses. Les phares grossissaient. Un phare antibrouillard diffusait une lumière ambrée sur la gauche, l'autre, à droite, était éteint.

Quelques secondes, et les phares ont tourné à gauche avant de disparaître sur la rue Durocher. Ryan a pressé le pas. Mal à l'aise ?

Quelques instants plus tard, un véhicule venant de l'avenue Querbes a débouché devant nous et a roulé dans notre direction. Pas plus que la fois précédente, je n'ai réussi à voir la marque, la plaque, le conducteur ou le nombre de passagers. Mais un détail était saillant. Un phare antibrouillard ne fonctionnait pas.

— C'est la même voiture, ai-je crié pour me faire entendre.

Pas besoin. La poigne de Ryan sur ma main s'était resserrée et il s'était tendu.

Avant que nous puissions réagir, un moteur a grondé et les phares ont formidablement grossi.

La voiture fonçait droit sur nous.

16.

Vendredi 29 octobre – samedi 30 octobre

La séquence suivante a paru durer une éternité. En réalité, ça s'est joué en quelques secondes.

Les phares perçaient le déluge, grossissaient et s'écartaient à une vitesse terrifiante.

Les années d'entraînement de Ryan sont entrées en action. Il m'a attrapée par les épaules, retournée et poussée des deux mains.

J'ai volé sur le côté. Un de mes pieds a heurté le trottoir et je suis tombée à genoux.

Je me suis relevée en m'appuyant sur mes paumes et me suis retournée pour voir la rue.

Ryan n'était qu'une silhouette noire dans la lumière aveuglante des doubles faisceaux.

Des mots ont surgi dans ma tête. Venu de très loin, un paragraphe d'évaluation du danger. *Le premier passage d'un véhicule est pour confirmer. Le deuxième, pour tuer.*

— Non ! a crié une voix.

La mienne ?

Spontanément, mon cerveau a enregistré les données. Le véhicule, bas et profilé, faisait le bruit d'un Falcon Millenium. Le conducteur était flou derrière le volant. Quand il a appuyé sur le champignon, les pneus arrière ont patiné sur la chaussée détrempée. La voiture a fait une embardée et visé Ryan.

Elle se rapprochait à toute vitesse.

Trois mètres.

Deux.

Puis des bruits qui hanteront longtemps mes rêves.

Un *boum* amorti au moment où la calandre heurtait le corps de Ryan. Un *crac* ! sec quand son crâne a rencontré la tôle. Un *sssh-tonk* quand son corps a glissé par terre et touché le sol.

La voiture est repartie en trombe. J'ai plissé les paupières dans l'espoir de déchiffrer la plaque d'immatriculation. N'ai vu que les feux arrière rétrécir jusqu'à devenir des points rouges, et puis plus rien.

Le cœur battant, je me suis péniblement relevée et, ignorant la douleur de mon genou, j'ai boitillé à toute vitesse jusqu'au corps immobile de Ryan.

Après avoir été projeté en l'air, son corps avait été stoppé par l'angle de l'abribus. Ryan était couché devant, immobile, les membres tordus selon des angles anormaux. Du sang maculait la paroi de l'abribus tournée vers la rue et dégoulinait jusqu'à sa tête.

Haletante, j'ai sorti tant bien que mal mon téléphone de ma poche. Aveuglée par un mélange de pluie et de larmes, j'ai dû m'y reprendre à deux fois pour appeler le 911.

Cela fait, je me suis laissé tomber à genoux près de Ryan. Tout doucement, de peur de lui faire plus de mal que de bien, j'ai cherché sa carotide pour prendre son pouls.

Senti un timide frémissement ?

Au loin, une sirène s'est mise à hurler.

Autour de moi, des feuilles mortes tourbillonnaient.

— Je t'aime, Andrew Ryan, ai-je dit dans l'air saturé d'odeurs de pluie.

Et puis j'ai attendu.

En regardant le déluge laver le sang de Ryan sur cette saleté de paroi de verre.

Sept heures plus tard, j'étais avachie sur une chaise, tout près du lit de Ryan, assaillie par une frénésie d'émotions contradictoires. La colère. La peur. Le regret. Ryan avait encaissé l'impact pour me protéger.

C'était la peur qui dominait, brûlure glacée dans ma poitrine.

Des sons étouffés me parvenaient par la porte ouverte. Un ascenseur sonnait. Un chariot bringuebalait. Une voix de robot énonçait un code.

Mon esprit ne cessait de revenir au trajet dans l'ambulance. Au visage ensanglanté de Ryan, d'un rouge palpitant qui allait en s'assombrissant. À la minerve sur son cou. Au masque sur sa bouche.

Au mantra qui me pilonnait le cerveau. *Il respire. Son cœur bat.*

À l'hôpital, pendant qu'on l'emmenait rapidement en radiologie pour lui faire un scanner ou une IRM, ou peut-être au bloc opératoire, on m'avait traînée aux urgences, malgré mes protestations, pour m'examiner. Je m'étais tordu un genou et éraflé un coude. En dehors de ça, je m'en étais sortie indemne.

Une fois relâchée des urgences, j'avais attendu dans le hall d'accueil. La chaise était en plastique moulé. L'un des bords était ébréché et l'encoche avait la forme d'une tête de licorne.

C'est drôle, les choses dont on se souvient.

Dès que ça s'est su, les forces de l'ordre ont débarqué à l'hôpital, le SPVM et la SQ. Laissant leurs voitures de patrouille, leurs Impala et leurs Crown Vic banalisées arrêtées n'importe comment devant l'entrée principale, ils ont envahi le hall. Furieux, impuissants, montrant leur solidarité par leur présence.

L'affaire a échu au SPVM, les flics municipaux. Deux enquêteurs avec qui j'avais déjà travaillé, Luc Claudel et Michel Charbonneau, m'ont interrogée. L'un en s'excusant, l'autre avec sa brusquerie habituelle, tous deux déterminés à coincer le salaud qui avait blessé l'un des leurs.

Encore sur l'adrénaline et dévorée d'angoisse pour Ryan, j'ai essayé de leur livrer un compte rendu aussi détaillé que possible. Malheureusement pas très détaillé. Charbonneau comprenait. Claudel s'en agaçait.

J'ai décrit notre remontée de l'avenue Laurier. Dit que j'avais eu l'impression qu'un véhicule approchait. Que j'avais été incapable de voir le conducteur ou la plaque. Et je n'ai pas su quoi répondre quand Claudel a demandé si l'agression était intentionnelle ou s'il s'agissait d'un simple délit de fuite.

Finalement, ils sont tous partis.

À présent, nous étions dans cette chambre, avec son lit hyper compliqué et ses machines à bips. Le côté droit de la tête de Ryan était protégé par de la gaze. Il disparaissait des pieds au cou sous un drap qui ne laissait que ses bras exposés. Une canule lui envoyait de l'oxygène dans les narines. Un cathéter injectait des liquides dans une veine de son poignet. Le bras portant la perfusion était maintenu le long de son torse. L'autre reposait sur sa poitrine, légèrement fléchi.

J'ai regardé pendant des heures les lignes tracer leurs monts et leurs vallées erratiques sur les écrans. Pendant des heures j'ai écouté les bips rythmés des capteurs.

Bien qu'épuisée, je m'étais interdit de dormir. Irrationnel, je sais. Mais il fallait que je reste réveillée pour inciter les tracés et les bips à continuer. On m'avait dit que les radios du crâne ne révélaient aucune trace de fracture. Probablement parce que le plexiglas de l'abribus l'avait empêché de s'écraser directement sur le béton.

Je me suis levée et suis allée à la fenêtre. Dans la nuit, la pluie et les nuages s'en étaient allés. Le soleil dardait ses premières antennes hésitantes au-dessus de l'horizon, illuminant les bâtiments colorés du Montreal General Hospital. Au-delà du complexe hospitalier, les collines de Westmount étincelaient d'un bleu-gris brumeux qui rappelait les couleurs et la texture des tableaux de Monet.

Je me suis rappelé les mots de la chirurgienne. Bonne et mauvaise nouvelle. Il n'y avait pas de fracture, mais le scanner crânien avait révélé un hématome épidural. Il fallait opérer tout de suite.

Des siècles plus tard, elle avait réapparu, le regard compatissant, la voix calme malgré la fatigue. Elle avait foré, avec un trépan, un minuscule trou dans le crâne de Ryan pour drainer le sang accumulé et éliminer la pression. Tout s'était bien passé. Maintenant, il fallait être patient.

Et donc, j'attendais.

J'ai repensé à toutes les années que nous avions passées ensemble, Ryan et moi. Les joies et les peines. Les défis partagés. La satisfaction du travail bien fait quand nous avions bouclé une affaire. Notre frustration et notre déception quand nous n'y étions pas arrivés.

Nous avions vu beaucoup de morts, à nous deux. Des vies qui s'étaient achevées de toutes les manières possibles et imaginables. Des hommes, des femmes, des vieux, des jeunes. Au gré de nos carrières, nous avions souvent été les messagers de changements de vie radicaux. Avions souvent informé des personnes angoissées qu'un de leurs proches était mort. Apporté un réconfort en leur annonçant l'arrestation de l'assassin.

La mort était une constante, dans notre boulot. Nous avions eu des hauts et des bas, et Ryan n'avait pas toujours été là. Mais quand nous étions ensemble, il m'écoutait lui déballer mon fardeau, m'offrait son soutien, me réconfortait.

J'ai senti quelque chose frissonner dans ma poitrine. Je combattais cette impression quand une infirmière s'est matérialisée, ses semelles en caoutchouc silencieuses sur le carrelage immaculé. Robuste, les cheveux argentés, elle allait certainement prendre sa retraite dans un proche avenir. Le badge épinglé sur sa blouse annonçait *S. Beauvais.*

— *Bonjour,* a fait S. Beauvais avec un bref coup de menton vers le bas.

— *Bonjour,* ai-je répondu.

Elle a commencé par vérifier le niveau des perfs et le moniteur cardiaque. Ses cheveux brillaient d'un vert céladon à la lueur de l'écran.

— Mes collègues m'ont dit que vous aviez passé la nuit ici ?

— Oui.

— Vous devez être épuisée.

— Ça va.

J'ai observé S. Beauvais, impressionnée par la fluidité et l'efficacité de ses gestes. Et par sa perspicacité. En effet, j'étais *épuisée.*

— Il va dormir un moment. C'est normal. Vous devriez en profiter pour faire la même chose, vous ne croyez pas ?

— Je ne veux pas…

— On vous appellera s'il y a le moindre changement.

Je n'ai rien dit.

— Pour être utile, un accompagnant doit être en forme et alerte.

J'ai contemplé le large dos de S. Beauvais qui disparaissait par la porte. Elle avait raison. Ce qui me frustrait sérieusement.

Agitée, j'ai pris mon téléphone dans ma poche pour vérifier les messages. Pas de réseau. J'avais répété ce rituel un millier de fois déjà.

J'ai repris ma veille.

Dans la lumière glauque émise par le moniteur, le visage de Ryan paraissait émacié, ses yeux plus profondément enfoncés que d'habitude. Et ils commençaient à arborer des bleus spectaculaires.

J'ai regardé sa poitrine se soulever, monter et retomber sous le drap. Monter et retomber. Monter et retomber.

Les capteurs ont bipé.

Mes paupières ont baissé le rideau. Mon menton s'est affaissé.

Ma tête s'est brutalement redressée. Je perdais la bataille.

Je me suis levée de ma chaise.

J'avais mis une robe en soie pour notre rendez-vous galant au Leméac. Le tissu en était aussi fripé qu'une pomme reinette, le rouge vif moucheté par la pluie et maculé de sang.

Des deux mains, j'ai lissé la jupe et tiré les manches jusqu'à mes poignets. Pour quoi faire ? Aucune des personnes que je rencontrerais ne s'intéresserait à mon apparence. J'ai pris les clés de Ryan dans le sac en plastique qui contenait ses effets personnels, mon manteau, et je suis partie.

Une fois dans la rue, mon téléphone affichait cinq barres complètes. J'ai fait défiler les écrans et cliqué sur une icône.

C'était l'heure de pointe. L'Uber allait mettre vingt minutes à arriver.

Pour passer le temps, j'ai consulté mes messages. Pas de textos, un message vocal. Un numéro à Charleston, Caroline du Sud.

J'ai cliqué dessus. Écouté.

— C'est Vislosky. Je me suis dit que ça vous intéresserait de le savoir. Jessica Jeben est en vie et toujours avec son bonhomme, Sling, à Myrtle Beach. Alors, retour à la case départ. Si vous avez des questions, vous savez où me joindre.

Il était trop tôt pour la rappeler. Et j'étais trop explosée.

Derrière moi, l'aube illuminait les vides entre les nombreux bâtiments de l'hôpital et faisait briller la neige croûtée, à moitié fondue. Au-dessus de ma tête, les branches d'un érable se balançaient avec raideur dans la brise.

L'Uber est arrivé au bout de trente minutes, une Dodge Dart verte dont le chauffeur s'appelait Farid. Ledit Farid m'a conduite à la Jeep de Ryan. J'ai conduit la Jeep jusqu'à l'appart.

Après avoir donné à manger à Birdie, je me suis déshabillée et j'ai jeté la robe dévastée. Puis j'ai pris une très longue douche. Avant de m'effondrer dans mon lit, j'ai baissé le store et réglé l'alarme sur midi.

Birdie m'a rejointe, sans me faire la leçon parce qu'on l'avait laissé tout seul toute la nuit. Peut-être parce qu'il sentait ma détresse. Il s'est collé contre moi et s'est mis à ronronner de bon cœur.

Le chat avait beau me procurer un certain réconfort, ce n'était pas assez. À cet instant, j'avais besoin d'une consolation humaine.

J'ai appelé Anne. C'est sa messagerie qui m'a répondu.

Évidemment. L'horloge disait 7 h 22 du matin. J'ai laissé un message. « Rappelle-moi. »

Maman était injoignable, en vadrouille pour l'une de ses retraites spirituelles.

Katy était en Afghanistan.

Pete ? Nan. Mon ex avait des problèmes bien à lui.

Le lit était tellement grand. Tellement vide.

Je me sentais atrocement seule.

Et pour la première fois de ma vie, j'ai éprouvé une profonde haine doublée d'une rage froide.

Couchée là, j'ai été envahie d'une détestation tellement intense que j'en sentais le goût dans ma bouche. Je brûlais d'un désir aussi violent que primaire de traquer l'individu qui avait blessé Ryan.

Mais qui était cet individu ? Un homme, ai-je présumé.

Et pourquoi ?

Était-ce Ryan qui était visé ? Ou moi ? L'étions-nous tous les deux ?

Je savais ce que j'avais à faire.

17.

Samedi 30 octobre

J'ai été arrachée au sommeil par un tintement de cloches d'église.

Il m'a fallu plusieurs secondes pour m'orienter.

Leméac. L'accident sur l'avenue Laurier. Ryan.

J'ai attrapé mon téléphone. Bon, pas d'appels manqués.

J'ai enfilé vite fait un pantalon et un sweat-shirt, me contentant d'une toilette de chat. Après avoir nourri Birdie, qui me zyeutait, incrédule, j'ai rassemblé des affaires dont Ryan pourrait avoir besoin. Puis, en évitant de croiser le regard du chat, j'ai pris ma veste, mon sac et j'ai déguerpi.

Samedi après-midi. La circulation était fluide. Même en prenant le temps de m'arrêter pour avaler un café avec un croissant, j'étais à l'hôpital à 13 h 45.

La nana joliment permanentée de l'accueil s'appelait Véronique. J'ai dit à Véronique que je venais voir Andrew Ryan. Ses ongles vernis de rouge ont cliqueté sur un clavier. Plein de touches, plein de *tic-tic-tic.* Puis elle a relevé la tête et m'a informée que le patient était dans la chambre 1807.

Je me suis approchée des ascenseurs, heureuse que Ryan ait pu quitter les soins intensifs. Irritée qu'on ne m'ait pas appelée, comme promis.

Tout le monde autour de moi avait des fleurs, des ballons, des créatures en peluche. J'hésitais à faire un saut à la boutique de cadeaux quand les portes de l'ascenseur se sont ouvertes dans un souffle. J'y suis entrée et je suis montée avec la troupe de porteurs de présents.

C'était une chambre individuelle, avec son lit médicalisé classique, sa table roulante pivotante, sa chaise et sa penderie de poche. Les rideaux fleuris, moches, étaient ouverts et laissaient voir une grande partie du complexe.

Adossé aux oreillers, le patient était en train de déguster une gelée vert fluo dans un petit gobelet en plastique.

Grand sourire de Ryan quand il m'a vue passer la porte.

— *Bonjour, mon amour.*

— Super, la piaule, ai-je dit.

— Ravissante, a-t-il dit.

— On dirait que tu t'es pris une belle raclée.

Je la sous-jouais, sentant des larmes me brûler les yeux à la vue de son visage.

— T'aurais dû voir l'autre gars.

Je me suis approchée de Ryan. Il a interrompu la dégustation de sa gelée pour recevoir mon baiser.

— Je t'ai apporté quelques affaires. Un pyj, ai-je dit en le brandissant. Ta trousse de toilette, ton téléphone, le Stephen King que tu es en train de lire. J'étais pas sûre de ce que tu voudrais.

— Tu es la meilleure.

— C'est pour ça qu'on me file ce misérable salaire.

J'ai posé le sac sur une étagère dans la penderie.

— Comment va Cuicui-le-Chat ? a demandé Ryan.

— Contrarié d'avoir été laissé seul si longtemps.

— Il s'en remettra.

— C'est sûr.

Tandis que Ryan terminait la substance vert fluo avec un enthousiasme qu'elle ne méritait pas, j'ai rapproché ma chaise de son lit.

— Tu fais fureur avec ce nouveau look.

Ses cheveux se dressaient par touffes autour du bandage qui lui ceignait la tête.

— Sous les pansements, il n'y a que l'os viril, à nu, a-t-il dit en indiquant son pariétal droit avec sa cuillère.

— Tu devrais te le faire tatouer.

— Et il y a un petit trou, aussi.

— Faudrait l'intégrer dans l'œuvre picturale.

— Je vais y réfléchir.

— Je te trouve bien guilleret, ai-je remarqué.

— Il se peut que certains produits pharmaceutiques soient impliqués.

Maintenant, la cuillère indiquait la poche de perfusion branchée sur son bras.

— Une vie meilleure grâce à la chimie, ai-je dit.

— Quel temps fait-il dehors ?

— L'hiver tente une nouvelle offensive et a l'air de vouloir s'installer pour de bon, ai-je répondu en le débarrassant du gobelet de gelée vide et de la cuillère. Il y a longtemps que tu es réveillé ?

— Une heure ou deux.

— Comment te sens-tu ?

— J'ai soif.

J'ai rempli son gobelet d'eau et le lui ai passé.

J'ai attendu qu'il ait fini de pomper sur la paille flexible pour demander :

— De quoi te souviens-tu ?

— De ta robe rouge, a-t-il répondu en jouant des sourcils à la Groucho Marx, puis les fronçant comme si l'effort lui avait coûté.

— Désolée, mais elle n'a pas survécu.

Ryan a fait une grimace. Avec ses yeux au beurre noir et ses cheveux hirsutes, on aurait dit le clown d'un film d'horreur de série B. Ce qui m'a rappelé la date du jour.

— Demain, c'est Halloween. Je t'apporterai des *jelly beans.*

— J'aurai dégagé de là avant.

— Dans tes rêves.

— Le toubib dit que je fais de remarquables progrès.

— Pour un type qui a un trou dans le crâne.

Ryan a ignoré ma remarque.

— Claudel et Charbonneau sont passés.

— Tic et Tac. Ils m'ont interrogée hier soir.

— Charbonneau est un type bien.

Je n'ai pas commenté.

— Et Claudel est solide.

— C'est ça. Tout le monde, dans le showbiz, s'accorde à le trouver loufoque.

— Bien vu.

Là, c'est moi qui ai fait la grimace.

— Ils n'auraient pas dû venir t'embêter aussi vite.

— Tu connais le vieux cliché.

— Les premières quarante-huit heures, ai-je soupiré.

— Le temps est notre ennemi.

— Joli aussi, comme cliché. Quand même…

— Ça ne m'a pas embêté. Mais je n'ai rien pu leur dire.

— Tu ne te souviens de rien ?

— Des fragments. Je noterai ce qui me revient au fur et à mesure.

— Tu as une idée de la marque du véhicule ?

— Du genre rapide. Peut-être une Porsche.

— J'ai eu la même impression.

— Et dure.

— Toutes les voitures sont dures.
— Très *très* dures.
J'ai levé les yeux au ciel.
— Quel que soit le modèle, le taré qui la conduisait mérite qu'on lui arrache la tête et qu'on la lui fourre dans le cul, a dit Ryan.
— Surtout, ne refoule pas tes émotions.
— Je vais y travailler. Du nouveau sur l'affaire du conteneur ?
— Tu veux vraiment qu'on en parle ?
— Absolument.
Je lui ai relaté l'appel de Vislosky.
Ryan a eu une expression étrange. Il n'a pas eu le temps de répondre parce qu'une infirmière est entrée. Pas S. Beauvais. Celle-là était grande et osseuse, avec des lunettes à monture noire surdimensionnées. Elle a suivi la procédure : dossier médical, moniteur et tracé.
Puis, en s'adressant à moi :
— Nous avons eu une matinée bien chargée. Nous ne devons pas surmener le patient.
Puis, lorsqu'elle est repartie, en imitant sa voix, j'ai demandé à Ryan :
— Sérieux ? Comment allons-*nous* ?
— Comme quelqu'un qui se serait pris une bonne dégelée.
Cette fois, le sourire n'a pas gagné ses yeux cerclés de pourpre.
Je me suis levée et lui ai pris la main.
— Appelle-moi quand tu seras reposé. Je serai là en un éclair.
— Qu'est-ce que tu vas faire sans moi ?
Cela demandé d'une voix engourdie.
J'avais un plan.

Mon téléphone a sonné au moment où je quittais l'autoroute 720 pour prendre la rue Guy.

— Annie Fanny ! me suis-je exclamée, feignant une joie que j'étais loin d'éprouver.

— Bonté divine, que se passe-t-il ?

— Comment ça ?

— Ton message, tu avais une voix d'outre-tombe.

Le temps de tout lui déballer, j'étais arrivée à l'appart. Quand je me suis tue, la ligne est restée silencieuse si longtemps que j'ai cru que nous avions été coupées.

— Anne ?

— Je suis là. Comment va notre petit cow-boy ?

— Il a mal, mais il est tiré d'affaire. Et il a déjà la bougeotte. Il pense qu'ils vont le laisser sortir demain.

— Il a prévu un costume d'Halloween ?

— Tu peux me croire, il n'en a pas besoin.

— Il est si amoché que ça ?

— Pire.

— Et alors ? Ils vont le faire ?

— Quoi donc ?

— Le laisser sortir.

— Naan.

— Ils lui donnent des antidouleurs ?

— Oh ouais.

— Et toi, comment interprètes-tu ce qui est arrivé ? Accident ? Agression ?

— C'était volontaire, mais je ne vois pas du tout pourquoi.

Deuxième long silence, et puis :

— Que dirais-tu d'une diversion ?

— Que du bien ! Mais je m'apprête à rentrer dans le parking, on risque d'être coupées.

— J'ai peut-être une piste pour le masque de Beecroft.

— Je suis tout ouïe.

Anne s'est lancée dans un monologue sur la généalogie, les ascendants et les ressemblances familiales, mais la communication a été interrompue quand je suis entrée dans le souterrain.

À l'appart, j'ai fait sortir Birdie de sous le lit en l'appâtant avec ses friandises préférées, les Greenies. Trop pour son bien. Et pour celui de la moquette blanche. Une conscience coupable est un levier puissant.

Ensuite je me suis fait des toasts au beurre de cacahuètes et les ai fait descendre avec un Coca Light, tout en réfléchissant à l'un des commentaires d'Anne.

Je me suis installée dans un des fauteuils du salon et j'ai appuyé sur la touche de rappel, en regardant sans les voir les silhouettes emmitouflées dans la rue Sherbrooke. Des chalands, des touristes, des mamans ou des nounous avec des poussettes. Tous et toutes plus tolérants vis-à-vis du froid que moi.

— Désolée, Anne. J'ai perdu le réseau dans le parking.

— J'avais deviné.

— Dis-moi, je peux te demander quelque chose ?

Je ne savais pas très bien pourquoi je voulais tester cette idée sur elle. Pour voir si elle était toujours plausible une fois énoncée à haute voix ?

— Allez, accouche !

— Tu disais que tes recherches sur le masque de Beecroft t'ont conduite sur des sites de généalogie ?

— Sans le vouloir. C'est comme tomber dans un trou de lapin. Un tunnel t'amène à un autre, et à un autre encore. Je suis tombée sur une palanquée de sites qui proposaient de profiler mes gènes.

Anne avait raison. Au cours de la dernière décennie, on a vu fleurir toutes sortes d'entreprises qui vous proposent de tester votre ADN. Vous achetez le kit, vous nous envoyez votre crachat par la poste et on vous dira où votre arrière-arrière-grand-mère ou grand-père est né. Fastoche. Quelques-uns de ces sites, comme AncestryDNA, se tournent davantage vers la reconstitution d'arbres généalogiques. D'autres, comme 23andMe, se consacrent aux données médicales.

Peu de temps après l'apparition de ces services ADN grand public, des cyberdétectives amateurs ont commencé à se demander si ces tests pourraient constituer des outils d'investigation utiles aux forces de l'ordre. Plus précisément, leurs bases de données pourraient peut-être contribuer à l'identification de victimes ou de suspects de crimes ? À mettre des noms sur les défunts anonymes ?

Il se trouve que la réponse est oui. Mais indirectement. L'application à la médecine légale repose sur l'utilisation d'un autre type de bases de données à code source libre. Et sur le fait que l'utilisateur est disposé à mettre en ligne les résultats d'ADN obtenus en espérant localiser des membres de sa famille.

— Dans tes pérégrinations, serais-tu tombée sur un site de généalogie génétique médico-légale ? ai-je demandé.

— Donne-moi un indice.

— Le tueur du Golden State ?

— Ah oui, en effet. Un généalogiste a aidé les flics à coincer ce bâtard.

— GEDMatch, c'est le nom du site qui a été utilisé pour identifier le gars, ai-je dit. GEDMatch ne propose pas de tests d'ADN, mais il autorise les utilisateurs de sociétés comme 23andMe ou AncestryDNA à mettre leurs résultats en ligne. Ils se vantent de pouvoir identifier un cousin au troisième degré ou plus proche pour plus de 90 % de la population.

— Alors, comment ça marche ? a demandé Anne dans un froissement de cellophane, et je me suis demandé ce qu'elle était en train de boulotter.

— Ce n'est pas très différent de, mettons, un enfant adopté qui rechercherait un parent biologique. Tu fais ton test d'ADN…

— En envoyant un écouvillon par la poste.

— Ensuite, tu mets tes résultats en ligne dans une banque de données à code source libre comme GEDMatch. Dans la plupart des cas, les correspondances trouvées seront des cousinages éloignés. C'est là qu'interviennent les généalogistes. Ils reconstituent des arbres généalogiques en croisant des fragments d'ADN communs avec des trucs comme le sexe, l'âge, le lieu de résidence, les annonces de décès, les rapports publics, les profils des réseaux sociaux, etc. Dans les affaires criminelles, il arrive que les forces de l'ordre contactent des membres de la famille pour obtenir plus d'infos ou d'ADN.

— Pour affiner le champ des possibles.

— Voilà.

— Tu as dit une banque de données comme GEDMatch. Il y en a d'autres ?

— Plein. FamilyTreeDNA, par exemple.

— Une seconde. (Avalage sirupeux sonore.) J'ai vu leur pub. Celle avec le père de la gamine qui a échappé à son ravisseur.

— Elizabeth Smart.

— C'est ça. Le père incite les téléspectateurs à soumettre leur ADN pour aider à coincer les criminels.

— Un bon porte-parole contribue à créer de la demande, et y a plein d'argent à se faire. Je crois avoir lu que FamilyTreeDNA avait récemment augmenté ses tarifs à destination des forces de l'ordre, de 1 à 7 dollars par tête de pipe. Et ils embauchent à tour de bras.

Bruit de cellophane, encore.

— Continue.

— Qu'est-ce que tu manges ?

— Un Snickers. J'en ai acheté tout un stock pour les mômes, tu sais, « des friandises ou des bêtises ? »

Bonté divine, elle me faisait envie, tout d'un coup…

— Donc…, ai-je dit en cherchant comment présenter la chose.

— Laisse-moi deviner. ADN ou pas, tu es dans une impasse avec les nanas de ton conteneur. Alors tu te dis que tu pourrais peut-être tenter ta chance du côté de la généalogie médico-légale.

— C'est ça.

— Ben t'es pas arrivée…

— Jusqu'à la planète Mars et retour.

— Alors vas-y, fonce !

18.

Samedi 30 octobre – vendredi 5 novembre

Ensuite, j'ai appelé Claire Willoughby sur son portable.

Elle a décroché tout de suite. Le fond sonore de circulation et de cris d'enfants suggérait qu'elle se trouvait à l'extérieur. Et sa respiration saccadée, qu'elle devait être en train de courir.

— Navrée de vous déranger un week-end.

— Pas de problème. Je fais mon jogging. J'ai horreur du jogging.

Ses paroles étaient saccadées sous l'effort.

Je suis allée droit au but, sans mentionner Ryan.

— Vous avez entendu parler de la généalogie génétique médico-légale ?

— Vous voulez rire ?

— Pas vraiment.

— Bien sûr que j'en ai entendu parler. Ces types sont chauds comme des baraques à frites, ils prétendent résoudre une affaire classée par semaine.

— Et si on l'appliquait aux os que j'ai fait exhumer ?

— Le conteneur avec la femme et la gamine ?

— Oui.

Elle n'a pas hésité.

— Aucune chance.

— Pourquoi ? ai-je demandé en m'efforçant de cacher ma déception.

— D'abord, notre labo ne fait pas de test PSN. Seulement des STR.

— Short Tandem Repeat. Les séquences répétées en tandem.

J'ai entendu qu'elle reprenait son souffle, et puis :

— C'est ça. Le genre de profil qu'on entre dans les bases de données comme le CODIS pour rechercher d'éventuelles correspondances. Alors que la recherche ADN de parentèle utilise les génotypes PSN.

— Polymorphisme d'un seul nucléotide.

Grâce aux maigres connaissances que j'avais acquises par mes lectures, ou auprès de collègues spécialisés dans la biologie moléculaire, j'avais compris que le PSN concerne la variation d'une des quatre bases possibles, A, T, C ou G, sur un segment spécifique de la molécule ADN.

J'ai soumis ma définition distillée à Willoughby.

— En gros, c'est ça. En termes profanes, à une position spécifique le long de la double hélice, un endroit où la plupart des gens ont un certain gène et une minorité d'autres un gène différent. (Malgré sa respiration hachée, les foulées de Willoughby paraissaient rapides et régulières.) Et ces polymorphismes, puisque c'est le terme consacré, sont responsables des variations individuelles, par exemple des différences de sensibilité à des pathologies comme la drépanocytose ou la fibrose cystique.

Les foulées ont ralenti avant de cesser. J'ai entendu un bruit de quincaillerie, et des bruits de déglutition.

— Écoutez, Tempe, tout ce merdier est ma raison de vivre. Mais c'est impossible. Même si on effectuait des tests PSN au labo, ce qu'on ne fait pas, l'os que vous avez retrouvé est trop dégradé. J'ai utilisé presque tout l'échantillon pour le STR.

— Qui effectue les tests PSN ?
— Pour autant que je le sache, surtout des labos privés.
— Merci.
— Je n'ai pas été d'un grand secours.
— Vous avez pris mon appel un samedi.
— Je ne vous ai pas dit que je détestais le jogging ?
— Cours, Forrest, cours.
— Hein ?
— Non, rien.

J'ai regardé par la fenêtre, dans la rue, tout en bas. Une neige légère tombait. Les gens continuaient à monter et descendre la rue Sherbrooke. Une camionnette s'éloignait du trottoir rue Crescent, à côté du musée des Beaux-Arts. Une voiture attendait, très motivée pour prendre la place.

Une Porsche Panamera. Profilée, surbaissée.

Flashback soudain de l'avenue Laurier.

Tous mes sens se sont mis en alerte.

Tendue à bloc, j'ai regardé la Porsche tanguer d'avant en arrière, le conducteur luttant visiblement contre la forte déclivité. Après six ou sept tentatives, les manœuvres chaotiques ont cessé. Une portière s'est ouverte et une femme est descendue de la voiture. Elle portait un imperméable brun qui effleurait le haut de ses bottes, une écharpe écossaise et une toque rouge bordée de cheveux blancs bouclés.

Je me suis renfoncée dans mon fauteuil, embarrassée par le mélodrame qui s'était emparé de mes pensées.

Passons au plan B.

J'ai fait dérouler mes contacts et cliqué sur un nouveau numéro. Au fin fond de la Virginie, une standardiste m'a demandé mon nom et m'a passé Lizzie Griesser.

Celle-ci a respiré un grand coup, et :

— Tu es furieuse parce que je ne t'ai pas envoyé tes dessins. C'est de ma faute. Mais on a été…
— Ce n'est pas pour ça que j'appelle.

Même s'il y avait une part de vérité dans ce qu'elle venait de dire.

Lizzie a attendu.

— Est-ce que ton labo réalise des tests PSN ?

— Oui.

— Des recherches ADN de parentèle ?

— Bon sang, c'est dingue ce qu'on en fait, ces derniers temps. Tellement qu'on a passé un contrat avec un généalogiste médico-légal. C'est en partie la raison pour laquelle…

— Si je demande à la coroner de Charleston de t'envoyer des échantillons supplémentaires…

— Je n'ai jamais reçu d'échantillons venant de Charleston.

— Sérieusement ?

— Les seuls que j'ai eus provenaient de tes victimes de Montréal.

Herrin n'avait pas accédé à ma requête. *Ça*, ça me mettait vraiment en rogne.

— Si je te fais parvenir des échantillons, tu pourrais m'établir le génotype PSN des deux gamines retrouvées dans le conteneur d'ici ?

— Dans quel état est l'os ?

— Le labo de l'État a réussi à effectuer un séquençage STR.

— Ça ne veut rien dire. Mais je peux essayer.

— Merci.

— Et je *vais* t'envoyer ces dessins phénotypes.

— Génial.

À sa grande consternation, Ryan a passé Halloween dans sa délicieuse chambre 1807. Je lui ai apporté un sac bourré de ses friandises préférées, des barres Hershey, des Twix et des Kit Kat. En fait, *mes* préférées. Il m'a remerciée en affichant l'expression qui illustre l'adjectif *grognon* dans le Merriam-Webster.

Ryan avait eu beau argumenter, ni le médecin ni le chirurgien n'avait cédé. Commotion. Trépanation. Interdiction de sortie du patient. J'ai pris le parti des toubibs.

La première chose que j'ai faite le lundi matin a été d'appeler le Bureau du coroner du comté de Charleston. Suis tombée sur le répondeur. Ai laissé un message.

Herrin m'a rappelée deux heures plus tard. L'échange a fait passer notre conversation précédente pour particulièrement chaleureuse.

Sur un ton visiblement exténué, elle s'est excusée d'avoir zappé Griesser. M'a expliqué qu'elle avait prélevé les échantillons, mais ne les avait pas envoyés. Même raison : une explosion de cas de capno.

Elle m'a promis une livraison par FedEx avant la fin de la journée.

L'e-mail de Lizzie est arrivé dans ma boîte le mardi, à 5 heures de l'après-midi. D'après son phénotype, la femme et l'enfant étaient toutes les deux originaires d'Europe de l'Ouest, avaient le teint clair, des yeux bleus ou verts, des cheveux entre châtain foncé et brun, pas de taches de rousseur. Les prédictions s'établissaient à un niveau de fiabilité supérieur à 90 %. Rien de surprenant là-dedans.

J'ai ressorti mes approximations faciales de 2006 et les ai posées près de mon ordinateur. Puis j'ai ouvert le dossier des profils composites envoyés par Lizzie.

La femme avait de grands yeux, le nez long et fin, la mâchoire effilée, le menton proéminent. L'enfant avait le front haut, les yeux écartés et inclinés vers les tempes.

Les deux séries d'images montraient les mêmes traits. Mais en dehors de ces vagues similitudes, j'aurais aussi bien pu regarder des femmes et des enfants différentes. Celles qu'affichait mon écran étaient plus réalistes que celles qui étaient posées sur mon bureau.

Mes anciennes approximations faciales ne se basaient que sur des os. Je n'ai jamais été adepte de cette technique. Et la comparaison justifiait mon scepticisme. Tout comme elle expliquait que nos dessins n'aient apporté aucun résultat en 2006.

Les portraits réalisés par Lizzie avaient été générés en combinant numériquement les prédictions ADN du labo et les photos et mensurations du crâne que j'avais fournies.

J'ai observé les images. Les visages étaient si vivants, si réels. Si jeunes. J'ai senti mon cœur se briser à nouveau.

Ignorant le trou noir qui me brûlait la poitrine, j'ai transféré la pièce jointe de Lizzie à Ryan. Il pourrait lire le rapport pendant sa convalescence.

Ils ont laissé Ryan sortir le mercredi, en milieu de matinée. La partie rasée de son crâne était maintenant protégée par un pansement et ses ecchymoses passaient gentiment du violet à un jaune-vert répugnant.

Après avoir raccompagné Ryan à l'appart, j'ai fait des *grilled-cheese* que j'ai servis avec de la *root beer*, boisson choisie par Ryan. L'interphone a sonné avant que j'aie fini de débarrasser la table.

Charbonneau et Claudel étaient dans le hall. Ils s'étaient mis en quatre pour tenter de retrouver notre chauffard et voulaient tenir Ryan au courant. Non sans réticence, j'ai appuyé sur le bouton d'ouverture de la porte.

Pendant que je faisais le café, Claudel a étudié le décor d'un air dédaigneux qui ridait son nez de cacatoès. Heureusement pour lui, il s'est gardé de me faire part de ses critiques.

Munis de nos mugs, nous sommes allés nous installer autour de la table de la salle à manger. Une fois assis, Charbonneau a commencé l'entretien.

Ryan n'avait que très peu de souvenirs de l'agression. J'ai rempli les blancs dans sa chronologie. On ne faisait que se répéter. On avait déjà évoqué tous ces détails.

Puis Claudel a changé de sujet, reprenant le fil d'un entretien qui avait eu lieu à l'hôpital et auquel je n'avais pas assisté.

— On a passé la journée d'hier à Ferdinand.

— Où habitaient Rupert et Agnes Schultz ?

Je mettais mes données à jour. Apparemment, Ryan étant cloué au lit, Claudel et Charbonneau interrogeaient des individus impliqués dans l'accident mortel sur lequel Ryan enquêtait. Officieusement, puisque toutes les parties concernées habitaient dans le Vermont ? Ou parce qu'ils soupçonnaient une connexion avec l'agression ?

Claudel m'a ignorée.

— La ville est de la taille de ma couille gauche.

— Sacrément petit, comme endroit, ai-je marmonné, irritée d'être exclue de la conversation.

Claudel n'a pas bronché.

— Agnes n'était à aucune des adresses que tu nous as données et ne répond à aucun des numéros que tu nous as fournis, a dit Claudel, s'adressant directement à Ryan. Nous avons posé des questions à la ronde, et nous avons fini par tomber sur une crétine de caissière du Circle K qui pensait peut-être connaître la vieille dame. La greluche sera pas admise à l'association Mensa.

— Elle nous a donné l'adresse d'une maison, est intervenu Charbonneau.

— Presque tout en bas de Broadberry. La verte, avec les volets blancs qu'faudrait r'peindre, a ajouté Claudel, imitant, en ai-je déduit, la malheureuse employée.

Personne n'a ri.

— Il se trouve que la maison appartenait à la mère d'Agnes, Mary Gertrude. La dame devait avoir dans les quatre-vingt-dix ans, a dit Charbonneau. Mary Gertrude a téléphoné à Agnes, qui a rappliqué, elles ont pleuré un bon coup ensemble, puis elles se sont mises à sortir les albums pour nous montrer des photos de Rupert.

— Le gars a une gueule d'hémorroïde qu'aurait mal tourné.

Le rictus de Claudel m'a donné envie de le lui effacer de la figure à coups de poing.

— C'est agréable de se dire que quelqu'un pleure Rupert, ai-je dit en me rappelant l'indifférence de ses collègues.

— Ça réchauffe le cœur.

J'ai balancé à Claudel un regard qui aurait découpé un ananas en tranches.

Charbonneau, le gardien de la paix, a poursuivi :

— Ces dames nous ont dit que Rupert s'est tué un lundi matin en allant au boulot. Normalement, il aurait dû regagner le parc de caravanes le dimanche soir, mais c'était le jour de Pâques, alors il était resté chez lui.

— Qu'est-il arrivé, selon elles ? a demandé Ryan.

— Elles racontent la même chose que ce qui figure dans le rapport de police. Le vieux a quitté la route et heurté un arbre.

— Et donc, Agnes obtiendra probablement l'argent de l'assurance.

Ryan a fait courir sa main sur la partie indemne de son visage. Soupiré.

— Mais pourquoi attendre quatre ans pour en faire la réclamation ?

Constatant que Ryan se fatiguait, j'ai tenté de faire avancer la conversation.

— En quoi tout ceci est-il utile pour trouver le salaud qui a foncé sur Ryan ?

Claudel a agité ses deux mains en l'air :

— Scoop. Rupert a souscrit sa police d'assurance à son boulot et Agnes l'ignorait.

Ryan, qui reprenait du poil de la bête :

— Sans blague ? Qui a fait la demande ?

— L'enfant chéri.

— Zeke ?

— Ezequiel Hoag. La joie et la fierté d'Agnes, d'un mariage précédent.

— Zeke a découvert la police d'assurance et rempli une demande sans en informer sa mère ? a relevé Ryan, dubitatif.

— C'est ça.

— C'est ce que j'appelle prendre ses désirs pour des réalités. Zeke n'était pas dans les bénéficiaires et n'est pas non plus apparenté à Rupert. Impossible qu'il touche quoi que ce soit. Mais quand même, pourquoi attendre quatre ans ?

— Je commence à peine à mettre le nez dans ce merdier. Mais quand on a entré le nom de Zeke dans la machine, un dossier bien lourd en est ressorti. Dont, entre autres exploits, cinq ans de taule pour un homicide commis au volant d'un véhicule.

— Eh merde, ai-je dit.

— Eh merde, a confirmé Ryan.

— Au pénitencier de Northwest State, a précisé Charbonneau. À Swanton, dans le Vermont.

— Laissez-moi deviner, ai-je dit. La demande a été déposée après la sortie de prison de Zeke ?

Claudel et Charbonneau ont hoché la tête en cœur.

— *Tabarnac !*

Ryan essayait de traiter cette information avec le côté indemne de sa cervelle. Et honnêtement, moi aussi.

— Zeke était-il un criminel à cravate ? ai-je demandé.

— Non. Mais son codétenu à Swanton, un type du nom de Roger Carnegie, purgeait une peine pour détournement et blanchiment d'argent.

On a tous pris un moment pour digérer l'info. C'est Ryan qui a repris la parole en premier.

— Vous pensez que Zeke a eu peur que je l'empêche de profiter de la mort de son beau-père ? Il aurait su que je fouinais dans le coin et décidé de me neutraliser ?

— C'est ce qu'on pense pour l'instant.

— Ça le fait, a commenté Ryan en hochant lentement la tête.

— Comme une prostituée sur un trottoir, a abondé Claudel.

Lizzie Griesser a appelé deux jours plus tard. Je l'ai remerciée pour les phénotypes ADN et les reproductions. Puis, en retenant mon souffle, j'ai écouté son dernier rapport.

— J'ai reçu un échantillon pour chacune de tes victimes de Charleston.

— Oui.

— Un fémur, pour la plus âgée, un fémur et quelques échantillons de tissus de la plus jeune.

Je ne l'ai pas interrompue.

— Malgré l'immersion prolongée dans l'eau de mer, les deux étaient en plutôt bon état. Et tu ne vas pas me croire.

— Vas-y quand même.

— Ça paraît impossible, mais des traces de sang séché sont toujours présentes, préservées très profondément dans la cavité médullaire de l'os de la plus jeune des victimes.

— Assez pour faire un test PSN ?

— Sacrément tentant.

— Assez pour une recherche ADN de parentèle ?

— Assez pour essayer.

— Go !

Long silence. Quand Lizzie a repris la parole, elle était de toute évidence mal à l'aise.

— J'adorerais, Tempe. Mais je ne peux pas agir une nouvelle fois sous le manteau.

— Je comprends. Combien ?

Elle a annoncé un prix. Élevé.

Je n'ai pas hésité.

— Si le coroner n'autorise pas le financement, je paierai moi-même les tests.

— Ça me va.

Pendant quelques jours après cela, la température au Québec est devenue polaire. Tout le monde y allait de son commentaire sur cette vague de froid inhabituelle pour la saison. Dans les deux langues. Les francophones étaient particulièrement créatifs. *Un froid de canard. Un vent à décorner les bœufs.*

Ryan et moi sommes restés à la maison et avons commandé beaucoup de repas à domicile.

Le monde tournait lentement sur son axe.

Ryan guérissait.

J'attendais.

19.

Mardi 9 novembre

— Docteur Aubrey Sullivan Huger.

Il s'était passé tellement de temps que j'avais cessé de compter les jours. Et voilà. Un nom. Un lien.

J'ai attrapé un stylo et un papier sur le comptoir.

— Tu peux répéter ?

Lizzie s'est exécutée.

— Le Dr Aubrey Sullivan Huger.

— La plus jeune victime de Charleston est apparentée à Huger ?

— Va pas nous faire un AVC.

Lizzie avait raison. Sa nouvelle m'avait expédiée aux confins de la galaxie aller-retour.

— Désolée.

— Mais c'est bien ça.

— Et la plus âgée ?

— Il n'y avait pas assez d'ADN pour un test PSN. Et tu peux oublier les tests aux radio-isotopes, pour les deux.

— Merde.

Silence.

— Ne te méprends pas, hein. Je suis extatique.

Elle, froissée :

— Tu fais bien de préciser.

— C'est juste que la plus âgée est apparentée à mes victimes de Montréal et donc, si on avait pu avoir des infos sur elle, on aurait peut-être pu résoudre toute l'affaire d'un seul coup.

— Eh bien, c'est comme ça, a dit Lizzie, un peu tendue.

— Que sais-tu de Huger ?

— *Nada.*

— Il est vivant ?

— Je n'ai pas le rapport du généalogiste sous les yeux. Je t'ai appelée juste pour te donner ce nom, je savais que tu avais hâte de l'entendre.

Hâte était un euphémisme.

— Quel est le lien de parenté avec Huger ? Père ? Frère ? Cousin ?

— Je crois que le généalogiste a parlé de cousinage au troisième degré, au moins. Ou quelque chose dans le genre. Mais il faudra que tu voies ça avec lui.

— Où habite Huger ?

— Le généalogiste.

— Il est médecin, ce Huger ? Comment gagne-t-il sa vie ?

— Tu m'écoutes ou quoi ?

J'ai pris une profonde inspiration, pour me calmer. Expiré. Posé le stylo sur la feuille.

— Comment s'appelle le généalogiste ?

— Bando Slug.

— *Slug*, comme une limace ? C'est une blague ?

— Pas du tout.

— Comment je le contacte ?

En gribouillant le nom Slug sous celui de Huger.

Lizzie m'a donné un numéro.

— Ne t'attends pas à un accueil chaleureux.

— Ce qui veut dire ?

— Disons que son nom lui va bien.

— Merci, merci, merci, ai-je dit.

— Je t'en prie. Fois trois.

Dès qu'on a raccroché, j'ai composé le numéro de Slug.

— Bonjour. Si vous entendez ce message c'est probablement que je cherche à vous éviter. Merci de faire court.

Un bip. Puis un autre juste après, tronquant l'essentiel de mon message.

J'ai rappelé et laissé mon nom et mon numéro sur un rythme de mitraillette.

Je m'apprêtais à appeler Vislosky quand Ryan s'est aventuré dans la cuisine. Il affichait une coupe en brosse rétro qui lui allait pas mal du tout.

J'ai raccroché.

— C'était quoi ? a demandé Ryan.

— Le généalogiste de Lizzie a trouvé une correspondance. Ou quel que soit le nom qu'on donne à ça.

— Calme-toi, a-t-il dit, voyant mon agitation.

— Un type qui s'appelle Huger, ai-je repris. Un cousin éloigné.

— Sans blague ?

— Sans blague.

— Qu'est-ce que tu sais de lui ?

— Son nom complet est Aubrey Sullivan Huger. Il est docteur en quelque chose.

— C'est tout ?

— C'est tout.

— Tu devrais parler à ce généalogiste.

— Il ne répond pas au téléphone.

Ryan a incliné sa tête vers mon ordinateur.

— Fais ce que tu sais si bien faire, mon bouton d'or.

— Ne m'appelle pas comme ça.

— Et pendant ce temps-là, je vais passer le nom dans le système. Un coup à l'aveugle, mais sait-on jamais ? Il traîne peut-être dans une banque de données.

J'ai levé une main. Ryan m'a fait un *high-five*.

En moins de deux heures, j'avais récupéré un vague profil du Dr Aubrey Sullivan Huger. Ou, plus précisément, de son personnage public sur Google et les divers moteurs de recherche que j'avais utilisés.

J'étais encore dessus quand Ryan a réapparu.

Quant à l'endroit où il était allé, mystère et boule de gomme.

— Y a du neuf ? ai-je demandé.

— *Nada.* Le gars est blanc comme neige. Du moins, au Canada. Vislosky l'a passé dans le système ?

— J'étais sous l'eau ici, j'ai oublié de la rappeler.

— Elle ne va pas apprécier.

— Nan, ai-je abondé, me sentant un peu coupable.

— Tu l'as trouvé ?

— Oh que oui.

Ryan est venu se poser à la table, s'est penché en arrière et a pris une expression attentive.

— Huger se fait appeler Sullie.

— Tu m'en diras tant.

— J'ai dégoté quelques articles sur lui. La plupart incluent les mots *génie* et *brillant.*

— Génie de quoi ?

J'ai repris mes notes griffonnées à moitié en sténo, et j'ai choisi les meilleurs extraits.

— Huger est né en 1964. Il a obtenu deux doctorats de l'Université de Caroline à Chapel Hill en 1990 et 1991.

— À l'âge vénérable de vingt-six ans.

— Ouais.

— Des doctorats de quoi ?

— Biochimie et génie informatique.

— Donc le type n'est pas un crétin.

— Je te l'ai dit, c'est un génie.

— Brillant, de surcroît.

— À la fin de ses études, Huger est allé travailler pour le Projet génome humain, qui se mettait juste en place.

Regard interrogatif de Ryan.

— Tu n'en as pas entendu parler ?

— Entendu parler, oui. Pris des notes, non.

— Leur objectif était de séquencer le génome humain en entier et d'identifier tous les gènes qu'il contient.

— Ambitieux.

— Ça, tu l'as dit.

— Qui était aux commandes ?

— Le National Institute of Health et le département de l'Énergie des États-Unis conjointement, mais c'était un projet de portée internationale.

— Ils ont réussi ?

— Ils ont terminé en 2003, avec deux ans d'avance sur le délai prévu.

— Les plans de fabrication d'un être humain. Je classerais ça dans la colonne réussite.

Je n'y avais pas pensé en ces termes.

— Énorme réussite. La compréhension des fonctions des gènes et des protéines a un impact considérable sur la médecine et la biotechnologie.

— Nous nous égarons.

— Oui. (J'ai un peu fait le tri dans les infos.) Huger a quitté le projet en 1995 pour un poste chez GlaxoSmithKline, alias GSK.

— Le Big Pharma. Attiré, j'imagine, par l'appât du gain ?

— Qui sait ? Mais vu que Huger était un biochimiste prodige, on peut penser qu'on lui a offert un pont d'or.

— On peut encore être qualifié de prodige, à trente et un ans ?

— Je pense que oui. (Écrémant les infos.) Huger était aussi un entrepreneur. En 1999, il a lancé une société appelée GeneMe.

— Des fabricants de jeans ? a lancé Ryan, pince-sans-rire.

Je lui ai balancé le regard-de-la mort-qui-tue, et puis :

— GeneMe était l'une des toutes premières sociétés à effectuer des tests génétiques DTC.

Alors que ces phrases franchissaient mes lèvres, j'ai eu l'impression de m'exprimer comme si la génétique n'avait aucun secret pour moi. Comment était-ce arrivé ? Un mois plus tôt, c'est à peine si j'aurais pu aligner deux mots sur le sujet.

— DTC ?

— *Direct to consumer.* Grand public. Au départ, ils faisaient des tests de paternité, des trucs comme ça. En 2000, la société a gagné un prix pour l'invention de l'année, ou genre. Apparemment, les particuliers étaient censés soumettre de l'ADN pour retrouver leurs ancêtres.

— Le mien remonterait directement à un roi de France. Peut-être tous.

J'ai levé les yeux au ciel, sans émettre un son.

— GeneMe est toujours opérationnel ? a demandé Ryan.

— Non. À un certain moment, c'est devenu GeneFree.

— Dieu du ciel ! Les jeans sont *free* ?

— Le site internet de GeneFree est toujours actif.

— Où habite le petit génie ?

— J'ai trouvé quasiment que dalle sur sa vie personnelle.

— Y a des gens sur cette planète qui n'ont pas de page Facebook ?

— Toi.

— C'est parce que je t'ai.

Avec un sourire d'enfant de chœur.

— Huger a zéro présence sur les réseaux sociaux. Pas de site perso. Pas de compte Facebook, Insta ou Twitter. Cela dit, il pourrait tweeter sous n'importe quel pseudo.

Ryan a réfléchi un moment.

— Huger a obtenu ses doctorats à l'Université de Caroline du Nord ?

— Oui.

— GSK a des antennes dans tout le pays. Dans laquelle de ses filiales Huger a-t-il travaillé ?

J'ai vérifié mes notes.

— Zebulon, en Caroline du Nord.

— Et où est basé GeneFree ?

Il m'a fallu quelques secondes sur Google.

— Charleston.

Ryan et moi avons échangé un regard.

— On dirait bien que Sullie est un gars de Caroline.

— C'est le moment d'appeler Vislosky ? a demandé Ryan.

— Plus que le moment, ai-je répondu.

Avant de faire le numéro, j'ai étudié l'une des nombreuses images gracieusement fournies par la toile mondiale. Sur le cliché, Huger était assis devant un microscope, et d'une main gauche gantée, il brandissait haut une éprouvette. Un cordon bleu était passé autour de son cou, mais son badge d'identification, fourré dans une poche de sa blouse de labo, n'était pas visible.

Huger ressemblait à la moitié des quinquas de Dixie, avec les classiques cheveux gris trop longs sur le front et retroussés derrière les oreilles. Sa silhouette affûtée suggérait des heures passées à la salle de sport. Son bronzage prononcé plaidait pour des journées sur la plage, les pentes enneigées ou les parcours de golf.

Toujours est-il que Huger avait davantage l'air d'un prof de tennis qui vieillissait bien que d'un rat de laboratoire.

J'ai composé un numéro abrégé. Vislosky a répondu avec sa brusquerie habituelle.

— Vislosky.

— C'est Temp…

— Je sais.

Je lui ai raconté l'appel de Lizzie.

— Bando Slug ?

— C'est son nom. Et Aubrey Sullivan Huger.

— Une minute.

La communication a été coupée.

Une heure et demie plus tard, Vislosky me rappelait.

— En dehors de quelques contraventions, le casier de Huger est vide. Il s'adonne à la philanthropie et fait des dons à une demi-douzaine d'associations.

— Il est basé à Charleston ?

— J'ai trouvé une adresse sur l'île James. Un numéro local, possiblement un portable.

— Où travaille-t-il ?

— Il est son propre employeur, il dirige lui-même ses entreprises internet.

— GeneFree ?

— Ouais, celle-là, notamment. Mais ce n'est pas la seule. Y en a une qui donne dans l'alimentation holistique, des conneries, quoi.

— Quelle est la prochaine étape ?

— Je vais me rendre sur place, poser des questions au sujet de la gamine.

— J'ai une meilleure idée. Invitez-le à se rendre au poste de police.

— Pourquoi ?

— Je pourrais l'observer, par Zoom.

Un blanc, et puis :

— Je veux bien y réfléchir, puisque c'est vous qui avez trouvé le type.

— Quelle raison allez-vous lui donner ?

— Je trouverai quelque chose.

— Et s'il ne veut pas venir chez vous ?

— Il viendra.

Je n'en ai pas douté une seconde.

— C'est peut-être la percée qu'on attendait, ai-je dit.

— Si ce n'est pas une percée, ce sera au moins un pas en avant.

20.

Mercredi 10 novembre

Vislosky avait placé un ordinateur portable derrière la glace sans tain. Avant de rejoindre Huger, elle m'avait envoyé un lien Zoom par e-mail. Je n'étais pas très sûre de la légalité de l'opération, mais je n'ai pas posé de questions.

L'image était sombre et le son creux, crépitant d'électricité statique. Malgré ça, la vidéo permettait de se faire une idée du personnage et de suivre la conversation.

La salle d'interrogatoire ressemblait aux tonnes d'autres que j'avais vues au fil des années. Les murs en béton brut. Le sol carrelé. La table en inox, grise, éraflée, les trois chaises en métal. Le téléphone mural. Le matériel d'enregistrement haut perché dans un angle.

Assis devant la table, Huger portait un blazer de lin écru sur un polo rose dont la poche poitrine s'ornait d'un joyeux palmier, un pantalon en toile taupe et des mocassins. Pas de chaussettes. Il faisait joujou avec son iPhone pour passer le temps et semblait étonnamment détendu pour un type qui venait d'être convoqué chez les flics.

La porte s'est ouverte, et Huger a levé les yeux. En dépit de la mauvaise qualité de l'image, son visage bronzé me paraissait bien trop lisse pour un homme de cinquante-sept ans. De toute évidence, un peu refait. Bien refait, d'ailleurs.

Ses sourcils soigneusement épilés et brossés s'arquaient au-dessus d'un regard très bleu. J'aurais été bien en peine de dire si ce turquoise étonnant était d'origine ou dû à l'aimable participation de lentilles de contact.

— Merci infiniment de vous être déplacé, a fait Vislosky, anormalement courtoise. Désolée de vous avoir fait attendre.

— Aucun problème, détective, a articulé Huger d'une voix aussi épaisse que s'il avait la bouche pleine. Bien que j'avoue être un peu perplexe.

Cela confirmé par un sourire perplexe.

— Je peux vous proposer quelque chose à boire ?

— Sans façon, madame. Mais merci quand même.

Huger a regardé Vislosky traverser la pièce, s'asseoir en face de lui et poser un mug et un dossier sur la table. Puis il a levé les yeux vers la caméra.

— Allez-vous enregistrer notre conversation ?

— Le souhaitez-vous ?

Huger a agité sa main en un geste rendu gracieux par sa fluidité.

— De quoi s'agit-il ? De sécurité sur mon lieu de travail ?

— Non, monsieur. Rien de tout ça. (Vislosky a pris une gorgée de son café et incliné la tête avec satisfaction.) J'ai besoin de ce petit coup de boost, le matin. Vous êtes sûr de ne pas en vouloir ?

Huger a secoué la tête. Sûr.

— Vous êtes docteur, c'est ça ?

— Oui. Mais vous pouvez laisser tomber les titres.

— Docteur en quoi ?

— Biochimie et génie informatique.

— Impressionnant.

Huger a eu un haussement d'épaules, discret et humble.

— Saviez-vous, docteur…, a-t-elle repris en levant son mug en hommage au titre – que le nombre de crimes haineux dans notre État s'est envolé, dernièrement ? Que plusieurs femmes transgenres de couleur ont été assassinées ?

L'expression amicale de Huger s'est teintée de compassion.

— C'est horriblement triste. Mais en quoi suis-je concerné ?

— La police de Charlotte lance une initiative « En lieu sûr ». Zéro pointé pour l'originalité. L'idée vient de la police de Seattle.

— Je vois.

— Nous demandons aux chefs d'entreprise locaux d'apposer des autocollants indiquant qu'ils offrent des endroits sécurisés aux citoyens LGBTQ qui se sentiraient menacés.

— Vous faites allusion à mon usine de Maybank Highway ?

— Oui, monsieur.

— Ça me paraît être une initiative admirable, a répondu Huger avec un hochement de tête convaincu. Je ne comprends pas trop ce style de vie, mais vous pouvez compter sur moi.

— Merci, docteur Huger. (Une dose de caféine, puis Vislosky a changé de sujet.) Je pense acheter une maison sur James Island. Vous vous y plaisez ?

— Oui, beaucoup.

Cela dit avec une pointe de surprise en constatant que Vislosky s'était renseignée sur son adresse personnelle.

— Pourquoi ?

— J'ai du terrain, une jolie vue sur l'eau et mon propre ponton de pêche. Que pourrais-je demander de plus ?

— Y a-t-il une Mme Huger ? a-t-elle demandé, l'air de ne pas y toucher.

Huger a éclaté de rire, comme s'il n'avait jamais rien entendu de plus drôle.

— Non, *détective.* Il n'y a pas de Mme Huger.

— J'ai cru comprendre que vous possédiez une compagnie appelée GeneFree.

— Entre autres.

— C'est quoi, le slogan ?

— Je vous demande pardon ?

— Que vendez-vous ?

— Des tests ADN en ligne.

— Quel genre de tests ?

— Nous analysons le code génétique des utilisateurs afin de leur proposer les meilleures solutions diététiques possibles.

— Un petit bidouillage, et vous leur fournissez des protéines en poudre et des algues déshydratées.

— Le processus est un petit peu plus compliqué que ça.

— Mais bien sûr.

— Je commence à soupçonner que cela n'a rien à voir avec des autocollants.

Vislosky a reposé son mug.

— Vous avez eu beaucoup de dégâts à déplorer après le passage de l'ouragan Inara ?

— J'ai perdu une partie de mon ponton.

— Pas trop grave.

— Non. Pourquoi suis-je ici ?

— La tempête a rejeté un conteneur sur le rivage, près de la Batterie.

— C'est ce que font les tempêtes, a-t-il répondu, son sourire tenant le coup, mais ayant perdu un peu de sa chaleur. Elles sont réputées pour cela.

— Le conteneur renfermait deux corps.

J'ai scruté Huger à la recherche de signes d'agitation. Une tension musculaire. Un rougissement. Une paupière inférieure qui tressauterait. Rien vu, en dehors de l'expression horrifiée qu'on s'attend à trouver chez un individu confronté à ce genre d'infos.

— Deux gamines, a continué Vislosky, fournissant le minimum de détails. Les deux assassinées.

Huger a porté artistiquement sa main à sa gorge.

— Doux Jésus. Quel genre de monstre tue des enfants ?

Vislosky a ouvert le dossier. Pris un moment pour lire, ou faire mine de lire quelque chose.

— Je suis certaine que vous avez entendu parler de généalogie médico-légale.

Huger a acquiescé, l'air maintenant sombre et grave.

— Nous avons procédé au test de généalogie génétique, monsieur. Il se trouve que l'une des victimes vous est apparentée.

— Quoi ? C'est impossible ! Mais comment ? s'est exclamé Huger, l'air sincèrement révulsé.

— Vous savez comment ça marche, vu que les doubles hélices et tout le bastringue n'ont pas de secret pour vous.

— Ce n'était pas ce que je voulais dire.

— On a extrait l'ADN à partir des os des victimes…

— Des os ?

— Oui.

— À quand remonte leur décès ?

— Je ne peux pas donner de détails de l'enquête.

— Comment sont-elles mortes ?

— Même réponse.

— Que puis-je faire ? Le regard turquoise est remonté se poser sur Vislosky.

— La première étape cruciale dans une enquête pour meurtre est l'identification des victimes.

— Je n'ai absolument aucune idée de qui pourraient être ces pauvres enfants.

Huger avait l'air et sonnait sincèrement dérouté. S'il faisait semblant, sa performance méritait un Oscar.

— Votre ADN était dans GEDMatch. Pourquoi ?

Les sourcils admirablement taillés se sont haussés en accent circonflexe, intrigués.

— Je me suis fait séquencer il y a des années. Évidemment. C'est mon métier. J'ai probablement autorisé que mon profil soit utilisé dans la banque de données.

— Parlons de votre famille.

— Je vais être honnête avec vous, inspectrice. Ça va vous paraître sans cœur, mais la famille n'a jamais tenu une place importante dans ma vie.

— Vous n'êtes pas né d'un œuf.

Huger a eu un hochement de tête. Il ne pouvait pas dire le contraire. Il a laissé échapper un petit soupir, et puis :

— Mes parents sont morts tous les deux. Je n'ai pas de frère et sœur. Pas d'enfant.

Vislosky n'a rien dit, espérant que Huger allait poursuivre. Ce qu'il a fait.

— Mon père était fils unique.

— Son nom ? a demandé Vislosky en sortant une tablette et un stylet de sa poche.

— Jordan Sullivan Huger.

— J. S. Huger ?

Huger a opiné du chef.

— Il y a un bâtiment à son nom à l'Université de Charleston, il me semble ?

— Papa a fait un don assez important à l'établissement. (Une pointe d'amertume a filtré.) Après quoi il s'est employé à tout perdre à coups d'investissements foireux dans des franchises de restauration rapide.

— J'ai un pote qui s'est fait avoir comme ça.

Huger n'a pas relevé.

— Le nom de votre mère ?

— Cheryl Leigh Hinkes. (Il a épelé le nom.) Elle avait un frère, Farley. Farley est mort au Vietnam.

— Désolée. Vous avez dit que vous n'aviez pas eu de fratrie…

Cela prononcé sur le mode interrogatif.

— Mon frère aîné, Shelby, s'est noyé à l'âge de huit ans. Ce drame a quasiment détruit mes parents. Je n'ai que très peu de souvenirs de lui.

Un nouveau silence prolongé. C'est Vislosky qui l'a rompu.

— Élargissons un peu, docteur. Des grands-parents ? Des cousins germains ?

— J'ai bien peur que notre clan ne soit pas très prolifique, inspectrice. Ma grand-mère du côté maternel avait une sœur, Zara. Elle a épousé un homme du nom d'Eden France. Ils ont eu un fils, Digby.

— Digby a eu des enfants ?

— Peut-être une fille. Je ne suis pas sûr.

— Son nom ?

— Aucune idée.

— Où peut-on trouver ce parent, Digby ?

— Je n'en sais rien.

— Que *savez*-vous ?

— J'ai peut-être rencontré Digby une fois, quand j'étais tout petit. Je pense qu'il a pu venir à l'enterrement de Shelby. Je n'en ai qu'un vague souvenir. Je me souviens d'un homme costaud, à l'haleine chargée de whisky et à la pilosité faciale effrayante. D'après ma mère, qui, de toute évidence, ne portait pas son cousin dans son cœur, Digby était musicien.

— Autre chose ?

Huger a écarté les mains dans un geste d'impuissance.

— J'aimerais vous être plus utile.

— Et moi donc.

Huger n'a pas répliqué.

— La plus jeune des victimes pourrait être votre cousine.

— Cette pensée me brise le cœur.

— Elle a été abattue et on s'en est débarrassé comme si on la mettait aux ordures.

— Je prierai pour son âme.

— Faites donc ça. En attendant, merci de me laisser vos coordonnées actuelles.

— Je suis un livre ouvert, *détective.*

Vislosky a fait glisser le stylet et la tablette vers Huger. Il a griffonné avant de rendre le tout.

— Je peux m'en aller, maintenant ?

Vislosky lui a tendu une carte.

— Si vous vous rappelez quoi que ce soit, appelez-moi.

— Bien sûr.

Ils se sont levés tous les deux.

Huger s'est dirigé vers la porte.

— Et, doc ?

Huger s'est retourné.

— Vous pouvez vous inscrire à l'accueil, pour ces autocollants.

Une heure après avoir libéré Huger, Vislosky et moi étions chacune devant notre ordinateur, à deux mille kilomètres de distance, en train de discuter de l'oncle Digby via FaceTime. France avait laissé une trace numérique plus modeste et plus ancienne que son neveu, mais comme tous les êtres vivants aujourd'hui, il en avait une.

— Le Digger France Band.

Ai-je dit au téléphone appuyé à la verticale sur mon Mac.

— Jamais entendu parler, a répondu Vislosky.

— Vous aimez la musique country et western ?

— Ouais, a-t-elle fait avec un ricanement de dérision. Autant que l'écran solaire à la sueur d'hippopotame.

— Ça existe, ça ?

— Oui oui.

— Il y a des trucs country et western que j'aime bien.

En réalité, il y en a même beaucoup que j'aime bien, mais vu la réaction de Vislosky, j'ai gardé cette info pour moi.

— Apparemment, le groupe a eu un certain succès de la fin des années soixante jusqu'au début des années quatre-vingt-dix, a développé Vislosky.

— Surtout dans le Sud-Est, apparemment.

— Surtout dans un rayon de huit kilomètres autour de Nashville.

Deuxième ricanement moqueur. Elle n'aimait vraiment pas ça.

— Ils n'ont sorti qu'un album.

— Jésus dans un champ de maïs ! Écoutez un peu ces titres : *Gueule de bois avec l'amour de Jésus, File-moi une bière et attache le chien. Je n'ai besoin que du Seigneur et de mes Refried Jeans.*

— L'art poétique populaire, ai-je dit.

— C'est quoi, un Refried Jean ?

— On fait une recherche sur France ? Histoire de voir ce que ça donne ?

— Reçu cinq sur cinq, dès que j'ai un break. La ville part complètement en vrille à cause d'une bactérie transmise par les chiens.

— La *Capnocytophaga* ?

Je me souvenais de ce qu'une Herrin complètement lessivée m'avait lâché.

— Il me semble, oui. Les gens sont en train de s'armer jusqu'aux dents.

— Pourquoi ?

— La moitié voudrait abattre tous les clebs qu'ils croisent. L'autre jure qu'ils défendront leur vieux cabot jusqu'à la mort.

— C'est si grave que ça ?

— Il y a des morts.
— Et depuis la Covid, tout le monde psychote.
— Rien qu'un AK-47 ne puisse régler.
A rétorqué Vislosky d'une voix dégoulinante de sarcasme avant de raccrocher.
Ça a pris des lustres avant qu'elle me rappelle.
— France a un casier, mais rien d'affolant. Ivresse au volant et trouble à l'ordre public, pisser sur la voie publique, des conneries typiques de macho.
— Quelque chose de récent ?
— Sa dernière arrestation date de 1997.
— Vous pensez qu'il est toujours vivant ?
— J'ai trouvé une immatriculation au nom de Digby Nelson France, avec une adresse à Nashville.
— Vous avez un numéro de téléphone ?
— Oui.
— Vous êtes très douée, *détective.*
— J'ai ouvert les Pages Blanches de Nashville. L'annuaire remonte à cinq ans.
— Il est temps de passer un coup de fil à ce M. France ?
— C'est fait. Le numéro n'est plus attribué.
— Ça sent pas bon.
— Non.

En fin d'après-midi, Ryan s'est rendu à pied à son épicerie favorite, Fou d'Ici, à environ un kilomètre et demi vers l'est sur le boulevard de Maisonneuve. Je n'étais pas d'accord, mais il n'a rien voulu savoir. Le choix de produits est éclectique, et le menu à emporter change tous les jours, du coup je n'avais aucune idée de ce qu'il allait rapporter.
Ryan venait juste de partir quand Claudel a appelé depuis la réception.

— Ryan vient de s'absenter, mais il devrait être de retour d'ici une heure.

— Je préfère m'entretenir avec vous.

— Il vaudrait peut-être mieux...

— Tout de suite, *s'il vous plaît.*

Craignant que l'Inspecteur Charmant ne s'attaque à Sylvain, le portier, je l'ai fait entrer.

Il avait le nez et les joues rouges de froid. Son froncement de sourcils était annonciateur de mauvaises nouvelles.

— Puis-je vous débarrasser de votre manteau ? ai-je demandé en avançant la main.

— Je ne resterai pas longtemps.

— Vous voulez vous asseoir ?

Secouage de tête contraint. Puis il s'est lancé avec sa brusquerie habituelle.

— Le chauffard n'était pas Zeke Hoag.

— Vraiment ?

Ça, c'était une surprise.

— Hoag était à l'hôpital au moment de l'agression.

— Il n'aurait pas pu... ?

— Il est mourant. Cancer du côlon stade quatre. Son intention n'était pas d'escroquer sa mère, il a fait en sorte que la somme aille directement alimenter son compte à elle.

— Pourquoi ne pas le dire ?

— Il voulait lui faire la surprise.

— Quelle suite, maintenant ?

— Nous sommes en train de reconsidérer notre approche, l'inspecteur Charbonneau et moi-même.

Langage de flic pour dire : « On était partis sur une fausse piste. » J'ai attendu.

— Nous n'arrivons pas à trouver un mobile qui expliquerait l'agression de l'inspecteur Ryan.

— Ex-inspecteur.

— *Précisément.* Ryan n'est impliqué dans aucune affaire susceptible de lui valoir une menace aussi grave sur sa personne.

J'ai attendu.

Le regard de Claudel a foré le mien.

— Nous pensons que la cible réelle, c'était vous.

21.

Mercredi 10 novembre

Pour éviter de penser à la bombe à fragmentation de Claudel, j'ai fait des recherches en ligne sur la capno. Et j'ai appris les choses suivantes.

Capnocytophaga canimorsus est une bactérie pathogène présente dans la salive de chiens et de chats parfaitement sains. Bien que rare, elle peut provoquer des maladies chez l'homme. La transmission se fait par morsure, griffure ou léchage.

L'infection par la capno peut conduire à une septicémie sévère et provoquer un choc septique mortel, être responsable de gangrène des doigts ou des extrémités, de bactériémie sévère, de méningite, d'endocardite et de graves problèmes oculaires.

Les sujets les plus à risque sont ceux qui ont subi une splénectomie, qui abusent de l'alcool ou dont le système immunitaire est affaibli, comme les porteurs du VIH.

Les photos trouvées sur Internet de membres marbrés et enflés, d'yeux enflammés, de doigts noircis et d'abcès purulents confirmaient que la capno est une vraie petite saloperie.

Le taux de mortalité de cette infection est d'environ 26 %.

Ma petite virée dans l'univers des archives médicales a réveillé des images du cadavre que Klopp autopsiait le jour de l'analyse du squelette, à l'hôpital de Charleston. Et a suscité des questions quant à la situation là-bas. En tout premier lieu, pourquoi cette soudaine flambée de cas de capno ?

J'ai relevé les yeux de mon ordi et vu Birdie étalé de tout son long sur la table à côté de moi. J'ai changé de position sur mon fauteuil, il a levé la tête et m'a regardée avec une expression que je n'ai pas pu interpréter. De l'appréhension ? De l'agacement ? Ou peut-être était-il encore à moitié endormi.

— C'est surtout les morsures de chien, ai-je dit, un peu sur la défensive.

Birdie n'a pas répondu.

— Et c'est très rare, la capno.

Toujours pas de réponse.

— Bon. Apparemment, il y a une épidémie de cas à Charleston. Mais je ne suis pas inquiète.

Birdie a reposé son menton sur ses pattes. Satisfait de mon explication, ai-je supposé.

Ryan est revenu avec des *poké bowls*, un au thon, l'autre au saumon, les deux avec assez de garniture pour couler un ferry-boat. J'ai identifié de la betterave, de la carotte, de la mangue et de l'avocat. Le reste, j'étais moins sûre.

Tout en mangeant, j'ai raconté à Ryan ce que Claudel m'avait dit. J'ai vu les muscles de sa mâchoire gonfler et ses yeux briller de colère. Un instant plus tard, il était d'un calme inquiétant.

— Qu'en pensent-ils ? a-t-il demandé d'une voix neutre.

— Tu en sais autant que moi.

— Qu'en penses-tu, toi ?

— J'ai filé un pourboire minable à un chauffeur Uber ?

— Très drôle.

Ryan a éperonné et mangé ce qui était peut-être une espèce de fève de soja verte, et puis :

— Sur quelles affaires as-tu travaillé, récemment ?

— Tu es sérieux, là ?

Ryan a fait « oui » de la tête.

J'ai listé tous mes dossiers récents au LSJML. Le fermier de Saint-Félicien. Le pharmacien de Trois-Rivières. La droguée du ponceau de Val-d'Or. Les jambes du lac Saint-Jean.

— Mais mon implication dans ces affaires n'est pas connue du public.

— Quoi d'autre ?

— Avant de quitter Charlotte, j'ai donné quelques consultations privées.

— La fillette adoptée atteinte du syndrome de Silver-Russel.

— Vous avez une excellente mémoire, *détective.* Oui. Tereza Deacon. J'ai aussi accepté de faire des recherches sur l'ancêtre disparue de Polly Beecroft, mais je n'ai pas encore vraiment creusé le sujet.

— Peu probable que quelqu'un veuille se débarrasser de toi à cause d'un vieux masque mortuaire.

— Très peu probable. Sans compter que ce sont des affaires de Caroline du Nord.

Ryan et moi avons eu la même idée au même moment. Il l'a formulée à haute voix :

— L'affaire des conteneurs. La victime la plus âgée de Charleston est apparentée aux victimes de Montréal.

— Vislosky est à fond dessus, côté Caroline du Sud. Mais c'est à des milliers de kilomètres d'ici. Et les meurtres du Québec remontent à plus de quinze ans.

Nous avons fini notre repas en silence. Ryan s'est levé et a commencé à débarrasser la table, avec une expression si fermée que c'en était effrayant.

— Claudel et Charbonneau sont dessus, Ryan. Ils coinceront le gars. *S'il y a* un gars.

Ryan a reposé les bols vides et pris mes mains entre les siennes avec un sourire rassurant pas du tout convaincant.

— Je n'en doute pas. Mais tant qu'ils n'y seront pas parvenus, sois prudente.

— Je suis toujours prudente.

— Ce trou du cul va regretter d'être né.

À 21 heures, Vislosky n'avait toujours pas rappelé. Je me suis demandé si elle avait été distraite par les affaires de capno. Ou si elle s'était heurtée à un mur en remontant la piste du cousin Digger.

J'ai travaillé sur mon ordinateur, cherchant l'éventuelle mention de la disparition d'un enfant du nom de France. Fiasco sur toute la ligne.

Agitée et incapable de me calmer, j'ai décidé de construire un schéma des liens de parenté à partir des infos que Vislosky avait obtenues pendant l'interrogatoire. En représentant les femmes par des cercles et les hommes par des carrés, reliés par des lignes continues pour indiquer les parentés biologiques, je suis partie d'Aubrey Sullivan Huger, j'ai continué avec la génération précédente, ses parents J. S. Huger et Cheryl Leigh Hinkes, et je suis remontée un cran plus haut, à la mère de Cheryl Leigh. Ensuite, sur le côté, j'ai placé la tante de Cheryl Leigh, qui s'était apparemment mariée à un homme du nom de France, puis je suis redescendue jusqu'à Digger.

Après avoir fini, j'ai étudié mon graphique sommaire. J'étais perplexe. Si Digger avait eu une fille, comme le pensait Huger, elle serait trop âgée pour être la fille du conteneur. S'il avait une petite-fille, était-elle la cousine au second degré de Huger ? Au troisième degré ? Autre chose au second degré ?

Frustrée, j'ai laissé tomber, haïssant l'exercice avec la même violence qu'à l'époque des cours d'ethnologie obligatoires à l'université.

Ryan a réapparu à 22 h 30 pour dire qu'il allait se coucher. Je l'ai rejoint, mais je me suis calée contre mes oreillers avec mon iPhone, et j'ai tué le temps sur les réseaux sociaux.

À 23 heures, je m'étais résignée à l'idée que Vislosky n'appellerait plus. J'ai éteint la lumière, remonté la couette jusqu'au menton et me suis coulée tout contre Ryan. Ai-je mentionné qu'il règle le thermostat sur *Calotte glaciaire* ?

Mon cerveau était un maelstrom d'images. Des lésions suppurantes. Des ossements tapissés par des algues. Des phares aveuglants. Une bâche en polypropylène bleue. La bague en plastique d'une môme.

Après avoir passé une demi-heure à tourner dans le lit, j'ai renoncé. J'ai refermé sans bruit la porte de la chambre et suis allée dans la cuisine me préparer une camomille. Je me suis réinstallée à la table de la salle à manger, j'ai ouvert mon Mac et entré le nom *Digger France.*

Le Digger France Band est tout de suite sorti. Actif entre les années 1960 et 1990, le groupe jouait principalement de la country chrétienne ainsi que des reprises de chansons plus classiques, country et western, et du bluegrass. Digger France, qui jouait de la guitare, avait été le chanteur du groupe pendant tout le temps qu'il a tourné. Tous les autres membres fluctuaient. La chanteuse changeait souvent. Celle qui était apparemment restée le plus longtemps était une certaine Joy Sparrow.

Le seul enregistrement du groupe avait été fait sous le label MCA Records. J'ai trouvé un lien et écouté le premier extrait de l'album, *Je n'ai besoin que du Seigneur et de mes Refried Jeans,* l'un des titres qui avaient tellement emballé Vislosky. Plein de banjos, d'harmonica, de planche à laver et d'harmonies polyphoniques. Un style musical assurément nasillard, certes.

Je n'ai trouvé que des photos anciennes et floues. Des clichés de promotion. Des photos d'amateurs prises pendant les concerts, qui avaient souvent l'air de se dérouler dans des bars. Digger portait invariablement un t-shirt, un jean, des bottes et des lunettes de soleil à monture métallique. Il avait la barbe et les cheveux longs, auburn, la première pincée en deux endroits par des élastiques colorés, les seconds en queue-de-cheval.

À minuit, ma camomille était froide et un mal de tête me titillait le lobe frontal. J'allais interrompre mes recherches quand je suis tombée sur une photo du Digger France Band en train de jouer dans un lieu appelé Shady Sam's. Une bannière derrière la scène annonçait que le spectacle de la soirée faisait partie d'une tournée des retrouvailles et mentionnait l'année : 2015.

Personne n'avait bien vieilli. Digger et sa barbe avaient maigri. Plus d'élastiques. Ses cheveux avaient viré au rose saumon et perdu du terrain sous l'assaut de la calvitie masculine.

Le public était installé en contrebas de la scène rudimentaire et les visages étaient invisibles. L'éclairage était médiocre, et l'objectif braqué sur la nuque des spectateurs. C'est une petite forme assise à une table au premier rang qui a retenu mon attention. Une fille aux cheveux courts et hérissés, couleur barbe à papa.

J'ai essayé de zoomer. La scène est devenue floue.

Se pouvait-il que la gamine aux cheveux roses soit la petite-fille de Digger France ? Était-ce pour cela qu'elle se trouvait dans un saloon ? Pour voir papy jouer ?

Une personne était assise à la droite de l'enfant, mais on n'en voyait qu'un bras et une épaule. Le membre semblait plutôt gracile, mais ce n'était qu'une impression.

La personne qui accompagnait la jeune fille était-elle une femme ? Sa mère ?

Galvanisée, je suis repassée à l'action, cette fois en utilisant des combinaisons de mots-clés en lien avec la tournée des retrouvailles et Shady Sam's. Quelques minutes plus tard, je suis retombée sur la fille, en coulisses, cette fois, perchée sur un tabouret dans un rade appelé The Dirty Rabbit.

L'objectif était braqué sur le groupe et la cadrait de profil. Elle était assise le menton sur les jointures des deux mains, les coudes sur les genoux. Elle avait le nez long et fin, ses yeux étaient dans l'ombre. Dans la lumière diffusée par les projecteurs de la scène, ses cheveux brillaient comme des aigrettes de pissenlit rose.

On lui aurait peut-être donné treize ans. J'ai comparé les chiffres. Ça collait.

Comme Digger, la fille était en t-shirt. En zoomant dessus, j'ai réussi à déchiffrer l'inscription : *Amity House.* Dessous un dessin stylisé de personnages qui se tenaient la main. Encore en dessous, en caractères plus petits et disposés en demi-cercle : *Harmonie. Câlins. Secours.*

Une recherche rapide a révélé qu'Amity House était un foyer pour jeunes situé à Nashville, Tennessee. Je me suis connectée sur leur site internet.

Depuis sa fondation, en 1979, Amity House se décrivait comme un centre de crise qui accueillait les jeunes fugueurs et sans domicile fixe de sept à dix-sept ans. L'établissement pouvait accueillir douze mineurs. Les jeunes avaient le droit de rester jusqu'à trois semaines et mettaient ce temps à profit pour tenter de régler leur problème avec leur famille. Les résidents étaient censés prendre soin du refuge et veiller les uns sur les autres. Des services additionnels incluaient une assistance téléphonique vingt-quatre heures sur vingt-quatre et un soutien sans rendez-vous en cas de crise.

Je suis retournée sur le lien de la photo prise au Dirty Rabbit. Et étudié la fille dans les coulisses, le pouls battant la chamade.

Tenais-je enfin le début d'une piste ? La petite aux cheveux rose bonbon avait-elle séjourné à Amity House ? Appelé leur hot-line ? Était-ce une bénévole du refuge ? Auraient-ils son nom ?

Était-ce la petite-fille de Digger France ?

La cousine éloignée de Sullie Huger ?

La plus jeune des victimes du conteneur de Charleston ?

Et si j'appelais Amity House ?

Un grand « non » à cette dernière question. Ç'aurait été égoïste de mobiliser du personnel en pleine nuit. Après tout, je n'étais pas un jeune en détresse.

En revanche, une chose était sûre.

J'étais impatiente de m'entretenir avec Vislosky.

J'ai envoyé la photo à l'imprimante. Je m'apprêtais à récupérer le tirage quand mon téléphone m'a signalé l'arrivée d'un texto.

À 1 h du matin ?

J'ai regardé l'écran.

Anne.

J'ai lu son message.

Tu es réveillée ?

Oui.

Tu vas adorer ça.

? ? ? ?

Je l'ai trouvée.

Amelia Earhart[1] *?*

La dame au masque.

Noon ! Pas possible !

Tu peux aller sur Internet ?

---

1. Aviatrice très célèbre aux États-Unis pour être la première femme à avoir traversé l'Atlantique, disparue en mer en 1937.

C'est là que j'habite.

J'ai posé le téléphone et placé mes doigts au-dessus des touches.

Anne m'a envoyé un lien. Je suis allée sur le site.

Et j'ai regardé. Les yeux ronds.

En état de choc.

Pas en état de choc.

22.

Jeudi 11 novembre

J'ai été réveillée en sursaut par un didgeridoo[1].

J'ai décroché à tâtons en maudissant mon choix de sonnerie.

— Temperance Brennan.

— Je sais. C'est moi.

« Moi » étant Vislosky. Et d'après l'arrière-fond sonore, elle était encore en voiture.

— Je m'attendais à avoir de vos nouvelles hier soir.

Bon sang, Brennan, ne lui vole pas dans les plumes !

— Il se passait des trucs, ici.

— Vous avez retrouvé France ?

— Oui. Merde. Ne quittez pas.

Vislosky m'a mise sur attente pendant une éternité.

J'étais seule dans le lit. En basculant sur le mode haut-parleur, j'ai remarqué que les chiffres sur mon écran affichaient 7:14.

Vislosky a repris la communication.

— France possède une propriété en périphérie de Nashville. Une maison sur un hectare de terrain, à la sortie de l'autoroute 251.

1. Instrument à vent traditionnel des aborigènes d'Australie.

— C'est là qu'il habite ?

— D'après mon contact à la police de Nashville, il y a un abonnement à l'électricité au nom de France. Pas de téléphone. Pas d'Internet.

— Mais y est-il *en ce moment* ?

Après un bref silence qui a retenti comme un blâme :

— Mon pote est passé devant. Il a vérifié la plaque d'une camionnette garée dans l'allée. Le véhicule est immatriculé au nom de France.

— Bordel de merde !

— Sacrément !

Je lui ai parlé de la fille aux cheveux barbe à papa. Du t-shirt, qui renvoyait à Nashville.

— Vous pensez que cette jeune fille pourrait être votre victime ?

— Elle coche beaucoup de cases.

— On dirait bien.

J'ai entendu un coup de klaxon.

— Vous êtes en voiture ? ai-je demandé.

— J'aime bien les face-à-face. Ça me permet de me faire une idée.

Il m'a fallu une seconde.

— Vous êtes en route pour Nashville ?

— Le haut lieu de la country par excellence.

— Je veux en être.

Allons bon ! Je voulais en être, moi ?

— Comment ça marche ?

— Je réserve sur le premier vol.

Après un silence :

— Quand ?

— Laissez-moi dix minutes.

J'ai repoussé la couette et me suis ruée dans la cuisine. Ryan s'empiffrait (des toasts avec du fromage à tartiner et des raisins secs, le tout recouvert de granola) ; Birdie n'avait pas encore vidé son bol.

Je leur ai demandé s'ils ne voyaient pas d'inconvénient à jouer les célibataires quelques jours. Ça leur allait à tous les deux.

Il m'a fallu sept minutes pour effectuer une réservation.

Ryan a proposé de me conduire à l'aéroport Pierre-Elliott-Trudeau.

Vislosky m'a dit qu'on se retrouverait à l'aéroport de Nashville.

Miracle de l'aviation. Les deux vols se sont passés sans encombre. J'ai eu ma correspondance à Détroit, sans courir, sans transpirer. Ai atterri à Nashville un peu en avance, à 16 h 07.

Vislosky était garée au parking courte durée quand je lui ai envoyé un texto.

Nous nous sommes mises en route en suivant les instructions fournies par Waze. J'utilise la voix de Jane. Vislosky avait choisi un bonhomme qui faisait penser à un apprenti danseur classique londonien. Des goûts et des couleurs.

L'adresse programmée était celle d'une bande d'asphalte étroite et sans nom partant d'une voie à double sens peu fréquentée qui allait vers l'est depuis l'autoroute 251 du Tennessee, dans une zone connue sous le nom de Bullfrog Hollow. Le « Vallon de la Grenouille-taureau ». Tout un programme. Cinq minutes après le dernier virage, le danseur en devenir nous a informées que notre destination se trouvait sur la gauche. Une boîte aux lettres rouillée a confirmé. Le nom *France* était peint sur un côté.

Vislosky s'est arrêtée et nous avons scanné les alentours.

C'était une de ces zones rurales qui n'abritent ni fermes ni maisons de campagne. Pas de grange, d'abris ou de dépendances d'aucune sorte. Pas de poules, pas de vaches.

Pas de tracteur John Deere attendant de planter ou semer. Juste une maison modeste au milieu des champs.

C'était un bungalow de plain-pied avec un parement vert tilleul, des cadres de fenêtres blancs et une porte d'entrée jaune canari. La terrasse couverte en bois était restée libre de faire ce qu'elle voulait.

Sur le devant, une allée en gravier coupait en deux un bout de pelouse visiblement découragé. Une allée carrossable assortie bordait l'herbe à l'est. Un vieux pick-up rouge était garé au bout.

J'ai jeté un coup d'œil à Vislosky. Elle a hoché la tête. Nous sommes descendues de voiture.

Des mauvaises herbes escaladaient l'accotement et le fossé qui longeait le bitume. De chaque côté de la maison, une clôture de barbelé entourait des choses desséchées et brunâtres dressées sur des tiges très hautes. Des pins rabougris déparaient la plate-bande bien nette, trop têtus pour mourir ou trop profondément enracinés pour justifier l'effort qu'aurait nécessité leur déplacement.

Nous avons poireauté en tendant l'oreille.

Le vent faisait doucement frémir les champs voisins. Quelque part, hors de vue, un corbeau a croassé. Très loin, de l'eau a glougloutté. En dehors de ça, tout était calme.

— C'est une rivière, ce qu'on entend ? ai-je demandé.

— La Cumberland passe à peu près là, a-t-elle dit avec un mouvement de tête en direction des champs.

— À peu près ?

— C'est le Tennessee. Prête ?

J'ai acquiescé.

— Allons faire connaissance avec ce Digger.

Le claquement des portières a cloué le bec au corbeau.

Vislosky a remonté l'allée, faisant crisser le gravier sous ses pas, tous les sens aux aguets, à l'affût du moindre signe de vie, enregistrant tous les détails. Je l'ai suivie, en faisant de même.

L'air sentait légèrement le pin, les cailloux mouillés, la fumée et les feuilles d'automne. Des moucherons m'attaquaient le visage en piqué. Bizarre, vu la fraîcheur du jour.

Vislosky et moi nous sommes arrêtées au bas des marches, chassant les insectes.

— Il y a quelqu'un ? a-t-elle crié.

Pas de réponse.

— Monsieur France ?

Même silence.

Nous sommes montées sur la terrasse couverte et positionnées de part et d'autre de la porte. Vislosky a toqué. Fort.

Un chien s'est mis à japper frénétiquement.

Un moment, puis une voix s'est élevée pour couvrir les aboiements du cabot.

— Bon sang de bois, Axel ! Je vais te botter ton petit cul rachitique si fort que tu vas te retrouver sur la Lune.

Puis, plus fort :

— J'arrive !

Le chien a poussé un cri perçant et s'est mis à gémir. Quand il s'est tu, un bruit de verrous et la porte s'est ouverte.

Digger France ressemblait à sa photo en ligne, en plus vieux et plus émacié. Il portait un jean et un t-shirt délavé affichant le drapeau américain. Pas de lunettes de soleil, et au lieu de la barbe, un bouc miteux.

— Oui ?

Des sourcils broussailleux, interrogatifs.

— Digby France ?

— Y a des années qu'j'ai pas entendu c'nom-là.

— Digger ?

— C'est moi. Mais si c'est un autographe qu'vous voulez, j'en signe plus.

Pas inamical, mais pas coopératif non plus.

— Je suis l'inspectrice Vislosky, a-t-elle dit en brandissant rapidement son badge.

France a jeté un coup d'œil à l'insigne, puis son regard s'est levé sur moi.

— Dre Temperance Brennan, ai-je dit, sans brandir rapidement quoi que ce soit.

France a croisé ses bras osseux sur sa poitrine osseuse.

— C'est ce crétin de Jensen qui vous envoie ?

— Non, monsieur.

— J'ai pas bu une goutte depuis plus de cinq ans, alors il peut embrasser mon cul décharné.

— C'est très louable, monsieur, a dit Vislosky. Mais ce n'est pas l'objet de notre visite.

— Oh ?

— On peut entrer ?

— J'reçois personne d'habitude.

— Avez-vous une petite-fille, monsieur France ?

J'ai observé très attentivement son visage. Ai remarqué un léger tressautement sur sa paupière inférieure droite.

— Pourquoi vous d'mandez ?

Vislosky a gardé son regard verrouillé sur France.

Un silence, puis Digger a soupiré et reculé.

— Faites pas gaffe à l'Axel. Il braille, mais ça va pas plus loin.

Une entrée exiguë et mal éclairée donnait sur un petit salon. La déco était stupéfiante.

Les murs étaient vert pomme. Des coussins vert chartreuse étaient disposés sur un canapé rouge coquelicot flanqué de fauteuils inclinables en cuir orange. La table basse et celles en coin étaient bleu canard. Un tapis tressé arc-en-ciel couvrait le sol.

Sur les murs, la déco était principalement constituée d'affiches du Digger France Band, dans des cadres en plastique criard. Entre les affiches s'intercalaient des images de Jésus.

Un aquarium de la taille de la Grande Barrière de corail occupait toute la longueur d'un mur. J'ai reconnu un poisson-clown, une anguille de roche bicolore et plein de poissons-chirurgiens violets.

Une guitare fuchsia était accrochée au-dessus de la cheminée, à l'autre bout de la pièce. Le foyer et les briques réfractaires étaient peints en rose shocking.

L'offensive kaléidoscopique était presque accablante.

— Votre maison est étonnante, ai-je dit.

— J'ai toujours eu envie de couleurs, mais je ne les distingue pas bien.

Quelque part dans les tréfonds de la maison, un chien gémissait et grattait frénétiquement.

— Je f'rais mieux de libérer l'Axel. Sinon y va pas arrêter d'nous enquiquiner.

— Bien sûr, ai-jc dit.

Non, ai-je pensé.

France nous a invitées à nous asseoir sur le canapé. Au moment où nous nous installions, il a disparu par la porte par laquelle nous étions entrés. J'ai entendu un grincement de gonds, puis des pattes griffer le plancher.

Une nanoseconde plus tard, Axel surgissait dans la pièce. Si on me torturait pour donner l'hérédité du toutou, je dirais un croisement de chihuahua et de glouton. Une salve d'aboiements hystériques et de hurlements, puis France s'est avachi dans l'un des fauteuils inclinables. Le cabot a sauté sur les genoux de son maître, tourné en rond, et s'est assis pour nous observer avec un mépris tremblotant.

— C'est quoi, c'que vous vouliez dire au sujet de ma petite-fille ?

J'avais tiré une photo prise au Shady Sam's. Vislosky m'a fait signe de la poser sur la table.

— C'est elle ? a-t-elle demandé.

France a jeté un œil sur la photo avant de donner un coup de menton en biais.

— C'est parc'qu' j'ai emmené une mineure dans une taverne ?

Conformément à ses directives, je suis restée silencieuse pendant que Vislovsky posait les questions.

— Vous pourriez nous parler de votre petite-fille, monsieur ?

— C'est quoi qu'vous voulez savoir ? a-t-il rétorqué, sur ses gardes.

— On pourrait commencer par son nom ?

— Harmony.

— Vous voyez un inconvénient à ce que j'enregistre notre conversation ?

Sans lui laisser le temps de protester, Vislosky a sorti son téléphone, donné un coup de pouce à l'écran, et l'a placé entre nous.

— Tout d'abord, connaissez-vous un certain Aubrey Huger ? Il se fait appeler Sullie ?

— Jamais entendu parler de lui.

— Merci. Le nom complet de votre petite-fille est bien Harmony France ?

— Harmony Wren Boatwright.

— C'est vraiment un joli nom, ai-je commenté.

France n'a pas fait mine de relever.

— C'est votre seul petit-enfant ? a demandé Vislosky.

— Oui.

— Harmony est-elle l'enfant de votre fille ?

J'ai remarqué que Vislosky employait le présent.

— Sa m'man est partie depuis un bail.

Il s'est penché vers le téléphone et a articulé lentement :

— Elle s'appelle Bonnie Bird Boatwright.

— Bonnie vit-elle toujours à Nashville ?

— Bonnie Bird, a corrigé France. Ça m'étonnerait. Personne ne l'a vue depuis le treizième anniversaire d'Harmony.

— Vous ne savez pas où se trouve votre fille ?

— Ça m'fait pas plaisir, mais c'est comme ça.

France a croisé une jambe d'épouvantail sur l'autre. Axel a bondi sur ses pattes, jappé d'agacement et s'est réinstallé.

— C'est mieux comme ça. La Bible dit que c'est une abomination pour un homme de coucher avec un autre homme. Et pareil pour les femmes.

— Vous m'en direz tant, a fait Vislosky, d'un ton qui avait fraîchi de plusieurs degrés.

— Lévitique 18, 22.

— Vous avez chassé votre fille ?

— Pour protéger Harmony, qu'était à un âge impressionnable, à c't'époque. J'ai eu des regrets après. Le départ de Bonnie Bird l'a bien déchirée, la p'tite.

— Comment ça ?

— Après le départ de Bonnie Bird, l'enfant arrivait plus à s'intéresser à rien, à part retrouver sa mère.

— Et *vous*, vous avez essayé de retrouver votre fille ?

— J'ai fini par signaler sa disparition. Les flics ont jeté un œil. Mais c'était Bonnie Bird tout craché, ça. Elle était fâchée, elle est partie, voilà. Elle a pas trop la fibre maternelle qu'ils ont dit, les poulets.

— En plus, il y a cette affreuse histoire de lesbiennes.

Cela dit sur un ton glacial.

France n'a pas relevé.

— Quand avez-vous vu Bonnie Bird pour la dernière fois ?

— À l'été 2015.

— Qui a élevé Harmony après que vous avez fichu sa mère dehors ? a demandé Vislosky.

— C'était pas comme ça.

— Hmm.

— C'est moi qu'ai élevé Harmony. Les Boatwright, ses autres grands-parents, étaient morts, et son papa s'était fait dégommer en prison.

Sentant l'hostilité de Vislosky, je suis intervenue, endossant le rôle du « gentil flic ».

— Ça n'a pas dû être facile.

— J'ai reçu l'aide d'une amie qui chantait dans le groupe.

— Joy Sparrow ?

— Oui, m'dame.

A-t-il dit avec un brin de surprise.

— Joy Sparrow est-elle la mère de Bonnie Bird ?

— Non, m'dame. Pas que ma vie privée vous regarde, hein.

— Harmony a-t-elle grandi dans cette maison ? a demandé Vislosky en me lançant un regard en coin pour me rappeler mon vœu de silence.

France a secoué la tête et la pointe de son bouc a effleuré les oreilles d'Axel.

— On vivait en ville, à l'époque.

— Où est Harmony, aujourd'hui ?

— Faut croire qu'la pomme tombe jamais bien loin de l'arbre.

— Vous pouvez m'expliquer ?

France a relevé le menton et s'est passé une main sur la gorge. Quand il a repris la parole, le triangle de poils clairsemés s'est agité dans l'air.

— La petite s'est enfuie, comme sa m'man avant elle.

— Vous savez où elle est allée ?

— Non.

— Elle n'a pas gardé le contact ?

— Non.

Un silence, puis :

— J'vais vous dire franchement, m'dame. Harmony m'a donné du fil à retordre après le départ de sa mère. Et faut qu'j'avoue. J'picolais, dans le temps.

— Du fil à retordre, dans quel sens ?

— Aussi agressive qu'un frelon. On se disputait, surtout rapport à l'école et tout ça, ou elle se barrait, parfois pendant des semaines. Pis elle rentrait et reprenait la vie comme si de rien n'était. C'était sa façon de faire. Elle allait et venait. La dernière fois qu'elle est partie, elle est pas revenue.

— Elle avait un petit ami ?

— Aucune idée. Comme j'ai dit, la gnole et moi, on avait une relation intense.

Il a pris une inspiration, et j'ai vu ses narines blanchir.

Craignant de le voir cesser là sa coopération, j'ai gentiment demandé :

— Harmony s'était-elle cassé le bras ?

— Oui, m'dame. (Même ton surpris.) Elle est tombée d'un skateboard. Je l'ai emmenée aux urgences. Ils y ont mis un plâtre et tout le tralala. Elle aimait pas bien ça, mais elle l'a porté.

— Fréquentait-elle un refuge pour jeunes appelé Amity House ?

France a hoché la tête, ayant apparemment cessé de s'étonner de la masse d'infos que je possédais sur lui.

— C'est ben pour ça que j'm'en faisais pas trop. J'ai toujours pensé qu'c'est là qu'elle allait.

— Quand avez-vous vu votre petite-fille pour la dernière fois ?

Nouveau relevage de menton. Mais cette fois, la main tavelée a caressé le chien, pas la gorge.

— Le 5 février 2018.

Prononcé « fève-vous-riez ».

— Vous avez très bonne mémoire, ai-je dit.

— C'était le lendemain de ses seize ans. J'y ai donné un sac à dos de l'armée, cette année-là, le genre avec des zips et des compartiments partout. J'pensais qu'on pourrait p'têt aller pêcher ensemble.

— Et depuis, vous n'avez pas eu de nouvelles d'elle ?

— Elle avait seize ans.

Puis il a poursuivi sur le ton de la défensive :

— L'État du Tennessee dit que c'est assez vieux pour s'marier. Elle voulait pas rester là, qu'est-ce que vous vouliez qu'j'y fasse ?

— Comment Harmony se déplaçait-elle ? a demandé Vislosky.

France a agité un pouce en l'air pour mimer l'auto-stop.

Vislosky a baissé les yeux sur ses propres mains. J'ai vu la tension dans ses épaules et son cou. Malgré le dégoût que lui inspirait France, je savais l'angoisse qu'elle ressentait à l'idée de ce qu'elle avait à dire.

Un redressement discret de ses larges épaules, et :

— Je crains d'avoir une mauvaise nouvelle.

France a continué à caresser le dos de son clébard.

— Une jeune fille a été retrouvée morte à Charleston, en Caroline du Sud, le mois dernier, a dit Vislosky en choisissant soigneusement ses mots. Nous avons des raisons de penser que cette jeune fille pourrait être votre petite-fille.

France est resté impassible, parce qu'il n'avait pas compris, ou ne savait pas quoi répondre.

— La victime était une adolescente aux cheveux courts, bruns, teints en rose. Elle mesurait entre un mètre cinquante-cinq et un mètre soixante.

La paupière de France a de nouveau frémi.

— Elle a fait une *overdose* ?

— Rien ne l'indique.

— Comment elle est morte ?

— Je ne suis pas libre de discuter des détails de l'enquête.

— Vous avez dit victime. Ça veut dire que quelqu'un l'a tuée ?

Vislosky n'a pas répondu.

— C'est possible que ça soye pas Harmony, a dit France, si bas que c'est à peine si nous l'avons entendu derrière les glouglous de l'aquarium.

— C'est possible.

Vislosky s'est éclairci la voix et a repris :

— Il nous faut un échantillon de votre salive pour le test d'ADN.

France a hoché la tête, l'air quelque peu sonné.

J'ai sorti un kit de mon sac et, ignorant les grognements du chien, j'ai passé l'écouvillon à l'intérieur de la joue de France, refermé le tube et inscrit ses initiales dessus.

— Vous savez si Harmony possédait un téléphone ou un ordinateur portable ? a demandé Vislosky quand j'ai eu terminé.

— Sûr qu'elle avait un téléphone. On est à Nashville, pas dans le trou du cul du monde.

— Vous savez ce qu'elle en a fait ?

— J'penserais qu'elle l'a pris avec elle. Quel jeune se passerait d'un téléphone, d'nos jours ? Pis j'l'ai vu nulle part.

— C'est vous qui payez l'abonnement ?

— Non.

— Vous savez quel est son opérateur ?

France a secoué la tête avant de se lever.

— C'est l'heure d'la bouffe pour Axel. Si j'le nourris pas, y d'vient grognon.

Vislosky a repris son téléphone, posé une carte sur la table et nous nous sommes toutes les deux levées.

— Si quelque chose vous revient, appelez-nous, a-t-elle dit.

— Harmony a laissé quelques affaires. Pas grand-chose. Je les ai mises dans des cartons et j'en ai pris quelques-uns avec moi quand j'ai emménagé ici.

La possibilité, déchirante, que sa petite-fille soit morte, commençait à faire son chemin.

— J'imagine que j'pensais qu'elle reviendrait un jour, pour récupérer ses affaires.

— Tout ce que vous pouvez nous montrer aidera à l'enquête.

France a disparu, son clebs sur les talons, et quand il est revenu, quelques minutes plus tard, il tenait un gros carton dans ses bras.

— J'ai écrit une chanson sur Harmony, pas très longtemps après qu'elle est venue vivre avec moi. *Motherless Little Wren.* J'pensais que ça l'aiderait à être moins en colère.

— Je suis sûre qu'elle a apprécié, ai-je dit.

France a lentement secoué la tête.

— C'était pire. Elle est d'venue furieuse.

Le chagrin de France était perceptible, à présent. Ça transpirait dans ses paroles, et les rides de son visage s'étaient creusées. Je me faisais l'effet d'être une goule dans cette scène qui allait changer sa vie pour toujours. Mais j'y jouais quand même mon rôle, sachant qu'il était nécessaire d'obtenir justice pour les deux filles assassinées.

— Sa mère lui manquait beaucoup, à Harmony, a-t-il dit mélancoliquement. Je me suis dit que p'têt' elle l'avait retrouvée quelque part.

— Nous vous tiendrons informé, a dit Vislosky.

France a hoché la tête, les bras serrés sur le carton qui contenait les lambeaux d'une vie.

Arrivée devant la porte, Vislosky s'est retournée.

— Vous savez de quelle autre abomination il est question dans la Bible, monsieur ?

France l'a regardée sans répondre.

— Tailler sa putain de barbe.

Nous avons pris le carton, et nous sommes parties.

23.

Jeudi 11 novembre

Vislosky a posé le carton dans le coffre et nous sommes remontées dans sa voiture.

— C'est vrai ? ai-je demandé en bouclant ma ceinture.

— Quoi ?

— Que la Bible interdit aux hommes de se tailler la barbe ?

— Ouais.

— C'est dans l'Ancien Testament ?

— Ça, du diable si je le sais.

— Pourquoi lui avez-vous dit ça ?

— Ce type est un connard de bigot.

Je n'ai pas insisté. Mais je m'interrogeais sur l'origine de l'antipathie que Vislosky éprouvait à l'égard de France. La désinvolture avec laquelle il prenait la disparition d'Harmony ? Le rejet que lui inspirait le mode de vie lesbien de Bonnie Bird ? Son style musical nasillard ?

— Amity House ? ai-je demandé.

— Ça peut pas faire de mal, a-t-elle dit.

J'ai programmé notre copain Waze. Ses indications nous ont conduites à une rue bordée d'arbres qui desservait un mélange de résidences privées et de grandes demeures reconverties en locaux commerciaux haut de gamme. Un cabinet d'architecte. Une étude d'avocats. Un théâtre pour enfants.

Notre destination était une bâtisse en briques rouges à un étage avec une véranda couverte d'un toit de tuiles qui courait tout le long de la façade. Un énorme chêne déployait ses branches au-dessus d'une bonne partie de la cour en pente. Sous l'arbre, un panneau annonçait : *Amity House – Centre d'aide pour jeunes en crise.*

Une courte allée menait au porche d'entrée précédé de trois marches en ciment. Nous les avons gravies. Vislosky a collé son pouce sur le bouton de sonnette. Un moment, puis une voix s'est fait entendre à travers la plaque en laiton perforée.

Vislosky a expliqué qui nous étions et lâché le nom d'Harmony Boatwright.

Une courte attente, et la porte s'est ouverte sur une femme qui aurait pu concourir comme sosie de la vieille tante du shérif de Mayberry, dans l'*Andy Griffith Show* : un petit pot à tabac aux joues rebondies et aux cheveux gris relevés en un volumineux chignon. Elle aurait pu être encore plus chaleureuse, mais cela aurait exigé l'intervention de l'industrie pharmaceutique.

— Chère, chère Harmony, a-t-elle dit dans un gazouillis d'anticipation. Je vous en prie, dites-nous comment elle va.

— Pouvons-nous entrer ? a demandé Vislosky.

Je me suis demandé si le protocole de Nashville exigeait une requête.

— Oh, a-t-elle dit de sa voix vibrante de tante Bee. Bien sûr. Excusez-moi, je suis vraiment mal élevée.

La porte donnait directement sur un grand salon rectangulaire. Dans un angle, un fouillis de meubles en bois tapissés de tissus usés et disposés en petits coins causerie. À l'autre bout, des tables et des chaises remplissaient l'espace, la plupart des tables couvertes de jeux de société.

J'ai reconnu un Scrabble, un Monopoly, un jeu de serpents et échelles. Un puzzle à moitié terminé occupait le dessus d'un buffet, des pièces solitaires éparpillées autour du centre à compléter.

Tante Bee nous a conduites vers l'un des coins causerie.

— Vous voulez des biscuits ? De la limonade ?

— Non, merci, avons-nous décliné à l'unisson.

Par habitude, nous avons pris le canapé. Tante Bee s'est installée dans un fauteuil, les chevilles croisées, les genoux écartés, mais pudiquement couverts par sa robe d'intérieur imprimée et son long tablier style boucher.

— Vous ne voyez pas d'inconvénient à ce que notre conversation soit enregistrée ?

Là encore, Vislosky a activé son téléphone sans attendre d'y être autorisée.

Tante Bee a pris un air dubitatif, mais ne s'y est pas opposée.

— Puis-je vous demander votre nom et votre rôle au sein d'Amity House ? a commencé Vislosky.

— Gertrude Pickle. Je sais. Affreux, les deux, a-t-elle ponctué d'un rire bête. Les jeunes m'appellent Maman Gertie.

— Votre rôle dans la maison ?

— Je suis responsable de la communauté.

— Vous habitez sur place ?

— J'ai un appartement, en bas. C'est petit, mais il y a tout ce qu'il me faut.

— Depuis combien de temps travaillez-vous ici ?

— Oh mon Dieu… Depuis que je suis veuve, ça fera dix-neuf ans le mois prochain. Comme le temps passe. Je ne peux pas imaginer ce que je ferais si je devais vivre toute seule.

Comme précédemment, j'ai posé la photo du Shady Sam's sur la table.

— Vous vous souvenez d'Harmony Boatwright ? a demandé Vislosky.
— Certainement. Harmony a souvent séjourné chez nous. J'adore avoir des nouvelles de nos jeunes, surtout quand ils sont partis depuis aussi longtemps. Comment va-t-elle ? Dites-moi tout, s'il vous plaît.
Vislosky et moi avons échangé un regard.
— Quand l'avez-vous vue pour la dernière fois ? a poursuivi Vislosky.
— Eh bien…, a-t-elle dit, faisant visiblement un effort de mémoire. Ça fait un moment.
— Un moment ?
— Notre règlement stipule que les jeunes ne sont pas obligés de signaler leur arrivée ou leur départ. L'administration estime qu'exiger une inscription officielle pourrait…
— Un an ? Cinq ?
Pickle a fermé les yeux et incliné la tête sur le côté, en pleine réflexion. Une minute entière a paru s'écouler. Elle a lentement, longuement hoché la tête.
— Oui. Je dirais que ça fait cinq ans.
— Comment Harmony a-t-elle atterri ici ?
— Pour la même raison que beaucoup d'autres jeunes. Pour échapper à des conflits familiaux. Oh, mon Dieu. Que se passe-t-il, exactement ?
Elle a froncé les sourcils, comprenant enfin ce que pouvait impliquer la visite de la police.
— Est-il arrivé quelque chose d'horrible ?
Pendant que Vislosky lui résumait la découverte de la jeune morte de Charleston, le corps entier de Pickle a paru s'effondrer sur lui-même.
— Vous connaissez Digger France ?
— Nous nous sommes rencontrés une fois ou deux, a-t-elle répondu, toute trace de gazouillement effacée.

— Votre impression ?

— Inoffensif et désespéré.

— Désespéré ?

— Puis-je voir une pièce d'identité ?

Vislosky lui a montré sa plaque. Pickle a scruté si longtemps les infos que j'ai cru qu'elle les apprenait par cœur. Puis :

— Vous êtes officier de police. Et ma pauvre, ma chère Harmony est, je veux dire, peut-être... (Sa voix s'est éteinte, laissant l'affreuse pensée non dite.) Alors j'imagine que je peux révéler ce que je sais.

Vislosky a attendu.

— D'après moi, Harmony Boatwright était une jeune fille très perturbée.

— Perturbée ?

— Après le départ de sa mère, cette enfant est passée d'un parent à un autre. La famille était... Disons que ça se passe de commentaire. Son grand-père a bien essayé, mais c'était un ivrogne. Et il était mal outillé pour gérer une adolescente. J'imagine que vous savez que la mère d'Harmony a disparu quand elle avait douze ou treize ans. La petite n'attendait qu'une chose de la vie : la retrouver. À mon avis, c'était une obsession chez elle.

— Qu'est-ce qui vous fait dire ça ?

— Ici, le wifi est gratuit. Sinon, certains jeunes n'auraient pas accès à Internet. Mais on ne les laisse pas naviguer comme ça. Ce serait de la folie. On leur dit dès le départ que l'historique de recherches de tous les ordinateurs est vérifié tous les jours sans exception. C'est l'une de mes attributions. Si un utilisateur viole les règles de la maison, il perd son privilège Internet. (Pickle a mis sa main en cornet devant sa bouche, et s'est remise à parler dans un chuchotement de conspiratrice.) Vous savez, regarder des pornos, des trucs comme ça.

— Que se passe-t-il si un jeune se connecte avec son propre matériel ? ai-je demandé.

— On ne peut pas le contrôler.

— Harmony avait son propre ordinateur ?

— Je ne crois pas. Elle utilisait un des PC du refuge. C'est comme ça que je sais qu'elle fréquentait des sites spécialisés dans la recherche de personnes disparues. Cette pauvre petite chose menait des recherches sans fin sur le nom de sa mère.

— Vous rappelez-vous les sites qu'elle a visités ?

— Je suis désolée. C'était il y a bien longtemps. (Pickle avait l'air sincèrement navrée, puis son visage s'est éclairé.) Attendez. Il y en avait un qui s'appelait MMM. J'ai un faible pour les friandises, vous savez, les petits chocolats ronds ? Les M&M's ? Qui fondent dans la bouche, pas dans…

— Oui, oui, a fait Vislosky en agitant impatiemment les doigts.

— C'est pour ça que le nom s'est imprimé dans ma cervelle, a-t-elle poursuivi, sur un ton un peu boudeur à cause de l'impolitesse.

— Merci, c'est très utile, ai-je dit, pas très sûre que ça le soit vraiment, mais par souci d'apaisement.

— Harmony m'a dit qu'elle s'était fait une amie de cette façon, dans je ne sais quelle *chat room*. S'il vous plaît, ne me demandez pas comment elle s'appelait, a-t-elle fait en levant une main potelée en me présentant sa paume. Elle n'a jamais dit son nom. Simplement qu'elle aussi, elle était à la recherche de sa mère.

— Vous souvenez-vous de quelque chose en relation avec cette amie numérique ?

La réponse de Pickle m'a procuré une décharge d'adrénaline dans tout le corps.

— Mamans Manquantes et Mortes point com.

Vislosky était au volant, je googlais sur mon iPhone.

— C'est un site pour les enfants de…

— Mères assassinées ou disparues, a coupé Vislosky.

— Vous voulez entendre ça ?

Vislosky a haussé les épaules. Nous étions toutes les deux à cran. Je regrettais ma décision de faire le trajet de neuf heures avec elle jusqu'à Charleston. Mais Anne avait appelé, inflexible. Elle était en mode crise, encore, et voulait que je revienne la voir dare-dare. Elle m'avait raconté sa dernière tragédie, un truc qui impliquait son ex-mari, mais je n'avais pas vraiment écouté.

— Le site a une *chat room,* donc le tuyau de Pickle est bon, ai-je dit.

— Tout le monde peut se joindre à la fête ? a-t-elle demandé, dédaigneuse.

— La participation est libre. Pas besoin de s'enregistrer pour ouvrir un compte. C'est comme Zobe & TeenChat.

— Zobe ?

— Laissez tomber. Il suffit de créer un nom d'utilisateur pour se connecter.

— Il n'y a donc aucun moyen d'identifier les participants.

— Exact.

— Est-ce que vous repérez des indices qui évoqueraient le Grand Nord ?

Vislosky faisait référence au dernier commentaire de Pickle, celui qui m'avait électrisée. Harmony Boatwright avait dit à Maman Gertie qu'elle s'était liée d'amitié avec une Canadienne dans la *chat room* de MMM.com.

— Pas encore, ai-je marmonné, mon attention entièrement dévolue aux noms des utilisateurs et à leurs messages.

diggitydog était apparemment à New Haven. *violetdawn* publiait qu'elle mettait la pression auprès de la police d'Albuquerque pour creuser dans le jardin de son voisin. *foreversearching* et *neverletgo* discutaient des mérites comparés des chiens renifleurs et des chiens de piste. *neverforget* et *alwayslooking* débattaient de la vitesse de décomposition dans l'eau. *leftbehind* voulait se suicider et *babysnowflake* et *uptheanty* essayaient de l'en dissuader.

J'étais toujours concentrée sur ma tâche quand j'ai senti que la voiture tournait et s'arrêtait. J'ai relevé la tête. Vislosky s'était garée devant un Burger King.

— Vous, je ne sais pas, mais la mauvaise graine que je suis a besoin de faire le plein.

— Quelle heure est-il ? ai-je demandé.

— Vingt heures quarante-cinq.

Je n'avais pas mangé depuis le bagel avalé à la va-vite à l'aéroport de Montréal. Tout à coup, je mourais de faim.

Mes frites étaient froides et graisseuses. Le Whopper était un Whopper. Mais le service était rapide et vingt minutes plus tard, nous étions reparties.

— Ça vous va si on fait la route de nuit ? a demandé Vislosky.

— Pas plus que ça.

— Motel ?

— On ne vous attend pas ?

— C'est la Journée des anciens combattants.

Ça m'était complètement sorti de la tête.

— Et j'ai pris vingt-quatre heures de congé en plus.

— Vous faites tout ça sur votre temps libre ?

— Ça vous pose un problème ?

— Non.

En y réfléchissant, malgré sa brusquerie et ses sarcasmes, finalement, peut-être que Vislosky n'était pas si horrible que ça.

La sortie suivante promettait un endroit appelé Music City Inn. Digger aurait adoré la pancarte : des lettres en néon rouge et une portée de musique bleue avec une clé de sol verte et des notes orange.

L'accueil était banal : des vitres crasseuses qui donnaient sur le parking et un pauvre lambris en pin noueux derrière le comptoir. Le jeune qui nous a accueillies avait au moins douze ans et un urgent besoin d'un dermato.

Nous avons pris chacune notre clé, attachée à une plaque de bois en forme de guitare, et suivi le corridor qui menait aux chambres. Ma valise à roulettes a mal vécu son trajet cahoteux sur le ciment craquelé.

Malgré mon épuisement, le sommeil a mis longtemps à venir. Mes neurones surmenés me proposaient des images de punaises de lit. Des photos de scènes de crime éclairées au luminol, révélant des couvre-lits et des matelas maculés de fluides corporels brillants.

J'ai un aveu à vous faire : mon boulot m'a rendue motelophobe.

Les neurones ont aussi posé des trillions de questions.

La plus jeune des victimes de Charleston était-elle Harmony Boatwright ?

La cybercopine de Boatwright était-elle sa compagne d'infortune dans la mort ? Celle qui était reliée par son ADN aux victimes de Montréal en 2006 ?

D'après Pickle, Boatwright avait connu la Canadienne par le site MMM. S'étaient-elles rencontrées dans la vraie vie ? Avaient-elles communiqué en privé, peut-être par e-mail, textos ou téléphone ?

Comme Boatwright, la Canadienne était à la recherche de sa mère disparue. La femme du conteneur de Montréal était-elle sa mère ?

Qui était-elle ?

Qui était la fillette qui se trouvait avec elle ?

Qui les avait tuées ?

Qui avait tué les filles de Charleston ?

Avaient-elles toutes été tuées par la même personne, bien que séparées par de nombreuses années et des milliers de kilomètres ?

24.

Vendredi 12 novembre

J'ai ouvert les yeux d'un seul coup.

Obscurité. Draps rêches à forte odeur de lessive. Bruits de circulation étouffés.

Martèlement insistant.

J'ai parcouru la pièce du regard. Un rectangle gris qui devait être une fenêtre.

Puis une rafale de connexions synaptiques. Digger France. Le carton. Amity House. Gertrude Pickle. Le Whopper. Les notes de musique lumineuses.

Et un milliard de questions.

Nouveaux martèlements.

J'ai bondi du lit. Failli me prendre les pieds dans le couvre-lit que j'avais jeté par-dessus bord.

Pieds nus, j'ai traversé précautionneusement la carpette hirsute, piquante, et appliqué l'œil au judas. Vislosky était devant ma porte, un plateau en carton dans une main, l'autre occupée à tambouriner sur le battant.

J'ai entrouvert la porte.

— Vous allez dormir toute la journée, princesse ?

— Quelle heure est-il ?

— 6 h 20.

— Accordez-moi dix minutes.

Vislosky a libéré, après quelques contorsions, un verre en polystyrène. Je l'ai remerciée, pris le café et refermé la porte.

Après avoir enfilé des sous-vêtements propres et ma tenue de la veille, jean et haut, j'ai ouvert les rideaux. Et remarqué qu'il n'y avait rien à remarquer quant à la déco beige-sur-beige.

Tout en faisant une toilette de chat, je me suis interrogée sur les chambres de motel. Qui imposait leur universelle absence de charme et d'originalité ?

Au moment où j'arrivais à la voiture, Vislosky en refermait le coffre. Je lui ai demandé :

— Vous avez regardé le contenu du carton que nous a confié Digger ?

— Je me suis juste gardé le meilleur.

— Hilarant, ai-je répliqué en me demandant ce que Vislosky aurait considéré comme « meilleur ».

— Évidemment que je n'ai pas examiné le carton. Je l'ai pris avec moi pour assurer la continuité de la preuve.

— On y jette un coup d'œil ?

— Au QG. Selon les règles. Je tiens à respecter la procédure.

Je brûlais d'impatience de découvrir ce que France avait conservé, mais je ne pouvais qu'être d'accord.

Nous sommes montées en voiture. Vislosky m'a montré un sachet blanc posé sur le tableau de bord.

— Donuts.

— Vous êtes bien matinale, ai-je dit en inspectant l'assortiment.

Vislosky n'a pas répondu. J'ai remis ça :

— Ils sont tous recouverts d'un glaçage simple.

— C'est ceux que je préfère.

J'ai pris un donut que j'ai fait descendre avec le reste tiédasse de mon café.

— J'aime bien votre bagnole. (C'était vrai. C'était une Ford Mustang GT. Rouge.) Elle est de quelle année ?

— 2019.

— Vous avez de bonnes indemnités kilométriques ?

Vislosky a haussé une épaule.

Quelques kilomètres bouche cousue, puis j'ai relancé la conversation.

— Vous avez déjà joué au basket ?

— Vous demandez ça parce que je suis noire ?

— Je vous demande ça parce que vous êtes grande.

Dieu du *ciel.* C'était quoi, son problème ?

Rien.

Nouvelle tentative.

— C'est drôle, ai-je tenté. Je ne connais pas une seule personne noire qui s'appelle Vislosky.

— Et vous connaissez une personne blanche qui porte ce nom ?

D'accord. Pas du genre à parler pour ne rien dire. Ça m'allait.

J'ai repris un donut, puis j'ai passé les soixante-dix kilomètres suivants à naviguer dans le menu du site MMM et à rôder dans la *chat room.* J'avais choisi *bigbirdie* comme pseudo.

Pas surprise que rien d'intéressant n'en ressorte. Harmony s'était liée avec son amie canadienne six ans plus tôt. Si cette amie existait vraiment. Et si Harmony et la Canadienne étaient vraiment les victimes de Charleston, aucune des deux ne s'était connectée sur MMM depuis très longtemps.

Je recherchais des sites similaires quand le didgeridoo a pulvérisé le silence.

— *Fuck,* c'est quoi ça ? a explosé Vislosky.

J'ai pris l'appel.

— Tu arrives quand ? m'a demandé Anne, sans préambule.

— Je suis sur la route.

Un silence, puis :

— Tu es en voiture. Tu conduis ? Depuis Montréal ?

— Nashville.

— Dis-moi que tu n'es pas en train de te taper Toby Keith.

— Je ne suis pas en train de me taper Toby Keith.

La tête de Vislosky s'est brutalement tournée vers moi, les sourcils planant haut au-dessus de la monture métallique de ses lunettes de soleil.

— Alors ? Je t'ai permis de résoudre cette affaire de masque mortuaire maternel, hein ?

— Je n'ai pas eu le temps de m'en occuper.

— Tu rigoles ?

— J'ai été requise d'urgence sur une autre enquête.

Ricanement de Vislosky.

— C'est qui, ça ?

— Une *détective.* Écoute, j'arriverai à Charleston en fin d'après-midi. On pourra discuter du masque mortuaire ce soir.

Silence glacial.

— J'apporte le dîner.

— Sûr comme deux et deux font quatre que je ne ressens pas beaucoup de chaleur humaine sur ce coup-là.

Trois bips.

Anne avait raccroché.

— Vous voulez écouter un peu de musique ? ai-je demandé en balançant mon iPhone sur le tableau de bord.

— Non, a répondu Vislosky.

— Dites-moi si vous voulez que je prenne le volant.

— Ça n'arrivera pas.

Bien bien bien…

Je me suis concentrée sur le monde qui défilait derrière les vitres. Nous avions quitté les montagnes pour un paysage de collines ondulantes. Çà et là, nous apercevions une petite usine et une fois, quelque chose qui ressemblait à un gigantesque site de récupération. Sinon, ce n'était que des champs, des arbres et des vaches.

Finalement, la monotonie m'a rendue somnolente. Je ne sais pas depuis combien de temps je m'étais assoupie quand la voix de Vislosky m'a fait sursauter.

— Meneuse.

J'ai dû faire un effort pour relier les points.

— Vous parlez basketball ?

— Je ressemble à une joueuse de hockey ?

— À quoi ressemble une joueuse de hockey ?

— Au rêve d'un dentiste.

— Très drôle.

— Avec mon mètre quatre-vingt-deux, je n'étais pas assez grande pour être en première ligne.

— Où est-ce que vous jouiez ?

— Wake Forrest. Mon agilité inégalée m'a valu un contrat de quatre ans.

— Sans parler de votre modestie.

— Exact.

— Impressionnant.

Et ça l'était.

— C'est quoi cette histoire de masque mortuaire ?

— Quoi ?

Ce coq-à-l'âne m'a prise de court.

— Votre interlocutrice acerbe travaille sur un masque mortuaire ?

— Anne n'est pas acerbe.

— D'accord. Votre interlocutrice sonore.

— Vous voulez vraiment que je vous parle du masque ?

— Ce sera toujours mieux que vous écouter ronfler.

— Je ne ronfle pas.

Vislosky a fait ce bruit d'esclaffement, encore, une espèce de gargouillis qui mourait dans sa gorge.

Je lui ai donné un aperçu général. La requête pas banale de Polly Beecroft. Les trois photos. La ressemblance troublante entre Beecroft et sa sœur jumelle, Harriet, et entre les jumelles Beecroft et leurs grand-mère et grand-tante, Susanne et Sybil Bouvier. La disparition mystérieuse de Sybil, à Paris, en 1888. La ressemblance des quatre femmes avec le masque mortuaire retrouvé chez Harriet Beecroft.

— Alors, quelle est cette percée de portée mondiale qu'a effectuée Annie l'Acide ?

— Elle a trouvé le masque sur Internet.

— Toute la Création est sur Internet.

— Vous voulez la version complète ?

— Pourquoi pas ! On a encore quatre heures à tuer.

— Apparemment, le masque mortuaire de cette fille ne serait pas si rare. Au début du vingtième siècle, des centaines de copies en ont été réalisées et vendues, principalement en France et en Allemagne. Les gens accrochaient son visage sur les murs de leurs maisons comme une œuvre d'art.

— C'est morbide.

— On l'appelait *L'Inconnue de la Seine*. La Seine…

— Ça va, je connais.

— Apparemment, les gens étaient charmés par le sourire de la jeune fille qui – j'ai ouvert des guillemets dans le vide avec mes doigts – « frisait le sublime ».

— Une bonne femme morte.

— On ne peut plus morte. D'après de nombreux comptes rendus, à la fin du dix-neuvième siècle, probablement dans les années 1870 ou 1880, le corps de la jeune femme a été récupéré dans la Seine, près du quai du Louvre, et transporté à la morgue de Paris pour identification. Une minute…

J'ai repris mon téléphone et fait défiler l'écran jusqu'à l'e-mail d'Anne.

— À l'époque, la morgue de Paris se trouvait derrière Notre-Dame, à la pointe est de *l'Île de la Cité, quai de l'Archevêché*, ai-je débité en français, pour l'énerver. Les corps non identifiés étaient exposés au public dans l'espoir que quelqu'un reconnaîtrait un défunt.

— On devrait peut-être essayer ça ?

— La morgue de Paris était un énorme machin, à cette époque. J'ai lu que des milliers de personnes s'y rendaient chaque jour.

— Rien de tel qu'un cadavre pour attirer les foules.

— D'après la légende, un pathologiste de la morgue se serait tellement entiché de la jeune femme à la beauté éthérée qu'il aurait fait venir un mouleur pour conserver son visage sous forme de masque mortuaire. Selon certaines versions, le type était assistant médical. En tout cas, ce premier moulage en plâtre est à l'origine de la production industrielle de masques vendus plus tard comme objets d'art.

— La bonne femme a-t-elle été identifiée ?

— Non. Il existe d'innombrables hypothèses sur son identité. Une prostituée. Une mendiante. Une orpheline séduite par un membre de la noblesse.

— Cause de la mort ?

— Là encore, beaucoup de spéculations. Le corps de la jeune femme ne montrait aucune trace de violence, et on a supposé qu'elle s'était suicidée. Selon d'autres théories, elle aurait été assassinée.

— Sur quelles bases ?

— D'après les sceptiques, elle n'aurait pas pu se noyer parce que son visage était trop parfait.

— C'est nul.

— Oui. En plus, il était courant de resculpter les masques.

— Comme aujourd'hui on retouche les images sur Photoshop.

J'ai déroulé les photos jusqu'au cliché que j'avais pris du masque de Beecroft. Il fallait bien reconnaître que la fille affichait un air serein. Elle avait les joues pleines, les cheveux modestement repoussés derrière la nuque. Ses cils, bizarrement emmêlés, avaient l'air encore mouillés. Elle était agréable à regarder, mais ce n'était pas une beauté classique. J'ai estimé qu'elle devait être à la fin de l'adolescence.

— Qu'est-il arrivé au corps ? a demandé Vislosky.

— Personne ne le sait.

— Vous croyez que cette inconnue pourrait être la grand-tante disparue de Polly Beecroft ?

— La ressemblance est frappante. L'âge des filles colle. L'époque colle.

— Comment espérez-vous prouver que c'est bien elle ?

Excellente question, *détective.*

Nous sommes arrivées à Charleston un peu après quinze heures et avons mis le cap directement sur le QG de la police. Sur Lockwood Boulevard, c'était une scène de chaos qui nous attendait. Les trottoirs, des deux côtés de la chaussée, étaient noirs de monde, des gens brandissaient des pancartes, d'autres engueulaient les voitures qui passaient.

Sur l'un des trottoirs, la majorité semblait pro-canine : *N'épinglez pas mon épagneul ! Touchez pas à mon toutou ! Mon chien est mon meilleur ami. Un chien, c'est un cœur avec du poil autour.*

Sur le trottoir d'en face, les manifestants réclamaient le contrôle des animaux. *Ne lâchez pas les chiens ! Ouaf ! Ouaf ! Les chiens en laisse ou à la fourrière ! Les chiens sont contaminés !*

Un *Mordez-moi !* m'a plongée dans un abîme de perplexité.

— Qu'est-ce que c'est que ce bordel ? ai-je demandé en regardant un type agiter une pancarte sur laquelle un chien tenait la tête d'un bébé dans sa gueule ouverte.

— Ne me lancez pas là-dessus. Les médias tournent en boucle sur cette foutue histoire de capno, ils diffusent des photos macabres, récitent les taux de contamination et le nombre de morts. C'est comme le délire entourant le port du masque, avec la Covid. Les gens ont donné un tour politique à l'affaire et choisi leur camp.

— Leur camp ? ai-je demandé tandis que Vislosky entrait dans le parking.

— Il y a ceux qui pensent que le gouvernement a décidé de confisquer leurs précieux toutous. Et d'autres qui veulent qu'on tire tous les chiens à vue.

— Dieu du *ciel*.

— Attendez la meilleure. Votre pote Huger a attisé les braises.

— Ce n'est pas mon pote. Que voulez-vous dire ?

— Il fait paraître des annonces comme quoi un certain gène rendrait les gens plus ou moins sensibles au virus. Et ils n'ont qu'à envoyer un échantillon de salive à l'adresse indiquée sur son site pour qu'il leur dise dans quelle catégorie ils se trouvent.

— GeneFree ?

— Le seul et l'unique.

— À quoi joue-t-il ?

— Comment ça ?

— Vous croyez que c'est l'appât du gain ? Ou qu'il veut vraiment fournir un service médical valable ?

— *Fuck,* comment voulez-vous que je connaisse les mobiles de cet enfoiré ?

Bien que tentée de répliquer, j'ai retenu ma langue.

Nous n'avons plus échangé une parole le temps d'entrer au QG de la police et de prendre l'ascenseur pour rejoindre l'unité des crimes violents. Vislosky a posé le carton sur son bureau, pianoté sur l'écran de son téléphone et engagé la conversation avec quelqu'un de la division des sciences médico-légales.

Une demi-heure plus tard, un photographe de l'équipe pointait son nez. Un petit gars sombre, qui devait peser moins lourd que son matériel. Son badge annonçait *Denton.*

Tout le monde s'est déplacé vers une paillasse qui occupait le mur du fond de la salle de la brigade. Vislosky et moi avons enfilé des gants en latex. J'ai senti le sang rugir dans mes veines quand je l'ai vue ouvrir le carton et écarter les rabats.

Denton a filmé et pris des clichés de chacun des éléments qu'elle en sortait. Vislosky les a scrupuleusement inscrits sur un formulaire de pièces à conviction.

Le contenu incluait les choses suivantes : une boîte en plastique avec un couvercle à charnière rempli de bijoux fantaisie bon marché ; un collier d'animal domestique usé avec une médaille gravée au nom de Missy ; une boule à neige abritant un village qui n'aurait pas déparé à Zermatt ; un agneau en peluche au ventre pelé ; et un journal intime en similicuir muni d'une minuscule serrure en laiton, cassée.

À la vue du dernier objet, un frisson de douleur m'a parcouru le corps. Tout au fond du carton se trouvait le texte encadré de *C'est mon souhait pour vous,* le poème de Ralph Waldo Emerson. Je le connaissais, je l'avais offert à Katy quand elle était petite.

Était-ce Bonnie Bird qui avait choisi ce cadeau pour sa fille ? Si elle aimait Harmony, comment avait-elle pu l'abandonner ? Harmony était-elle partie de son plein gré ou sous la contrainte ? Bonnie Bird en était-elle venue à lui faire du mal ?

— On n'a plus besoin de moi, ici ?

La voix de Denton m'a brutalement ramenée dans la pièce.

— Vous avez tout ? a demandé Vislosky en désignant du menton les objets étalés sur le comptoir.

Denton a acquiescé d'un hochement de tête.

— Je vous envoie le dossier numérique tout de suite. Vous aurez les copies papier demain.

— Merci.

Tandis que Denton rassemblait son matériel, Vislosky a pris le journal intime. Il avait l'air tout petit dans ses grandes pattes.

Elle est allée à son bureau. Je l'ai suivie. L'ai regardée tourner les pages un peu au hasard.

J'allais attraper mon sac quand Vislosky a murmuré :

— Putain de bordel à queue…

Je l'ai fixée, interrogative.

Elle a fait glisser le journal vers moi, ouvert à la page qui lui avait arraché ce juron.

C'était la dernière page. La date m'a tout de suite sauté aux yeux.

25.

Vendredi 12 novembre

J'ai eu plus de mal à déchiffrer la suite, écrite en pattes de mouche, et l'encre avait pâli par endroits.

5 février 2018

Cher Jo,

Je vais à Charleston, cet aprèm. Souhaite-moi bonne chance. Je ferai du stop. J'espère que je ne tomberai pas sur un membre d'une secte cannibale. Ha !

Je me sens mal vis-à-vis de papy, comme s'il allait remarquer que je suis partie. (Avec les 40 dollars que j'ai piqués dans son fute !)

J'espère que Lena sera cool, et pas une espèce de kikoolol.

OMG ! Ça fait presque un an qu'on s'envoie des mails et des textos. Je suis sûre qu'elle est complètement allumée.

Sac à dos rempli !

Et pouce en l'air !

Entre le cannibale et le vieux dégueu que je me traîne tous les jours, je choisis le cannibale à tous les coups.

YOLO !

HWB

J'ai regardé Vislosky.

— Harmony a écrit ça le jour où France nous a dit qu'elle était partie.

— Elle allait à Charleston.

— Rencontrer une jeune appelée Lena.

— Peut-être une jeune.

J'ai fait signe à Vislosky qu'elle avait soulevé un bon point.

— Lena pourrait être la correspondante canadienne dont parlait Maman Gertie.

L'autre fille assassinée. Ni elle ni moi n'avons verbalisé l'horrible pensée.

J'ai feuilleté les pages. Elles étaient toutes couvertes de la même écriture enfantine.

— Je peux le prendre avec moi, pour ce soir ?

Quand j'ai levé la tête, Vislosky a semblé jongler avec l'idée.

— Je signerai un bon de sortie, lui ai-je assuré. Et je respecterai votre satané protocole à la lettre.

Le téléphone posé sur son bureau a sonné. Elle l'a ignoré.

— Franchement, ai-je dit en agitant le petit journal. Avec toute l'hystérie qui entoure les cas de capno, vous croyez que vous aurez le temps de lire ça ?

— D'accord, a-t-elle dit en plissant ses yeux verts. Mais...

— Ouais, ouais, je sais.

Anne était devant le four, et elle imitait Janis Joplin en remuant le contenu d'une grande casserole. En m'entendant approcher, elle a chanté une dernière phrase de *Me & Bobby McGee* dans sa cuillère :

— *Windshield wipers slappin' time...*

Elle m'a tendu sa cuillère-micro.

— *I was holdin' Bobby's hand in mine...*, ai-je ajouté.

Puis ensemble, à peu près synchro :

— *We sang every song that driver knew*[1].

Nous avons éclaté de rire. Pour moi, c'était la première fois depuis bien longtemps.

1. « Les essuie-glaces battant la mesure... Je tenais la main de Bobby dans la mienne... Nous chantions toutes les chansons connues du chauffeur... »

J'ai posé mon sac à main et mon sac de voyage sur le comptoir.

— La nomade rentre avec le gibier, a dit Anne.

— Crevettes grillées et huîtres. Je suis passée par le Long Island Café.

— Excellent choix. Que ma chaudrée complètera agréablement.

Tandis qu'Anne versait la soupe dans les bols, j'ai mis le couvert et réparti les fruits de mer. Pendant le repas, je l'ai écoutée d'une oreille distraite me raconter ses malheurs, à base de cheval, d'ex-mari et de l'un de ses jumeaux. Ai émis des sons réconfortants aux moments adéquats.

— Bon, ai-je dit, pressée de changer de sujet. Dis-moi tout ce que tu as découvert sur le masque mortuaire.

Ayant fini de vider son sac, Anne est allée chercher une photo de *L'Inconnue* qu'elle avait téléchargée, la copie qu'elle avait faite du tirage de Beecroft, et a posé les deux sur la table. On était d'accord. Le doute n'était pas permis. C'était le même visage.

Anne s'est lancée dans un récit affreusement détaillé de sa quête du masque mortuaire. J'ai dûment acquiescé en casant une question de temps en temps, mais je n'avais pas le cœur à ça. Toutes les deux minutes, je regardais discrètement l'heure, pressée que j'étais d'ouvrir le journal d'Harmony.

Quand Anne en a eu fini, je l'ai assurée qu'elle avait, à n'en pas douter, fait un pas de géant. Et lui ai garanti que Polly Beecroft serait extatique.

— Mais comment comptes-tu prouver que Sybil Bouvier était la jeune femme de la Seine ? a-t-elle demandé d'un ton mélancolique.

— Ça va être compliqué, ai-je répondu.

— Ou découvrir comment elle a fini dans le fleuve ?

— Encore plus compliqué.

Tandis que nous ruminions cela en même temps que la dernière crevette, mon regard a dérivé vers les photos.

Une fois de plus, mon *Ça* m'a envoyé un discret coup de coude. Quoi ? Cette femme ne pouvait pas me rappeler quelqu'un, c'était impossible. Quel que soit son nom, quel qu'ait pu être son destin, elle était morte près d'un siècle avant ma naissance. Nos chemins n'auraient jamais pu se croiser.

— Comment va Ryan ?

J'avais parlé de l'accident avec Anne, au téléphone.

— Sa coupe de cheveux est nulle, mais il a retrouvé toute sa mobilité.

— Pour quelle raison un connard aurait-il pu vouloir vous rouler dessus ?

— Cette question fait présentement l'objet d'une enquête.

Je me suis bien gardée de faire allusion à la théorie de Claudel quant à savoir lequel de nous deux était la vraie cible.

— Tu as fait des progrès sur ton cold case ?

Je lui ai fait un bref compte rendu. Exhumation. ADN. Généalogie génétique. Dr Aubrey Sullivan Huger.

— Pourquoi ce déplacement à Nashville ?

Là encore, résumé succinct : Digger France. Harmony Boatwright. Amity House. MMM. Amie Internet canadienne. Journal intime.

— Comment tu es venue ici depuis Nashville ?

— En voiture, avec l'inspectrice responsable de l'enquête de Charleston.

— Vous n'avez pas mis trop longtemps ?

— Un millénaire et demi.

Le temps que je réussisse à m'échapper, il était 21 h 15.

En haut dans ma chambre, j'ai pris une douche rapide, grimpé dans mon lit et téléphoné à Ryan.

Je suis tombée sur sa boîte vocale. Ai laissé un court message.

Au-delà des portes-fenêtres, l'océan était calme. Dans ma poitrine, la situation était tout autre. J'ai ouvert le journal intime et senti mon cœur battre deux fois plus vite.

La première page était datée du 2 janvier 2017. L'écriture était concise et directe. Harmony expliquait que ce journal était un cadeau, qu'elle essaierait de le tenir mais qu'elle n'était pas sûre que l'écriture soit son truc. Elle l'avait surnommé « Jo ».

Pendant un moment, elle s'était contentée de brefs récits de ses activités de la journée. Et puis les épanchements s'accéléraient. Affichaient plus de créativité.

Et, à mon grand désarroi, devenaient plus cryptiques.

Son style, celui d'une conversation directe avec son « Cher Jo », son confident fictif, évoluait en un jargon d'ado et d'abréviations de textos. Une régression ?

Je connaissais certains des acronymes. *BFF. OMG. YOLO. MDR. WTF.*

D'autres me laissaient perplexe.

N'ayant pas de mâcheurs de chewing-gum sous la main pour me les traduire, je me suis dégoté un dico d'argot ado en ligne.

DSL : désolé. *OSEF* : on s'en fout. *KAWAII* : mignon. *F2f* : face à face.

Page après page, les réflexions d'Harmony révélaient sa personnalité. Elle avait écrit : *L'école, c'est franchement basique.* Lire : rasoir. *dm m'a dit un truc totalement d1g.* Lire : fou. *st PT 2day.* Traduction : se la pétait aujourd'hui. *es a fait une crise d'émo à la cafèt.* Comprendre : elle en a fait des tonnes à la cafétéria.

Les gens étaient identifiés par des initiales en minuscules. J'ai ouvert un document Word et démarré une liste. *dm. st. es.*

P911 apparaissait beaucoup. Alerte parentale. Je me suis interrogée. Si Digger ne s'occupait guère de sa petite-fille, qui était cette figure d'autorité qui planait autour d'elle ?

Au fur et à mesure que je maîtrisais mieux le langage ado, c'est allé plus vite. J'ai lu en diagonale des jours et des semaines d'angoisses typiques de la jeunesse. *Est-ce que ma coupe de cheveux déchire trop (ou trop pas ?) ? Papy est un enfoiré de première !* Et la plus populaire à toutes les époques : *Je crois que ak a un crush sur moi !*

Mais certaines des angoisses d'Harmony étaient bien moins classiques. De toute évidence, sa mère lui manquait désespérément. Le nom de Bonnie Bird, le seul qui n'apparaissait jamais en abrégé, revenait souvent.

La première référence à MMM.com apparaissait le 4 mars 2017, au cours d'un séjour à Amity House. Ensuite, le site était mentionné à intervalles irréguliers, s'intercalant avec l'habituel babillage quotidien.

Harmony décrivait occasionnellement ses interactions avec d'autres visiteurs de MMM, dans des passages parfois vibrants d'espoir, parfois noirs de désespoir. De temps en temps, elle citait des noms d'utilisateurs spécifiques. *kerrydo. maplehope. safarisam. nowimfound.*

maplehope ? La jeune fille canadienne ?

maplehope commençait à apparaître régulièrement à la fin du mois de mars. Harmony ne donnait pas beaucoup de détails, juste que *maplehope* cherchait elle aussi sa mère.

L'écriture était petite et serrée, l'encre avait pâli et coulé par endroits. Arrivée page 40, j'avais l'impression d'avoir du sable dans les yeux et je sentais que ça commençait à palpiter derrière mon os frontal.

Il était 23 h 50.

Toujours pas d'appel de Ryan.

Vu ce que j'avais dit à Vislosky sur le fait que, contrairement à elle, j'avais du temps libre, je ne pouvais pas laisser tomber.

Je me suis levée, j'ai avalé deux aspirines et me suis replongée dans le journal.

Les initiales *lc* apparaissaient pour la première fois le 10 avril 2017. Harmony et *maplehope* s'étaient déconnectées de la *chat room* et avaient échangé leurs noms.

lc ?

Lena C. ?

Ça m'a pris encore cinquante minutes. Puis je me suis redressée brusquement, la sensation de sable et la migraine oubliées.

14 mai 2017. Harmony et *lc* échangeaient régulièrement des e-mails et des textos depuis un mois. Harmony avait consacré une pleine page à sa nouvelle amie Internet, *lc*.

Lena Chalamet.

— Oh bon sang !

Je me suis figée, l'oreille tendue pour savoir si mon éclat de voix avait réveillé Anne. Tout était silencieux dans la maison.

À la lecture du passage suivant, mon pouls s'est emballé.

Lena Chalamet avait dit à Harmony qu'elle avait dix-huit ans. Qu'elle vivait à Laval, une ville pas très loin de Montréal. En 2002, quand elle avait trois ans, sa mère Mélanie et sa sœur Ella avaient disparu sans laisser de traces. Mélanie avait alors trente-deux ans et Ella dix. Lena avait consacré sa vie à chercher ce qui leur était arrivé.

Le 27 mai 2017, Harmony écrivait que l'attitude de Lena était tout à fait *déter*. Déterminée. Qu'elles avaient – Lena et elle – conclu un pacte : se soutenir l'une l'autre *à tout prix*. Et s'étaient juré de garder le secret *jusqu'à la mort*.

Le 17 juillet 2017, Harmony faisait allusion à une découverte de Lena. S'excusait de ne pas être libre de partager tous les *déts*. Détails.

Doux Jésus en survêt !

Tout collait. Les âges. L'époque de la disparition. La localisation.

Mélanie et Ella Chalamet étaient-elles les victimes du conteneur de Montréal ? Lena était-elle l'autre fille de Mélanie ?

Lena Chalamet et Harmony Boatwright étaient-elles les victimes du conteneur de Charleston ?

Allais-je pouvoir enfin mettre un nom sur leurs restes ?

Il était 2 h 14 du matin. Bien trop tard pour appeler qui que ce soit.

Je me suis jetée sur mon ordi et j'ai envoyé un e-mail à Ryan. Un autre à Vislosky.

Puis je me suis remise au lit.

Incapable de dormir, le cerveau en ébullition.

Polly Beecroft.

Sybil Bouvier.

Bouvier avait disparu près d'un siècle plus tôt. Et pourtant, Beecroft cherchait toujours des réponses.

Mélanie, Ella et Lena Chalamet. Harmony Boatwright.

Pourquoi personne n'avait continué à les chercher ?

26.

Samedi 13 novembre

Bon, j'allais me débarrasser de ce didgeridoo.

Avant de répondre, j'ai vérifié le nom de l'appelant. Et l'heure : 8 h 15.

— Dis-moi que tu l'as trouvée ? ai-je demandé, sans chercher à masquer ma somnolence.

— Je l'ai trouvée.

— Vraiment ?

Instantanément tout à fait réveillée.

— Je vais au petit poil. Et toi, ma libellule, comment te portes-tu ce matin ?

— Ça boume. (J'ai empilé les oreillers et me suis calée dessus.) Tu as trouvé Lena Chalamet ?

— Je crois que Birdie file un mauvais coton.

— Oh non. Qu'est-ce qui cloche ?

— C'est en partie ma faute. On est allés se taper une dernière bière chez Hurley's, hier soir. Il a descendu trois pintes de Guiness avant que je m'en rende compte.

— MDR, ai-je lancé en secouant la tête, les yeux levés au ciel.

En pure perte, vu que Ryan ne me voyait pas.

— Pardon ?

— Morte de rire.

— Mais tu as quel âge ? Douze ans ?

— Tu me parles de Lena ?

— La gamine a eu un départ difficile dans la vie.

— Commence par le commencement.

— Je ne connais pas le commencement.

— Ryan, il est trop tôt…

— Il n'y a pas de certificat de naissance au nom de Lena Chalamet, ni au Québec ni dans les autres provinces, en tout cas, je n'en ai pas trouvé. Je soupçonne qu'elle est née ailleurs qu'au Canada.

— Un dossier d'immigration ?

— Non.

— Et pour Mélanie et Ella ?

— Même chose. Aucune trace de papiers, rien du tout.

— C'est bizarre.

— Oui.

— Bon. Alors, qu'est-ce que tu sais ?

— En 2002, une Lena Chalamet a été confiée aux bons soins des services de protection de l'enfance. Et elle a intégré le système de placement en famille d'accueil.

— Quel âge avait-elle ?

— Trois ans.

Née en 1999. Ça correspondait avec l'âge que j'avais estimé pour la plus âgée des victimes de Charleston.

— Un rapide coup d'œil au dossier de la Protection de l'enfance de Lena…

— Comment as-tu réussi à l'obtenir sans mandat ?

— Grâce à mon charme juvénile et mon physique avantageux.

J'ai levé les yeux au ciel, pour la énième fois.

— Apparemment, la gamine était une fugueuse chronique, et elle est passée de famille en famille avant de finir par disparaître du radar.

— Quand ça ?

— Vers 2015.

— Et la Protection de l'enfance ne s'en est pas inquiétée ?

— Au Québec, les travailleurs sociaux sont débordés et sous-payés.

C'était vrai partout. Quand même. Elle n'avait que seize ans.

J'ai retenu ma langue.

— Le dossier s'arrête juste après ça, a dit Ryan.

— Continue de creuser.

— J'y compte bien.

Le didgeridoo s'est remis à gazouiller à 9 h 07. J'étais dans la cuisine en train de boire un café en faisant griller un bagel. J'ai présumé qu'Anne dormait toujours.

Vislosky.

Je l'ai briefée sur le journal intime. Sur Lena Chalamet.

Elle ne m'a pas interrompue. Je dois lui rendre ça, elle a une écoute formidable.

— J'ai envoyé l'échantillon de salive au labo, a dit Vislosky quand j'en ai eu terminé.

— Bien, ai-je répondu en espérant que la procédure serait rapide. J'ai des gens qui s'occupent de Chalamet du côté de Montréal.

— Le biologiste marin de l'Université de Charleston a finalement envoyé son rapport. C'est pas le crapaud le plus rapide de l'étang, comme on dit par chez moi.

— Qu'est-ce qu'il raconte ?

— Pas grand-chose.

— Vous m'envoyez ses conclusions ?

— Ce sera fait.

Ryan a rappelé vers 10 heures.

— Il semblerait que Lena ait choisi de vivre à la dure.

— Pas évident, l'hiver, à Montréal.

— Les jeunes de la rue ne sont pas tous des anges, et la plupart n'étaient pas là, à l'époque. Mais un courageux petit Einstein se souvient vaguement d'une Lena qui avait de vilaines dents.

— Où ça ?

— Il dit que pendant un temps, elle traînait dans le centre-ville. Rue Crescent, Bishop, Sainte-Catherine, boulevard de Maisonneuve.

— La zone autour de l'Université Concordia.

— C'est ça.

— Quand l'a-t-il vue pour la dernière fois ?

— D'après lui, ça ferait trois ans.

— Quoi d'autre ?

— Elle avait l'habitude de se faufiler dans la bibliothèque de Concordia pour utiliser les ordinateurs.

— Ils n'ont pas de sécurité pour en empêcher l'accès aux personnes venues de l'extérieur ?

— Elle avait piqué la carte d'un étudiant.

— Autre chose ?

— Elle était très grande.

— Sacré nom d'un chien !

— Je ne saurais mieux dire.

— Tu as trouvé des traces de l'entrée de Lena aux États-Unis vers 2018 ?

— Je creuse toujours la question. Mais je doute qu'elle ait franchi légalement la frontière, vu qu'elle n'avait pas de passeport.

— J'apprécie vraiment que tu m'aides sur ce coup, Ryan.

— Moi aussi, j'avais bossé sur l'affaire de Saint-Anicet. Et puis j'ai un peu de temps libre, en ce moment.

En raccrochant, je me suis interrogée sur la véritable raison de sa motivation. Était-ce que nous n'avions pas réussi à tourner la page de l'affaire des victimes du conteneur ?

Ou Ryan soupçonnait-il un lien avec le délit de fuite sur l'avenue Laurier ?

Je me suis replongée dans le journal intime.

Vingt pages plus tard, je suis tombée sur une pépite.

Malgré son serment de garder le secret, Harmony ne parvenait pas à cacher son euphorie d'avoir obtenu une nouvelle info. Apparemment, elle considérait Jo comme digne de confiance.

J'ai dû relire plusieurs fois la ligne pour être certaine d'avoir bien compris. Une fois en me munissant d'une loupe.

WTF ? La mère de lc travaillait pour big pharma ? ? ? J'le calcule même pas ! ! ! On va checker ça grave ! ! !

L'entrée était datée du 25 août 2017.

J'ai appelé Ryan.

Il a décroché tout de suite.

— Elle le *quoi* même pas ?

— Elle est sciée.

— Quand elle dit qu'elles vont *checker* ça, ça veut dire qu'elles veulent aller vérifier l'info ?

— J'imagine.

On y a réfléchi tous les deux.

— Quand Lena a intégré le système de protection de l'enfance en 2002, où vivait-elle ? ai-je demandé.

— Une minute.

Je ne sais pas ce que Ryan trafiquait, mais ça a pris des plombes.

— Laval.

— Y a pas une tonne d'entreprises biopharmaceutiques, dans ce coin ?

— Une flopée, en effet.

Ryan a rappelé vers midi, annoncé par Unified Theory en guise de sonnerie. Je trouvais que la voix de Chris Shinn chantant *A.M. Radio* remplaçait avantageusement le didgeridoo.

— Laval grouille de boîtes de biotech et de Big Pharma. Roche. Corealis Pharma. Biodextris. Beaucoup d'entreprises sont situées dans un centre de recherche et de développement appelé Cité de la Biotech.

— La Cité de la Biotech, hein ? C'est accrocheur.

— Z'ont sûrement raqué 1 million de dollars à un génie du marketing pour trouver ça.

— Il se passe quoi, là-bas ?

— Fabrication. Tests. Recherche et développement. Tout ce qui touche à la technologie de la santé. Tiens-toi bien. La Cité de la Biotech couvre environ un million de mètres carrés.

— C'est gros.

— Très gros. Tellement gros que…

— J'ai pigé.

— La Cité est située au sein du Parc scientifique et de haute technologie de Laval qui a ouvert en 1986. Dans…

— J'ai besoin de l'historique complet ?

Grincheuse, je sais. Mais j'avais hâte d'entendre ce qu'il avait à dire sur Lena Chalamet.

— Un peu de patience, mon petit sucre. Plus tard est arrivé un investissement de 250 millions de dollars, en partie de fonds gouvernementaux, en partie du secteur privé. Il en a résulté une expansion majeure et une augmentation des embauches.

— Et… ?

— Cette expansion a commencé dans les années 2000-2001.

J'ai compris où Ryan voulait en venir.

— L'une de ces entreprises a embauché Mélanie Chalamet, ai-je supposé.

— Oui, m'dame.

— Laquelle ?
— InovoVax.
— Jamais entendu parler.
— C'est pas Merck ou Pfizer, mais relativement gros quand même.
— Que font-ils ?
J'ai entendu les pages tourner.
— Ils fabriquent des vaccins. Apparemment, ils testent des méthodes dernier cri qui utilisent l'ARN messager.
— Tu as bien dit « dernier cri » ? On est en 1920, ou quoi ?
— Des techniques de pointe ?
— C'est déjà mieux. Tu as trouvé quelqu'un qui se souvient de Mélanie ?
— J'ai trouvé quelqu'un qui est disposé à fouiller dans les vieux dossiers du personnel.
— Elle y a travaillé longtemps ?
— Tu es prête ?
Je l'étais.
— Mélanie Chalamet a été licenciée moins de deux ans après avoir été engagée.
— Pourquoi ?
— Le dossier ne le dit pas.
— C'était en 2002 ?
— Oui.
— L'année où Lena a intégré la Protection de l'enfance.
— Précisément.
— Sacré bon *sang*.
— Sacré bon *sang*.
— On fait quoi maintenant ?
— Lundi matin, j'irai à Laval.
— Je veux y aller avec toi.
La même réponse impulsive qui m'avait fait atterrir à Nashville.

— Et Anne ?

— Je lui offrirai une bouteille de chardonnay hors de prix.

— Birdie va être enchanté de te voir.

— Où est-il ?

— Sur le canapé, avec un linge humide sur la tête.

27.

Lundi 15 novembre

Située à quelques minutes de l'île de Montréal, de l'autre côté de la rivière des Prairies, Laval est la plus grande ville de banlieue de Montréal. Elle occupe l'île Jésus et les îles Laval. La rivière des Mille-Îles en constitue la limite nord.

Plein d'îles. Plein de rivières.

Ryan et moi sommes arrivés à Laval le lundi matin à 9 h 15. Nous étions à la Cité de la Biotech peu après.

Le siège social d'InovoVax occupait une tour de douze étages donnant sur la rue, flanquée sur l'arrière d'une excroissance rectangulaire plus basse. La tour était une chose de verre et d'acier, l'aile, une boîte en ciment sans fenêtres. Le tout était posé au milieu d'un demi-hectare de terrain soigneusement aménagé, sans doute charmant en été, mais les tables de pique-nique étaient présentement vides, les arbres noirs et nus, la pelouse brunâtre, pelliculée de givre.

Il gelait à pierre fendre, et rien que d'aller de la Jeep de Ryan jusqu'à l'entrée de la tour, j'ai cru que j'allais y laisser mes orteils. Une température de -14 °C et un vent humide et glacé, venu de toutes les rivières, rendaient l'air irrespirable et vous cisaillaient la peau.

Ryan avait prévenu de notre arrivée. Nous avons franchi la sécurité conformément aux instructions et nous nous sommes présentés à l'accueil. Après avoir montré patte blanche et reçu des passes de visiteurs, nous avons attendu sur un canapé en cuir vert flanqué de palmiers en pot, à un bout du hall de réception.

La femme qu'on avait envoyée nous chercher était petite et revêche. Elle portait des lunettes percées, une blouse de labo blanche, des chaussures à semelles de crêpe tellement silencieuses que c'en était quasiment surnaturel et un badge accroché au cou par un cordon. *Mariette Plourde,* d'après le badge. Ce qu'elle a confirmé.

Au recensement de 2016, 20 % grosso modo de la population de Laval s'étaient déterminés comme anglophones. Mariette Plourde n'en faisait pas partie. Et elle parlait français avec un accent tellement prononcé que c'est à peine si je comprenais un mot de ce qu'elle racontait. J'ai localisé ses origines très en amont du fleuve.

Elle nous a fait passer devant une batterie d'ascenseurs puis, toujours au rez-de-chaussée, remonter un couloir immaculé qui aurait fait la fierté d'un bloc opératoire. Au bout d'une vingtaine de mètres, on nous a fait entrer dans un bureau spacieux, tout aussi incandescent de blancheur. Une plaque sur le côté de la porte annonçait *Service du personnel et Ressources humaines.*

Le carrelage gris brillant du sol nous faisait de l'œil. Trois murs disparaissaient derrière des étagères en plastique blanc, remplies de publications spécialisées. *The Journal of Pharmaceutical Analysis. BioPharm International. BioWorld. Applied Clinical Trials.*

Un ensemble table et chaises en chêne blond occupait presque entièrement le fond de la pièce. Dans le style scandinave lisse et anguleux, les chaises promettaient un rigoureux inconfort. Choisies pour cette raison ? Mon esprit a suscité l'image d'un postulant s'appliquant à ne pas trop gigoter.

À gauche de la porte était placé un bureau du même chêne blond dont la ligne exsudait la même absence de chaleur. La femme qui était assise derrière tâchait de paraître affairée à trier des documents. Avec un succès mitigé. Un bloc en acrylique gravé annonçait *Dora Eisenberg.*

— *Attendez ici,* a fait Plourde en nous désignant la table. *Le Dr Murray sera avec vous dans un instant.*

Très efficace. *Très* froid.

Nous avons choisi des chaises côte à côte, Ryan et moi, moi, tournée vers Dora Eisenberg – que j'ai supposée être une assistante administrative au service des ressources humaines – afin de pouvoir l'observer, mine de rien.

Eisenberg avait les cheveux bruns et bouclés, des seins lourds, encadrés par des épaules rondes et des bras gélatineux.

Percevant peut-être ma curiosité, elle a levé les yeux. Des yeux énormes derrière ses verres d'une épaisseur digne du télescope Hubble. Une rougeur a envahi ses joues comme du sang sur la neige. J'ai souri. Érubescence plus flamboyante encore, et elle m'a fait un petit signe du doigt avant de replonger le nez dans sa paperasse.

Ça a pris beaucoup plus qu'*un instant* avant que Murray ne fasse son apparition.

— Veuillez me pardonner de vous avoir fait attendre, a-t-il dit en anglais, en traversant la pièce, main tendue.

Tandis qu'il approchait, mon cerveau a pris un cliché.

L'homme n'était pas très grand, mais il avait le corps élancé, tonique, et l'échine si droite qu'elle aurait pu faire office de hampe de drapeau. Il affichait quelques heures au compteur, mais il avait le menton ferme, et ses cheveux gris argent – teints ? – évoquaient les ciseaux d'un coiffeur de luxe. Il avait au cou une chaîne en or qui aurait pu servir d'amarre au *Queen Mary,* et un saphir gros comme un bagel ornait l'un de ses doigts. J'ai situé son âge quelque part au nord de la cinquantaine.

Nous nous sommes levés et lui avons serré la pince chacun à notre tour. La poigne de Murray était d'une fermeté outrecuidante.

— Dr Arlo Murray. (On le savait.) Je suis le directeur. (On ne le savait pas.)

Ryan et moi nous sommes présentés.

— Je vous en prie. (Murray a tiré une chaise.) Mettez-vous à l'aise.

Mais bien sûr.

— La SQ, alors ? a-t-il dit à Ryan tandis que nous nous rasseyions.

— Pendant des années, a répondu celui-ci, omettant la partie retraite.

Murray n'a pas demandé à voir l'insigne de Ryan et ne m'a pas demandé mes qualifications.

— J'ai cru comprendre que vous aviez des questions au sujet d'une de nos anciennes employées. Puis-je vous en demander la raison ?

— Non, a lâché Ryan.

Murray a haussé les sourcils, mais sans faire de commentaire.

— Mélanie Chalamet, a poursuivi Ryan.

— C'est ce qu'on m'a dit.

En remarquant que Murray ignorait complètement Dora Eisenberg – même pas un signe de tête –, je me suis demandé s'il se comportait de cette façon avec tous ses subordonnés.

— J'ai ressorti son dossier, a dit Murray. Mais je ne peux pas vous dire grand-chose. Mlle Chalamet nous a rejoints en 2000, et elle n'est même pas restée deux ans chez nous.

— À quel poste ?

— Ce n'était qu'une technicienne de labo.

Il aurait aussi bien pu parler d'une limace trouvée sous une pierre retournée.

— Quelle est la formation requise à ce poste ?

— Elle devait avoir le niveau licence, je suppose.

Même ton dédaigneux.

— *De quelle institution ?* a insisté Ryan, en français, pour voir.

— Excusez-moi, je ne parle pas français.

— Et Mélanie ? a demandé Ryan, quelque peu cinglant.

Les francophones étaient toujours très irrités que les résidents installés au Québec depuis longtemps ne se donnent pas la peine d'apprendre la langue.

— *Oui*, a répondu Murray, sarcastique.

— Vous savez où elle avait obtenu son diplôme ?

— Une quelconque école aux États-Unis, a-t-il répondu, mi-interrogatif, mi-affirmatif. Je ne suis pas sûr. Ça fait tellement longtemps. Et ça ne figure pas dans son dossier.

— Elle était américaine ?

— Je l'ignore.

Derrière Ryan, j'ai remarqué qu'Eisenberg relevait soudain la tête, ses épais sourcils froncés au ras des verres de ses lunettes.

Un infime silence, et Ryan a esquissé un geste circulaire de la main avant de demander :

— Quelle est votre activité, ici ?

Murray s'est lancé dans ce qui ressemblait à un topo maintes fois répété.

— InovoVax se consacre au développement et à la fabrication de vaccins contre les maladies infectieuses. Nous sommes en première ligne de la recherche, l'un des rares labos à explorer la technologie ARNm. Êtes-vous au fait de la fabrication des vaccins ?

— Relativement au fait.

— Je n'en doute pas, a répondu Murray sur un ton suggérant le contraire. C'est nous qui produisons l'Influvax, le Penivax-B, l'Inov-3607, le VGGX-2812…

— Quelle est *votre* formation, docteur ?

— J'ai un doctorat en biologie moléculaire.

— Impressionnant.

— Merci.

— Depuis quand êtes-vous chez InovoVax ?

— Vingt et un ans.

— Vous avez donc commencé en même temps que Mlle Chalamet ?

— C'est possible, en effet.

— Je présume que vous n'étiez pas encore directeur, à l'époque ?

— J'étais chercheur.

— Mlle Chalamet était-elle l'une de vos laborantines ?

— Nous travaillions dans des départements séparés.

— Que pouvez-vous dire à son sujet ?

— J'ai déjà répondu à cette question, a-t-il fait avec un sourire condescendant. C'est une grosse entreprise, et elle se situait très en-dessous de moi niveau fiche de paie.

Le froncement de sourcils d'Eisenberg s'est accentué.

— Vous n'aviez aucune opinion sur elle ?

— Si je me base sur les très rares conversations que nous avons pu avoir, je dirais que c'était une femme amère et malheureuse.

— Pourquoi ?

Murray a haussé les épaules.

— Je me trompe peut-être complètement, mais j'ai cru comprendre que Mlle Chalamet envisageait de passer sa maîtrise, mais qu'elle avait dû arrêter parce qu'elle était tombée enceinte. Je pense qu'elle en voulait à ceux d'entre nous qui avaient terminé leurs études et bénéficiaient, par conséquent, de davantage de responsabilités et d'un meilleur salaire.

— Pourquoi a-t-elle démissionné ?

— Elle n'a pas démissionné. Elle a été licenciée.

— Pourquoi ?

— Classique. Une jeune femme, trop de distractions…

— Quel genre de distractions ?

Cela demandé avec froideur. Ryan n'appréciait pas l'arrogance de Murray.

— Ça fait très très longtemps, inspecteur.

— Cherchez un peu.

— Je suis sûr qu'elle s'est fait renvoyer pour avoir échoué à faire ce que l'on attendait d'elle.

— Qu'est-ce que ça veut dire ? a insisté Ryan.

— Elle était incompétente. C'est ce que vous voulez entendre ?

— C'est vous qui l'avez virée ?

Là, il frappait en dessous de la ceinture. C'était violent.

Murray s'est calé dans son fauteuil, jouant le rôle de l'innocent insulté.

— Je ne vous ai pas accordé ce rendez-vous pour me faire harceler.

— Et pourquoi avez-vous accepté ? Un sous-fifre aurait parfaitement pu gérer quelque chose d'aussi ordinaire.

— À quelle division avez-vous dit que vous apparteniez, inspecteur ?

— Je ne l'ai pas dit.

— Je crains d'avoir à vous demander une pièce d'identité, a lâché Murray avec raideur.

— Dommage. J'ai rendu mon badge l'année dernière.

— Vous ne faites officiellement plus partie de la police ?

Une rougeur a envahi son cou. Gêne ? Colère ?

Ryan a souri, très, très impassible.

Murray s'est levé, chacune de ses vertèbres s'alignant parfaitement.

— On a fini.

— Une dernière question, doc, a poursuivi Ryan pendant que nous nous levions. En tant que bon citoyen, socialement responsable…

Murray l'a foudroyé du regard, mais ne s'est pas éloigné.

— Quand Mlle Chalamet a cessé de travailler ici, où est-elle allée ?

— Je n'en ai pas la moindre idée.

Eisenberg a de nouveau relevé le menton et son regard a cherché le mien.

Elle secouait lentement la tête.

En traversant le parking, j'ai décrit l'étrange réaction d'Eisenberg, ce qui n'était pas un exercice facile, mes lèvres et mes joues étant engourdies par le vent glacial.

Ryan était silencieux derrière son cache-col.

— Je lui ai glissé ma carte, ai-je dit dans le nuage de vapeur givrée sortant de ma bouche.

— Tu crois qu'elle appellera ?

J'ai haussé les épaules. Comment savoir ?

Une fois dans la Jeep, Ryan a demandé :

— On lui laisse cinq minutes ?

— Absolument.

— Que penses-tu de Murray ?

— Un connard prétentiard.

— Jolie allitération.

— Merci.

— Autre chose ? a risqué Ryan.

— Chalamet et lui travaillaient dans des divisions différentes, à l'époque, et pourtant, il a l'air de savoir quand même deux ou trois choses à son sujet. La raison pour laquelle elle a arrêté la fac, par exemple.

— Je me suis fait la même réflexion.

— En dehors de ça, le gars ne nous a été rigoureusement d'aucune aide.

— Exactement. Mais pourquoi ?

Le moteur tournait, le chauffage faisait de son mieux, malgré ça, nous étions frigorifiés.

— Ça *fait* presque vingt ans. Et InovoVax *est* une grosse boîte. Peut-être que c'est vrai quand il dit qu'il ne se rappelle pas grand-chose au sujet de Chalamet. Qu'en penses-tu ?

— J'ai entendu pas mal de manœuvres de contournement dans ma vie, mais celles que ce Murray a déployées sortent carrément du lot. Ce que je ne pige pas, c'est pourquoi ce besoin de rester aussi évasif sur des détails mineurs ?

— J'ai cru percevoir que tu n'appréciais pas beaucoup le gars.

— Pas du tout, même.

— Pourquoi ?

— J'ai l'impression viscérale qu'il y a du louche là-dedans.

J'ai regardé Ryan. Ses joues rouges de froid faisaient ressortir son regard bleu laser. Une combinaison réussie. J'ai plié et déplié les doigts pour encourager la circulation – ou peut-être simplement pour canaliser une énergie fébrile.

— Je ne sais pas où caser Murray dans l'histoire, s'il est bien dedans. Mais je suis convaincue que Mélanie et Ella Chalamet sont les victimes du conteneur de Montréal.

Ryan allait me répondre quand mon téléphone a bipé, annonçant l'arrivée d'un texto.

— Eisenberg ? a-t-il demandé.

— Oui.

J'ai lu son message à haute voix, et mes réponses au fur et à mesure que je les tapais.

DE : *J'ai quelque chose à vous dire, mais je ne peux pas parler ici.*

TB : *On se voit ?*

DE : *Oui.*

TB : *Où ? Quand ?*

DE : *Le Tim Hortons. Boulevard Chomedey. Midi.*

J'ai regardé Ryan.

Il embrayait déjà.

TB : *On y sera.*

Les coffee-shops Tim Hortons ont ceci de commun avec les cliniques dentaires qu'ils sont prévisibles, fiables et sans surprises. Celui-ci occupait l'angle d'un centre commercial dépourvu d'originalité.

Un auvent rouge couronné de la signature familière de Tim coiffait l'entrée. À l'intérieur, un menu lumineux fixé au mur derrière un long comptoir en formica annonçait le programme. Sous le comptoir, une vitrine présentait un assortiment de sandwichs et de pâtisseries.

Trois des tables étaient occupées. Une mère avec un enfant tartiné de chocolat dans sa poussette. Un trio d'ouvriers en parkas, bottes et casquettes à oreillettes. Deux femmes en blouse médicale, toutes deux l'air exténué et sortant d'une garde de nuit.

Pendant que Ryan allait nous chercher des cafés et des donuts, j'ai choisi la table la plus éloignée des autres clients. Eisenberg m'avait paru nerveuse. Je ne voulais pas la faire fuir.

Ryan est revenu avec trois gobelets rouges avec couverts et un sachet. Il posait les cafés sur la table quand Eisenberg a poussé la porte, habillée comme un trappeur de retour du Klondike. Par bonheur, la toque, les gants et le manteau long en imitation fourrure n'avaient pas coûté la vie à un seul animal.

Eisenberg a parcouru l'endroit d'un regard d'aigle et s'est empressée de nous rejoindre, les talons de ses bottes claquant comme du pop-corn dans une casserole.

— Merci infiniment de nous voir.

Je m'étais mise d'accord avec Ryan : c'est moi qui piloterais la discussion.

— Ce n'est pas juste, a commencé Eisenberg, visiblement agitée.

— J'espère que vous buvez du café, Dora, ai-je dit en indiquant les gobelets. Je peux vous appeler Dora ?

— Je ne peux pas rester longtemps.

Eisenberg s'est assise sur l'une des chaises libres. Quand elle a haussé les épaules, un tsunami d'odeurs s'est échappé de ses hectares de fausse fourrure et a dérivé dans ma direction. En faisant de mon mieux pour rester zen, j'ai ouvert le sachet de donuts et le lui ai présenté. Elle en a choisi un aux pommes et un au miel.

Nous avons attendu qu'elle retire le couvercle de son gobelet et ajoute du sucre dans son café. Le touille. Le goûte. Y rajoute du sucre. Remette le couvercle. Mange le beignet au miel.

Finalement, je me suis lancée.

— Vous travaillez aux ressources humaines, chez InovoVax ?

Elle a hoché la tête. Pris une bouchée de son beignet aux pommes. Une grosse bouchée.

— Il y a longtemps que vous êtes dans cette entreprise ?

— Vingt-cinq ans, a-t-elle répondu la bouche pleine de pâte sucrée. Avant qu'on s'installe à Laval.

— Vous avez connu Mélanie Chalamet ?

Son regard a filé se poser sur Ryan.

— Ce n'est pas un vrai policier ? Je ne suis pas sûre d'avoir raison de vous parler.

— L'inspecteur Ryan est enquêteur assermenté, ai-je dit en prenant quelques libertés avec le titre.

— Et vous ?

— Je suis aussi enquêtrice.

Pour éviter de l'alarmer avec des mentions de labo ou de coroner.

— Est-il arrivé quelque chose à Mélanie ? Vous êtes sur une affaire classée ? J'ai vu des séries là-dessus à la télé.

— Hmm. Que pouvez-vous nous dire sur Mélanie ?

— Je peux vous dire que le Dr Murray vous a menti. Je connaissais Mélanie, je la connaissais bien. Vers la fin, il a fait de sa vie un enfer.

— Oh ?

Elle a secoué la tête comme précédemment, ce qui a un tantinet déplacé la toque en fourrure synthétique.

— Et Mélanie n'a pas été renvoyée. Absolument pas. Je serais prête à le jurer sur une pile de bibles.

Pensée soudaine :

— Vous avez accès aux dossiers du personnel de l'entreprise, Dora, n'est-ce pas ?

Eisenberg s'est léché un doigt et s'est mise à cueillir des petits cristaux de sucre sur la table.

— Vous avez ressorti le dossier de Mélanie ? ai-je tenté.

Le doigt s'est figé en l'air. Un moment d'hésitation, puis en baissant d'un ton pour s'assurer que nos seules oreilles pouvaient l'entendre :

— Il n'est plus là.
— Qui n'est plus là ?
J'étais larguée.
— Le dossier de Mélanie. Il a été effacé du système.

28.

Lundi 15 novembre

— Quand ça ?

— Hier soir.

— Vous savez qui l'a effacé ?

— Non.

— Qui a accès au système ?

— Plein de gens.

— C'est une procédure normale d'effacer des dossiers ? Disons, après un certain laps de temps ?

— Je ne crois pas. Je ne sais pas. Je n'ai jamais constaté une chose pareille.

Tandis qu'Eisenberg terminait le beignet aux pommes, nous avons échangé un regard, Ryan et moi. J'ai senti qu'il était aussi fébrile que moi.

— Que pouvez-vous nous dire sur Mélanie ? ai-je demandé après une courte pause.

— C'était vraiment quelqu'un de gentil.

— Pas malheureuse et amère comme l'a décrite le Dr Murray ?

Une légère hésitation, et puis :

— Mélanie n'appréciait pas qu'on soit sous-payées.

— En voulait-elle aux personnes plus diplômées qu'elle ?

Eisenberg a haussé une épaule, lentement, évasive.

— Étiez-vous amies ?

— Oui. En fait, on était plutôt des copines de travail. Mais pas que ça. Nos vies se ressemblaient un peu.

— Dans quel sens ?

Elle a rosi, rougi.

— Je n'étais pas mariée. Je ne le suis toujours pas. Mélanie était mère célibataire. On était toutes les deux jeunes et fauchées.

— Comment vous êtes-vous rencontrées ?

— Comme on ne pouvait pas se payer la cafétéria, on avait pris l'habitude d'apporter à manger de chez nous, et on s'installait dans la salle du personnel au premier étage. Je continue à le faire. Sauf que maintenant, ce n'est plus un problème d'argent, mais de colite. Je surveille mon alimentation.

— Quel âge avait Mélanie quand elle a quitté InovoVax ?

— Trente-deux ans, comme moi.

— Et ses enfants, quel âge avaient-ils ?

— Ella avait neuf ou dix ans. Une petite fille absolument adorable ! Le bébé commençait juste à marcher.

— Le nom du bébé ?

— Oh, là… Je n'ai rencontré les petits que deux ou trois fois. Mais Mélanie en parlait souvent, je devrais m'en souvenir…

J'ai retenu mon souffle.

— Je suis désolée. C'est juste que…

— Ça ne fait rien. Vous savez qui était le père ?

— Mélanie ne l'a jamais dit, mais je pense qu'il était américain.

— Pourquoi ?

— Parce qu'elle était elle-même une Américaine. Et le Dr Murray le sait très bien.

Cette dernière phrase ponctuée d'un véhément coup de doigt sur la table.

— C'est pour ça que vous dites qu'il a menti ?

— En partie, oui.

Eisenberg a eu l'air de se replier sur elle-même, peut-être pour retourner à une époque plus lointaine.

— Je vous écoute, ai-je doucement relancé.

— Mon Dieu. J'espère que ça ne va pas me retomber dessus. Je ne peux pas me permettre de perdre mon boulot. Par les temps qui courent, la plupart des entreprises recherchent des jeunes avec tout un tas de qualifications technologiques.

— Nous ne permettrons pas que ça arrive.

Une promesse en l'air ?

— Le Dr Murray était très dur avec Mélanie. Pas au début, mais au bout d'un moment.

— Comment cela ?

— Il était toujours en train de la harceler. Pas sexuellement. Comprenez-moi bien. (Une fois de plus, les joues pâles se sont embrasées.) Il lui faisait des reproches, il la critiquait. Il pinaillait sur tout, vous voyez le genre.

— Plus qu'avec les autres techniciens ?

— C'est ce qu'il nous semblait à tous.

— Pourquoi ça ?

— Je ne sais pas vraiment. Peut-être parce qu'elle parlait français et pas lui. Elle l'avait étudié à la fac, vous savez. Peut-être parce que le Dr Murray est un maniaque du boulot.

J'ai haussé un sourcil.

— Je ne me suis jamais retrouvée dans le bâtiment sans qu'il y soit. Enfin, presque jamais. Ah ça ! on peut parler de micro-management. Il est partout. Les labos R&D. Les chaînes de production. Les bureaux. Les quais de chargement. Et ça, à toute heure du jour ou de la nuit.

— Il travaille tard ?

— Quand l'entreprise est venue s'installer à Laval, j'ai dû enchaîner les heures sup pour faire migrer les données de l'ancien système dans le nouveau. Je suis souvent restée très tard. Le Dr Murray était fréquemment là. Et après le départ de Mélanie, il était *tout le temps* là.

— Pensez-vous que Mélanie a été renvoyée parce qu'elle ne manifestait pas assez d'enthousiasme dans son boulot ? Peut-être parce qu'elle ne voulait pas faire d'heures supplémentaires ?

— Mélanie était vraiment une grosse bosseuse. Et elle n'a pas été renvoyée. Enfin, dans la pratique, j'imagine que oui. En fin de compte.

— Je ne comprends pas.

— Elle a arrêté de venir, tout simplement.

— Quand ça ?

— À l'été 2002. Fin juillet, peut-être début août. C'était tout à fait inexplicable.

— Pourquoi dites-vous ça ?

— Mélanie me l'aurait dit si elle avait eu l'intention de partir. On se confiait l'une à l'autre. Et puis… (Une longue pause hésitante.) Ses options étaient encore plus limitées que les miennes.

— Que voulez-vous dire ?

— Je ne voudrais pas lui attirer des ennuis.

— Ça n'arrivera pas.

Ça, c'était une promesse facile à tenir.

Eisenberg s'est penchée en avant et a chuchoté :

— Mélanie était entrée illégalement au Canada.

— Comment a-t-elle pu travailler sans visa ? ai-je demandé en accordant mon niveau sonore à celui d'Eisenberg, *sotto voce.*

— Je ne connais pas tous les détails. Je ne dirais pas qu'elle était là en situation irrégulière, mais elle se faisait très discrète, ça c'est sûr, et elle utilisait un faux nom.

— Quel était son vrai nom ?

J'avais posé la question calmement, mais le cœur battant à se rompre.

Les épais verres de lunettes ont viré à gauche, puis à droite.

— Melanie Chalmers.

— Comment s'y prenait-elle pour passer inaperçue ?

— Elle avait une tante qui possédait un immeuble ici, à Laval. Une tante ou une grand-tante, je ne sais plus. En tout cas, quelqu'un de la famille. Elle lui louait un appart.

— Vous rappelez-vous le nom de cette personne ?

— Non. Désolée.

Merde !

Eisenberg avait l'air franchement navrée. Alors :

— Mais je me souviens de la maison. Elle était sur la rue Voltaire, en brique avec des volets verts, tout près de l'entrée d'un square.

— Vous savez par qui Mélanie avait obtenu son emploi chez InovoVax ?

— Elle faisait clairement comprendre que ce sujet était tabou. Top secret. Je vous en ai sûrement déjà trop dit.

Eisenberg s'est calée contre son dossier et s'est mise à tortiller sa pelure puante.

— Je pourrais vous poser encore deux ou trois questions, s'il vous plaît ?

Elle s'est figée.

— À l'époque, pour quelle raison avez-vous pensé que Mélanie avait démissionné ?

— J'ai présumé qu'elle ne supportait plus les remarques du Dr Murray.

— Où pensiez-vous qu'elle était allée ?

Eisenberg a baissé les yeux sur les gants qu'elle serrait entre ses doigts boudinés. Elle a soupiré. Quand elle a relevé les yeux, ils étaient humides d'émotion.

— Mélanie aimait ses enfants plus que tout au monde. Elle n'aurait jamais pris le risque de les mettre en danger. J'ai pensé qu'elle les avait ramenés aux États-Unis.

— Pourquoi partir si soudainement ?

— Ah ça, mystère.

La description d'Eisenberg nous a conduits à un petit immeuble à un étage et quatre appartements au coin de la rue Vallières et de la rue Voltaire. C'était une boîte de brique parmi une armada de boîtes toutes pareilles, sans rien de distinctif en dehors de quelques audaces dans le parement, les volets ou les garde-corps des balcons qui s'élançaient en tandem des fenêtres du rez-de-chaussée et du premier étage.

Ryan s'est arrêté le long du trottoir. Nous avons évalué l'environnement.

— Tristounet, a conclu Ryan.

— Ce n'est pas si mal, ai-je répondu.

— Toute la grâce d'un supermarché discount à Ipswich.

— Tu es déjà allé dans un supermarché discount à Ipswich ?

— Non, mais j'aime bien dire Ipswich.

— Les arbres sont jolis.

— Tout droit sortis d'*Architectural Digest.*

Il fallait reconnaître que Ryan n'avait pas complètement tort. L'ensemble n'avait rien du charme des quartiers anciens de Montréal. Pas de toits à pignon. Pas de façades de grès brun patiné par les ans. Pas d'escaliers en fer forgé escaladant capricieusement les façades. Ici, le leitmotiv était clairement la fonction plutôt que l'esthétique.

Nous sommes descendus de voiture et avons rapidement emprunté l'allée tracée au milieu d'une dalle de ciment qui aurait dû être une pelouse. Non loin de là se faisait entendre la rumeur continue des véhicules qui circulaient sur l'A 440.

La porte en acier même pas peinte n'était pas sécurisée. Nous avons traversé une petite entrée aussi peu attrayante que l'extérieur du bâtiment. Le mur de gauche accueillait quatre boîtes aux lettres, dont trois arboraient un nom protégé par un petit rectangle en plastique jaune.

— T. Sadoul. F. Sorg. T.Y. Chou, ai-je lu.

— Je mise sur Sorg, a dit Ryan.

— En espérant que Tatie n'est pas partie pour un monde meilleur, ai-je dit en appuyant sur le bouton.

Je m'attendais à entendre une voix gazouiller dans l'interphone. Au lieu de cela, c'est un *buzz* qui nous a répondu, et la serrure dans notre dos a cliqueté. Ryan a poussé la porte et nous avons grimpé une série de marches métalliques.

Il y avait deux appartements par palier. Le 2B était à droite. Des fleurs en plastique de couleurs vives étaient accrochées à la porte.

Ryan a frappé. Nous avons entendu du mouvement, mais personne n'a répondu.

Ryan a frappé de nouveau.

Toujours rien.

Le bouquet criard me faisait saigner les yeux. Des asters violets. Des soucis orange. Des tournesols noirs et jaunes.

Et, entre les tiges et les feuilles, un iris d'un bleu soutenu dans une mer rose veinée de rouge.

En cachant ma surprise, j'ai demandé :

— Madame Sorg ?

Le globe oculaire s'est pressé un peu plus contre le judas.

— Je m'appelle Temperance Brennan. Je suis avec le détective Andrew Ryan. Nous aimerions vous parler de Mélanie Chalamet.

— Foutez le camp, a fait une voix, en anglais.

J'ai refait une tentative, en français.

— *Va chier, mon tabarnac.*

Génial. Je venais de me faire insulter en deux langues.

Dissimulant un sourire, Ryan a joué des sourcils et pointé un doigt sur sa poitrine. Je lui ai abandonné le rôle principal, face au bouquet.

— Madame Sorg, nous sommes vraiment, vraiment désolés de nous présenter chez vous à l'improviste, a-t-il susurré, dégoulinant de charme et de courtoisie.

L'œil du judas a cligné.

— Nous ne vous dérangerons que quelques minutes.

A-t-il ajouté sur un ton si mielleux que je lui ai mentalement promis un assaut de caries.

— Je suis nue.

— Cela ne nous dérange pas d'attendre, a répondu Ryan impavide.

Tout cela sans battre d'un cil. J'ai admiré.

Immédiatement, un bruit de verrou qu'on tourne, aussitôt suivi d'un autre.

J'ai regardé Ryan, sidérée. Il a haussé les épaules.

La porte s'est ouverte.

Dans sa jeunesse, F. Sorg devait avoir à peu près la même taille que moi, mais une cyphose lui avait courbé l'échine, mettant son regard au niveau de ma poitrine. D'où la canne à côté d'elle.

— Merci infiniment d'accepter de nous parler.

Malgré sa nonchalance, Ryan a paru soulagé de voir la robe de chambre jaune pisse de la vieille dame. N'importe quelle tenue aurait fait l'affaire, ai-je soupçonné.

— Faudra parler fort. Mes oreilles sont foutues.

Ryan a monté le son.

— Merci infiniment…

— Dieu tout-puissant ! Je suis dure d'oreille, pas sourde.

Sorg a balancé sa tête sur le côté pour voir nos visages. S'est attardée sur celui de Ryan.

— En v'l'a-t-y pas un bel étalon.

— Madame Sorg…

— Je m'appelle Florence.

J'ai regardé Ryan baratiner Florence. La vieille femme avait une peau étonnamment ridée et ses cheveux blancs aux reflets bleutés offraient une vue bien dégagée de son cuir chevelu. Mais l'intensité de son regard suggérait un cerveau aussi affûté qu'un scalpel.

— Tu me mates, mon tout beau ?

— Nous aimerions vous parler de Mélanie Chalamet, a répondu Ryan, en s'en tenant à son sujet. Je crois savoir que vous êtes sa tante ?

— Qui vous a dit ça ?

— Dora Eisenberg.

— Ça me manque pas de plus voir cette grosse vache remonter mon allée en se dandinant.

— Il y a vingt ans de ça, Mélanie travaillait chez InovoVax, est-ce exact ?

— P'têt' bien.

— Elle habitait dans cet immeuble, avec ses enfants ?

— C'est possible.

— Ils sont partis soudainement en 2002 ?

— *Mon esti de tabarnac*, t'es idiot ou quoi ?

Sorg a fait pivoter sa tête vers moi, et retour vers Ryan, en gardant le même angle à 60°. Elle me faisait penser à une tortue.

— Je ne comprends pas, a dit Ryan.

— Elle est jamais partie, cette fille.
— Ah bon ?
— Bien sûr que non.
— Alors…, a commencé Ryan.
— Elle s'est fait trucider par un trouduc.

29.

Lundi 15 novembre

Sorg était une accumulatrice compulsive.

Des récipients Tupperware, des briques en carton, des paquets de journaux et de magazines s'alignaient des deux côtés de l'entrée. Il restait juste assez de place dans le salon, déjà petit, pour accueillir un ensemble canapé et deux fauteuils, une table basse et une vieille télévision.

Sorg a serpenté jusqu'au canapé et nous l'a indiqué d'un geste du coude. S'installant dans l'un des fauteuils, elle a levé la tête et nous a regardés de ses yeux d'un bleu céleste.

— Et vous savez qui a tué Mélanie ? a demandé Ryan tandis que nous prenions place.

— Quoi ? J'suis pas Nostradamus !

— Vous avez dit…

— Je sais ce que j'ai dit. Je voulais dire que cette fille se serait pas enfuie comme ça en abandonnant une de ses gamines. Elle a dû se faire zigouiller.

Une de ses gamines ? Lena ? Mon cœur a accéléré ses battements.

— C'est votre théorie personnelle ? a demandé Ryan.

— Vous en avez une meilleure ?

Hélas non.

Pendant que Ryan interrogeait Sorg, j'ai balayé rapidement la pièce du regard. Des cartons, des cuvettes et des objets de toutes sortes occupaient l'essentiel de l'espace – livres, cadres, coussins, vêtements pliés, poupées, animaux en peluche, petits appareils électroménagers. J'ai compté quatre planches à repasser, six mixeurs et onze balais. Heureusement, grâce à l'amplitude réduite de Sorg, les piles qui nous entouraient n'étaient pas d'une hauteur périlleuse.

— Vous êtes la tante de Mélanie ?

— J'ai quatre-vingt-quatorze ans, fiston.

— Vous ne les faites absolument pas, a susurré Ryan avec son sourire spécial enlève-ta-culotte-chérie.

— Bien sûr que si. Et j'ai mérité chacune de ces maudites rides. Et la bosse.

— Peut-être sa *grand*-tante ?

— Ça se pourrait bien. Je suis venue dans le Nord quand Dieu le Père en était encore à inventer les cailloux. Juste après la guerre. La grande. Je me suis jamais mise au français, sauf les gros mots. Je les ai tous appris. J'adore les gros mots québécois. Que des jurons à base de mots d'église !

— Venue dans le Nord depuis où ça ?

— Le Vermont. J'ai épousé un Montréalais. Ça a duré quarante et un ans. Puis le grand C. l'a emporté.

Ryan a hoché tristement la tête.

— Nous comprenons que Mélanie aussi était américaine, qu'elle est entrée illégalement au Canada et que son vrai nom était Melanie Chalmers.

— J'ai remarqué le temps que vous avez employé. Ça veut dire que j'avais raison et qu'elle est morte ?

— La Dre Brennan et moi-même sommes en train d'enquêter…

— Ça vous a pris deux décennies à vous autres crétins pour commencer à enquêter ?

Ryan a ignoré ça.

— Que pouvez-vous nous dire à propos de Melanie ?

Sorg a fermé les yeux et s'est plongée dans ses souvenirs.

— Elle était pas bête du tout, elle avait un diplôme de biologie qu'elle avait décroché aux États-Unis. Je sais plus quoi. (Un silence, le temps de fouiller dans sa mémoire.) Avant de venir là, elle avait travaillé pour une boîte appelée HGP.

— Vous savez comment elle était entrée chez InovoVax ?

— C'est un collègue influent qui l'avait recommandée. Elle m'en a pas dit plus long.

— Vous savez qui ?

— C'est vous qui êtes dur d'oreille, on dirait.

— Lui arrivait-il de parler d'un certain Arlo Murray ?

— *Esti.* Ce bâtard était une vraie épine dans le pied.

— Comment ça ?

— Il la harcelait au boulot. Un jour, ce gars a eu le culot de se pointer ici. Je les ai entendus se disputer à propos d'un certain Christian. Non… (Un doigt noueux a volé en l'air.) Christopher. Tous ces cris m'ont filé la cliche. Pas que j'écoutais exprès, hein.

— Que vouliez-vous dire quand vous avez affirmé qu'elle n'aurait pas abandonné l'une de ses filles ? ai-je demandé.

— Ce que j'ai dit, exactement. Qu'elle n'aurait pas foutu le camp sans la cadette.

— Lena ?

Le sang s'est mis à rugir dans mes veines.

— Non, Shirley Temple.

Je me suis contentée de la regarder.

— Ouais, sacré bon sang, Lena. Pauvre petite chose livrée à elle-même.

— Vous pouvez me raconter ce qui s'est passé ?

— Y a pas grand-chose à en dire. Elle a laissé Lena chez la gardienne et elle est partie faire des courses avec Ella.

Je crois que la petite avait besoin de chaussures. Ou d'un short.

— Et ?

— Elle n'est jamais revenue.

— Qui était la gardienne ?

— Sabine Esnault. Je la connaissais de mon groupe de canasta. Têtue comme un manche de pioche. Pas grave. Elle est morte depuis. Le grand C., elle aussi. Partie en six mois. Une vraie saloperie, le cancer.

— C'est elle qui a confié la petite aux services de protection de l'enfance ?

— Vous insinuez que j'aurais dû la prendre en charge ? J'avais soixante-quinze ans, *tabarnac.*

— Pas du tout. Je tente juste d'établir les faits.

Sorg m'a foudroyée du regard. On aurait dit une tortue furibarde en robe de chambre.

— J'ai cru comprendre que Lena a souvent changé de famille d'accueil ? Vous avez suivi ses déplacements ?

— Pas vraiment, non. Je dois dire que je me sens un peu coupable.

— Vous l'avez revue ?

— Elle est venue ici deux fois. La première, il y a cinq ou six ans. Elle avait appris qu'on était parentes. J'imagine qu'à partir de seize ans, vous avez le droit de regarder votre dossier. Ou elle l'avait volé. Je sais pas. En tout cas, elle était assise à votre place.

— Que voulait-elle ?

Sorg a expulsé une bouffée d'air à travers ses lèvres craquelées.

— À votre avis ? Ma recette de poutine ? Elle voulait des infos sur sa mère et sa sœur, évidemment. J'ai pas pu lui dire grand-chose. Elles étaient restées qu'un an, toutes les trois. La seconde visite, c'était peut-être deux ans plus tard.

Elle avait essayé de tirer les vers du nez de ce merdeux de collègue.

— Arlo Murray ?

— Il l'avait envoyée péter. Mais pourquoi faire une chose pareille ?

Bonne question, Florence.

— Je vais vous dire pourquoi. (Une nouvelle fois, le doigt noueux s'est envolé pour souligner son propos.) Je parie la peau de mon cul que c'est lui qui l'a zigouillée.

J'ai décidé de changer de braquet.

— Melanie a-t-elle laissé des affaires, dans sa chambre ?

— Pas grand-chose. Des vêtements, quelques jouets, un vélo, un appareil photo. Elle louait meublé, vous savez. C'est mon immeuble, et il a bien fallu que je vide l'appart.

— Qu'avez-vous fait de ces objets ?

— Sont quelque part par-là.

— Pensez-vous que vous pourriez mettre la main dessus ?

— 'Videmment, j'suis pas débile.

Sorg s'est relevée en grognant et s'est dirigée en traînant les pieds vers l'une des deux portes fermées au fond de l'appartement. Quand elle a ouvert celle de gauche, on a aperçu un étroit passage entre d'imposants monticules d'ordures.

— Là.

Elle nous a indiqué une tonne de cartons empilés sur deux mètres de profondeur et six de hauteur entre un mur et un lit sur lequel était entassé tout un bric-à-brac.

— Troisième à partir du bas, deuxième rangée.

— Peut-on déplacer…, a commencé Ryan avec très peu d'enthousiasme.

— Faites comme chez vous.

Ce que nous avons fait. Pendant quarante minutes. Mes capteurs de claustrophobie en niveau d'alerte maximale.

Les cartons n'ont révélé qu'un seul élément potentiellement intéressant, un dossier en carton étiqueté *InovoVax*.

Nous avons retrouvé Sorg dans le salon, en train de regarder une rediffusion de *Cheers*, le volume monté sur mille décibels.

— Pouvons-nous garder ça ? ai-je hurlé en brandissant le dossier.

— C'est bon, a-t-elle répondu, captivée par un échange entre Norm et Cliff.

— Il y avait un vieux caméscope dans un des cartons, mais nous n'avons pas vu de cassettes vidéo.

Un tonnerre de rires enregistrés a oblitéré la réponse.

— Pardon ?

Le feuilleton a laissé la place à la coupure pub.

Sorg a pivoté la tête vers nous.

— Des cassettes vidéo ?

J'ai hoché la tête.

— Elles étaient dans le tiroir de la cuisine.

— Et ?

— La deuxième fois que Lena est venue, je les lui ai données.

— C'est quoi, la *cliche* ?

— C'est *ta* langue maternelle.

— Petite vieille grincheuse.

— Mais pas débile.

Pendant que Ryan conduisait, j'ai commencé à réfléchir à haute voix, en résumant ce que nous savions et, plus important, ce que nous ne savions pas.

— En 2000, Melanie Chalmers se fait appeler Mélanie Chalamet. Elle vit avec ses filles, sinon dans la clandestinité, du moins à sa périphérie. À part Sorg, et peut-être Eisenberg, elles n'avaient ni famille ni amis proches.

— Ce qui explique pourquoi personne n'a signalé leur disparition, a dit Ryan. Et pourquoi on ne trouve trace d'elles nulle part malgré toutes nos recherches.

— À ton avis, qui est ce Christopher ?

— C'est la première fois que ce nom fait surface.

— Qu'est-ce qui a pu énerver autant Murray pour qu'il vienne chez elle l'engueuler à propos d'un dénommé Christopher ?

Ryan n'a fait aucune spéculation.

J'ai repris ma chronologie.

— Melanie disparaît en 2002. Tout le monde pense qu'elle a quitté le Canada, mais ce n'est pas le cas. Elle et sa fille Ella sont assassinées, leurs corps enfouis dans un conteneur en polypropylène. Lena entre dans le système de protection de l'enfance. En 2006, le conteneur est rejeté par le fleuve à Saint-Anicet.

Les questions rebondissaient dans mon crâne comme des billes de flipper.

— Pourquoi Melanie s'est-elle installée au Québec ? D'où venait-elle ? Du Vermont ? Qui lui avait obtenu le poste chez InovoVax ?

— Je vais enquêter sur tout ça.

— D'après Sorg et Eisenberg, il y avait de la tension entre Melanie et Murray.

— À cause de ce Christopher, peut-être ?

— Quel que soit ce Christopher. C'est drôle qu'Eisenberg ne nous en ait pas parlé.

— Je vais demander les dossiers des salariés d'InovoVax jusqu'en 2000.

— Je suis certaine que Murray va s'empresser de te rendre ce service.

— S'il fait obstruction, je demanderai un mandat à Claudel.

J'ai repris le fil des événements.

— En 2015, Lena a seize ans et peut accéder à son dossier. Elle retrouve Sorg et exige des infos sur sa mère et sa sœur. Sorg lui parle d'InovoVax, de Murray et de Christopher, et lui donne les cassettes vidéo. Lena va voir Murray, mais il refuse de l'aider. Pourquoi ?

— Parce que c'est un connard arrogant, ou parce qu'il y a des trucs qu'il n'a pas envie qu'elle sache ?

— À peu près au même moment, Lena dit à Harmony Boatwright qu'elle a fait une percée dans sa quête. Elle va à Charleston où Harmony la rejoint.

— Pourquoi Charleston ?

— Bonne question.

Que je m'étais posée un milliard de fois. Quel était le lien entre Montréal et Charleston ?

— Lena et Harmony sont tuées d'une balle dans la tête, tout comme Melanie et Ella, ai-je continué. Cette année, en raison de l'ouragan, l'océan rend leurs corps.

Pensée soudaine. Je me suis tournée vers Ryan.

— Les quatre victimes ont été jetées dans un conteneur de déchets médicaux. Ce genre de conteneurs doit pulluler dans un endroit comme InovoVax.

— Oui.

Ça, dans le genre « je ne me mouille pas »...

— Eisenberg dit que le dossier de Melanie a été effacé du système informatique d'InovoVax. Pourquoi ?

— C'est peut-être la procédure habituelle.

— Ou ça a été fait pour couvrir les traces de quelqu'un.

— Qui ?

— Bonne question. (Décidément, je disais beaucoup ça.) Tu crois que Sorg pourrait avoir raison en ce qui concerne Murray ?

— Ce n'est pas parce que c'est un con arrogant que ça en fait un meurtrier.

— Non, ai-je abondé. En effet.

Quand même.

Je me suis renfoncée dans mon siège. Tandis que nous roulions en silence, de nouvelles images sont venues se mêler aux billes qui ricochaient dans ma tête. Des phares dans une rue trempée de pluie. Un corps qui heurtait violemment un arrêt de bus.

— Tu pourrais vérifier le modèle de voiture que conduit Murray ? ai-je demandé. Ou demander à Claudel de le faire ?

Nos regards se sont rencontrés. Ryan avait l'air sceptique.

— Fais ça pour moi, ai-je plaidé.

— D'accord.

Et puis :

— Où va-t-on ?

— Je suis sûre à 99 % que les restes humains de la morgue sont ceux de Melanie et Ella, mais je voudrais vérifier un dernier truc.

— Ah, cet épineux 1 %.

— Quand j'en aurai fini avec les ossements, je me plongerai dans les papiers de Melanie.

Deux heures plus tard, les squelettes reposaient, articulés, sur leur chariot métallique, l'un adulte, l'autre juvénile. Brunis et parcheminés, on aurait dit des accessoires pour Halloween.

J'avais réétudié chaque os, chaque restant de dent. Vérifié toutes les mensurations, revu tous les détails morphologiques, réexaminé toutes les blessures. Nous n'avions toujours pas la confirmation de l'ADN, mais il n'y avait plus de doute pour moi.

J'ai regardé mon porte-bloc. Le formulaire que j'avais rempli quinze ans plus tôt.

LSJML-41207. Ossements féminins non identifiés. La femme non identifiée était Melanie Chalmers/Mélanie Chalamet.

J'ai tourné la page.

LSJML-41208. Ossements d'enfant non identifiés. L'enfant non identifiée était Ella Chalmers/Chalamet.

Une mère morte à trente-deux ans. Sa fille morte âgée de dix ans.

Le silence a résonné dans la morgue vide. Plein d'espoir ?

— Qui es-tu, Mélanie Chalamet, ai-je chuchoté. D'où venais-tu ? Pourquoi es-tu venue t'installer au Canada et as-tu changé de nom ? Qui rendais-tu tellement fou furieux ou menaçais-tu pour qu'on te vole ta vie ? Et pourquoi celle de ta fille ?

J'ai levé en l'air le Ziploc posé à côté du petit crâne inachevé. Contemplé la bague en plastique criarde que seule une fillette pouvait aimer.

Mon regard a dérivé vers les petites orbites, aveugles pour toujours.

— Je suis tellement désolée, Ella. Je te promets...

Les larmes menaçaient. J'ai cligné des yeux pour les chasser.

— Je ne cesserai jamais de chercher.

30.

Mardi 16 novembre

Claudel a téléphoné à 8 heures, le lendemain matin. Il n'avait pas perdu de temps. Et il était tel qu'en lui-même : cassant.

— Mes premières recherches suggèrent que cet Arlo Murray est aussi propre qu'un urinoir de couvent.

— Pas d'arrestation ?

— Je n'aime pas me répéter.

— Quel genre de voiture conduit-il ?

— Un coupé Bentley Continental GT.

— À quoi ça ressemble ?

Les particularités des automobiles ne sont pas mon truc.

— À celle qui vous a renversés.

— Ça a des phares antibrouillard, ça ?

— Toutes les voitures ont des phares antibrouillard. Au cas où il y aurait du brouillard.

Du calme, Brennan.

— Le phare antibrouillard droit de Murray est-il cassé ? ai-je demandé en articulant soigneusement.

— Je vais vérifier. Et je vais ratisser les ateliers de carrosserie pour voir si on leur a confié un coupé Bentley Continental GT à réparer.

— Trouvez le maximum d'infos sur lui.

— J'ai l'intention de connaître la nature des polypes de ce monsieur. Mais une question, *s'il vous plaît.* Pourquoi êtes-vous si sûre que Murray est louche ?

— Ils ont commencé à travailler pour InovoVax au même moment, Melanie et lui, tous deux étant originaires des États-Unis. Deux témoins disent qu'il y avait des frictions entre eux, pourtant, Murray a prétendu ne pas connaître Melanie, ce qui était un mensonge. Et quand, des années plus tard, sa fille Lena s'est pointée pour poser des questions au sujet de sa mère, il a refusé de l'aider.

— *Oui, mais…*

— Réfléchissez. Le lendemain du jour où Ryan l'appelle pour demander un entretien, le dossier de Melanie disparaît du système InovoVax.

— Murray aurait pu y avoir accès, mais d'autres aussi, sans doute.

— J'ai un mauvais pressentiment vis-à-vis de ce type. Il devrait être placé sous surveillance.

— Je me demande comment j'arriverais à faire mon boulot sans vous, docteure Brennan.

Bip. Bip. Bip.

Ryan était sorti, comme d'habitude. Comment un être humain peut-il faire aussi peu de bruit, si tôt le matin ? Personnellement, au lever, je gigote avec la discrétion d'un écureuil dans une mangeoire.

Ryan avait préparé du café. Sans un claquement de vaisselle ou de porte de placard.

Après m'être rempli un mug, j'ai pris le dossier de Melanie et me suis installée à la table de la salle à manger. Je passais tellement de temps à cet endroit, ces temps-ci, que Birdie est venu, d'un bond pavlovien, se rouler en boule à côté de moi.

Le contenu du dossier était malheureusement bien maigre. Six feuilles. J'ai parcouru la première. Ça ressemblait à un horaire, mais sans le contexte, les dates et les abréviations – dont une série de chiffres – étaient dénuées de sens.

Les autres pages, toutes pourvues de lignes bleues caractéristiques d'un cahier à spirale, étaient écrites en sténo ou dans une espèce de code. J'ai commencé à sélectionner des mots et des phrases reconnaissables que j'ai repris dans un document Word.

antigène ; anticorps ; répliqué ; inactivé ; atténué ; purifié ; protéines de surface.

Les mots avaient du sens en eux-mêmes et suggéraient que ces notes devaient avoir un lien avec la production de vaccins. Logique. Le dossier était étiqueté InovoVax.

Le reste du texte était bien plus énigmatique :

EBFV ; CBFV ; RFV ; WHOGIS&RS ; CVV ; LAIV ; FDA ; CDC ; HAs ; CRISPR ; baculovirus ; neuraminidase ; canal ionique M2 ; RNP.

CDC était-il l'acronyme pour Centers for Disease Control and Prevention, les centres pour le contrôle et la prévention des maladies ? Et FDA voulait-il dire Food and Drug Administration, l'administration américaine des denrées alimentaires et des médicaments ?

Là, je tenais quelque chose.

Je savais qu'un baculovirus est un virus qui infecte les invertébrés. Melanie s'intéressait-elle à la santé des vers ?

J'allais me tourner vers Internet quand mon téléphone a sonné. Chanté.

— J'ai reçu un petit topo quelque peu encourageant sur M. Murray.

Claudel. Et le ton de sa voix évoquait une matinée qui ne se passait pas comme prévu.

— Dr Murray, ai-je rectifié.

— Comme je vous le disais tout à l'heure, *le docteur* n'a pas de casier, bien que la liste de ses infractions au Code de la route soit aussi longue qu'indécente. Apparemment, le bonhomme a un pied de plomb.

Je n'ai pas corrigé son mauvais usage de l'idiome.

— Murray est né ici, en 1967, il a grandi à NDG, a dit Claudel, employant le surnom de Notre-Dame-de-Grâce, un arrondissement de Montréal habité par la classe moyenne à majorité anglophone. Pour l'école primaire, il est allé dans le public et pour le secondaire, à Loyola. Puis, ayant apparemment des aspirations plus élevées, il est allé étudier aux États-Unis.

— Où ?

— Un endroit appelé Grinnell. Jamais entendu parler.

— Moi, oui.

— *Félicitations.* Il a obtenu un doctorat au MIT en 1995, un truc en lien avec les gènes et le système immunitaire. J'ai appelé là-bas. Le département de biologie se compose de quatre-vingts membres de la faculté, mais personne ne se souvient d'un petit génie débarqué du Québec. Du moins, personne à qui j'ai parlé.

— Qui était son directeur de thèse ?

— Une tronche du nom de... (J'ai entendu un bruissement, et visualisé des pages qu'on tournait.) Hao Jianghong. Sans doute un homme. *Sacrebleu.* Comment savoir avec ces...

— Vous lui avez parlé ?

— Il est mort en 2012.

— Qu'a fait Murray après le MIT ?

— Il est allé travailler au... (Nouveaux bruissements.) Au Whitehead Institute, le Center for Genome Research du MIT. À Cambridge, dans le Massachusetts.

— Pour y faire quoi ?

— Vous allez me traiter de dingue, mais je dirais des recherches sur le génome.

Calmos.

— Cinq ans à Cambridge, puis Murray est retourné au Canada, et il est entré chez InovoVax, ai-je dit.

— Oui, a-t-il dit en québécois, ce qui sonnait comme *why*.

— Où habite-t-il à présent ?

— Laval.

— De bonnes nouvelles à propos du coupé Bentley Continental GT ?

— Non. Mais il y a beaucoup de garages qui pratiquent le *travail au noir*.

Hmm. Des ateliers où le client paie en liquide, économisant les taxes, et le commerçant se remplissant les poches.

— Au noir, hein ? ai-je répété. Vous allez planquer devant chez lui ? Garder un œil sur sa voiture ?

Claudel a émis un bruit de gorge évasif. Décidant de prendre cela pour un encouragement, je lui ai parlé de mes recherches au sujet de Melanie. Après quoi l'Inspecteur Charmant a fait quelque chose qui ne lui ressemblait pas trop. Sans que j'aie besoin de le menacer avec un Taser, il a fait une suggestion. Une bonne.

Comme la fois précédente, je n'ai eu droit, en guise d'au revoir, qu'à trois bips secs.

J'ai relu le nom que j'avais écrit. Me suis dit, pourquoi pas ? Après avoir consulté mon ami Google, j'ai composé un numéro de téléphone, indicatif régional 617.

— Département de biologie.

Sec et précis.

— Docteure Alika Bangoboshe ?

— Je vous la passe. Mais à l'avenir, vous trouverez plus pratique de la contacter sur sa ligne directe. (Elle m'a donné un numéro.) Un moment, s'il vous plaît.

Deux sonneries, puis on a décroché.

— Dre Bangoboshe.

— Bonjour.

Je me suis présentée, j'ai expliqué que j'avais eu son nom par un inspecteur de la police de Montréal, que j'étais anthropologue judiciaire et que je travaillais pour le principal laboratoire de médecine légale du Québec.

— L'anthropologie médico-légale s'intéresse au squelette, n'est-ce pas ? m'a demandé une voix flûtée, haut perchée, pure, et avec un petit accent chantant.

— Je vous promets de ne pas vous poser de questions sur les os.

— Ça me changerait agréablement des interactions entre les microbes-hôtes et les pathogènes-hôtes, a-t-elle dit en riant.

Ouais. Une flûte, absolument.

Sans entrer dans les détails de mes histoires de conteneur, je lui ai expliqué que j'étais sur une affaire impliquant des vaccins, peut-être, et que j'avais besoin d'aide pour interpréter un document.

— C'est tout à fait intéressant, mais je donne un cours dans dix minutes.

— Puis-je vous faire parvenir des extraits d'une série de notes ? Vous pourriez peut-être y jeter un coup d'œil rapide et me rappeler ?

Un silence, puis :

— Vous pouvez compter sur moi.

J'ai passé un moment à recopier des passages des notes de Melanie dans un document Word. Que j'ai ensuite envoyé en pièce jointe.

Bangoboshe a tenu parole. Elle m'a rappelée peu après 15 heures.

— Je suis désolée d'avoir été si longue. Faites-vous partie du corps professoral d'une université, docteure Brennan ?

— L'UNC-Charlotte.

— Alors vous comprendrez que les étudiants peuvent parfois être…

Elle a cherché un qualificatif approprié.

— Oh oui, ils peuvent, ai-je abondé.

— Et il m'a fallu un peu de temps pour parcourir l'ensemble de votre document.

— J'espère que vous ne m'en voudrez pas.

— Je suis d'accord avec vous, les extraits ont un lien avec les vaccins. La plupart, du moins.

J'ai préparé une feuille et un stylo.

— Je vous écoute.

— Par où voulez-vous que je commence ?

— Par où vous voulez.

— Que savez-vous de la fabrication des vaccins ?

— Disons, rien.

— Eh bien, d'abord, tous les vaccins commercialisés aux États-Unis le sont par des entreprises du secteur privé. Pour les vaccins contre la grippe, tous les laboratoires utilisent l'une des trois technologies de production. Je crois qu'EBFV fait référence au vaccin antigrippal à base d'œuf, et RFV au vaccin recombinant. Vous connaissez la différence ?

— Non, ai-je répondu en prenant des notes comme une folle.

— La méthode EBFV est connue depuis plus de soixante-dix ans et c'est actuellement la procédure la plus employée. C'est celle qui est utilisée pour fabriquer le vaccin courant contre la grippe, un virus inactivé ou tué, et le virus vivant atténué ou affaibli utilisé dans le vaccin nasal en vaporisateur.

— Comment ça marche ?

— Pour commencer, le CDC ou un laboratoire partenaire accrédité fournit à une entreprise du secteur privé un CVV, un candidat-vaccin contre le virus. L'entreprise injecte les CVV dans des œufs de poule fertilisés qui sont incubés afin de leur laisser le temps de se répliquer. Ensuite, ils récoltent le fluide des œufs, désactivent les virus et purifient l'antigène. Vous savez ce qu'est un antigène ?

— Une protéine qui déclenche la production d'un anticorps.

— Oui. C'est la procédure utilisée pour les vaccins contre la grippe. Pour les vaporisateurs nasaux, les *Live Attenuated Influenza Vaccines*…

— Les LAIVs ?

— Oui. Les virus sont vivants, mais affaiblis. Vous me suivez toujours ?

— Oui, oui.

— Vous comprenez bien que je simplifie à outrance.

— Et je vous en suis reconnaissante.

Un silence, le temps d'apprécier ma réponse, puis :

— On utilise aussi la méthode cellulaire pour produire des vaccins contre la grippe avec des virus désactivés.

— Encore le vaccin contre la grippe.

— Oui.

— Comme pour l'EBFV, la production de CBFV est multiphasique. D'abord, le CDC fournit des virus de la grippe cultivés dans des cellules au lieu d'œufs. Le fabricant injecte les CVV dans des cultures de cellules de mammifères et leur laisse le temps de se répliquer. Le liquide est ensuite récolté, et l'antigène est purifié.

— La différence, c'est l'utilisation de cellules animales au lieu d'œufs de poule.

— Exactement. Les vaccins antigrippaux recombinants sont fabriqués synthétiquement et n'exigent pas de CVV. D'abord, les scientifiques obtiennent de l'ADN, c'est-à-dire des instructions génétiques, pour fabriquer ce qu'on appelle l'hémagglutinine, l'HA de vos notes. L'HA est un antigène présent à la surface du virus de la grippe. Il pousse le système immunitaire humain à créer des anticorps qui visent spécifiquement ce virus. Vous me suivez ?

— Je vous suis.

C'était vrai.

— L'ADN destiné à fabriquer l'antigène HA du virus de la grippe est ensuite combiné au baculovirus, un virus qui infecte les invertébrés. Et on obtient un RFV.

— Un vaccin antigrippal recombinant.

— Oui.

— Pourquoi un baculovirus ?

— Son rôle est de transporter dans la cellule-hôte les instructions de l'ADN destinées à la production de l'antigène HA du virus de la grippe. (Je ne suis pas intervenue, elle a poursuivi.) Quand le virus recombinant pénètre une lignée cellulaire-hôte approuvée par la FDA, il délivre les instructions de production de l'HA. L'antigène est cultivé en masse, récolté, purifié, puis conditionné sous forme de vaccin antigrippal.

— Les gens reçoivent une injection, produisent des anticorps et voilà ! Ils sont immunisés.

— En gros.

— La méthode RFV présente-t-elle un avantage ?

— La rapidité.

— Parce qu'elle n'est pas limitée par la sélection de virus adaptés pour la culture dans des œufs, ou par le temps nécessaire au développement des virus à base de cellules.

— Vous pigez vite, docteure Brennan.

J'ai regardé les notes de Mélanie en diagonale. Bangoboshe avait pratiquement clarifié toutes les références codées.

— Pourriez-vous m'éclairer sur les termes *neuraminidase, canal ionique M2* et *RNP* ?

— Ce sont des parties du virus de la grippe. Vous voulez que je vous explique ?

— Je ne voudrais pas prendre trop de votre temps, ai-je dit.

En pensant *Merci, mais non merci.*

La ligne est restée silencieuse un moment, puis j'ai pensé à quelque chose qui continuait de m'intriguer.

— Et *WHOGIS&RS* ? Qu'est-ce que c'est ?

— Probablement l'acronyme du World Health Organization Global Influenza Surveillance and Response System[1]. Ce sont eux, ou plus précisément, leurs labos partenaires qui fournissent les CVV aux entreprises du secteur privé.

Je m'apprêtais à la remercier quand je me suis rappelé un détail qui m'avait frappé au cours de notre échange.

— Que vouliez-vous dire par « la plupart » ?

— Pardon ?

— Vous avez dit que la plupart des abréviations concernaient les vaccins.

— Il y a un terme dont la présence m'a intriguée.

Moi aussi, ce terme m'intriguait.

1. Système mondial de surveillance et de riposte contre la grippe : réseau mondial de laboratoires dont l'objectif est de surveiller la propagation de la grippe dans le but de fournir à l'Organisation mondiale de la santé des informations sur la lutte contre la grippe.

31.

Mardi 16 novembre – mercredi 17 novembre

— C'est l'acronyme CRISPR.

— Pourquoi ce terme vous intrigue-t-il ?

— Je ne vois pas le lien avec la production de vaccins.

J'ai entendu une voix à l'arrière-plan. La flûte a joué en sourdine le temps de lui répondre…

— Je suis désolée, mais il va falloir que je vous laisse.

— Je comprends. Pardon d'avoir pris autant de votre temps.

J'ai remercié Bangoboshe et lui ai demandé de garder notre conversation confidentielle. Elle m'en a donné l'assurance et nous avons raccroché.

Je suis restée assise un moment, le temps de digérer ce que j'avais appris.

Melanie constituait un dossier sur la production de vaccins. Rien de glauque vu son boulot chez InovoVax. Mais que venait faire ce CRISPR dans l'affaire ?

J'ai passé un bon moment à surfer sur Internet. Mon plan B habituel quand aucune autre piste ne se présente à moi.

Pensée fugace. Dit-on toujours « surfer » aujourd'hui ? Dans le cas contraire, Harmony Boatwright se moquerait-elle de moi si j'utilisais un jargon dépassé ? Et Katy ?

Soudain, ma fille m'a terriblement manqué. J'ai ouvert l'appli Images pour regarder la dernière photo de Katy. Quand me l'avait-elle envoyée ? Deux semaines ? Trois ? Un siècle ?

Vêtue des pieds à la tête d'une tenue de camouflage, Katy était assise sur un rocher, sous un ciel infiniment bleu, devant un désert aride s'étendant à perte de vue. Sa carabine M4, noire, mortelle, reposait en travers de ses genoux. Son casque était posé, retourné, à côté de ses rangers.

— Fais bien attention à toi, ma petite chérie, ai-je dit dans la pièce vide.

Birdie a roulé sur le dos.

J'ai écrit une longue réponse à Katy, évoquant l'ouragan Inara, la quête d'Anne pour élucider le mystère du masque mortuaire de Polly Beecroft, mes voyages ping-pong entre Charleston, Charlotte, Nashville et Montréal. J'ai gardé un ton léger, en omettant l'épisode du chauffard qui avait pris la fuite après avoir renversé et blessé Ryan. Rien non plus sur trois femmes – dont deux encore adolescentes – et une enfant massacrées et fourrées dans des conteneurs.

Après avoir cliqué sur *Envoi*, j'ai vérifié ma boîte e-mail.

Des pubs venant de toutes les boutiques où j'avais, un jour ou l'autre, effectué un achat en ligne. Des spams d'œuvres de bienfaisance qui mendiaient une contribution. Quelques personnes en quête de mon amitié sur Facebook. Un e-mail de mon neurochirurgien. Un autre du MCME.

Après avoir envoyé les spams à la poubelle, j'ai ouvert l'e-mail de ma patronne, à Charlotte. On avait retrouvé des ossements dans une valise derrière un restau chinois, à Gastonia. Nguyen voulait mon avis, mais rien d'urgent, disait-elle. J'ai rédigé une réponse concise, expliquant que j'étais à Montréal et que je serais de retour très prochainement.

J'ai ouvert le message du Dr Bernard, certaine de son contenu. Ouais. Il voulait programmer une IRM. J'ai été opérée d'un anévrisme cérébral non rompu, et je passe des scanners à intervalles réguliers. Ce n'est pas franchement l'idée que je me fais d'une partie de plaisir, mais c'est un inconvénient mineur vu l'autre possibilité.

Quand j'en ai eu fini avec mes e-mails, en manque d'idées créatives, je suis retournée sur Internet et j'ai exploré des sites dévolus à la grippe, aux vaccins et aux baculovirus. Comme une chercheuse d'or en quête d'un filon ?

J'ai googlé InovoVax, Mélanie Chalamet, Melanie Chalmers, Arlo Murray. N'ai rien appris que je ne savais déjà.

J'allais taper CRISPR quand Birdie s'est étiré, a sauté de la table et s'est dirigé à pas feutrés vers la cuisine.

Les chiffres verts indiquaient 18:30 et l'appart' était plongé dans le noir.

— Tu as raison, Bird. C'est mon tour de faire la cuisine.

Après avoir regardé dans le cellier, j'ai opté pour des linguinis aux palourdes, une salade verte et une baguette réchauffée. L'une de mes valeurs sûres. J'avais tous les ingrédients sous la main, et l'affaire s'est raisonnablement bien passée.

Pendant le dîner, Ryan a raconté ce qu'il avait déterré sur Melanie Chalmers, en utilisant parfois des ressources uniquement accessibles aux forces de l'ordre. Je ne me suis pas enquise des moyens qu'il avait utilisés pour extorquer cet accès.

— Tu as trouvé quelque chose d'intrigant ? ai-je demandé.

— Oui.

Ryan a pris une bouchée de salade. Mâché. Descendu une longue lampée de Moosehead. Enroulé une généreuse portion de pâtes autour de sa fourchette.

Je l'ai observé.

— C'est délicieux, a-t-il dit.

J'ai refusé de mordre à l'appât.

Deux bouchées plus tard :

— Les registres de l'état civil du Massachusetts détiennent un certificat de naissance numérique au nom de Melanie Judith Chalmers. L'enfant né à Boston le 22 mars 1969 est décrit comme étant blanc et de sexe féminin. Les parents sont enregistrés sous les noms de Verner et Patrice Chalmers.

Mon couteau à beurre s'est figé en l'air.

— Dans la liste des diplômés de l'année de l'école technique de Boston publiée par le *Boston Globe* de 1986 figure une Melanie Chalmers. L'album de la promo est en ligne, et d'après la bio de Melanie, elle se destinait à une carrière de biochimiste.

J'étais trop sidérée pour répondre.

— Tu as la bouche ouverte.

Je l'ai fermée. Et rouverte, pour demander :

— Il y a une photo de la promo ?

— Apparemment, Melanie a séché l'épisode rasoir de la photo de groupe.

— Sa bio précise dans quelle université elle prévoyait d'aller ?

— Non.

— Arlo Murray pensait qu'elle avait une licence. Florence Sorg aussi.

— Suis-je l'homme le plus talentueux, le plus séduisant sur qui ton regard se soit jamais posé ?

J'ai levé ce regard. Au ciel.

— À l'automne 1986, une certaine Melanie Judith Chalmers obtient une bourse pour intégrer l'American University de Washington, DC. En 1990, elle y décroche une licence en biologie, à la suite de quoi elle est acceptée en deuxième cycle à…

Ryan a tranquillement, méticuleusement, terminé ses pâtes, reposé sa fourchette et tamponné ses lèvres avec sa serviette.

— Je pourrais te faire mal, ai-je dit.

— À l'automne 1990, une Melanie Chalmers a entamé un second cycle en biologie moléculaire et génétique à la Tufts University.

— Très impressionnant.

— Malheureusement, elle a laissé tomber après deux sessions.

— Mauvaises notes ?

— Ses relevés disent le contraire.

Je me suis accordé un temps de réflexion.

— Ella a dû naître en 1991. C'est peut-être sa grossesse qui a obligé Melanie à laisser tomber. Ou encore les exigences de la maternité, va savoir.

— Ça pourrait expliquer qu'elle ait été « amère » et « malheureuse », a dit Ryan en esquissant des guillemets autour des deux adjectifs.

— Si c'était bien le cas.

— C'est Murray qui l'a décrite de cette façon. Et Eisenberg n'a pas réfuté.

Comme je ne pouvais qu'être d'accord, j'ai laissé filer.

À la place, j'ai demandé :

— Tu as trouvé quelque chose sur Ella et Lena, les enfants de Melanie ? Le nom de leur père ? Avaient-elles le même père ? A-t-elle épousé le gars ? Les gars ? Traîne-t-il toujours dans le coin ?

— Respire un bon coup.

Ce que j'ai fait.

— Demain, j'enverrai d'autres demandes de documents administratifs, comme les inscriptions à l'école, ce genre de trucs.

— Lena a dû naître en 1999, peut-être en 2000, au plus tard. Si c'était en 2000, Mélanie habitait peut-être déjà au Canada. Tu n'as pas trouvé d'acte de naissance ici ?

— Non. Je vais commencer par le Massachusetts et Washington, DC, mais Melanie aurait pu aller n'importe où après avoir renoncé à Tufts. Comme on ne connaît pas la ville avec certitude, ni même l'État, ça peut prendre un moment.

Nous sommes restés silencieux quelques instants. Je réfléchissais aux découvertes de Ryan.

— Sorg n'a pas dit que Melanie avait travaillé pour une entreprise appelée HGP ?

— Je peux commencer par ça. Mange.

Ce que j'ai fait.

— Il y a autre chose.

J'ai arrêté de manger.

— Verner et Patrice Chalmers sont morts en 1992. Les deux certificats de décès affichent la même date, et tous deux caractérisent la cause du décès comme inconnue. Une nécro parue dans le *Globe* n'offre aucune info sur les circonstances de leur mort.

— Ce n'est pas inhabituel.

— Non.

J'ai entendu un « mais… » muet. N'ai pas demandé.

— Tu l'as retrouvée, Ryan. J'en suis sûre. Melanie Judith Chalmers doit être notre Melanie Chalmers. Mélanie Chalamet.

— Un détail de rien du tout que je n'ai pas mentionné. Le certificat de naissance de Melanie donne le nom de jeune fille de sa mère. Tu es prête ?

— Je te préviens, jeune homme… !

— Patrice Sorg Chalmers.

— Bon sang ! Tout colle !

— Comme du papier tue-mouches. Tes pâtes refroidissent.

J'ai mangé quelques linguinis, l'esprit en ébullition. Je suis revenue sur le tout premier commentaire de Ryan.

— Tu as dit tout à l'heure que quelque chose t'avait surpris.

— En 2000, l'écran fait un fondu au noir.

— C'est-à-dire ?

— Après 2000, Melanie Chalmers ne laisse plus aucune empreinte.

— Rien ?

— Zéro. Que *dalle. Nada. Rien.* Il n'y avait pas de réseaux sociaux, à l'époque. Malgré tout, le début de sa vie a laissé une trace, même maigre. Son acte de naissance, les certificats de décès de ses parents, son diplôme du lycée, son album de promo, les dossiers à l'American University et Tufts. Et puis Melanie déménage dans le Nord, et c'est comme si elle avait cessé d'exister.

— Elle a en effet changé de nom et s'est faite discrète, ai-je dit.

— À notre ère numérique, il est presque impossible de disparaître complètement.

— Le dossier de Melanie a bien disparu du système d'InovoVax.

— Eh oui, a abondé Ryan.

Je marchais vers un bâtiment dont l'entrée était surmontée des lettres HGP. Il faisait noir. Un sentiment d'effroi m'a saisie. Comme j'approchais, les portes se sont lentement ouvertes. J'ai voulu rebrousser chemin, mais une force invisible m'a poussée en avant. J'ai trébuché sur le seuil et plongé dans un tunnel aussi noir qu'une crypte. J'ai crié. Aucun son n'est sorti de ma gorge.

Je me suis retrouvée enfermée dans un cylindre blanc, brillant. Des points lumineux scintillaient tout autour de moi et je ne pouvais pas bouger la tête. J'ai essayé de lever les mains. Elles étaient attachées sur mes côtés.

— Ne bougez pas, a ordonné une voix métallique.

— Pourquoi ?

— Vous allez tout gâcher.

— Je veux sortir.

— Vous en savez trop.

Je me suis débattue, libérée.

Le couvercle du cylindre s'est ouvert.

J'étais sur une plage, je plissais et clignais les paupières sous le soleil aveuglant. À gauche, des vagues s'écrasaient contre une falaise rocheuse et refluaient avec un sifflement sinueux vers le large, sur ma droite. Remarquant une brèche au bout de la plage, je me suis mise à courir dans cette direction. À chaque foulée, le sable se refermait sur mes bottes. Des bottes noires. Des bottes d'armée. J'ai allongé mes foulées et pompé avec mes bras. Mes pieds s'enfonçaient, mais je n'avançais pas.

J'ai entendu un cri et levé les yeux. Un oiseau de mer glissait sur le vent au-dessus de ma tête. J'ai suivi son vol du regard. Ai remarqué une silhouette très haut sur la falaise. Habillée comme un moine d'une longue cape à capuche, la forme dessinait des graffitis. Le message incomplet s'étirait sur trois rochers. Je l'ai lu.

Cinq lettres. CRIST…

La tête du moine a pivoté dans ma direction. La capuche souple ne laissait voir que ses yeux. Son regard m'a examinée comme le rayon laser de l'Étoile de la mort. Autour de mes pieds, le sable a commencé à fondre. Je suis tombée à genoux. La taille. La poitrine.

Je me tenais à côté d'un frigo de la morgue. La pièce était froide et je grelottais. J'ai ouvert un compartiment. Lena Chalmers était sur la civière, nue, et dans son intégrité.

J'ai entendu un miaulement. Me suis retournée. N'ai pas vu de chat.

Un corps reposait sur une table d'autopsie, derrière moi. J'avais peur, mais je me suis sentie obligée de me rapprocher. J'ai fait un pas.

Le corps s'est assis. Melanie Chalmers. Elle n'avait plus de nez et son corps était couvert de lésions suppurantes.

Un deuxième pas.

La main de Melanie s'est levée. Ses doigts étaient réduits à des moignons noirâtres. L'un d'eux était pointé vers moi.

Le doigt, allongé, pareil à une patte d'araignée, m'a attrapé les cheveux et a tiré. J'ai hurlé et tenté de me dégager.

Un personnage se tenait debout, flanqué de deux rayons lumineux, intensément brillants. Derrière lui, un mur. Sous mes yeux, les rayons lumineux se sont rapprochés l'un de l'autre, de plus en plus brillants, révélant le visage de l'homme.

Ryan !

Les rayons ont convergé sur sa poitrine, formant un ovale incroyablement incandescent. Il a reculé en titubant avant de se retrouver cloué au mur. Son visage s'est crispé de douleur et ses mains battaient l'air.

Mon Dieu. Mon Dieu, non !

J'ai voulu courir vers Ryan. Mais j'étais à nouveau comme rivée au sol. J'ai regardé par terre. De l'eau tourbillonnait en gargouillant autour de mes pieds.

J'ai appelé.

Quelqu'un s'est matérialisé près de Ryan, ses traits bizarrement nets dans la lumière aveuglante.

Arlo Murray.

Non ! Dieu du ciel, non !

Je me suis réveillée. Ryan me tenait par les épaules, il me regardait avec sollicitude.

— Réveille-toi, ma puce.

— Ne m'appelle pas comme ça, ai-je dit, mon cerveau luttant pour se reconnecter au monde de la surface.

— La râleuse est de retour. C'est bon signe, a fait Ryan, et son expression s'est détendue.

— J'ai dû faire un cauchemar.

— Tu crois ? (Les cheveux de Ryan étaient humides et il ne portait qu'une serviette de toilette.) *Les Griffes de la nuit* ?

— En tout cas, pas un thé chez Roger Rabbit.

— Tu veux dire chez le Chapelier fou ?

— Ils ont la même liste d'invités.

J'affichais une certaine désinvolture, mais j'étais encore secouée.

Perché au bord du lit, Ryan a pris mes mains dans les siennes et m'a déposé un doux baiser sur les lèvres.

— Ce n'était pas réel.

— Je sais. Je crois que j'en avais conscience même pendant le rêve. Mais ça paraissait tellement vrai.

Ryan a délicatement écarté une mèche trempée de sueur sur mon visage. A attendu.

— Une voiture te fonçait dessus, Ryan. Comme sur l'avenue Laurier.

— Et on sait comment ça s'est terminé. Je suis indestructible.

— C'est ça…

— Tu veux parler du reste ?

— Peut-être plus tard. Pardon d'avoir gâché ta douche.

— Je venais juste de finir quand je t'ai entendue pousser un cri perçant.

— Je ne pousse pas de cris perçants.

— Birdie a fait un demi-saut périlleux arrière. (Ryan a défait sa serviette pour s'essuyer les cheveux.) Réception assez réussie.

— Tu essaies de me changer les idées ? ai-je demandé.

— Comment je m'en sors ?

— Tire-toi, cowboy.

— Tu es sûre ?

— Bonne route.

Je l'ai regardé enfiler son jean, un haut en maille gaufrée, une veste en cuir et un cache-col. Quelques instants plus tard, la porte d'entrée s'est ouverte, puis refermée.

Ignorant les problèmes qui perturbaient mon Ça, j'ai attrapé un peignoir et suis allée me faire un café dans la cuisine.

Derrière la baie vitrée, le ciel était gris anthracite jusqu'à l'horizon. Le grésil bombardait la vitre en un *tic-tic-tic* régulier.

J'ai appelé le labo. Difficile à croire ! Aucun os ne requérait mon œil averti. Je pouvais faire du cocooning toute la journée.

Birdie était déjà vautré le ventre en l'air sur la table, l'image d'une taxidermie qui aurait mal tourné. Ou d'un accident de la route.

Je venais d'allumer mon Mac quand un message s'est annoncé dans ma boîte e-mail. Katy.

L'unité de ma fille allait partir en mission. Elle ne pouvait pas donner de détails. Bien sûr que non. Pas rassurant. Enfin, elle allait bien, et elle avait hâte de finir sa mission et de rentrer à la maison. Un peu plus rassurant.

Je tapais une réponse quand mon téléphone a lancé un petit *A.M. Radio.*

J'ai zyeuté l'appelant. Claudel.

Dans ma hâte de répondre, j'ai renversé mon café. En un mouvement fluide, le chat s'est mis à la verticale, a sauté de la table et s'est enfui de la pièce, laissant derrière lui des empreintes brunâtres.

J'ai nettoyé le bordel, en jurant tout du long, et j'ai rappelé Claudel.

— L'inspecteur Charbonneau a placé le Dr Murray sous surveillance.

— Et ?

— Le monsieur n'apprécie pas.

Claudel était dans un de ses mauvais jours. Le presser n'arrangerait rien, au contraire.

— Le sujet s'est levé à 6 heures ce matin et s'est rendu directement chez InovoVax. Il aime conduire très vite.

— A-t-il eu un comportement suspect ?

Pas foutue de me taire, moi.

— Avant de descendre de sa bagnole, ce monsieur a versé un liquide foncé sur l'asphalte par sa portière ouverte.

— Le reste de son café.

Claudel s'est tu, pour me faire enrager, ou à titre de sanction.

— Charbonneau a remarqué un phare antibrouillard cassé au-dessus du pare-chocs, du côté droit, et un raccord de peinture sur l'aile avant gauche.

J'ai senti mon cœur s'emballer.

— Il a aussi remarqué un autocollant sur le pare-brise indiquant qu'il est membre du Yacht-Club Royal Saint-Laurent.

— Bordel de tonnerre ! Murray a un bateau ! Vous allez l'arrêter ?

— En se fondant sur quoi, docteure Brennan ? Un défaut d'entretien de son véhicule et un penchant pour la voile ?

— Melanie et Ella ont peut-être été jetées d'un bateau !

— Ou d'un pont, d'une rampe, d'un quai ou d'une falaise.

Claudel avait raison. Je réagissais de façon excessive. Et je sautais aux conclusions avec des bottes de sept lieues. J'ai baissé d'un ton et remis mes idées sur les rails.

— La Scientifique n'a pas récolté d'éclats de peinture sur l'abribus de l'avenue Laurier ? Observé des traces de dérapage ? Trouvé *quelque chose* qui permette d'identifier une voiture suspecte ?

— Comme vous vous en souvenez peut-être, la rue était détrempée par la pluie.

— Qu'est-ce qu'on fait maintenant ?

— Mon coéquipier va maintenir Murray sous surveillance. Je vais rendre une petite visite à Dorval, au Yacht-Club Royal Saint-Laurent.

— En 2006, Ryan avait ratissé toutes les marinas et les yacht clubs dans un rayon de soixante-dix kilomètres autour de Saint-Anicet, l'endroit où le conteneur s'était échoué.

— Je n'en doute pas.

Ensuite, *A.M. Radio* a annoncé Vislosky.

Elle a tout de suite attaqué :

— Vous avez toujours ce bouquin ?

— Je... Quoi ?

— Le journal de la petite.

— Le journal intime d'Harmony Boatwright ?

— Bouquin, journal intime, on s'en fout.

Merde. Je l'avais toujours.

— Oui.

— Il faut que je le réintègre au dossier.

— Quand ça ?

— Hier.

Re-merde.

Avant que je puisse répondre, Vislosky a repris :

— Vous allez adorer ça.

— Quoi ?

— Prête ?

— Allez-y.

Après Claudel, je n'étais pas d'humeur à jouer aux devinettes.

— J'ai trouvé le foyer où ont atterri Lena Chalamet et Harmony Boatwright.

— Quand elles sont venues à Charleston ?

— Non, j'ai découvert qu'elles avaient aussi fait une visite guidée du Grand Canyon.

Pourquoi tout mon entourage s'improvisait-il vedette de stand-up ?

— Quand ont-elles séjourné à Charleston ?

— En février 2018.

— Ça correspond à la date indiquée dans le journal d'Harmony.

— Certainement.

— Vous avez prévu d'interroger… ?

— Certainement.

Je lui ai communiqué les infos sur Melanie Chalmers que Ryan avait dégotées, et je l'ai briefée sur les cassettes vidéo que sa grand-tante, Florence Sorg, avait remises à Lena.

— Les enregistrements ont dû être faits par la mère de Lena.

— Mélanie Chalamet, alias Melanie Chalmers.

J'ai hoché la tête. Réalisé que c'était parfaitement vain.

— Claudel vient de m'appeler.

— Cette tête de nœud de détective de Montréal ?

Je lui ai parlé du véhicule de Murray et de son adhésion à un club de voile.

— Mais est-ce que ce sale type avait accès aux bateaux quand vos victimes ont disparu, en 2002 ?

— Je suis sûre que Claudel se renseignera à ce sujet.

— Si Murray est mouillé, pourquoi aurait-il attendu aussi longtemps avant de se remettre à tuer à Charleston ?

Je n'avais pas de réponse à cette question.

— Nous avons identifié nos victimes, Tonia. Murray est peut-être leur assassin, peut-être pas. Dans les deux cas, nous sommes toujours à la recherche d'un mobile. Et d'un lien entre Montréal et Charleston.

— Ça doit être les Chalamet.

Elle n'a pas relevé que je l'avais appelée par son prénom.

— Lena vivait dans la rue quand Sorg lui a donné les cassettes VHS. Je suppose qu'elle les a emportées avec elle quand elle est descendue vers le sud.

— Et qu'elles pourraient éventuellement se trouver encore au foyer.

— Elles pourraient nous aider à coincer notre meurtrier.

— À moins que ce soient des vidéos de bébé qui fait ses premiers pas.

Un long silence, très long.

— Vous êtes toujours là ? ai-je demandé.

— Oui.

J'ai pensé au cas de Nguyen. À cette satanée IRM. Aux cassettes vidéo. Au journal d'Harmony Boatwright. Il était temps de prévoir une nouvelle migration.

— Vous pourriez attendre vingt-quatre heures avant de retourner au foyer ?

— Je sentais que vous alliez me demander ça…

32.

Mercredi 17 novembre

Tôt le lendemain matin, je m'envolais pour le Sud. En ignorant les hurlements lugubres de mon chat. Et les regards noirs des passagers aux alentours.

Je ne cessais de m'excuser, jusqu'à ce que la dame du siège 12E suggère de balancer Bird dans les chiottes et que le type du 12F propose de l'aider. Après ça, j'ai arrêté de culpabiliser.

Comme je m'étais levée bien avant l'aube, je manquais d'énergie pour m'atteler sérieusement à quelque tâche que ce soit. Je me suis donc renfoncée dans mon siège, j'ai fermé les yeux et laissé mon esprit vagabonder.

Il a choisi le récent voyage au pays du cauchemar.

Mes rêves entrent dans deux catégories. Soit : A) mon subconscient m'empêche de terminer une tâche de toute évidence quelconque ; soit : B) les petits soldats de mon Ça rediscutent des événements en cours, en y glissant quelques touches macabres de leur composition.

Le spectacle de la nuit de mardi avait été un Palais des Glaces aux miroirs fragmentés, chaque scène télescopant hystériquement la suivante. En tout cas, c'est le souvenir que j'en gardais. Pas à tortiller, ça sortait bien du tiroir B. Saturé de symbolisme freudien. Ou pas.

Les bottes d'armée venaient des soucis que je me faisais pour Katy. Le cylindre blanc reflétait mon angoisse persistante de l'anévrisme. Ou me rappelait tout simplement que je devais planifier une IRM. Quant à la petite voix, je n'étais pas très sûre. *Je veux sortir. Vous en savez trop.* On aurait dit des dialogues extraits d'un film d'espionnage ringard.

HGP était la boîte où Mélanie Chalmers était entrée quand elle était venue s'installer au Canada, après avoir lâché Tufts. D'accord. Logique. Melanie et ses filles me trottaient dans la tête. Ce qui expliquait aussi l'apparition de Lena dans le frigo de la morgue et le solo de sa mère sur la table d'autopsie.

Je commençais à somnoler.

Les lésions de Melanie et ses doigts tronqués ? Une allusion à la capno ? C'était tiré par les cheveux.

Le moine escaladeur de falaise ? *Si* c'était bien un moine. Pourquoi un moine ? Quelle était la signification de ce message inachevé ? CRIST… Le Christ ? Christopher ? Le Christopher de Melanie ?

L'avion a traversé un trou d'air. Ma tête a rebondi et je me suis réveillée en sursaut. À moitié réveillée.

Pas dérangé par les turbulences, mon cerveau endormi a dérivé de nouveau vers le rêve.

La vignette avec Ryan, quoique terrifiante, s'expliquait d'elle-même. Mais pourquoi le rôle muet d'Arlo Murray ? *Parce que ce salopard arrogant est coupable*, m'a susurré mon cerveau reptilien.

Coupable de quoi ? D'avoir assassiné Melanie et sa fille ? Peut-être. Mais pourquoi ? Jaloux du dénommé Christopher ? Mais qui était ce satané Christopher ?

Christopher.

CRISPR.

Prononcés à haute voix, ces deux mots se ressemblaient.

Soudain, mon inconscient a sonné le branle-bas de combat.

Et si Sorg avait entendu Melanie et Murray se disputer au sujet de CRISPR et pas de Christopher ? La présence de ce terme dans les notes de Melanie avait intrigué Bangoboshe. Quel était le lien avec la fabrication de vaccins ?

L'avion s'est à nouveau cabré, me réveillant totalement.

Avant de rejoindre InovoVax, Murray avait travaillé au Whitehead Institute, au centre de recherche sur le génome du MIT. J'ai décidé d'y jeter un petit coup d'œil.

Tendant le bras sous mon siège, j'ai furtivement extirpé mon ordinateur du sac à bandoulière calé derrière la cage de transport de Birdie. Qui a ouvert l'œil et libéré une nouvelle salve de protestations indignées. 12E a lâché un grognement sonore.

Après avoir payé pour Gogo Inflight, j'ai tapé « Whitehead Institute » et j'ai commencé par Wikipédia. Oui, je sais. Mais j'étais fatiguée.

Le nom complet était Whitehead Institute for Biomedical Research, donc pour la recherche biomédicale. Une ligne au milieu de la page a attiré mon attention. Elle citait le Center for Genome Research comme l'unique gros contributeur au projet de séquençage du génome humain.

J'ai une mémoire visuelle. Ce qui signifie que mon cerveau retient mieux les informations imprimées, par exemple.

Les cellules grises ont fait péter une synapse.

HGP.

Human Genome Project. Le Projet génome humain.

Est-ce que c'est là-dessus que Murray travaillait au Whitehead Institute ? Est-ce que c'était là où Melanie était allée après Tufts ? Murray et elle travaillaient-ils tous les deux sur le projet de séquençage du génome humain ? Et dans ce cas, était-ce important ?

Nouvelle synapse.

Deux semaines plus tôt, j'avais discuté du HGP avec Ryan. Pourquoi ? Ah oui. Sullie Huger y avait brièvement travaillé. Probablement sans importance. Le projet, énorme, impliquait des chercheurs de vingt organismes répartis sur six pays : la France, l'Allemagne, le Japon, la Chine, le Royaume-Uni et les États-Unis.

Le MIT se trouvait à Cambridge, Massachusetts. Melanie était de Boston et Tufts se trouvait à Medford, dans la grande banlieue de Boston. Melanie était-elle restée dans le coin après avoir abandonné l'université ? Si elle avait bien travaillé au Whitehead, cela avait dû être entre 1991 et 2000. S'étaient-ils croisés, Murray et elle ?

Mes doigts ont volé au-dessus des touches.

Juste au moment où on nous demandait d'éteindre nos appareils, j'ai trouvé la réponse.

Après avoir déposé Birdie à l'Annexe, je suis allée tout droit au MCME.

Le type dans la valise était mort depuis bien longtemps. D'après son crâne, il s'agissait d'un individu originaire d'Asie du Sud-Est. Des petites perforations dans ses os suggéraient une longue carrière *post-mortem* de sujet dédié à l'enseignement. Son voyage jusqu'à la benne à ordures serait du ressort de la police.

J'ai rédigé un court rapport et suis ressortie. Tout en retournant à l'Annexe, j'ai appelé Vislosky.

— *Yo.*

Fidèle à elle-même.

— Murray a menti.

Elle a pris un temps pour recycler l'info, puis :

— Le patron de Chalmers à InovoVax.

— Il prétend n'avoir qu'à peine connu Melanie. Or ils ont été collègues pendant huit ans.

— Où ça ?
— Un labo du MIT.
— Ils faisaient quoi ?
— De la recherche sur le génome humain. (Je lui ai expliqué le HGP.) Au Whitehead Institute.
— Comment savez-vous qu'ils y étaient en même temps ?
— J'ai trouvé le CV de Murray sur Internet.
— Vous pouvez remercier le Bon Dieu pour l'ego surdimensionné des crânes d'œuf. (Un bref silence.) Vous me confirmez que la victime plus âgée de mon conteneur est la petite Chalamet.
— Lena.
— Où êtes-vous ?
— À Charlotte.
— Je vous donne quatre heures, après je décolle pour le foyer. Je suis débordée, et la chance d'y trouver encore quelque chose est de l'ordre d'une sur un million.

J'ai remis à plus tard la prise de rendez-vous pour mon IRM.

Le Bon Dieu a été gentil et la circulation fluide. À 19 heures ce soir-là, j'avais déchargé un chat férocement énervé, installé sa litière, gribouillé un mot pour Anne et filé vers le centre-ville de Charleston.

En route pour le foyer de jeunes, Vislosky m'a expliqué comment elle l'avait trouvée. Rien de particulier, juste une obstination indéfectible et un peu de chance. Elle avait appelé à peu près tous les hôtels miteux et les B&B de la ville. Et bingo, un employé s'était souvenu d'une gamine aux cheveux roses coiffée comme un hérisson.

Dix minutes après avoir quitté le QG, Vislosky s'est garée devant un immeuble de deux étages qui avait connu des jours meilleurs. Peut-être au Mésolithique. La façade donnant sur la rue était étroite, mais l'édifice s'enfonçait profondément dans le pâté de maisons, selon une configuration habituelle à Charleston. La peinture jaune délavée s'écaillait. Les volets, qui avaient dû être blancs, étaient abîmés et d'un gris défraîchi. Certains avaient perdu des lattes ; d'autres pendaient selon des angles suggérant que les gonds avaient largement passé leur date de péremption.

Nous avons étudié les détails péniblement révélés par l'unique lampadaire du pâté de maisons pendant que la radio crachait ses parasites.

Le mur sud, plus long, était bordé par une bande qui avait dû être un jardin et était désormais une jungle débridée de belladone, de mouron des oiseaux, de queues-de-renard et autres graminées.

Au premier étage, un balcon au garde-corps de fer forgé noir donnait sur la mini-jungle. Au rez-de-chaussée, un porche défoncé, surélevé de deux marches au-dessus du sol, courait sur toute la longueur du bâtiment.

Une porte décorée en bois et verre s'ouvrait au milieu du porche, encadrée par une demi-douzaine de chaises en osier branlantes disposées n'importe comment. Pas franchement accueillant, vu l'ombre perpétuelle projetée par les chênes verts et les magnolias abandonnés à leur sort qui surplombaient l'ensemble immobilier.

— Rien de menaçant, ai-je fait.

— C'est juste flippant.

— Pas quand on est jeune et pauvre. Un séjour ici coûte quoi ? Quatre-vingt-dix dollars la nuit ?

— Quarante-deux, wifi et petit-déjeuner inclus, puces et punaises de lit offertes par la maison. Je suis sûre que les clients se battent pour venir ici.

Vislosky a défait sa ceinture de sécurité. J'ai fait pareil et nous avons suivi l'allée pavée qui menait aux marches de la façade. Sur la porte, une petite pancarte annonçait *Garden Hotel.* En dessous, une autre demandait aux visiteurs de sonner. Avec un smiley. Vislosky s'est exécutée. Sans sourire.

— Vous voulez une chambre ?

A fait une voix fluette, comme celle de mon rêve.

— Inspectrice Vislosky, police de Charleston. J'ai des questions sur l'une de vos pensionnaires.

— J'sais pas trop ce que je dois faire, là.

— Ce que vous devez faire, c'est ouvrir la porte.

Un bruit de verrous tirés, et le lourd battant s'est ouvert vers l'intérieur.

La femme, qui mettait un point d'honneur à bloquer le passage, ressemblait à un pan de mur en polyester. Son visage était chocolat, ses cheveux noirs gominés sur le côté avec un produit qui leur donnait un aspect ciré, et ses lèvres charnues, rouge pompier. Des anneaux grands comme des pizzas pendouillaient à ses oreilles.

Vislosky lui a montré son insigne. Le pan de mur a regardé le badge, puis nous.

— Votre nom ? a demandé Vislosky.

— Sondra Tong.

Ladite Tong avait les cils recourbés à angle droit et raides de mascara.

— Vous êtes propriétaire de l'endroit ?

— Euh. J'le fais marcher, c'est tout.

— Vous êtes là depuis longtemps ?

— J'suis là toute la journée.

— Depuis quand gérez-vous cet hôtel ?

Tong a fait basculer son poids sur l'autre jambe. Ça faisait beaucoup à déplacer.

— P'têt' quatre ans. J'ai pas la mémoire des dates.

Vislosky s'est flanqué une tape sur l'avant-bras. S'est grattée.

— On peut continuer ici, Sondra, et se laisser bouffer par les moustiques. Ou peut-être qu'on pourrait discuter à l'intérieur ?

Tong a eu l'air déroutée. Quand Vislosky s'est avancée, elle a reculé.

Nous sommes entrées dans un petit hall, que Tong remplissait presque entièrement. Un comptoir courait le long d'un mur. Genre IKEA, moderne et détonnant avec le reste du décor.

Droit devant, un escalier étroit montait en décrivant un angle vers l'étage. Une rampe en bois. Un tapis élimé. À côté de l'escalier, un couloir s'enfonçait dans les entrailles du bâtiment. D'un côté, une salle à manger, de l'autre, un petit salon, tous deux desservis par des portes coulissantes qui donnaient l'impression d'être coincées. Comme dans le hall, des suspensions en laiton terni diffusaient une lumière jaune anémique.

Tong nous a conduites au petit salon où nous nous sommes installées. Vislosky n'y est pas allée par quatre chemins.

— Deux jeunes femmes ont séjourné ici au mois de février 2018. Lena Chalamet et Harmony Boatwright.

— C'est vous qu'a appelé ?

— Oui.

— Pour demander pour deux petites Blanches ? Une avec des cheveux d'enfer ?

— Oui.

— Ouais. (Avec un hochement de tête au ralenti.) Z'ont été là.

— Combien de temps ?

— J'ai pas la mémoire des dates.

Pendant que Vislosky mettait la pression sur Tong, j'ai parcouru du regard ce qui ressemblait à un décor de film muet. Les murs tapissés de papier peint à fleurs, à présent terni, mais qui avait dû être criard en son temps. Beaucoup de meubles en acajou sculpté. Des hectares de tissu prune foncée. Des lampes coiffées d'abat-jour à glands, allumées, mais peu efficaces. Un petit tapis persan râpé qui avait depuis longtemps renoncé à se faire passer pour un vrai.

— Vous avez un registre de la clientèle ? a demandé Vislosky en parlant lentement, comme un prof avec un élève attardé.

— Ouais. On a ça.

— Vous pourriez aller le chercher, s'il vous plaît ?

— Je sais pas si j'ai le droit.

— Vous avez le droit.

Ondulation de sourcils, puis Tong s'est remise debout et s'est éloignée d'un pas lourd.

Nous avons attendu.

Un moment a passé. J'ai essayé de ne pas repenser à la remarque de Vislosky à propos des puces et des punaises de lit. Pas complètement réussi.

Fébrile, je me suis levée et j'ai commencé à ouvrir les tiroirs et les portes des buffets et des petites tables d'appoint. Vislosky ne s'est pas jointe à moi, mais ne m'a pas dit d'arrêter.

Des pas ont résonné dans l'escalier, puis un jeune, acné flamboyante et coupe mulet, est passé dans le hall. Après avoir ralenti pour se donner le temps de zyeuter le petit salon dont la porte était ouverte, il a continué son chemin, raide comme une pub pour un corset de maintien.

Mes recherches illégales n'ont pas exhumé de cassettes vidéo. J'ai réintégré le canapé.

Dix minutes après être partie, Tong était de retour, un grand livre pressé contre son généreux décolleté.

— J'ai appelé mon patron. Il a dit que vous pouviez pas avoir ça.

— Si nous devons confisquer votre registre, je reviendrai avec un mandat. Pour l'instant, je veux simplement vérifier que les jeunes filles étaient ici.

Les lèvres rouges ont dessiné une moue indécise. Apparemment, le patron n'avait pas émis d'avis sur cette possibilité.

— Ou je vous ramène en ville et on fait ça au QG.

Cela proposé sur un ton légèrement menaçant.

Tong a tendu le registre à la grande méchante flic.

Vislosky a tourné les pages. Pas nombreuses. Les affaires n'avaient pas l'air très florissantes, au Jardin des Délices.

Vislosky a tourné d'autres pages, m'a regardée et a hoché la tête.

— Chalamet et Boatwright ont séjourné huit jours ici en février 2018. Montrez-moi leur chambre.

— Je suis pas supposée…

Vislosky a orienté le registre vers Tong, martelé de l'index une petite note et lancé sur un ton tranchant :

— D2. On y va.

— Pas besoin d'être désagréable.

— J'ai pas encore commencé.

Tong nous a conduites au premier étage dans un dortoir sinistre meublé d'un ensemble de lits superposés et de deux lits jumeaux dépareillés. Des casiers métalliques à deux niveaux s'alignaient sur le mur du fond. Un seul était muni d'un cadenas.

— Où dormaient-elles ?

— C'que les pensionnaires choisissent, c'est pas mes oignons.

Les bras croisés, les pieds écartés, Tong nous regardait fouiller. Pas une posture flatteuse vu le polyester moulant.

Les casiers étaient vides. Rien n'était coincé derrière les lits superposés, ni caché dessous. Pareil pour les lits jumeaux.

Vislosky et moi sommes restées un moment à contempler les lits simples. Le plus éloigné de la porte avait une tête de lit en bois très haute.

Nous avons eu la même idée. Visolsky l'a énoncée.

— On retire ce truc-là.

Plus facile à dire qu'à faire.

Mais ça a payé.

33.

Jeudi 18 novembre – vendredi 19 novembre

Derrière la tête de lit, un trou improvisé dans le plâtre. Et coincé dans le trou, un paquet enveloppé dans du plastique.

J'ai sorti des gants chirurgicaux de mon sac et les ai tendus à Vislosky. Pendant que je filmais avec mon portable, elle a récupéré le paquet et l'a déballé.

— C'est quoi, Jean Coutu ? a-t-elle demandé en lisant le logo et en prononçant le nom « Djin Kaoutou ».

— Une chaîne de pharmacies, au Québec.

Dans le sac, une unique cassette vidéo.

— Jésus au volant ! (Je n'avais jamais vu Vislosky aussi animée.) J'embarque ce petit trésor.

Cela dit avec un coup d'œil latéral à Tong.

Celle-ci a commencé à protester. Y a réfléchi à deux fois et a fermé son clapet. Elle ne l'a pas rouvert pendant que la méchante flic et ma pomme dévalions les escaliers et sortions dans la nuit.

Vislosky est restée silencieuse tout le trajet de retour en ville. Ça m'allait. J'étais épuisée par cette longue journée de voyage aérien et automobile.

Nous prenions Lockwood Boulevard quand son téléphone a bourdonné. Elle a répondu. Écouté. Répliqué d'un ton sec qu'elle arrivait.

— Bon sang de merde.
— Quoi ?
Au cas où le juron m'aurait été destiné.
— Herrin est en train de garer des morgues mobiles devant l'hôpital. Mon lieutenant dit qu'ils ont besoin de renforts pour la sécurité.
— Parce que ?
— Les badauds commencent à chahuter.
— Pourquoi ?
— Ils savent ce qu'il y a dans les camions frigorifiques.
— Des cas de capno ?
Vislosky a hoché la tête, faisant danser les motifs dessinés sur son visage par les néons des vitrines adjacentes.
— Les décès sont si nombreux que ça ?
— Ça monte en flèche.
— La Covid-19 est encore dans toutes les mémoires, et les gens paniquent.
— Bref. Ça veut dire que je ne suis pas près de ramener mes fesses chez moi.
En approchant du QG, elle a poursuivi :
— J'imagine que la VHS a été tournée avec une sorte de caméra vidéo.
— Florence Sorg avait un caméscope.
— Matériel assez courant il y a vingt ans.
— Sony en a vendu des quintillions.
— Ça fait beaucoup.
— Tous les fiers papas se devaient de filmer leur adorable progéniture.
— Je me demande bien pourquoi.
— Pour emmerder les copains.
— Pas le mien.
— Vous n'étiez peut-être pas assez adorable.
— Sony en a fabriqué beaucoup de modèles différents ?
— Des quintillions.

— Avec un peu de chance, les *geeks* arriveront à mettre la main sur le bon.

Anne m'avait laissé une note manuscrite.

Je pars voir Josh. Il a décroché un rôle dans un feuilleton télé et ils tournent à Savannah. De retour lundi.

Ciao !

Je n'aurais pas su dire si j'étais soulagée ou déçue.

Après avoir donné à manger à Birdie, je me suis préparé un grilled-cheese – un cocktail de havarti danois et de simili emmental –, et me suis réchauffé une boîte de soupe à la tomate. Pas gastronomique, mais répondant à l'envie de nourriture réconfortante.

Pour me changer les idées, j'ai trouvé la télécommande et me suis branchée sur WCSC, « Leader de l'info dans le Low Country[1] », que j'ai regardée d'un œil distrait pendant mon repas.

Un homme armé avait dévalisé un magasin Dollar General et tué l'employé. Un semi-remorque s'était renversé sur l'I-526, provoquant un embouteillage monstre. La police recherchait une camionnette dont le conducteur était soupçonné de vouloir attirer des enfants. Le pic de cas de capno mettait les services hospitaliers sous tension à Charleston et dans toute la Caroline du Sud. Columbia, Florence, Georgetown, Greenville, Aiken, Spartanburg…

Ces bonnes nouvelles ont été interrompues par la pub. Une nana de vingt ans toutes voiles dehors, à l'indice de masse corporelle inférieur à 12, avait visiblement décidé de me vendre un régime alimentaire qui allait changer ma vie. Subway s'était mis dans la tête de m'appâter avec une promo sur son format classique de trente centimètres. Un gecko m'a exhortée à changer de compagnie d'assurances.

---

1. Région de la côte de Caroline du Sud.

Puis une pub m'a fait me redresser tout droit dans mon fauteuil.

Un acteur en blouse de labo, affichant un air soucieux à un million de dollars, était assis devant un microscope. Le logo de la boîte de Sullie Huger, une double hélice d'ADN partiellement déroulée couronnée par le mot GeneFree en vert et en caractères gras, planait au-dessus de lui, dans son dos.

L'écran s'est rempli d'un plan resserré du prétendu scientifique. Regardant droit dans la caméra, il a posé une série de questions rhétoriques :

« Vous êtes inquiet de la pandémie en cours dans notre État ? Vous craignez que vous ou l'un de vos proches soit exposé à cette menace ? Vous avez peur pour votre animal de compagnie adoré ? Écoutez ce que les experts ont à vous dire. »

Une femme en blouse blanche a fait son apparition, un stéthoscope passé autour du cou. Elle a dit quelques mots sur la *Capnocytophaga* et expliqué que la susceptibilité à cette infection était une question de génétique. Des images perturbantes de victimes de capno et de chiens en cage ont défilé à côté d'elle. Puis l'acteur du début a revendiqué les feux de la rampe :

« Ne prenez pas de risques. Protégez-vous, protégez ceux que vous aimez et chassez tout stress inutile. Commandez votre kit en ligne, c'est facile et rapide. Envoyez-nous un échantillon de salive et nous vous dirons ce qu'il y a dans vos gènes. »

Le logo s'est étalé sur tout l'écran, et une voix masculine a donné l'adresse internet de GeneFree, ainsi qu'un numéro de téléphone. Les deux se sont affichés en très gros caractères. Puis : « N'attendez pas ! Agissez aujourd'hui ! Et bla-bla-bla ! »

Le baratin commercial habituel, agressif.

Pendant que je notais les infos de contact, un troupeau de cellules de mon cerveau reptilien m'a filé son horripilant coup de coude.

Quoi encore ?

Le présentateur est revenu avec un sujet sur la Fête des Lumières qui devait prochainement se tenir au County Park de l'île James. J'y emmenais Katy tous les ans, pendant les vacances de Noël, quand elle était petite. Elle adorait la balade qui serpentait entre les décorations lumineuses féeriques.

J'ai fini ma soupe, mis le bol dans l'évier et suis montée dans ma chambre. Birdie m'a rejointe au lit.

Tout comme le troupeau de mon cerveau reptilien. Changeant de tactique, les cellules ont lancé leur numéro de rabâchage.

Enfin, je connaissais les noms des victimes des conteneurs des deux côtés de la frontière. Et j'avais compris comment, à l'ère du FBI, de la GRC, de l'IAFIS, du CODIS, du WWW et de l'ADN, les quatre malheureuses avaient pu disparaître sans laisser une ride sur l'eau.

Elles étaient tombées, toutes les quatre, dans des failles du système. Melanie et Ella Chalmers/Chalamet se cachaient au Canada, sous de faux noms, car en situation irrégulière. Harmony Boatwright n'avait pas bénéficié d'une structure de soutien familial digne de ce nom. Pareil pour Lena Chalamet, qui avait été baladée d'une famille d'accueil à une autre, pour finir dans la rue.

Personne ne s'était posé de question. Personne n'avait tiré le signal d'alarme ou pris la peine d'aller au commissariat remplir un formulaire.

Elles avaient été assassinées toutes les quatre, et leur meurtrier courait toujours.

Leurs meurtriers ?

Mon instinct avait-il raison ? Arlo Murray était-il ce meurtrier ?

Et dans ce cas, quel était son mobile ?

Melanie Chalmers et Arlo Murray avaient tous les deux travaillé sur le Projet génome humain. Même endroit, même période, mais il avait menti en prétendant ne pas la connaître. Pourquoi ?

Sullie Huger avait aussi travaillé pour le HGP. Était-ce important ? Où avait-il été employé ? Pour faire quoi ? Ses domaines de compétence étaient la chimie et les systèmes informatiques. Se pouvait-il que Huger détienne des informations utiles sur Lena ou Murray ?

Apparemment, Lena était allée à Charleston pour suivre une piste sur sa mère. Harmony l'avait rejointe là-bas.

Murray était-il descendu dans le Sud pour frapper encore, une décennie et demie après avoir tué Melanie et Ella à Montréal ?

Unified Theory m'a arrachée à mes rêves.

La porte-fenêtre encadrait un mélange flou de gris et de roses, un ciel qui n'en avait pas fini avec l'aube et n'était pas tout à fait prêt pour le matin.

J'ai cherché mon téléphone à tâtons.

Voir s'afficher le nom de Ryan m'a remonté le moral. Ce qu'il avait à me dire, moins.

— Il y a eu une explosion chez InovoVax la nuit dernière. (Net et concis.) Murray était peut-être à l'intérieur du bâtiment.

— Vraiment ?

— Un vigile pense l'avoir vu entrer aux environs de 22 heures, ne l'a pas vu ressortir. L'explosion s'est produite vers minuit.

J'étais trop sidérée pour commenter.

— L'incendie a été dévastateur. Quand les décombres auront refroidi, les pompiers entreront pour chercher d'éventuels corps.

— Putain de merde !

— Comme tu dis.

— Qu'est-ce qui a provoqué l'explosion ?

— Les gars des incendies criminels soupçonnent une bombe.

— Putain de m…

— Tu l'as déjà dit.

— Tu me tiens au courant ?

— Comme tu m'as tenu au courant pour m'annoncer que tu étais bien arrivée hier soir ?

Ça, c'était dit avec une pointe de reproche.

— Désolée.

— Bien reçu.

J'ai passé les heures suivantes absorbée par de menues tâches. Des courses d'épicerie chez Harris Teeter. Un filet de sole chez Simmons Seafood. Prise de rendez-vous pour cette satanée IRM. Puis je suis allée courir cinq kilomètres sur la plage. Ai pris une très longue douche.

À 11 heures, mon téléphone a rechanté. J'avais changé pour le groupe War. *All Day Music.*

À côté du nom de l'appelant, l'écran me suggérait un *peut-être* qui m'a surprise. Le nom n'était pas dans mes contacts. Comment ce maudit téléphone le connaissait-il ?

— Bonjour, docteure Bangoboshe.

— Bonjour, docteure Brennan. Je ne vous dérange pas ?

— Pas du tout.

— J'ai relu la deuxième page des notes. Celle qui contient les codes.

— Oui ?

— Je pense que chaque ligne se compose d'une date et d'un numéro de lot.

Je suis restée muette.

— Tous les lots de vaccins sont numérotés.

— Bien sûr.

J'ai attendu.

— C'est tout. Le reste ne m'évoque rien.

— Ça m'aide beaucoup.

— Je ne pense pas que ce soit très inquiétant. Les numéros de lots sont logiques, étant donné l'intérêt que votre sujet portait à la production de vaccins.

— Merci infiniment de vous être donné cette peine.

— Je vous en prie.

Je suis restée assise à contempler les implications de cette nouvelle info.

Ryan m'a rappelée à 13 heures.

— *Les pompiers* ont retrouvé un corps.

Quand il est épuisé, ou agité, Ryan mélange souvent le français et l'anglais. Il venait de le faire.

— Gravement brûlé ?

— Croustillant.

J'ai attendu.

— C'est Murray.

— Sans doute possible ?

— LaManche a fait appel à une dentiste médico-légale. Elle a confirmé son identité.

— Une hypothèse sur la cause de l'explosion ?

— Les gars des incendies criminels ont trouvé des traces d'explosifs. J'ai oublié de quel type.

— Ils pensent à un engin artisanal ?

— Ils ne m'ont pas fait de confidences.

— Murray est-il considéré comme victime ou comme suspect ?

— Même réponse.

— Tu as parlé à Claudel ?

— C'est mon prochain coup de fil.

Une fois de plus, je suis restée assise pour réfléchir à la signification de cette nouvelle. Ça n'avait pas marché avec Bangoboshe. Et ça n'a pas mieux marché cette fois.

Frustrée, j'ai regardé par la baie vitrée. Dehors, un dôme bleu, vierge de nuages, coiffait l'île et la mer au-delà. Un chaud soleil automnal bombardait de petits points lumineux les vagues d'un calme idyllique.

La fenêtre ressemblait à celle de l'appart de Montréal, mais la vue qu'elle offrait paraissait venir d'une autre planète.

Je suis allée chercher du thé glacé dans le frigo avant de sortir sur la terrasse. Comme dans l'avion, j'ai fermé les yeux et, le visage chauffé par le soleil de l'après-midi, j'ai laissé libre cours à mes pensées.

Elles ont vagabondé au milieu des octets de données nouvellement acquises.

L'explosion chez InovoVax. Arlo Murray, le « croustillant » de Ryan. CRISPR. La cassette vidéo laissée au foyer par Harmony et Lena. La *Capnocytophaga.* La pub télé pour GeneFree.

Mes paupières se sont ouvertes d'un coup.

Des octets se télescopaient dans ma cervelle.

34.

Vendredi 19 novembre

Sullie Huger avait travaillé sur le Projet du génome humain. Tout comme Arlo Murray. Et Melanie Chalmers.

Plus important que je ne le pensais ?

J'ai repris mes notes. Huger était allé travailler au HGP immédiatement après son premier doctorat à l'UNC, en 1990, et l'avait quitté en 1995 pour entrer chez GlaxoSmithKline.

Donc Huger, Murray et Chalmers travaillaient tous sur le HGP en même temps. Murray et Chalmers étaient au MIT. Huger aussi ?

Je me suis jetée sur mon ordi. N'y ai pas trouvé de réponse.

Presque immédiatement, un autre octet de données a fait tilt, déclenchant une avalanche de nouvelles questions.

Florence Sorg avait dit que c'était un « collègue influent » de Melanie qui l'avait recommandée chez InovoVax. Parlait-elle de Huger ? Avait-il aussi dégoté un boulot pour Murray ?

D'autres octets.

Le spécialiste de généalogie génétique avait déterminé que Sullie Huger et Harmony Boatwright étaient des cousins éloignés.

Harmony et Lena étaient-elles venues à Charleston pour rencontrer Huger ?

Je suis retournée sur Internet et j'ai trouvé une adresse. Loué soit le vaste web.

Coup de fil rapide à Vislosky. Boîte vocale. J'ai laissé un bref message.

Il était temps de procéder à un petit suivi du dossier.

La Maybank Highway est une chaussée à deux voies schizoïde, qui serpente entre les îles James, Johns et Wadmalaw. Certaines portions sont bordées par des stations-service, des petits centres commerciaux et des chaînes de fast-food. D'autres sont résidentielles. D'autres encore restent à 100 % rurales.

La société de Huger se trouvait sur la section de route la plus dynamique et commerciale de l'île James. Séparée du trottoir par des palmiers nains et une bande artificielle censée évoquer du gazon, la structure en briques de trois étages aurait pu être n'importe quoi – un centre médical, un immeuble de bureaux, une boîte de vente par correspondance. Aucun panneau n'annonçait l'activité de l'entreprise.

J'ai ajouté ma voiture à la demi-douzaine d'autres garées sur un rectangle composé de coquilles d'huîtres écrasées et j'ai poussé la porte en verre anonyme. Le hall d'accueil était petit, avec un plancher de tuiles brillant comme un miroir, un unique ascenseur sur la droite et sur la gauche un bureau fait d'une plaque de verre posée sur des tréteaux en acier.

La femme assise au bureau avait les cheveux argentés, crêpés très haut sur le crâne et abondamment laqués. Des lunettes Harry Potter pendouillaient à une chaîne passée à son cou. En entendant la porte, elle a levé la tête et cessé de limer un de ses ongles lilas.

— Bonjour. (Et pour être aimable, j'en ai rajouté.) Qu'est-ce qu'il fait beau, aujourd'hui !

— Oh oui, c'est une bénédiction du Seigneur qui nous envoie ce temps incroyablement sublime !

Elle avait une voix tellement sirupeuse qu'on aurait pu en napper une glace Dixie Bell.

— Je viens voir le Dr Huger, ai-je formulé, laissant sous-entendre un rendez-vous préalablement organisé.

Le visage crispé par un abîme de désespoir, Dixie Bell a lâché sa lime à ongles, mis ses Harry Potter et commencé à tapoter sur son clavier.

— Vous aviez rendez-vous ?

— Non, ai-je fait avec un sourire tellement contrit que j'en avais des crampes aux zygomatiques. Mais j'espérais…

Une main est venue se poser sur la poitrine de Dixie.

— Oh là là là là ! Mon Dieu ! Vous m'avez fichu une trouille bleue. J'ai cru que j'avais commis une bourde.

— Peut-être que je…

— Je suis navrée. Mais le Dr Huger s'est absenté pour quelques jours.

Merde. Je n'ai rien dit.

— Mais je peux peut-être vous aider ? a-t-elle ajouté, les yeux grands comme des soucoupes derrière ses verres ronds, épais.

Je me suis approchée du bureau.

— Je m'appelle Temperance Brennan.

Dixie Bell a attrapé un flacon en plastique, s'est aspergé les paumes des deux mains et s'est essuyée avec un mouchoir en papier.

— Nous, les filles, on n'est jamais trop prudentes.

— Jamais, ai-je abondé.

Une main aseptisée s'est tendue vers moi.

— Abilene Monger. Enchantée.

— Il y a longtemps que vous travaillez ici, Abilene ?

On s'est serré la main. Sa poigne avait toute la force du Kleenex qu'elle venait de jeter.

— Bien avant que Jésus ait ressuscité Lazare.

A-t-elle dit dans quelque chose qui ressemblait presque à un gloussement, mais pas tout à fait.

— C'est un peu embarrassant, ai-je dit en prenant l'air très embarrassé.

— Oh, trésor. Que se passe-t-il ?

— Je cherche ma nièce.

— Elle a disparu ?

J'ai hoché la tête.

— Depuis longtemps, maintenant. Il est possible qu'elle soit venue ici, avec une de ses amies, il y a quelques années de ça. Elle avait les cheveux courts, noirs avec des mèches roses. Son amie était plutôt grande.

— Le porc-épic rose !

— Je vous demande pardon ?

— Je me fabrique des rimes et des ritournelles pour aider ma mémoire visuelle. C'est un truc que j'ai appris dans une émission d'Oprah. Mnémotechnique.

— Je passe mon temps à le faire.

— Je l'utilise pour les voitures, les visages et d'autres trucs, mais moins pour les voix ou les conversations. J'ai ce que les médecins appellent une mémoire échogène. Vous savez ce que c'est ?

J'ai secoué la tête.

— J'écoute un discours, une chanson ou un truc dans le genre, et je me souviens de tous les mots. Je suis tellement douée qu'un psychologue m'a étudiée quand j'étais au lycée.

— Je suis très impressionnée.

— Et lui donc. Installez-vous, trésor.

Elle m'a indiqué l'un des deux fauteuils en velours gris placés devant le bureau.

Je me suis assise.

— Ses cheveux. Ils étaient tout hérissés. Comme un porc-épic. Et rose pivoine.

— Très futé, ai-je dit sur un ton rigoureusement neutre, malgré mon pouls rugissant.

— Pensez-vous que le porc-épic rose était votre nièce ?

J'ai tiré de mon sac la photo prise au Shady Sam's et l'ai posée sur la surface vitrée. Monger a repositionné ses Harry Potter, s'est penchée en avant et a étudié la jeune fille assise en contrebas de la scène.

— Oui, m'dame, a-t-elle finalement lâché. Comment s'appelle ce pauvre petit agneau ?

— Harmony.

— Comme c'est mignon.

— Je vous remercie.

— Que faisait cette enfant dans un bar ?

— C'est une longue histoire.

Silence réprobateur. Puis :

— Votre nièce et son amie travaillaient sur un projet scientifique pour l'école. Elles n'avaient pas prévenu de leur passage, mais le Dr Huger a très aimablement accepté de les recevoir. J'étais dans son bureau, en train de rattraper mon retard de classement, alors j'ai entendu presque tout ce qu'ils se disaient. Bonté divine, je déteste le classement et je laisse tout s'entasser…

— Quel était ce projet ?

— Ça, je n'en suis pas absolument sûre. Mais elles ont posé beaucoup de questions sur le génome, le séquençage de l'ADN, les tests génétiques et tout le bataclan. Et sur GeneFree, bien sûr.

Monger s'est tue, distraite par l'ongle en chantier.

— Autre chose ?

— Elles ont posé des questions sur l'industrie pharmaceutique. Elles savaient que le Dr Huger avait travaillé dans ce domaine. Elles s'étaient sûrement renseignées, les braves petites. Elles s'intéressaient tout particulièrement aux vaccins. Comment ils étaient fabriqués. Comment on les testait. Le contrôle de la qualité, ce genre de choses. Elles ont posé des questions sur une procédure appelée l'ARNm. Je n'ai aucune idée de ce que ça peut bien être.

Les cellules de mon Ça se sont soudain mises au garde-à-vous. *Hein ?*

Le froncement de sourcils de Monger a plongé vers son arête nasale.

J'ai émis un « oui ? » incitatif.

— Elles ont aussi posé des questions sur les virus. J'ai trouvé ça curieux, vu que ce n'est pas le domaine du Dr Huger. Mais à ce moment-là, j'en avais fini avec ma corvée de classement et j'ai quitté la pièce. Vous avez peur que votre nièce se soit attirée des ennuis ?

— J'espère que non.

— C'est un monde dangereux, là dehors.

— C'est bien vrai. Harmony a-t-elle mentionné un lien de parenté avec le Dr Huger ?

Cette fois, les sourcils sont remontés sous l'effet de la surprise.

— En voilà une bien étrange question.

— Je sais, ai-je dit en me maudissant de l'avoir posée si brutalement. C'est juste que je suis perdue quant à ce que ma nièce pouvait bien avoir en tête.

Monger a fermement secoué la sienne, faisant valser les chaînes de ses lunettes de part et d'autre de son visage.

— Il ne fait aucun doute que je m'en serais souvenue si elle avait demandé une telle chose. Pour autant que je sache, le pauvre homme n'a pas du tout de famille.

— Savez-vous quand doit revenir le Dr Huger ?

— Je l'ignore. Ce déplacement de dernière minute n'était pas noté dans son agenda.

Avait-elle l'air vexé ?

— Est-ce inhabituel ?

— Pas vraiment.

— Vous savez où il est allé ?

— Je l'ignore.

J'ai tiré une carte de mon sac et la lui ai tendue. Elle l'a examinée.

— Charlotte, eh ? Où est-ce que vous séjournez, à Charleston ?

Je le lui ai dit.

— J'adore, j'adore, *j'adore* l'île de Palms. Où ça donc, sur l'île ?

Elle n'en pouvait plus de bonheur.

Je le lui ai dit, en restant plutôt vague.

— Pas la maison absolument fabuleuse avec le petit escalier en spirale qui monte sur le toit ? !

— Hmm.

Visiblement, pas assez vague, mon explication.

— Quand je vais sur la plage, là-bas, je fais toujours un petit tour pour regarder les maisons. Celle-là, c'est ma préférée d'entre toutes.

Je l'ai remerciée pour le compliment, et j'ai décampé.

Tout en écrabouillant les coquilles d'huîtres, j'ai appelé Ryan. Il a répondu au moment où je déverrouillais ma voiture. Sans préambule, j'ai partagé avec lui ce que je venais juste d'apprendre d'Abilene Monger.

À l'autre bout de la ligne, quasi zéro stupéfaction. Ou alors il était distrait par quelque chose. J'ai donc meublé le silence.

— Harmony et Lena ont rencontré Sullie Huger.

— Le type de GeneFree.

— C'est ça.

— Le cousin éloigné d'Harmony ?

— D'après le spécialiste de généalogie génétique.

— Elles lui ont posé des questions sur sa société de tests ADN grand public ?

— Oui, mais aussi sur les vaccins, les virus et l'industrie pharmaceutique. Leur projet scientifique scolaire était de toute évidence un faux prétexte. Pourquoi crois-tu qu'elles s'intéressaient à ces sujets ? À ton avis, pourquoi s'intéressaient-elles à Huger ?

— La mère de Lena a travaillé pour une compagnie pharmaceutique. Peut-être qu'elles remontaient simplement cette piste ?

— Mais pourquoi aller voir Huger ?

— Dans l'espoir de parler à un parent ?

— Monger dit qu'il n'a jamais été question d'un quelconque lien de parenté entre eux.

— Elle a aussi dit que les filles avaient visiblement fait des recherches. Peut-être qu'elles étaient tombées sur le site de GeneFree, et voyant que Huger travaillait dans les environs de Charleston, elles ont pensé qu'il serait une bonne source d'infos.

— Peut-être.

Mais je n'y croyais pas vraiment. Elles s'étaient donné beaucoup de mal. Se trimballer jusqu'à Charleston en espérant le rencontrer sans rendez-vous. Et puis il y avait cette coïncidence troublante d'une éventuelle parenté, même éloignée, entre Harmony et Huger.

Après une courte pause :

— Claudel a botté des culs.

— Sur son appli de cours de charme ?

— Il n'est pas si mauvais.

Je me suis abstenue de commenter.

— Claudel suit la piste du yacht club. Apparemment, certaines marinas ont une passion démesurée pour les archives.

J'ai attendu.

— Murray a intégré le Yacht-Club Royal Saint-Laurent en 2009. Depuis lors et jusqu'en 2012, il y amarrait un Wellcraft Scarab Sport de 2006.

— C'est un bateau ?

— Du genre rapide. En 2012, il a troqué son vieux Scarab contre un Fountain 42 Lightning flambant neuf.

— L'éclair sera toujours plus rapide qu'un insecte.

— Hein ?

— Le scarabée est un insecte. Un éclair suppose...

— Tes circuits neuronaux ne manquent jamais de m'épater. En 2018, Murray est passé à un Cigarette 45 Maximus de 2016.

— Et c'est mieux, un bateau plus ancien ?

— Celui-ci ferait mordre la poussière, ou plutôt l'écume, à n'importe quel Scarab ou Fountain. Le joujou lui a probablement coûté un demi-million.

— Il l'a toujours ?

— Oui. Enfin, il l'avait.

— Et en 2002 ? La période qui nous intéresse ?

— Rien n'indique qu'il possédait un bateau à cette époque.

— Claudel a vérifié ?

— Partout.

— Le ton que tu emploies me fait croire que je n'ai pas encore tout entendu.

— Claudel est passé au Yacht-Club Royal Saint-Laurent où il est tombé sur un vieil habitué à la langue bien pendue. Basile Piché. On l'appelle Ballsey. Ballsey, à ce qu'il paraît, autorise les locations courte durée de ses hors-bord. Et ça depuis des années.

— Et Ballsey garde ses archives méticuleusement à jour ?

— Dis-moi que je suis l'homme le plus doué, le plus séduisant et...

— Qu'est-ce que Ballsey a raconté à Claudel ?

— Ballsey a loué son Ranger Cherokee de dix-huit pieds à un certain A. Murray du 28 juillet au 4 août 2002.

— Au moment précis où Melanie et Ella ont disparu ! me suis-je exclamée, pas loin du cri strident.

— Reste avec moi, mon sucre d'orge.

— Ne m'appelle pas comme ça. (J'ai pris une profonde inspiration.) Murray aurait-il pu faire le trajet en bateau depuis Dorval jusqu'à l'endroit où le conteneur s'est échoué à Saint-Anicet ?

— Oui. Mais ç'aurait fait un sacré voyage. Direction ouest sur le Saint-Laurent, puis passage des écluses de Beauharnois, ensuite le canal de Beauharnois sur près de vingt-cinq kilomètres. Le canal a deux ponts levants...

— Le pont Saint-Louis-de-Gonzague et le pont Laroque.

— Bravo, capitaine.

— J'aime les cartes.

— Après les ponts, il aurait fallu qu'il continue vers l'ouest jusqu'au lac Saint-François, qui est en fait une partie large du fleuve. Donc un trajet de plus de cinquante kilomètres en tout.

J'allais commenter quand Ryan a ajouté :

— Et ce n'est pas ce qu'il a fait.

— Ah bon ?

— En 2002, Ballsey était membre de la marina de Valleyfield.

— C'est sur le lac Saint-François, juste en amont de la plage de Saint-Anicet. Mais à l'époque, tu avais passé au peigne fin toutes les marinas et les clubs nautiques de la zone. Ces dates de location t'auraient alerté.

— Ballsey a un cottage sur le lac Saint-François. Avec un quai.

— Où il garde son Cherokee. Location privée, registre privé...

— Et voilà.

— C'est Murray, Ryan. C'est lui qui a tué Melanie et sa fille.

— Pour moi, c'est réglé.

— Comme du papier à musique. Mais pourquoi ?

Ryan n'avait pas de suggestion à offrir.

J'ai changé de sujet. Et encore, pas tellement.

— Quelle est la théorie sur l'explosion chez InovoVax ?

— Un champion de crétinerie a fait sauter l'endroit.

— Qu'est-ce que Murray y faisait au milieu de la nuit ?

— Eisenberg a dit qu'il était coutumier du fait.

— Mais pourquoi ?

Ryan a commencé à répondre. Je l'ai pris de vitesse.

— Mon hypothèse, c'est qu'il trempait dans quelque chose de louche. Il fraudait ? Trafiquait les livres de compte ? Il bidouillait avec la production ? Volait des médicaments ? Peut-être qu'il y était allé pour effacer ses traces. Peut-être qu'il avait l'intention de mettre le feu pour détruire des dossiers, des données ou je ne sais quoi. Peut-être que les choses ont mal tourné, et boum !

J'étais sur ma lancée. J'ai continué :

— Peut-être que c'est pour ça qu'il a tué Melanie. Peut-être qu'elle avait découvert ce qu'il tramait et qu'elle avait menacé de le dénoncer. Peut-être que c'est de ça que parlent ses notes. Mais pourquoi sa fille ?

— Respire à fond.

— Tu parles comme mon prof de yoga.

L'apport d'oxygène a un peu aidé.

Pas longtemps.

Beaucoup trop de *peut-être*. Beaucoup trop de spéculations.

35.

Vendredi 19 novembre

J'ai passé le trajet de retour à tourner et retourner ces *peut-être* dans ma tête. En les combinant avec des références encore inexpliquées et des questions restées sans réponse.

En quittant la bretelle pour rejoindre l'île de Palms, ma tempête mentale s'est concentrée sur deux points précis. Un nom est apparu au premier plan.

Sur ma droite, le soleil de fin d'après-midi teintait d'orange les marais et le chenal. J'ai regardé l'heure : 16 h 37. Avec un peu de chance, pas trop tard.

Une fois arrivée chez Anne, je me suis ruée à l'intérieur, j'ai sorti mon téléphone, un stylo et une tablette de mon sac à bandoulière. Après avoir localisé un numéro récemment ajouté à mes contacts, j'ai cliqué sur appel.

— Alika Bangoboche.

A fait la voix flûtée.

— Temperance Brennan. Tempe. J'espère que je ne vous dérange pas ?

— Pas du tout. Je corrige des copies.

— Je ne veux pas…

— Votre appel me fournit le prétexte à faire une pause.

J'aimais bien cette femme.

— Je me demandais si je pouvais vous poser encore quelques questions.

— Bien sûr.

— Quand on s'est parlé la dernière fois, au sujet des documents que je vous ai envoyés, vous avez dit que le terme CRISPR vous intriguait.

— Oui, parce que ces notes avaient l'air de concerner la production de vaccins.

— Si j'ai bien compris, le CRISPR est un outil d'édition génétique.

— C'est exact. C'est un acronyme qui veut dire *Clustered Regularly Interspaced Short Palindromic Repeats,* autrement dit : « courtes répétitions palindromiques groupées et régulièrement espacées ». (Je n'ai pas commenté, elle a ajouté d'elle-même.) Répétitions d'informations génétiques.

— D'accord.

— L'intitulé complet est CRISPR/Cas9. Emmanuelle Charpentier et Jennifer Doudna viennent de recevoir le prix Nobel de chimie pour leurs travaux dans ce domaine. Deux femmes. N'est-ce pas absolument merveilleux ?

— Totalement. Vous pouvez m'expliquer comment ça fonctionne ?

Tandis que Bangoboshe développait le sujet, je prenais frénétiquement des notes. Quand elle s'est interrompue, j'ai résumé ce que j'avais écrit, en laissant de côté les parties techniques.

— Donc, Cas9 agit comme des ciseaux moléculaires qui découpent un brin d'ADN à un endroit précis.

— C'est ça.

— Mais dans quel but ?

— Pour supprimer un segment, afin peut-être d'insérer un nouveau gène. Dieu tout-puissant ! Mes collègues seraient horrifiés de m'entendre ainsi simplifier tout cela.

La flûte a hululé un rire qui m'a fait penser au glissando de clarinette au début de la *Rhapsody in Blue* de Gershwin.

— En gros, CRISPR/Cas9 est une technique génétique de copier-coller, ai-je dit.

— J'imagine qu'on peut voir ça de cette façon.

— On l'utilise sur les humains ?

— La première étude sur l'homme a eu lieu en 2016, en Chine, lors d'un essai clinique à l'Université du Sichuan. On peut donc dire que l'application de CRISPR/Cas9 aux humains est relativement récente.

— Je suppose que sa fonction première est de réparer les défauts et de soigner les maladies ?

— Les scientifiques explorent l'utilisation de CRISPR/Cas9 pour la correction d'un large éventail de pathologies, et notamment les maladies monogéniques comme la fibrose kystique, l'hémophilie, la drépanocytose... Cette technique offre de grands espoirs de traitement et de prévention de problèmes plus complexes comme le cancer, les maladies cardiovasculaires, la santé mentale et le virus humain de l'immunodéficience, le VIH...

— Il me semble avoir lu un article, il n'y a pas très longtemps, sur un médecin chinois qui aurait modifié le génome de fœtus humains ?

— He Jiankui, a-t-elle dit avec un mépris à couper au couteau. En 2018, au cours d'une conférence à Hong Kong, il a révélé qu'il avait créé les premiers bébés génétiquement modifiés – des jumelles. Cette annonce a fait hurler la communauté scientifique. Exactement l'effet qu'il recherchait.

— J'ai le sentiment que vous n'approuvez pas.

— Ils ont, ses collègues et lui, violé des règles internationalement acceptées et franchi une ligne sur le plan de l'éthique médicale. Avec pour seul objectif la gloire et la fortune.

— Qu'ont-ils fait exactement ?

— Ils ont utilisé la technique CRISPR/Cas9 pour désactiver un gène appelé CCR_5. Le CCR_5 fabrique une protéine dont le virus du sida a besoin pour pénétrer dans les cellules.

— Ils auraient donc créé des bébés immunisés contre le VIH ? En quoi est-ce problématique ?

— C'est un sujet tellement compliqué… (La flûte a fait une pause, pour réfléchir à la façon de simplifier, à mon profit, ai-je pensé.) La plupart des modifications induites par les technologies d'édition génomique comme le CRISPR/Cas9 se limitent aux cellules somatiques. Comprenez-v…

— Des cellules autres que les ovules ou les spermatozoïdes.

— Exact. Les modifications de cellules somatiques n'affectent qu'un certain nombre de tissus de l'individu et ne sont pas transmises d'une génération à l'autre. Ce n'est pas le cas des altérations apportées aux gènes des cellules ovariennes et des spermatozoïdes, ou aux gènes d'un embryon. Ces altérations-là pourraient être transmises à la descendance. C'est pourquoi ce genre de changements pose de sérieuses questions éthiques, et notamment de savoir s'il faut autoriser l'amélioration de caractéristiques humaines normales.

— Des choses comme la couleur des yeux, la taille, l'intelligence…

— Exactement. En raison des réticences concernant l'éthique et la sécurité que cela suscite, l'édition génomique des cellules et de l'embryon est actuellement illégale dans de nombreux pays. Certains gouvernements, dont celui des États-Unis, ont banni ce genre de travaux de crainte qu'ils ne soient détournés et ne servent à la fabrication de bébés sur mesure.

— Qu'est-il arrivé à He ?

— Une cour de justice chinoise l'a condamné ainsi que deux de ses collègues à une peine de prison et une très lourde amende.

J'ai jeté un œil à ma tablette. Coché le terme CRISPR sur ma liste.

— Pourriez-vous m'expliquer l'utilité de l'ARNm dans la fabrication d'un vaccin ?

C'était le terme qu'avait utilisé Abilene Monger. Celui qui avait réveillé des cellules industrieuses de mon cerveau reptilien.

Après un silence :

— Nous avons déjà parlé des méthodes de production traditionnelles.

— À partir d'un œuf, de cellules, et recombinant.

— Malheureusement, ces approches n'ont pas été aussi efficaces que nous l'espérions pour lutter contre les agents pathogènes qui mutent rapidement, comme la grippe, ou contre la menace de pathologies émergentes, comme les virus Ebola ou Zika. Certains chercheurs pensent que les vaccins à ARNm pourraient se révéler supérieurs.

— Comment ?

— En introduisant une séquence d'ARNm…

— D'ARN messager. Une molécule qui dit aux cellules quoi fabriquer.

Bangoboshe a ignoré mon intervention.

— Avant l'injection, l'ARNm est enrobé de nanoparticules lipidiques qui permettent à la molécule d'entrer dans les cellules du receveur. Une fois à l'intérieur, l'ARNm code des antigènes spécifiques à une maladie.

— Une protéine utilisée par le pathogène pour provoquer la maladie. (Je savais que j'aurais dû la boucler et écouter, mais je voulais être certaine de comprendre.) L'idée étant que le système immunitaire du receveur reconnaîtra la protéine et commencera à organiser une défense.

— Oui. Comme son homologue, le vaccin à ARNm permet au corps d'imiter une infection et provoque une réponse immunitaire sans que le patient soit réellement atteint par la maladie.

— Quel est l'avantage ?

— C'est plus rapide, plus sûr, et moins cher. En tout cas, c'est ce qu'affirment ses partisans.

— Cette technologie est-elle utilisée en ce moment ?

— Plusieurs candidats vaccins sont dans le tuyau de la FDA pour validation. Et puis, bien sûr, il y a le vaccin contre la Covid.

J'ai ruminé tout ce que m'avait dit Bangoboshe. Je ne sais pas trop ce qu'elle a fait pendant ce temps-là. Puis :

— Vous m'avez été d'une aide très précieuse, docteure Bangoboshe.

— Le moment est venu pour moi de retourner à mes copies. Si seulement mes étudiants pouvaient être aussi attentifs que vous. Et aussi futés.

— Merci infiniment de m'avoir consacré votre temps.

— C'était un plaisir.

J'ai coupé la communication en me sentant attentive et futée.

Le soleil achevait son cycle et la pièce était plongée dans l'ombre. J'allumais les lumières quand mon téléphone a chanté quelques mesures d'*All Day Music.*

L'écran affichait un numéro inconnu. J'allais opter pour *Ignorer* quand quelque chose m'a fait hésiter. Sans trop savoir pourquoi, j'ai pris l'appel.

— Temperance Brennan.

— C'est Abilene. Abilene Monger. Je travaille pour le Dr Huger.

— Oui, bien sûr, Abilene. Quel plaisir de vous entendre à nouveau.

Ai-je dit, pas certaine que ça allait durer.

— Je, eh bien, vous m'avez dit qu'un détail, même anodin, pourrait vous être utile. (Au cas où elle n'aurait pas été assez claire, elle a précisé sa pensée.) Pour retrouver votre nièce, je veux dire.

— Oui.

— Je ne devrais probablement pas vous parler. Je pourrais me faire virer. Mais, eh bien, votre nièce avait l'air d'être une gentille petite. Ça me fend le cœur de la savoir perdue quelque part, et peut-être en grand besoin d'aide. On lit tellement d'histoires épouvantables sur les trafics sexuels et autres…

J'ai attendu qu'elle poursuive. Ce qu'elle n'a pas fait.

— Je vous promets que tout ce que vous direz restera entre nous, ai-je dit pour la rassurer.

— J'ai consulté mon pasteur et il m'a conseillé de vous appeler.

— Vous vous êtes souvenue d'une autre chose que les filles auraient dite ?

— Elles ont posé des questions sur une compagnie pharmaceutique canadienne.

— Vous vous rappelez laquelle ?

— In Over Jacks.

J'étais perdue.

— InovoVax. Vous entendez la rime ? Ça avait du sens pour moi, parce que je joue au poker.

— Oui, je l'entends. Très futé.

Plusieurs secondes ont filé. Dans le silence, j'ai eu peur qu'elle entende mon cœur cogner contre mes côtes.

— Mais il faut que je sois franche, a finalement repris Abilene. J'ai inventé la rime parce que j'ai aussi vu le nom imprimé.

— Imprimé.

— Oui, en pixels ou chépakoi. Sur l'identité de l'appelant.

— Quelqu'un d'InovoVax a téléphoné à quelqu'un de GeneFree ?

— Plein de fois.

— Vous savez qui ?

J'ai entendu un cliquetis discret. Me suis représenté Abilene en train de secouer la tête, les chaînes de ses lunettes cliquetant contre son téléphone.

— Dieu du ciel, ça, c'était débile. J'étais en train de secouer ma caboche alors que vous ne pouvez pas me voir.

— Vous ne savez pas qui appelait ?

— Avec le nouveau système, la personne s'affiche sur mon écran et l'appel bascule automatiquement vers le bon poste.

— Quand est intervenu le dernier appel d'InovoVax ?

— En début de semaine.

— Le numéro reste-t-il dans le système ?

— Euh. Sacrée bonne question. Rien ne m'empêche d'y jeter un œil.

J'ai entendu un cliquetis de touches. Plein de touches.

— Oui, le voilà. Oh mon Dieu. Avec tous ces zéros, ça doit être le numéro du standard principal.

— Pouvez-vous le composer ?

Ce qu'elle a fait. C'était ça. Une voix mécanique annonçait qu'InovoVax était fermé et que les messages ne pouvaient être laissés que sur les postes téléphoniques individuels.

— Il est 17 heures passées, a dit Abilene. Quand même, ça vous aide, non ?

— Je le confirme. Savez-vous qui l'appelant cherchait à joindre ?

— Non. Avant, c'est moi qui m'occupais des appels entrants et sortants et qui prenais les messages. À présent, c'est que des automatismes et des répondeurs. Je suis sûre que je ne vais pas tarder à perdre mon boulot au profit de Roxie le Robot. Je vous jure, tout fout le camp. Bientôt, les gens ne se permettront plus la moindre relation interpersonnelle.

Après avoir écouté d'autres lamentations que j'ai ponctuées d'onomatopées compatissantes, j'ai remercié Abilene et raccroché.

Je suis restée assise dans la pénombre grandissante, l'adrénaline embrasant tout mon corps, comme si j'étais sous perf. J'étais en proie à un tourbillon de nouvelles questions.

En dehors de Lena, les appels à GeneFree depuis InovoVax représentaient le premier lien concret entre Montréal et Charleston. Quelle en était la finalité ?

Sullie Huger était-il en contact avec quelqu'un de la compagnie pharmaceutique de Laval ? Avec Arlo Murray ?

Huger et Murray travaillaient sur le HGP à la même période. S'étaient-ils rencontrés au MIT ?

Huger était l'aîné des deux scientifiques. Était-ce lui qui avait fait entrer Murray chez InovoVax ?

Mélanie Chalamet/Melanie Chalmers travaillait sur le HGP au MIT. Huger ou Murray était-il le fameux collègue « influent » qui l'avait fait embaucher chez InovoVax ?

Lena était allée trouver Murray pour glaner des infos sur sa mère et sa sœur. Il avait découragé ses efforts. Lena avait-elle alors approché Huger ?

Huger était-il impliqué dans les magouilles de Murray chez InovoVax ? Et de quelles magouilles s'agissait-il au juste ? Mélanie Chalamet/Melanie Chalmers avait-elle découvert ce que Murray tramait ? Avaient-elles été assassinées, Ella et elle, à cause de sa découverte ? Réduites au silence d'une balle dans la tête ?

Tirée par qui ?

Était-ce le même meurtrier qui avait éliminé Lena et Harmony quinze ans plus tard ? Parce qu'elles se rapprochaient trop de ce même secret ?

Le silence bourdonnait autour de moi. Soudain, la maison d'Anne m'a paru très grande. Et très dépeuplée.

J'ai ouvert les portes vitrées et suis sortie sur la terrasse. *Note à moi-même : Rappeler à Anne que le loquet ne se bloque toujours pas correctement.*

Dehors, derrière la lueur turquoise de la piscine, la marée était haute et pilonnait bruyamment la plage. Des mouettes étaient engagées dans des débats passionnés. Le Low Country, qui constituait d'habitude un tranquillisant efficace, n'a pas réussi à me calmer.

J'ai refermé les battants derrière moi et mis le cap sur la cuisine, où j'ai allumé la minuscule TV sur le comptoir. Une chaîne d'info locale s'est matérialisée. Pourquoi pas ? À ce stade, le baratin des experts-en-tout médiatiques valait mieux que pas de compagnie du tout.

J'allais ouvrir la barquette de mon dîner sous-vide quand l'une des têtes parlantes a capté mon attention. Une voix familière. Je me suis retournée.

Le comédien-scientifique de GeneFree était revenu vendre sa salade avec toute la sincérité d'un prédicateur de groupe de prière.

Pendant que je l'écoutais débiter son laïus, plusieurs octets rebelles se sont télescopés dans mon cerveau, produisant les premières particules d'une idée brumeuse.

Ah, Jésus.

J'ai soudain ressenti une sensation de froid à la base du crâne.

Pas possible.

Pourtant, cette hypothèse expliquerait tant de choses…

J'ai engouffré mon gratin de macaronis et ouvert mon ordinateur, bien consciente que j'allais passer la nuit sur Internet.

Inconsciente des horreurs qui m'y attendaient en embuscade.

36.

Vendredi 19 novembre

Vaccins. Virus. CRISPR. ARNm. GeneFree. InovoVax. Murray. Huger. Chalamet/Chalmers.

J'ai commencé par GeneFree.

Huger avait lancé son activité en ligne en août 1999. Baptisé GeneMe, le service portait sur l'ADN du chromosome Y, et comme c'est une partie du génome qui se transmet de père en fils, il s'agissait principalement de tests de paternité. Par la suite, GeneMe avait ajouté l'analyse de l'ADN mitochondrial, dont les hommes et les femmes sont porteurs. L'ADNmt étant transmis par la mère, le tester revenait à explorer la lignée maternelle.

En 2000, GeneMe avait encore élargi son offre. Les utilisateurs pouvaient désormais obtenir leur profil ADN, entrer le résultat obtenu auprès d'autres labos de tests, consulter la banque de données ADN du site, construire leur arbre généalogique en ligne et entrer en contact avec des parents. Mais pas encore avec des ascendants.

Huger ne faisait pas payer l'ouverture d'un compte GeneMe.

Ce qui m'a intriguée. S'agissait-il d'un service public ? Et sinon, comment rentabilisait-il son activité ?

La réponse ne s'est pas fait attendre : GeneMe proposait des consultations en ligne pour aider les clients à comprendre les résultats de leur test. Et cela, contre rémunération.

En octobre 2006, GeneMe.com avait absorbé GlobalGene Link.com, une société concurrente localisée à Provo, dans l'Utah. GGL disposait d'une vaste banque de données, ce qui avait permis à GeneMe de se déployer dans le domaine du traçage généalogique multigénérationnel. Huger avait ensuite fermé GeneMe et l'avait relancé sous le nom de GeneFree. À partir de là, l'accès aux services était devenu payant.

Ce qui était plutôt ironique, me suis-je dit, vu le nouveau nom de la boîte.

En avril 2018, GeneFree avait entamé des pourparlers pour l'acquisition d'une compagnie située à Cincinnati, Rasmussen Genetic Ancestry Foundation. RGAF présentait trois atouts irrésistibles pour Huger : une capacité avancée de tester l'ADN ; un immense fonds de données généalogiques ; une stratégie élaborée de partage multimédia.

RGAF.com avait été fermé le 1er juillet 2018, et ses actifs transférés à GeneFree.com. Qui pouvait désormais pratiquer le test PSN du génome complet et possédait à présent une monstrueuse banque de données.

La date a provoqué une énième collision cérébrale.

Bordel de Dieu !

C'était donc ça ? Lena et Harmony auraient déterré des cadavres susceptibles de mettre en péril l'acquisition de RGAF par GeneFree ?

La chronologie collait. Les filles avaient disparu au mois de février 2018.

Cette découverte a déclenché une rafale de nouvelles questions.

Le secret déterré par les filles était-il le même que celui sur lequel était tombée la mère de Lena ?

Ce secret était-il assez compromettant pour entraîner quatre assassinats ?

Quel était ce secret ?

Me conformant au vieil adage – *Suis l'argent* –, je me suis connectée à GeneFree.com. La page d'accueil du site s'ouvrait sur deux photos côte à côte de familles souriantes, l'une, en couleurs vives, de papa, maman, junior et petite sœur, tous quatre en vêtements d'aujourd'hui ; l'autre, dans les tons sépia, de papa, maman et six enfants, toute la smala vêtue à la mode du dix-neuvième siècle. Ça m'a rappelé le portrait de la grand-mère et de la grand-tante de Polly Beecroft.

Au-dessus des photos, des onglets offraient les choix suivants : « Filiation biologique », « ADN », « Généalogie », « Santé ».

Sous les onglets, une bannière *pop-up* rouge clignotante mettait en garde contre les dangers de la *Capnocytophaga.* Sous la bannière, on m'expliquait que l'immunité à la capno était génétiquement déterminée, et que GeneFree était en mesure d'offrir un diagnostic censé apporter la tranquillité d'esprit.

Un lien m'a conduite sur une page consacrée à la capno. Moyennant une somme rondelette, je pouvais commander un kit d'analyse ADN spécifique, un bilan de santé personnalisé et des conseils fondés sur des connaissances médicales et génétiques.

Je suis retournée sur la page d'accueil et j'ai fait un petit tour du site. Ce qui m'a valu un bombardement de pubs et de fenêtres *pop-up* redirigeant vers des pages entières de propagande pour des aliments diététiques et des remèdes homéopathiques, et des pages spécifiquement adressées aux sujets prédisposés par leur ADN à attraper la capno.

J'en avais encore le tournis quand Ryan a appelé. Je lui ai résumé les appels passés depuis le standard d'InovoVax aux bureaux de GeneFree, ce qu'Abilene Monger m'avait appris sur la visite de Lena et Harmony à Huger, et ma visite à GeneFree.com. J'ai évité d'évoquer ma théorie, qui n'en était qu'à un stade embryonnaire proche de la dispersion de particules.

— Combien ça peut rapporter, les tests de crachats et la vente de chanvre ? lui ai-je demandé, autant à son profit qu'au mien.

— Si tu demandais à Vislosky de se procurer les relevés de banque de GeneFree ? Ou encore les déclarations de revenus de Huger ?

— Bonne idée.

— Peu probable qu'elle les obtienne sans mandat.

— Je le sens dans mes tripes, Ryan. Arlo Murray et Sullie Huger étaient en contact. Je sais qu'il y a un lien entre ces deux-là.

— Et la dame remporte un joli toutou ! a-t-il fait avec une exultation surjouée.

— Qu'est-ce que ça veut dire ?

— Claudel est sur une bonne piste.

— Qu'est-ce qu'il a ?

— D'horribles brûlures d'estomac, je suppose. Ce gars donne l'impression de ne pas avoir dormi depuis plusieurs jours.

— Qu'est-ce qu'il a trouvé ? ai-je demandé en détachant bien chaque syllabe.

— Je ne voudrais pas lui voler la vedette.

— Pas de problème. Il a plein de vanité en réserve.

— Il va t'appeler très vite.

— Ryan, j'aimerais autant que tu…

— Patience, mon bouton d'or.

— Ne m'appelle pas comme ça, ai-je protesté avec un soupir théâtral. En attendant, tu pourrais me rendre un service ?

— Tout ce que tu désires.

— Tu pourrais vérifier si Huger est venu au Canada, récemment ?

— Pas de problème. Oh, encore un fait nouveau : les gars de la Scientifique ont récupéré un téléphone portable dans les décombres d'InovoVax.

— Wow !

— Ils pensent que l'explosion l'a propulsé à travers une vitre et qu'il a atterri dans l'herbe.

— Sacré coup de chance.

— En plus, le truc avait une coque en métal, un film protecteur sur l'écran et une bande antichoc.

— C'est celui de Murray ?

— C'est l'idée qui circule. Qui laisse son téléphone au bureau le soir ?

— Il fonctionne toujours ?

— Je sais pas.

— Les *geeks* ont réussi à en tirer quelque chose ?

— Je sais pas non plus.

— Ryan, tu ne pourrais pas simplement me dire ce que Claud…

Un bip a signalé un appel en attente.

— Laisse tomber. La merveille qui ne dort jamais s'annonce justement.

— *Je t'aime, ma pâquerette.*

— Je t'aime aussi.

— *Ciao.*

— *Ciao.*

J'ai coupé la communication avec Ryan et pris l'appel entrant.

— *Bonsoir, inspecteur.*

Claudel ne s'est pas perdu en salamalecs.

— Je suis allé chez InovoVax et j'ai mis la main sur un employé qui travaille pour cette boîte depuis la nuit des temps. Un homme plutôt contrarié d'avoir été coiffé au poteau pour le poste de directeur. Et qui n'hésite pas à dire ce qu'il pense du patron.

Sa voix rauque confirmait l'épuisement que Ryan avait évoqué.

— C'est une longue et décidément bien ennuyeuse histoire, le fond en étant ceci : notre homme confirme qu'autour de l'an 2000, le Dr Aubrey Sullivan Huger a réussi à faire embaucher le Dr Arlo Murray et Mlle Mélanie Chalamet.

— Comment ? ai-je demandé. Pourquoi ?

— Ce monsieur est resté vague sur ces deux points. Apparemment, Huger connaissait quelqu'un chez InovoVax. Et le fait que Chalamet parle français était un point positif.

J'ai briefé Claudel comme j'avais briefé Ryan. Il m'a écoutée sans m'interrompre. Et puis :

— Faut que j'y aille.

Et il était parti.

Je suis restée figée le temps que mon cerveau absorbe tous ces nouveaux octets. Des particules qui accéléraient comme des électrons autour d'un noyau.

Dix minutes, puis je me suis remise en mouvement en commençant par appeler Vislosky. Je doutais qu'elle réponde hors des heures de bureau.

J'avais tort.

— On dirait un molosse lâché sur une côte de bœuf.

— Merci, ai-je dit.

Je lui ai répété tout ce que j'avais raconté à Ryan et tout ce que Ryan et Claudel m'avaient dit depuis la dernière fois où nous avions discuté toutes les deux, et j'ai fini par la suggestion de Ryan de mettre le nez dans les comptes bancaires de Huger.

— Fouiner dans ses comptes personnels et ceux de ces sociétés en ligne ?

— Oui.

— Il faudrait un mandat. Et pour obtenir ce mandat, il faudrait des causes probables.

— Vous avez de l'imagination, non ?

— Pas à ce point-là.

— Je sais que Huger est impliqué dans tout ça.

— Tout ça quoi ?

— Ce bordel atomique.

— Vous vous basez sur quoi ?

— C'est viscéral.

— Ah, alors problème résolu. Ça devrait faire céder n'importe quel juge.

— Vous pourriez au moins essayer, non ?

— Pas sans quelque chose de plus conséquent que vos entrailles.

Silence bourdonnant sur toute la ligne.

— Pourquoi avez-vous qualifié mon enquête de bordel atomique ? a finalement demandé Vislosky.

— Bordel tout court n'était pas suffisant.

Seul le silence m'a répondu, pour changer.

Une douche rapide, j'ai désactivé ma sonnerie d'un balayage du pouce et me suis propulsée au lit. Birdie m'y attendait déjà.

— Tu as envie d'entendre les toutes dernières nouvelles ?

Je savais que j'étais trop énervée pour dormir.

Le chat était d'accord.

J'ai allumé la télé sur CNN. Don Lemon nous bassinait avec un énième représentant au Congrès accusé de comportement inapproprié. Lasse, j'ai récupéré mon téléphone et commencé à naviguer sur Twitter. Appris que c'était le National Princess Day.

Je me demandais où j'avais bien pu ranger ma tiare – ouais, j'en ai une – quand le sujet suivant de Lemon m'a fait relever les yeux vers l'écran.

La crise de la capno en Caroline du Sud passait aux nouvelles nationales. Symptômes. Cause. Taux de morbidité et de mortalité. Système de santé sous tension. CDC. Herrin interviewée devant les unités de morgue portables. On aurait dit qu'ils nous rejouaient la Covid.

— À ton avis, pourquoi est-ce que ça n'apparaît que maintenant sur leurs radars ? ai-je demandé au chat.

L'éclosion semblait ne concerner qu'une zone limitée. Je me suis rappelé ce que j'avais entendu sur NPR, la radio locale, un mois plus tôt.

— Ou alors, ils en ont parlé aux infos nationales, mais ça nous a échappé.

J'attendais que Birdie réponde quand mon téléphone a vibré dans ma main. J'ai répondu. Après tout, je n'avais géré que des quintillions d'appels ce jour-là.

Vislosky.

— J'ai peut-être du nouveau dans le bordel atomique.

J'ai laissé filer le sarcasme.

— Huger et ses avocats ont passé les premiers mois de 2018 à négocier les conditions de la cession de GeneFree à un groupe appelé Universal Genomics.

— J'en ai entendu parler. C'est une énorme entité.

— On aurait pu parler de mégadollars si l'affaire s'était conclue.

— Méga comment ?

— À sept zéros. À gauche de la virgule.

— Ça ne s'est pas fait ?

— Les négociations se sont interrompues à l'automne ou au début de l'hiver 2018.

— Pourquoi ?

— Ma source n'était pas dans le secret.

Nous avons toutes deux contemplé les implications.

— Donc les enjeux étaient encore supérieurs à ce que je pensais. (Flot de suppositions, traduites à haute voix.) Huger achète RGAF en espérant toucher le jackpot avec la vente de GeneFree à Universal Genomics. Lena et Harmony pointent leur nez, menaçant de faire capoter la transaction. Huger voit son futur pactole lui échapper, il panique et les tue.

Vislosky n'a ni infirmé ni confirmé.

— À votre avis, qu'est-ce qu'elles avaient sur lui ?

— Aucune idée, a-t-elle répondu froidement. Mais je vais épingler ce salopard et traîner son cul au poste.

— Monger a dit qu'il était en déplacement.

— Elle sait quand il compte rentrer ?

— Non. J'ai demandé à Ryan de vérifier si Huger était récemment venu au Canada.

— Vous pensez que ce salopard pourrait aussi être impliqué dans la mort de Murray ?

— Je ne sais pas quoi penser.

— Au fait, les *geeks* de la Scientifique ont réussi à lire la cassette vidéo retrouvée au foyer. La plupart des images sont foutues, mais ils ont réussi à en sauver et à en numériser certaines parties.

— L'enregistrement a été fait par Melanie Chalmers ?

— Ouais. Je leur ai demandé d'en mettre une copie sur une clé USB. J'aimerais que vous la regardiez.

Ça m'a surprise.

— Bien sûr.

— Je serai à Mount Pleasant, demain.

Ça aussi, ça m'a surprise, vu que la ville avait son propre service de police.

— Il y a une manif devant la mairie à cause de cette merde de capno. Je fais du putain de contrôle de foule. Vous êtes sur l'île de Palms, c'est ça ?

— Oui.

— Vous connaissez le Sea Biscuit ?

— Je connais.

— On s'y retrouve à midi ?

— J'y serai.

Vislosky a raccroché.

Après avoir éteint la télé et la lumière, je me suis rallongée et j'ai fermé les yeux. Birdie s'est collé tout contre mes côtes.

L'océan grondait toujours sur le même rythme incessant, étouffé par la vitre. La maison vide résonnait autour de moi.

Des images dansaient derrière mes paupières, des spectres réveillés par mon hypothèse balbutiante.

C'est impossible. Personne ne pourrait être aussi diabolique.

J'ai roulé sur le côté.

Le chat s'est relocalisé.

J'ai donné des coups de poing dans l'oreiller. Roulé sur l'autre côté.

Demain, je regarderais ce qui était peut-être le communiqué final de Melanie Chalmers.

À cette perspective, mon estomac s'est noué.

37.

Samedi 20 novembre

J'ai ouvert les yeux dans une chambre étrangement obscure et silencieuse.

Je me suis désentortillée de mes draps – j'avais dormi d'un sommeil agité – et je suis allée à la porte-fenêtre. Derrière la vitre, le brouillard était si épais qu'on aurait pu faire un bonhomme de neige avec.

J'ai fait coulisser l'un des battants et suis sortie sur la terrasse. L'air m'a fait l'impression d'un velours mouillé sur ma peau. Sous mes pieds nus, les planches étaient froides et glissantes.

Les oiseaux marins ne faisaient pas un bruit, peut-être désorientés par le manteau gris brumeux qui enveloppait leur monde. Pas une feuille de palmier ne bruissait.

J'ai inspiré le mélange d'algues, de sable mouillé et d'air salé. Écouté les hectares de silence. Me suis sentie momentanément réconfortée.

Et puis, la chair de poule. Peut-être la fraîcheur du matin. Peut-être l'idée de ces femmes mortes qui allaient me parler plus tard dans la journée.

Je suis retournée à l'intérieur. Birdie était parti, sans doute dégoûté que sa commande de petit-déjeuner arrive plus tard qu'il ne l'avait décidé. J'ai jeté un coup d'œil au réveil sur la table de chevet : 8:17. Des heures à tuer avant mon rendez-vous avec Vislosky.

Caféine ? Gym ?

J'aurais nettement préféré la première option, mais j'ai tout de même enfilé un short de jogging, un sweat à capuche et mes Nike. Après avoir nourri le fauve, j'ai pris la direction de la jetée de Front Beach, une boucle de quatre kilomètres et des poussières. Ce qui faisait une belle trotte.

La mer était haute et ne laissait qu'un étroit ruban de sable compact en bordure du rivage. Mes foulées résonnaient au rythme de l'Atlantique embrumé qui aspirait et recrachait les vagues.

À mi-parcours, j'ai flanqué la claque habituelle au pilier incrusté de bernacles – un rituel TOC, je sais – et fait demi-tour. Sur le chemin de retour, le soleil a troué le brouillard de quelques timides rayons. Le voile lourd donnait l'impression de se lever à regret. Des silhouettes fantomatiques se sont lentement matérialisées. Des promeneurs. Des ramasseurs de coquillages. Des chiens qui couraient après une balle ou un Frisbee et qui les rapportaient ventre à terre à leurs maîtres.

Ma respiration était régulière, mes muscles commençaient à s'assouplir. J'avais atteint ma vitesse de croisière. Pour la première fois depuis plusieurs jours, je me sentais vivante, et c'était bon.

Après ma douche, j'ai enfilé un pantalon de yoga, mon jersey préféré à manches longues, celui que j'avais rapporté de Skagway, et je m'offrais le café différé assorti d'un bol de Cheerios quand Ryan a appelé.

— *Bonjour, mon cowboy.*

Ai-je dit, empruntant une réplique de Mitsou, une chanteuse québécoise.

— *Bigre,* on est bien enjouée ce matin.

— Je viens de courir sur la plage.
— Tu es encore toute chaude ? Tout en sueur ?
— J'ai pris une douche.
— Tu es toujours toute nue ?
— Je suis dans la cuisine en train de déjeuner.
— Je suppose que tu n'accepterais pas de te *mettre* toute nue…
— Quoi de neuf, Doc ? ai-je demandé en croquant un O.
— Tu as quel âge, douze ans ?
— La faute aux endorphines.
— Ce qu'il y a de neuf se compose de deux parties. Petit un, des traces de Semtex ont été retrouvées chez InovoVax.
— Du plastic.
— Exactement.
— Le truc qui a fait exploser le vol 103 de la Pan Am au-dessus de Lockerbie, en Écosse.
— Deux cent vingt grammes, dans une valise Samsonite.
— Jésus dans un *poirier*.
— C'est puissant, comme machin. Et d'un emploi très simple. Tu en colles quelques grammes derrière les chiottes, tu te planques dans la ruelle et tu déclenches le détonateur en composant un numéro sur ton téléphone portable.
— C'est facile à se procurer ?
— Bah, le Semtex est utilisé pour le dynamitage industriel, les démolitions, l'extraction minière, ce genre de trucs. Son acquisition est réglementée, mais si tu as un bon fournisseur, tu arriveras à t'en trouver un beau morceau.

Ryan s'est tu, pour réfléchir au Semtex, je suppose. Ou aux bons fournisseurs.

— À l'époque, c'était la croix et la bannière pour le détecter. Maintenant, on y ajoute un marqueur.
— Pour quoi faire ?
— Ça produit une signature olfactive distinctive qui permet de reconnaître la substance.

— Les flics pensent que Murray a fait une fausse manip et qu'il s'est fait sauter ?

— Ils envisagent toutes les possibilités.

— Ce gars-là est un serpent, Ryan. S'il se sentait menacé, il aurait plutôt rincé Disneyland à la kalachnikov.

J'ai deviné le haussement d'épaules de Ryan, peu désireux de spéculer. Ou pas complètement convaincu.

— Et la deuxième partie ? ai-je demandé.

— Huger est un amateur du Grand Nord blanc.

— Il est allé au Canada ? Quand ça ?

— Plein de fois. Et la dernière, cette semaine.

— Vraiment ?

— D'après la douane et la police des frontières, Huger est arrivé mercredi et reparti hier. Ses points d'entrée et de sortie se trouvent être notre cher aéroport Pierre-Elliott-Trudeau.

— Il était à Montréal au moment de l'explosion d'InovoVax ?

— Oui.

Quelque chose a frétillé dans un recoin sombre de mon cerveau. *Quoi ?*

— Ça change le tableau, ai-je dit.

— Oui.

On a laissé filer un long silence.

— Écoute, Tempe. (Ryan n'utilise mon prénom que dans les cas mortellement graves.) Je veux que tu sois prudente.

— Je suis toujours prudente.

— Je ne plaisante pas.

Cette fois, Ryan a glissé de l'acier dans sa voix.

— Moi non plus.

— Ce gars-là, Huger, c'est une catastrophe.

— Qu'est-ce qui aurait pu le pousser à tuer ?

Même si j'étais d'accord.
Ryan n'avait pas la réponse.

Le Sea Biscuit Café est une tradition de l'île. La salle principale peut accueillir une vingtaine de convives, et la véranda garnie d'une moustiquaire quelques couverts de plus. Chèque ou liquide seulement. Rien n'est assorti. Les serveuses sont du coin et portent des Levi's ou des pantacourts.

Quand je suis arrivée, toutes les tables à l'intérieur étaient occupées. L'une par Vislosky, l'air furieuse, et qui sirotait un café. C'était la première fois que je la voyais en uniforme.

— Comment ça va ? ai-je demandé en accrochant mon sac à bandoulière sur le dossier de la chaise à barreaux.

— Les gens s'en donnent à cœur joie, là-bas. Mon humble opinion ? On les arrose de gaz lacrymo.

Je me suis lancée dans ma meilleure imitation d'un sourire.

— Je ne sais pas si ces trouducs se mettent dans tous leurs états pour eux-mêmes ou pour leur cabot.

— On a parlé de la capno aux infos nationales, hier soir.

Vislosky m'a foudroyée du regard.

— D'après CNN, l'épidémie n'est pas circonscrite à Charleston. Il y a des foyers à Greenville, Columbia, Beaufort…

— Il paraît que la misère des autres est un réconfort. Cela dit, je ne souhaite cette saloperie à personne.

Une serveuse est arrivée, a positionné son stylo au-dessus de son calepin. Shyla. Shyla bossait déjà au Biscuit quand Sherman avait fait campagne vers Savannah.

J'ai commandé un sandwich grillé au crabe. Vislosky, une tarte à la tomate. Elle s'est remise à parler quand Shyla est repartie.

— On reçoit un briefing tous les jours sur la capno, mais je ne pige toujours pas. D'après le CDC, ce n'est pas une maladie contagieuse. Rien à voir avec la Covid. Les gens ne peuvent pas se la refiler.

— Si j'ai bien compris, les gens sont contaminés par les chiens ou les chats.

— C'est bien ça. Sauf que, d'un côté, un type va se faire mordre et ne chopera rien, et de l'autre, un pauvre imbécile qui se fera griffer sera foutu.

— Je ne suis pas spécialiste, mais je crois avoir lu que le niveau d'immunité de l'individu est génétiquement déterminé.

— Alors comment se fait-il que soudain tout le monde chope cette merde ?

Je n'avais pas la réponse à sa question.

Tout en secouant la tête, Vislosky a pris une clé USB dans sa poche de pantalon et l'a posée entre nous. Elle y a ajouté une feuille de papier pliée.

J'ai pris la clé. Elle a arrêté mon geste d'une main de joueuse de basket.

— Je vous laisse regarder ça pour une seule et unique raison.

J'ai haussé un sourcil.

— Elle parle en putain de français.

— Melanie ?

— Nan. Brigitte Bardot.

J'ai laissé passer. J'avais d'autres chats plus importants à fouetter que les humeurs de Vislosky. Celles de Claudel ?

— Je serais heureuse de vous la traduire, ai-je offert.

— La qualité est merdique. Les *geeks* ont monté bout à bout les segments qu'ils ont pu récupérer. Alors ce n'est pas exactement du Spielberg.

Vislosky a retiré sa main et indiqué la feuille d'un coup de pouce.

— C'est la photocopie d'une page qu'on a trouvée dans le boîtier de la VHS. Peut-être que vous pourriez aussi la traduire.

J'ai pris la clé USB, la feuille, et les ai mises dans mon sac.

Pendant que nous déjeunions, je lui ai rapporté les deux nouvelles de Ryan : le Semtex et le récent passage à la frontière de Huger. Elle m'a écoutée en émettant des sons gutturaux.

Quand j'ai eu fini, elle a conclu :

— Alors ce bâtard est allé à Montréal.

J'ai hoché la tête.

— Pourquoi ?

— Aucune idée.

— Quelle est sa connexion avec Murray ?

— Je ne sais pas.

— La police des frontières n'a pas trouvé trace d'un déplacement de Murray ici ?

— Je n'ai pas demandé.

— Les flics de Montréal pensent que Huger aurait pu se faire Murray ?

— Ils envisagent beaucoup de possibilités.

Ça, c'était une citation de Ryan.

Nous avons mangé en silence pendant un moment. C'est Vislosky qui a repris la parole en premier.

— Vous voulez que je vous dise, doc ? Vous devez être une bonne personne.

— Ce qui veut dire ?

J'étais larguée. Doc ? C'était une première, ça.

— Vous vous rendez compte du nombre d'avancées qu'on a faites, sur cette affaire ?

J'ai levé une paume interrogative, toujours perdue.

— Autant de témoins qui n'ont pas bougé depuis tant d'années ? Ça n'arrive jamais.

En réalité, j'y avais déjà réfléchi.

— Dora Eisenberg est convaincue qu'elle ne retrouvera pas de boulot si elle quitte InovoVax, ai-je dit. Florence Sorg est nonagénaire et propriétaire de son immeuble depuis des décennies. Gertrude Pickle est une veuve qui a peur de vivre seule. Digger France s'est retiré dans la ville où il a connu la célébrité…

Triturant sa serviette, Vislosky a secoué la tête.

— Le seul qui a l'air d'avoir la bougeotte, c'est Huger. Ce salopard a traîné son cul au Canada.

— Il est de retour en ville, maintenant.

— Croix de bois, croix de fer, je vais coincer ce pithécanthrope, le traîner dans une grotte et rouler un énorme rocher devant l'entrée.

Ça m'allait.

— Bonne journée, lui ai-je lancé au moment de nous séparer.

— Ouais. Yop la boum. Coquillages et crustacés.

Je suis rentrée à la maison, sans anticiper la catastrophe qui m'y attendait.

La première catastrophe des deux qui devaient se produire, cette nuit-là.

Birdie ne m'a pas accueillie devant la porte. Il n'a pas répondu à mes appels. Pas normal, surtout que nous n'étions pas chez nous.

J'ai lâché mon sac sur le buffet et exploré le rez-de-chaussée. Pas de chat.

Dans la cuisine, mon cœur s'est catapulté dans ma gorge. Des empreintes sanglantes allaient des portes de la terrasse à l'escalier sur l'arrière. Je les ai suivies jusqu'à ma chambre, en l'appelant. À l'intérieur, des traînées rouges sillonnaient le sol.

— Birdie ? ai-je dit en m'efforçant de masquer ma panique.

Pas de réponse.

Je me suis mise à quatre pattes et j'ai regardé sous le lit. Deux yeux jaunes, ronds, me scrutaient dans le noir.

— Viens-là, mon grand, ai-je dit d'une voix basse, rassurante, malgré mon cœur qui cognait fort.

Le chat n'a pas bougé. Je me suis rapprochée, l'ai attrapé sous les pattes avant et doucement fait glisser vers moi.

Le pelage de sa patte arrière droite était une bouillie de fourrure rouge.

— Qu'est-ce qui t'est arrivé, mon chaton ?

Bien sûr, il n'a pas répondu.

J'ai regardé la porte-fenêtre. L'un des battants était légèrement entrouvert.

Je me suis ruée dans la salle de bain, j'ai attrapé une serviette, enveloppé le chat, récupéré sa cage de transport dans le placard et l'y ai fait entrer. Pas facile, vu son état d'agitation. Puis j'ai foncé reprendre ma voiture.

La clinique vétérinaire de Sandy Cove était à quelques minutes, sur Palm Boulevard. J'étais passée devant une dizaine de fois en allant au Harris Teeter. J'ai fait fi de toutes les limitations de vitesse. Rien à foutre. Si un flic de l'île me prenait en chasse, je le sèmerais et tant pis pour l'amende.

La salle d'attente était remplie de maîtres qui tenaient une laisse et de maîtres qui tentaient de calmer leur animal. Ils ont suivi des yeux ma progression vers le bureau, souriant poliment, espérant secrètement que mon urgence n'allait pas prolonger leur attente.

La réceptionniste – Brooke, d'après son insigne – a tout de suite emmené Birdie dans les entrailles de la clinique. Est revenue et m'a tendu un paquet de formulaires.

Je me suis assise pour les remplir. Me suis aperçue que dans la précipitation, j'avais laissé mon sac chez Anne. Une fois toutes les lignes remplies, exception faite des infos de ma carte de crédit, j'ai rendu la paperasse à Brooke et j'ai attendu avec les autres patients.

Pendant près d'une heure. Puis le véto a pointé son nez pour annoncer que mon chat souffrait de lacérations profondes à la patte arrière droite. Sans blague, Sherlock. Birdie avait été anesthésié, recousu, et on allait lui faire passer une radio.

Tout en signant un énième questionnaire, j'ai demandé si j'allais pouvoir ramener Birdie à la maison. Ça dépendait de la radio. D'accord. Et combien de temps ça allait prendre, ça ? Mon animal était le prochain sur la liste.

J'ai repris ma veille.

Des animaux et des maîtres entraient et repartaient. Surtout des chiens et des chats. Un cacatoès. Un cochon.

Encore une heure perdue. Je regrettais de ne pas avoir pris mon sac. Et mon ordi. Et la clé USB de Vislosky. Une heure plus tard, je regrettais de ne pas avoir apporté de strychnine.

Finalement, le verdict est tombé. Rien de cassé.

Il était 17 heures passées quand Brooke m'a enfin ramené mon bestiau. Cette fois, le patient était tout à fait content de sa cage de transport.

De retour à la maison, j'ai installé Bird sur mon lit. Le chat avait l'air aussi relax que s'il avait fumé un joint.

Intriguée par la façon dont il avait pu se blesser, je suis retournée dans la cuisine. J'ai repéré des traces de sang et de poils tout en bas de l'une des portes de la terrasse.

L'avais-je laissée entrouverte ? Birdie avait-il essayé de s'y faufiler et s'était-il retrouvé coincé ? Je n'étais pas du genre à négliger la sécurisation des lieux, mais là, je n'étais sûre de rien.

Un rapide sandwich jambon-fromage, puis j'ai pris la photocopie et la clé USB de Vislosky, récupéré mon ordi et me suis transportée à l'étage. Assise en tailleur sur le lit, j'ai décidé de commencer par la feuille pliée.

Je ne saurais dire à quoi je m'attendais.

En tout cas, pas à ce que je lisais.

Et pourtant si, à ma grande horreur.

38.

Samedi 20 novembre

J'ai déplié la feuille. Les lignes noires croisées au milieu laissaient penser que l'original avait été souvent plié et replié.

Un coup d'œil rapide a révélé des éléments désagréablement familiers. À deux niveaux.

Primo, l'écriture était petite, serrée, et le vocabulaire un genre de sténo d'ado.

Comme les confidences dans le journal d'Harmony Boatwright.

Deuzio, certains acronymes revenaient souvent. *ARNm. CRISPR.*

Les mêmes acronymes listés par Melanie Chalmers en 2002.

Melanie s'intéressait à la fabrication des vaccins. Tout comme sa fille, Lena, quinze ans plus tard.

Mon hypothèse horrifiante a transité vers mon cerveau antérieur.

Impossible.

J'ai continué à déchiffrer les gribouillis de gamine. Ai repéré des noms. InovoVax. Arlo Murray. GeneFree. Sullie Huger.

Pas étonnant que les filles aient connu Murray et InovoVax. Lena était venue trouver le directeur à l'usine pharmaceutique de Laval. Pareil pour Huger. Lena et Harmony l'avaient interrogé à son bureau, à l'île James.

J'ai continué à creuser mon sillon. Ai repéré des mots et des phrases qui n'apparaissaient pas dans les notes de Melanie. *Capnocytophaga canimorsus. TLR4.*

L'hypothèse a tapoté un micro cérébral.

Se pourrait-il que j'aie raison ? Un être humain peut-il vraiment être aussi diabolique ?

J'ai allumé mon ordi. Je me suis mise en ligne et j'ai accédé au site de Human Gene Database.

Le gène TLR4 code pour une protéine de la famille des récepteurs de type Toll.

Plus je lisais, plus mon hypothèse se justifiait.

Les TLR jouent un rôle important dans la reconnaissance des pathogènes et dans l'activation de l'immunité contre les agents infectieux.

Dieu du ciel !

Je suis allée dans la salle de bain boire un verre d'eau fraîche. Je suis allée voir Birdie. Je suis retournée à la photocopie de Vislosky.

C'était là. Six lignes en partant du bas. La confirmation en deux courts paragraphes.

— Bordel à queue !

J'ai attrapé mon téléphone.

Bird a soulevé les paupières à demi. Un long regard vaseux, et il les a rabaissées.

— Tu as raison, Bird, ai-je dit en faisant un effort sur moi-même pour me calmer. On connaît tous les deux la devise de Ryan. *Prudent, posé, parfaitement préparé.*

J'ai balancé mon téléphone sur l'édredon et inséré la clé de Vislosky dans le port USB. La petite chose ne contenait qu'un fichier. *Chalmervideo.mpv.*

Je l'ai téléchargé. J'ai glissé-déposé le fichier MPV dans mon appli File Viewer.

Et j'ai inspiré un bon coup.

De toute évidence, le début n'avait pas pu être récupéré. L'action démarrait *in media res.*

La première chose qui m'est venue à l'esprit, c'est que les interprétations faciales de Lizzie Griesser étaient incroyablement fidèles. La femme qui s'exprimait avait de grands yeux verts, le nez long et fin, la mâchoire effilée. Mais son dessin phénotype ne révélait pas la beauté de Melanie. Seul un menton trop proéminent l'empêchait d'être simplement sublime.

Ensuite, j'ai pensé que le décor évoquait une vidéo d'otage typique. Melanie était assise et regardait droit vers l'objectif. Elle n'était pas maquillée et ses cheveux étaient relevés sur sa tête. Derrière elle, juste un mur nu.

«… là, ça marche. En espérant que la troisième prise sera la bonne. Je ne suis pas sûre que cette partie ait bien été enregistrée à mon premier essai. Enfin : on est le 15 janvier 2002. Je m'appelle Melanie Chalmers. »

Elle s'exprimait dans un français parfait – ce que j'imaginais être un français de manuel scolaire –, avec un accent américain, pas québécois. Elle parlait sur un ton sombre et son expression était sinistre.

« J'habite à Laval, au Québec, sous le nom de Mélanie Chalamet. Je travaille… »

La bande a fait un bond en avant.

«… que nous trois depuis si longtemps. Mais s'il devait m'arriver quelque chose, mes filles méritent d'en apprendre davantage sur leur père. Pas ma douce Ella, pour elle, elle n'en saura jamais rien. (Melanie a baissé les yeux, sur ses mains, ai-je imaginé.) La triste vérité, c'est que j'ignore complètement qui peut être son père. J'avais plutôt perdu le contrôle pendant ma dernière année de licence.

« Le père de Lena s'appelait Jeff Russo. Il était dans la marine. On allait se marier, mais l'année où Lena est née, il s'est fait tuer en Irak. Il est possible que des membres de sa famille vivent toujours à… »

Une fois encore, la bande a sauté.

«… insupportable, au boulot. Arlo me harcèle constamment. Je fais cet enregistrement en français, au cas où il mettrait la main dessus. Cet abruti ne connaît pas un mot de français en dehors des menus de resto. »

Une autre coupure abrupte, un raccord sans transition.

«… pensais que cette idée m'aiderait. Aiderait mes filles. Nous rapporterait de l'argent. Mais je ne peux pas aller au bout. Trop de gens en souffriraient. C'est pour ça que je veux tout enregistrer. Au cas où… »

Une nouvelle coupure.

«… rencontrés au début des années quatre-vingt-dix, quand on travaillait tous les deux sur le Projet de génome humain, au MIT. J'étais une modeste analyste de données. Zéro diplôme du troisième cycle, alors… (Cela dit avec un soupçon d'amertume.) Arlo et Sullie, des scientifiques de premier plan, se faisaient un max. Je m'en sortais tout juste. »

Un autre regard vers le bas. Une nouvelle coupure.

«… n'étaient pas de la même espèce. Arlo était du genre macho, un m'as-tu-vu, un cascadeur qui se vantait à tout bout de champ de faire du cent cinquante à l'heure sans casque avec sa moto. Sullie était un introverti, un geignard, toujours en train de se plaindre que son père ne s'occupait pas de lui quand il était enfant. Mais dès le début, ça a matché entre eux. Ils avaient tous les deux un doctorat et une très haute estime de soi. Ils étaient tous les deux amateurs de génomique, de bateaux et de produits capillaires. (Elle a ponctué cette dernière remarque en levant les yeux au ciel.) Peut-être qu'ils étaient amants, peut-être pas. Je l'ignorais, et je m'en foutais. »

Nouvelle coupure d'image. Une altération de son ombre suggérait une source lumineuse hors champ et venant de la gauche. J'ai imaginé qu'un certain temps s'était écoulé.

«… pas très bien pourquoi les grands pontes ont daigné s'encanailler avec moi, mais nous avions pris l'habitude d'aller boire une bière tous les trois après le boulot. (Un silence.) Tout a commencé par une plaisanterie. Non, pas une plaisanterie. Un jeu. Nous nous amusions à échafauder des scénarios élaborés tournant autour de l'édition génomique. Au début, tout était hypothétique. Il se passerait quoi si ceci, si cela ? Et pour finir, Sullie… »

Un frisson glacé m'a parcouru la poitrine.

«… moyen de se faire plein de fric. Le plan était compliqué, mais en gros, il s'agissait de modifier un gène qui contrôle l'immunité envers une certaine pathologie non contagieuse. La mutation serait sans risque, puisque la maladie ne pourrait pas se répandre dans la population. On l'introduirait par le biais d'un canal pharmaceutique, comme un vaccin ou… »

Bonté divine !

«… peux pas dire avec précision quand ça a changé, mais à partir d'un certain moment, ça n'a plus du tout été un jeu de l'esprit. C'est devenu réel. Ça allait se produire. Sullie a lancé un site en 1999. GeneMe. En 2000, il nous a fait entrer, Arlo et moi, chez InovoVax grâce à un ami de son père qui était au conseil d'administration. Arlo est de Montréal. Mon rôle… »

C'était tout. Le reste était à jamais perdu.

Le frisson m'a escaladé l'échine. J'ai attrapé mon téléphone.

Ryan a répondu tout de suite.

— J'avais raison, Ryan. Bon sang, j'avais raison !

— À quel propos ?

— Huger.

— Calme-toi. Après, tu me balanceras la version de deux minutes pour ascenseur.

— Huger et Murray ont trouvé un moyen de manipuler un vaccin pour altérer le génome des individus.

Un battement de cœur.

— Peut-être *un peu* plus de détails ? a suggéré Ryan.

Je lui ai fourni une version accélérée comprenant les anciennes et les nouvelles infos. CRISPR/Cas9. Production de vaccins à ARN messager. TLR4. *Capnocytophaga canimorsus.*

— Le TLR4 est un gène qui donne l'alerte quand des bactéries étrangères pénètrent dans le corps, a clarifié Ryan quand j'en ai eu fini. CRISPR/Cas9 est un outil génétique de couper-coller.

— Exactement. Huger et Murray ont utilisé CRISPR pour remplacer la *bonne* copie du gène TLR4 par une *mauvaise* copie. Une mutation qui rend le système immunitaire partiellement aveugle à l'infection par la capno.

— Afin de permettre à Huger de vendre ses tests d'analyse génétique et ses cures homéopathiques sur Internet.

— L'enjeu devait aller largement au-delà des ventes en ligne. Huger espérait créer une vraie panique et vendre ses sites internet pour des dizaines, peut-être des centaines de millions.

Ryan a pris un instant pour digérer ce que je disais. Et puis :

— Murray et Chalmers ont été introduits chez InovoVax dans l'idée de contaminer des lots de vaccins antigrippaux spécifiques.

— Oui. Les notes de Melanie contenaient ce que Bangoboshe pense être des numéros de série. Je suis sûre qu'ils le confirmeront.

— Melanie a eu la trouille et a menacé de les dénoncer.

— Tout est sur sa vidéo, ai-je dit.

— Murray et Huger l'ont fait taire. Ella n'était qu'un dommage collatéral.

Une confirmation soudaine.

— Sorg n'a pas entendu Melanie et Murray se disputer au sujet d'un dénommé Christopher, ai-je dit. Leur discussion portait sur CRISPR.

— Quinze ans plus tard, tout ce dur labeur était sur le point de payer, a dit Ryan qui continuait de dérouler le fil. Jusqu'à ce que Lena et Harmony sortent de nulle part et se pointent au bureau de Huger avec des infos qui allaient révéler cette monstruosité.

Les oreilles de Birdie se sont dressées brutalement. Il a levé le menton et humé l'air. Je lui ai caressé la tête.

— Il y a un truc qui continue de m'intriguer, ai-je dit. Pourquoi si longtemps après les meurtres de Montréal ?

— Peut-être que Murray et Huger avaient la trouille. Peut-être qu'ils trimaient encore pour trouver comment contaminer le processus d'ARN messager.

— Peut-être qu'ils attendaient le bon moment, ai-je spéculé. La pandémie le leur a fourni.

— La Covid-19 a fait paniquer le monde entier.

J'allais abonder dans son sens quand une épouvantable possibilité m'a renversée.

— Ou peut-être qu'ils ne se sont jamais arrêtés. Peut-être que la combine capno n'est que la dernière en date d'une série…

Ryan a tout de suite pigé ce que je voulais dire.

— Ils ont peut-être déjà essayé ailleurs, et la capno est leur premier succès. Penses-y. La grippe aviaire. La grippe porcine. H1N1. Le virus du Nil occidental. La maladie du légionnaire. Ce sont juste quelques exemples qui me viennent à l'esprit.

— Mais ce sont des maladies contagieuses. Dans sa vidéo, Melanie dit que le plan était de s'en tenir aux maladies non contagieuses.

— D'accord. Et que dire de la fréquence des infections à salmonelle et à E. coli ? Ou l'effrayante maladie de la vache folle ? C'était quand, ça ?

— Je crois que le premier cas confirmé d'encéphalopathie spongiforme bovine sur le sol américain a été signalé en 2003.

Nous nous sommes tus pour nous remémorer les différentes alertes du CDC des deux dernières décennies. Une minute entière, puis j'ai changé de cap, trop épouvantée pour continuer sur le sujet.

— Tu crois que c'est Huger qui a tué Murray ? ai-je demandé.

— On a du nouveau sur Murray, grâce à Claudel. Le bon docteur aimait les grosses voitures et les bateaux rapides. Et chers. Il était endetté jusqu'au trognon.

— Il se pourrait que Huger ait considéré les problèmes financiers de Murray comme une menace. Pendant toutes ces années, leur *mode opératoire* était de se faire très discrets.

— Ou alors Murray a senti que la meute était sur ses talons, et il a décidé d'encaisser le chèque sans attendre ?

— En faisant chanter Huger ?

Quelque chose a fait un bruit sourd, dans la maison.

J'ai inspiré. Écouté. Rien. Une seule explication possible.

— Il va falloir que je te laisse. Je crois qu'Anne est rentrée.

— Tu appelleras Vislosky ?

— Oui, je vais le faire.

— Cet enfoiré de Huger pourrait faire comme ton psychopathe à Disneyland, avec sa kalachnikov.

— Crois-moi. Vislosky fait tout ce qu'elle peut pour le localiser.

— Je dormirai mieux quand elle aura réussi. Tu me tiens au courant ?

— Promis.

— Je vais prendre une douche.

— Rince-toi bien.

On a raccroché.

Je suis restée assise un long moment, mon téléphone plaqué sur la poitrine.

En bas, rien ne bougeait.

Puis, tout près, un bruit reconnaissable entre tous.

Le recul de la culasse d'un pistolet.

39.

Samedi 20 novembre

J'ai écouté de toutes les cellules de mon être.

Silence.

Impossible que ce bruit isolé ait été produit par Anne. Elle aurait annoncé son arrivée avec toute la délicatesse de l'ouragan Inara.

Avais-je imaginé le bruit ?

Puis, de l'autre côté de ma porte, un *chhhch* murmuré.

Un ventilateur de plafond oublié ?

L'air conditionné qui se mettait en route ?

Un tueur en série qui frôlait un mur ?

Je me suis levée et j'ai mis Birdie en sécurité dans la salle de bain. Puis, en me sentant un peu ridicule, j'ai composé le numéro de Vislosky.

Répondeur.

Sans raccrocher, j'ai posé l'appareil sur la table de nuit. En me déplaçant aussi silencieusement que possible, je me suis avancée jusqu'à la porte et j'ai regardé dans le couloir.

La silhouette était drapée dans l'obscurité. Et vêtue d'un survêtement noir. Les rayures blanches qui couraient le long d'une manche révélaient un avant-bras replié au niveau de la taille.

Mon cœur s'est emballé.

Un intrus ! Armé !

Mon esprit s'est fragmenté. M'enfermer dans la salle de bain avec Birdie ? Mauvaise idée. Le type n'aurait qu'à défoncer la porte, et j'étais cuite. Me faufiler sur la terrasse ? Pire. Elle était à près de huit mètres du sol. Un coup à se casser une jambe.

J'ai avancé sur la pointe des pieds vers mon téléphone pour réessayer d'appeler Vislosky. J'étais à mi-distance quand une voix m'a clouée sur place.

— Un pas de plus et je vous jure que je vous tue.

Une voix masculine. Familière. Des voyelles aussi mielleuses qu'une tarte aux noix de pécan.

— Comment êtes-vous entré dans cette maison ?

Ai-je lancé avec une assurance à des années-lumière de ce que je ressentais.

— Vous devriez vraiment faire réparer la porte de derrière.

— Vous êtes déjà venu ici.

— Il aurait été stupide de ma part de ne pas me familiariser avec les lieux. Ne pensez-vous pas, docteure Brennan ?

— Vous avez blessé mon chat !

— Je n'ai rien contre les chats. Mais le vôtre a vraiment besoin d'apprendre les bonnes manières.

— Que voulez-vous ?

Je bouillais intérieurement.

— Là, tout de suite, je veux que vous croisiez les doigts sur votre tête et que vous vous retourniez lentement.

J'ai fait ce qu'il me demandait.

Sullie Huger me tenait en joue. Avec un Glock 19.

— N'ayez pas peur.

— Je n'ai pas peur.

J'étais terrifiée. Quand on braque une arme sur vous, c'est la seule chose que vous voyez.

— Comment m'avez-vous trouvée ?

— Vous êtes une femme très intelligente. Vous auriez dû vous abstenir de partager des détails personnels avec mes employés de bureau.

Abilene Monger. Je n'ai pas répondu.

— C'est tellement regrettable qu'une telle chose doive arriver.

Huger s'exprimait avec une froideur reptilienne.

Des conseils venus d'un vieux cours d'autodéfense ont réussi à transcender ma peur. *Reste calme. Sois coopérative. Fais parler ton agresseur.*

— C'était un plan brillantissime, ai-je dit, les yeux rivés sur le cylindre d'acier glacé braqué vers ma poitrine. Je sais tout.

— C'est ce que je viens d'entendre.

— J'avais bon ?

— En grande partie, oui.

Une lueur dans son regard trahissait un abus d'alcool. Ou d'autre chose.

Fais-le parler.

— Le rôle de Melanie aurait consisté à trafiquer des lots de vaccins spécifiques, c'est ça ?

— Pauvre Melanie. Trop faible. Une grosse erreur de jugement.

— Quand elle a menacé de tout révéler, qui l'a tuée ? Murray ou vous ?

— Arlo était une deuxième malheureuse erreur.

— Mais Murray était votre acolyte.

— Mon *acolyte* – cela dit sur un ton sarcastique – s'est montré imprudent. Et trop gourmand.

— Plus le choix, vous deviez le tuer.

Huger n'a pas commenté.

— Mais Ella, une petite fille de dix ans. Pourquoi la tuer, elle ?

— Mauvais endroit, mauvais moment.

— Et elle aurait pu vous identifier.

— C'est ça.

— Pareil pour Harmony et Lena ? Mauvais endroit, mauvais moment ?

Je savais que j'aurais dû me maîtriser, flatter son ego. Mais ma révulsion avait pris le dessus.

Huger a haussé les épaules.

— Les filles ont menacé de vous dénoncer ? Ou elles en savaient juste un peu trop pour que vous couriez le risque ?

— Pour être tout à fait franc, je les ai trouvées trop culottées.

— Vous vous en étiez tiré avec le meurtre de Melanie et d'Ella, alors vous avez réutilisé une méthode éprouvée. La bonne vieille exécution, d'une balle dans la tête. Après, vous n'aviez plus qu'à les mutiler, les déshabiller, emballer les corps et les jeter à la mer.

— Au Québec, c'était un fleuve. Mais vous le savez déjà.

J'avais envie d'effacer son sourire arrogant à coups de poing. Au lieu de quoi j'ai poursuivi l'échange, les mains tellement crispées que j'en avais mal aux jointures.

— Vous saviez qu'Harmony était votre cousine ?

— Franchement, pas du tout. J'ai été très gêné d'apprendre que j'étais apparenté à une pouilleuse.

— Cette pouilleuse a bien failli vous faire tomber. Elle, et un ouragan.

Un silence, puis :

— C'est vraiment dommage que votre petit ami soit aussi loin.

Soudain, ma bouche s'est emplie de cendres. J'ai avalé ma salive.

— Ça suffit.

Le visage de Huger a pris une expression qui m'a glacé l'échine.

Sois conciliante... Jusqu'à un certain point.

Ce point était-il atteint ?

Avant que je décide quoi que ce soit, Huger a bondi, s'est plaqué contre moi et m'a appuyé le canon de son arme sur le côté du cou.

— Avancez.

Unis comme des jumeaux siamois, nous avons avancé collés-serrés dans le couloir, descendu l'escalier, traversé la cuisine et nous sommes sortis sur la terrasse. Huger était écrasé contre moi au point que je sentais le mélange d'odeurs de sa sueur, de son après-rasage et du curry qu'il avait mangé pour le dîner. Et la tension de ses muscles bandés.

Huger m'a enfoncé son Glock plus profondément dans le cou. J'ai senti sa tête pivoter à gauche, puis à droite. J'ai imaginé son regard scanner la piscine. Peut-être l'océan.

Lui filer un coup de pied dans les couilles, et sauve qui peut ? Ou lui foncer dessus ? Là encore, il ne m'a pas laissé le temps de décider.

D'un rapide mouvement, il m'a administré une poussée sur les épaules tout en me balayant les chevilles. J'ai plongé en avant et mon crâne a heurté la margelle en travertin qui entourait la piscine. Le monde s'est dissous en une brume aveuglante de douleur.

Je n'avais pas recouvré mes esprits qu'il s'était jeté sur moi à une vitesse que je n'aurais pas crue possible de la part d'un homme de son âge. Il m'a clouée au sol de tout son poids et m'a positionné la tête au-dessus de la piscine avant de l'y plonger.

J'ai été submergée par une décharge d'adrénaline.

Je me suis tortillée pour me libérer, mais Huger a réussi à m'immobiliser les bras et les jambes.

Ma poitrine a commencé à me brûler.

Combien de temps peut-on survivre sans oxygène ? Une minute ? Trois ?

Un fragment rationnel de mon cerveau en vrille s'est fait entendre.

Ne panique pas !

Futile. La terreur oblitérait toute logique.

Je ne pouvais pas respirer. Pas crier. Pas me débattre. Rien d'autre n'existait que le besoin impérieux de respirer.

Depuis quand étais-je sous l'eau ? Une minute ? Quatre-vingt-dix secondes ?

De drôles d'images sont apparues. Mon corps dans un linceul de plastique bleu à l'intérieur d'un conteneur en polypropylène. Un pêcheur surpris qui me remontait dans ses filets.

J'ai perdu toute notion du temps.

Deux minutes ?

Des nuages noirs ont commencé à s'amonceler derrière mes paupières fermées. À s'unir. J'étais en train de franchir les limites de la conscience.

Puis l'instinct de survie a pris le dessus. J'ai intériorisé ma peur, donné une ruade enragée avec le haut de mon corps. Réussi à libérer un bras. Je l'ai plongé dans la piscine, insensible à la douleur de ma main qui s'était écorchée contre la pierre.

Huger m'a enfoncé la tête plus profondément dans l'eau.

À tâtons, avec mes doigts à moitié engourdis, j'ai localisé quelque chose à une quinzaine de centimètres sous la margelle. L'écumeur. J'ai appuyé ma paume sur la partie horizontale du boîtier et poussé vers le haut avec toute la force dont j'étais encore capable.

Cette fois, l'élément de surprise a joué en ma faveur. Déstabilisé par la réorientation soudaine de mon torse, Huger a relâché la pression à l'arrière de mon crâne. J'en ai profité pour faire un bond de carpe, retourner mes bras et mes jambes et sortir ma tête de l'eau comme une dingue.

Le mouvement soudain a envoyé valdinguer mon agresseur sur la terrasse en bois.

J'ai hissé ma tête au-dessus de l'eau et avalé tout l'air que je pouvais. De l'air à tout prix. La vie à tout prix.

Huger m'a attrapée par les cheveux pour m'entraîner sous l'eau. Suffocante, je me suis débattue et j'ai contre-attaqué en lui plantant mon pouce dans l'œil. Il a reculé avec un jappement de douleur.

En ravalant une vague de nausée, je me suis hissée sur mes quatre fers et j'ai reculé comme un crabe.

Au loin, une sirène a hurlé. Ou alors c'était une hallucination auditive, la conséquence de la privation d'oxygène.

Un troupeau de neurones continuait de recevoir et de traiter des données.

L'arme ! Où est l'arme ! ?

J'ai balayé la terrasse du regard. Pas de Glock.

Je me suis remise péniblement debout, les jambes en coton, et me suis penchée pour regarder sous la chaise longue la plus proche. Pas d'arme.

Comprenant ce que je cherchais, Huger s'est redressé d'un bond, m'a sauté dessus et filé un coup de tête dans le bide. Les bras décrivant des moulinets, les poumons en feu, j'ai trébuché en arrière, Huger toujours accroché à moi comme une sangsue. D'une main erratique, j'ai effleuré l'une des fougères en pot d'Anne. J'ai enroulé ma main autour de la tige, décrit une parabole avec la plante et percuté Huger sur la tempe.

Il a crié mais pas lâché. Nous sommes tombés tous les deux. Mon crâne a encaissé deux fois, devant et derrière. Tandis que mon occiput rencontrait le travertin, Huger m'a quasiment assommée avec son front.

Ma vision s'est troublée. Des échardes de douleur lardaient chaque lobe de mon cerveau.

Toujours soudés l'un à l'autre, nous avons roulé au milieu d'un chaos agité de pots brisés, de terre répandue et de feuilles arrachées. J'étais en forme. Mais il me mettait bien vingt kilos dans la vue. Et même s'il avait quelques années de plus, il était sacrément costaud.

Après moult suées, grognements et échanges de coups, Huger s'est mis à califourchon sur moi, a planté ses genoux sur mes bras et m'a serré la gorge avec la force d'un étau. J'ai regardé son visage. Une veine gonflée, sinueuse, palpitait sur son front. Sous la veine, ses yeux étaient morts et sans âme. Pas un regard humain. Des yeux maléfiques. Pareils à deux trous noirs.

Désespérée, j'ai planté mes deux mains sur ses poignets. Il a libéré un de ses bras et posé la tranche de sa main sur mon larynx. Je lui ai décoché un coup de coude dans les tripes, puis, vicieusement, je lui ai asséné une série de coups de poing qui l'ont fait lâcher. Sifflante et tremblante, j'ai roulé sur le côté et détalé.

L'arme !

Je l'ai cherchée des yeux, frénétiquement.

Des sirènes hurlaient à tue-tête. Des vraies sirènes.

Huger m'a à nouveau sauté dessus. Je l'ai à nouveau esquivé.

Joue selon les règles de ton agresseur ! m'ont hurlé mes neurones.

J'ai inspiré une énorme goulée d'air, me suis jetée en avant et, me servant de ma tête comme d'un marteau-pilon, j'ai heurté le visage de Huger avec le sommet de mon crâne. J'ai entendu le craquement répugnant de son os nasal. Un hurlement furieux. Un bruit mat quand son corps a volé en arrière avant de s'affaisser.

Dans l'allée, des bruits de portières qui s'ouvraient. Sans se refermer.

Les flics !

J'ai regardé Huger. Du sang jaillissait de son nez explosé et de sa lèvre inférieure fendue.

Un ordre crié dehors. Une réponse brève.

Huger a craché une salive sanguinolente et des dents cassées. Il s'est couvert la bouche du dos de la main.

Des pas sonores dans l'escalier à l'arrière. D'autres qui résonnaient dans toute la maison.

— Vous avez tout foutu en l'air, a grogné Huger, vaincu.

— Ce fut un plaisir.

Au moment où un uniforme apparaissait sur la dernière marche, Vislosky est arrivée au pas de charge depuis la cuisine. Tous deux tenaient leur arme à deux mains, au niveau du menton.

Vislosky s'est arrêtée devant la porte-fenêtre. Tendue. Prête. Puis, un léger relâchement de sa colonne vertébrale.

— Ça va ? m'a-t-elle demandé en gardant l'œil et le pistolet braqués sur Huger.

J'ai hoché la tête.

— Il y a un Glock quelque part.

— Baisse ton flingue ! a crié Vislosky à son renfort. Arme dans la zone ! Mais d'abord, passe les bracelets au type qui a des problèmes de dents.

L'agent en uniforme a menotté Huger et l'a confié à son équipier.

— Vous avez besoin d'une ambulance ? m'a demandé Vislosky.

— Non.

— Je crois que oui.

— Il vous est déjà arrivé de vous tromper.

— J'en appelle une quand même.

Ce qu'elle a fait, avant de m'aider à me traîner, tandis que je boitais jusqu'à la cuisine.

— Vous êtes très amochée, a-t-elle dit une fois que j'ai été installée aussi confortablement que possible.

J'ai hoché la tête. Retenu un *aïe.*

— Comment avez-vous fait pour arriver aussi vite ?

— J'étais sur le pont à Mount Pleasant quand vous avez appelé. Bon *timing.*

— Merci.

Je me suis retournée et j'ai vomi dans le vase en verre de Murano d'Anne.

40.

Jeudi 25 novembre

Ni Vislosky ni moi n'avions été submergées d'invitations. Étant canadien, Ryan n'avait rien de prévu. Et dire qu'Anne avait été insistante serait revenu à dire que les Alliés avaient fait une virée en Normandie.

Une fois que nous avons tous accepté, elle s'est investie dans la métamorphose du rez-de-chaussée et elle s'est surpassée. Les murs disparaissaient derrière des décorations kitsch sur le thème de la moisson. Des courges séchées remplies de chrysanthèmes, des cartons représentant le *Mayflower*, des citrouilles et des dindes en céramique, des figurines de pèlerins et d'Amérindiens occupaient tous les plans horizontaux. Des bougies parfumées et des diffuseurs saturaient l'air d'odeurs d'épices et de tarte aux pommes.

Nous nous sommes installés à 17 heures. Chaque millimètre de la table était couvert de plats et de saladiers débordant des meilleurs mets de saison. Dinde. Farce. Sauce aux canneberges. Patates douces nappées de marshmallow. Moulages de gelée aromatisée. Vous voyez le topo.

Anne régnait à la place d'honneur, en bout de table. J'étais assise à sa gauche, à côté de Ryan. Vislosky était en face de moi, avec une chaise vide à sa droite. Aucun tsunami de cajoleries n'avait pu faire révéler à Anne l'identité de l'invité absent.

Nous venions de remplir nos assiettes quand Anne a suggéré une variante d'un exercice que maman nous imposait à ma sœur Harry et moi à l'heure des repas, un jeu qui consistait à dire ce qui nous faisait « chaud au cœur » ou le transformait en « hérisson de glace », comme elle disait. Je n'étais pas insensible, enfant. Mais je détestais étaler mes sentiments sur la place publique. C'est toujours le cas.

— Je vais commencer, a lancé Anne. En ce jour de Thanksgiving, je suis reconnaissante de ce temps si merveilleux, de me trouver dans le plus bel endroit de la planète créé par Dieu, et de passer ce moment en compagnie de mes chers amis, anciens et nouveaux.

Anne a levé son verre en direction de Ryan.

— Je suis reconnaissant pour l'adorable et brillante dame qui se trouve à ma droite. J'espère qu'elle fera toujours partie de ma vie.

L'adorable et brillante dame a gardé les yeux rivés sur la dinde en plastique placée à côté de son napperon. En se demandant ce qui la réjouissait.

— Tempe ? a fait Anne sur un ton pressant.

— Je suis reconnaissante que personne ne m'ait charriée au sujet de ma tronche. À part Ryan et son allusion à Dark Vador.

— Et celle d'Anne à Vil Coyote et au râteau, a complété Vislosky.

— Oui, ça aussi.

— Tonia ? a dit Anne après m'avoir foudroyée du regard.

— Je suis reconnaissante qu'on ait foutu Huger au trou, a-t-elle fait sur un ton bourru. Passez-moi les canneberges.

Visiblement, l'enthousiasme de Vislosky était à la hauteur du mien.

Rien n'est venu de la chaise vide.

Anne, avec un soupir théâtral :

— Très bien. J'imagine qu'on va en rester là pour les messages de gratitude. Bon. Parlons de Huger.

Pas le chemin divergent que j'aurais choisi.

— Laissez-moi récapituler, a-t-elle poursuivi en pointant un ongle verni sur moi. Huger pimentait des vaccins avec un virus qui attaquait, quoi déjà ?

— Les cellules épithéliales.

Anne a ouvert des yeux ronds comme des soucoupes. Débordantes de chardonnay. Je ne la jugeais pas. C'était Thanksgiving et elle avait cuisiné toute la semaine.

— Les vaisseaux sanguins, ai-je explicité.

— Comment ça marche, déjà ?

A demandé Vislosky avec un retroussis du coin de la bouche. Je l'ai soupçonnée de poser cette question pour appâter Anne plutôt que pour obtenir des détails.

— Le virus transmettait le CRISPR/Cas9 qui découpait l'ADN et remplaçait le gène qui protège normalement d'une contamination à la capno.

J'ai mimé une paire de ciseaux avec les doigts d'une main. Puis, relevant le défi de Vislosky, j'ai élaboré :

— Spécifiquement, les cellules sanguines étaient modifiées de façon à générer une molécule adhérente qui permettait à la bactérie de se fixer et de croître.

— Ça, quand on avait été mordu ou griffé par un animal, a dit Anne.

— Ouais.

— Une fois les vaisseaux sanguins modifiés, était-il possible d'inverser le processus ? a demandé Ryan.

— Non. Le virus de Huger ciblait les cellules souches, et la modification devenait permanente.

J'ai plissé les yeux pour lui faire comprendre qu'il avait intérêt à changer de sujet. Ce qu'il n'a pas fait.

— C'est là que GeneFree intervenait ?

— Oui.

Ai-je dit en embrochant une olive avec un peu trop d'énergie.

— Comment ?

— Ouais, comment ? a répété Anne.

— Les tests de Huger pouvaient déterminer où vous vous situiez, votre animal et vous.

— Et alors ?

— Alors, ai-je soupiré, résignée au fait que, malgré ma réprobation, on allait parler de ça. Si Lassie était infectée par la capno, l'un des autres sites de Huger pouvait vous fournir la potion magique pour la guérir. Et si les tests déterminaient que vous étiez porteur du gène qui vous rendait vulnérable, GeneFree avait la baguette magique qui permettait de bloquer l'adhérence de cette méchante petite molécule.

— Huger espérait, grâce à tout ça, vendre ses sites internet pour des millions à une grosse firme, a dit Anne.

— Et décrocher le jackpot, a fait Vislosky avec dégoût.

— Le rôle de Melanie aurait été de trafiquer certains lots de vaccin. Quand elle a voulu renoncer et tout exposer sur la place publique, Murray et Huger l'ont éliminée. Et cette pauvre petite Ella a seulement eu la malchance d'être avec sa mère ce jour-là.

La révulsion d'Anne était aussi palpable que celle de Vislosky.

— Et qui a trafiqué le système pour que Melanie puisse travailler au Canada sans visa ? a demandé Vislosky.

— À moins que Huger ne nous le dise, on ne le saura peut-être jamais. Même s'il apparaît qu'il a fait jouer un lien de famille pour obtenir les postes chez InovoVax. Ce n'est pas ce que disait Melanie, dans la vidéo ? s'est enquis Ryan en se tournant vers moi.

— Oui. Et elle a fait allusion à un lien bizarre entre Huger et Murray. En gros, c'était comme s'ils se nourrissaient l'un de l'autre. Murray était un flambeur qui se la pétait avec ses grosses voitures et ses hors-bord. Huger était un introverti, plein d'amertume, qui en voulait à ses parents de ne pas s'être occupés de lui après la mort de son frère.

— C'est ça, a ricané Vislosky. La faute aux parents.

— Après l'assassinat de Melanie, Murray a probablement altéré les lots de vaccin lui-même, ai-je ajouté. Dora Eisenberg a dit qu'il était chez InovoVax quasiment vingt-quatre heures sur vingt-quatre, tous les jours de la semaine.

Anne a formulé la question que Ryan et moi nous étions posée :

— Vous ne pensez pas qu'ils ont pu effectuer d'autres tentatives au cours des quinze années qui séparent les meurtres de Montréal et ceux de Charleston ?

— Ça aussi, à moins que Huger ne se mette à table, on risque de ne jamais le savoir, ai-je répondu.

— Comment peut-on faire quelque chose d'aussi diabolique ? a demandé Anne, qui y mettait beaucoup trop d'émotion.

— Peut-être que le plan a évolué, comme l'insinuait Melanie. (Je réfléchissais à haute voix, traversée par un flux de pensées.) C'était deux hommes brillants, talentueux. Murray rêvait d'argent et d'adulation. Huger était mû par le besoin de se prouver des choses, à lui-même d'une façon générale, et à ses parents en particulier. Il avait une dent contre son père qui avait dilapidé la fortune familiale, et voulait montrer qu'il pouvait la récupérer. Peut-être que s'ils ne s'étaient pas rencontrés, ils n'auraient jamais agi comme ça. Mais ensemble, ces deux catalyseurs que sont la frustration et l'avidité ont mené au meurtre.

— Comment dit-on sacs à merde tout en majuscules ? a demandé Anne.

— Injection létale.

Vislosky s'est enfourné dans le bec une bouchée de dinde de la taille du Kansas.

— Huger doit risquer une tonne de chefs d'inculpation ? a fait Anne en s'adressant à Ryan.

— Tromperie ou fraude à l'étiquetage. Introduction de substances frelatées dans le commerce inter-États. Enlèvement. Tentative de meurtre. Meurtre. Le Canada va faire pression pour le faire extrader.

— Aucune chance, a répliqué Vislosky d'un ton cinglant. Huger reste là où il est, aux États-Unis d'Amérique. En Caroline du Sud, un État qui applique la peine de mort.

— Il y a un moyen de relier Huger à l'explosion chez InovoVax ? À part le fait qu'il était très commodément à *Montréal* – Anne a exagéré l'accent français – au moment où elle s'est produite ?

— Claudel espère le relier à l'achat du Semtex, a répondu Ryan.

— Je bois au *détective* !

Anne a levé son verre et nous avons tous trinqué à la santé de Claudel.

— Est-ce qu'il dit quelque chose, au moins ? a repris Anne, qui était lancée. Huger, pas Claudel.

Vislosky a haussé une épaule.

— Suivant les recommandations de son conseiller, ce salaud reste très évasif. Son avocat a souligné, et il a malheureusement raison, qu'on a très peu de preuves matérielles pour le relier aux homicides. Ou au sabotage, pour être franc. Notre meilleure chance est peut-être l'agression et tentative de meurtre par noyade sur la personne de Tempe. Là, c'est du solide.

— Pourquoi ne s'est-il pas contenté de l'abattre d'une balle dans la tête, comme les autres ?

— Beaucoup de gens étaient au courant de l'enquête que menait Tempe, a dit Vislosky. Cette fois-ci, ça devait ressembler à un accident.

— N'oubliez pas les meurtres des jeunes femmes.

On a toutes regardé Ryan.

— Un informaticien à Montréal a réussi à récupérer quelques messages téléphoniques dans le Samsung Galaxy retrouvé dans les décombres d'InovoVax.

— Le téléphone de Murray ? ai-je demandé.

— Ouais. L'un des messages a été laissé par un appelant avec l'indicatif 843.

— Ça doit être Huger. On pourrait retracer le numéro et probablement identifier la voix.

— D'après le technicien, l'interlocuteur avait l'air *furieux*, a-t-il dit en français, et toute traduction était inutile.

Nous avons attendu que Ryan sorte son téléphone, fasse défiler l'écran et lise :

— Je cite : « Port de Charleston deux. Saint-Laurent deux. Laurier zéro. Score équilibré, trou du cul ? »

— Bordel ! De quand ça date ? ai-je demandé.

— Du 1er novembre.

— Trois jours après le délit de fuite.

Ryan a acquiescé.

— Murray a dû dire à Huger que je rouvrais l'enquête sur les victimes du conteneur. Huger lui a ordonné soit de me foutre la trouille soit de m'éliminer. Mais comment était-il au courant ? ai-je demandé.

— Cheveux Carotte.

Trois paires d'yeux se sont de nouveau braquées sur Ryan.

— Laura Bianchi. La journaliste qui s'est pointée à l'exhumation.

— Bien sûr ! me suis-je exclamée.

Ce qui a imposé quelques éclaircissements au sujet de la photo et de l'article dans la *Gazette*. Mon explication terminée, j'ai repris le fil, plus résolue que jamais :

— Donc. Bears ou Panthers ?

Les autres m'ont regardée comme si je venais de m'exprimer en sumérien ancien.

— Chicago joue contre la Caroline ce week-end. Vous soutenez qui ?

— Oh, mon Dieu !

Les yeux comme des hublots, Anne s'est levée :

— On arrive quasiment au dessert, mais avant j'ai quelque chose qui pourrait bien faire sauter vos plombages.

Sur cette déclaration, elle a disparu derrière les portes battantes et réapparu quelques minutes plus tard, le postérieur en premier, avec un truc assez volumineux qu'elle tenait à pleins bras.

Elle s'est retournée et a déclaré :

— Je vous présente Anne. Même nom, aucun lien de parenté.

La non-parente d'Anne était un mannequin féminin réduit à un buste, un cou et une tête. Sous nos regards éberlués, Anne a installé sa non-parente sur la chaise libre et l'a bien calée contre la table.

La vue de la nouvelle arrivante a fait naître un certain malaise.

J'ai étudié les traits du mannequin, et mon inconfort s'est intensifié. Une sensation similaire à celle que j'avais éprouvée la première fois que j'avais vu les photos de Polly Beecroft.

Tilt ! Je me suis exclamée :

— Resusci Annie !

— Alias RCP Annie, pour réanimation cardio-pulmonaire, a précisé Anne, rayonnante. Cette dame a été embrassée par plus de gens que la Pierre de Blarney.

Ryan et Vislosky avaient l'air complètement perdus.

— C'est un mannequin pour s'entraîner au bouche-à-bouche, ai-je expliqué. Mais qu'est-ce que...

Anne m'a interrompue.

— Tout le monde est au courant pour *L'Inconnue,* non ?

— La femme non identifiée repêchée dans la Seine il y a un siècle, a précisé Vislosky.

— Malheureusement, je n'ai pas réussi à lui donner un nom et j'ignore la cause de sa mort. En revanche, j'ai appris une petite anecdote au sujet de son masque mortuaire.

Personne n'a bronché.

— Il y a une soixantaine d'années, un médecin autrichien appelé Peter Safar a jeté les bases de la réanimation cardio-pulmonaire. Pour faire court, Safar a demandé à un fabricant de jouets norvégien, Asmund Laerdal, de concevoir un mannequin de taille humaine destiné à l'entraînement. Pensant que les hommes seraient réticents à faire du bouche-à-bouche à un mannequin masculin, Laerdal a décidé que la poupée serait féminine. À ce qu'on raconte, il a vu *L'Inconnue* sur un mur, l'a trouvée d'une grande beauté, et il a utilisé son masque comme modèle.

Anne a tapoté la tête de son invitée.

— Depuis lors, des millions d'individus ont appris à pratiquer la respiration artificielle avec cette charmante jeune fille.

— J'en ai fait partie.

Maintenant, je comprenais pourquoi Polly et ses parentes m'avaient semblé si familières !

— Où l'as-tu trouvée ?

— Comme tu le sais, je suis allée à Savannah la semaine dernière, voir Josh sur son tournage. Josh, c'est mon fils, a-t-elle précisé à l'intention des autres. Il est acteur et il jouait le rôle d'un médecin dans un feuilleton. La scène se passait dans un bloc opératoire, et ce mannequin de secourisme se trouvait dans un coin. Je venais de tomber sur l'histoire de Resusci Annie, alors quand l'équipe de tournage a démonté le décor, j'ai demandé si je pouvais l'avoir. Ils m'ont dit : oh oui, ça fera un accessoire de moins à trimballer.

Anne est retournée s'asseoir pour prendre une lampée de vin.

— Je ne laisse pas tomber, remarquez. Mais pour l'instant, je me contente d'espérer que Polly sera heureuse d'apprendre que son aïeule – enfin, *peut-être* aïeule – a contribué à sauver la vie d'un tas de gens.

— J'en suis certaine, ai-je dit.

Tout le monde s'est mis à débarrasser la table et à emballer les restes. Puis Anne a servi une tarte à la citrouille, on a pris le café et on est sortis sur la terrasse.

Le pot de fleurs brisé n'était plus là et le mobilier avait retrouvé sa disposition habituelle. On ne voyait plus trace du combat à la vie à la mort qui s'était déroulé ici à peine cinq jours plus tôt.

À part ma face d'Anakin Skywalker.

Je me suis installée dans l'un des rocking-chairs de Pawleys Island. Ryan a pris le voisin du mien.

La lune, pleine et du même orange que les citrouilles de designer d'Anne, était très basse dans le ciel. Un triangle ambré brillait sur l'eau, de l'horizon jusqu'au rivage.

Inévitablement, la conversation est repartie sur Huger et son projet de tirer profit du malheur des autres. Le monstrueux détournement qu'il avait fait de sa connaissance de la génomique humaine.

Nous avons débattu des splendeurs et du pouvoir de la molécule à double hélice.

Nous avons fait le constat, avec émerveillement d'abord, que le fait de partager des paires de base avait donné à Polly et Harriet, à leur grand-tante et leur grand-mère, des traits identiques.

Puis qu'un chromosome malveillant avait refilé le syndrome de Silver-Russell à Tereza Deacon, pathologie qui avait déformé son corps et façonné sa courte vie.

Et enfin, chose ironique, que ç'avait été la seule percée véritablement importante dans l'enquête sur les affaires de conteneurs.

La généalogie génétique avait relié Aubrey Sullivan Huger à la plus jeune de ses victimes, Harmony Boatwright.

C'est son propre ADN qui avait trahi l'assassin.

Épilogue

La Terre avait tourné sur elle-même et décrit une révolution complète. Une nouvelle année commençait.

3 janvier

Je terminais les restes d'un plat chinois à emporter en me disant qu'il fallait que je prenne rendez-vous chez le coiffeur quand des pas se sont fait entendre sur les marches de derrière. Des pas lourds.

Je me suis levée pour aller jeter un coup d'œil dehors.

Katy se tenait sur ma terrasse, en tenue de camouflage du désert, treillis, bottes et lunettes d'aviateur. Un sac de l'armée était posé à ses pieds et elle avait un sac à dos passé sur l'épaule gauche.

Elle avait l'air mince et bronzée. Sûre d'elle. Rien à voir avec l'enfant perturbée qui s'était engagée il y avait quatre longues années.

J'ai ravalé mes larmes de joie et ouvert la porte.

— Sergent Petersons au rapport !

Avec un immense sourire, elle a enlevé ses lunettes de soleil et les a pointées sur moi.

— Tu as intérêt à avoir des biscuits aux pépites de chocolat, soldat.

J'ai jeté mes bras autour de ma fille, son gros sac à dos compris.

— Je t'aime, ma chérie, ai-je chuchoté. Je suis tellement fière de toi.

C'est ce que je lui ai dit. Et souvent répété pendant tout le temps de son séjour.

Le retour de Katy m'a apporté plus de bonheur que je ne saurais dire. Mais sa présence a ravivé le souvenir d'autres filles. D'autres mères.

J'avais pris congé de la mort, brièvement. Un sursis au parfum de vacances.

À présent, j'étais prête.

J'ai passé deux coups de fil.

10 janvier

Tôt le matin, mon téléphone a sonné. La nouvelle était encore meilleure que je ne l'espérais.

Vislosky avait réussi à trouver l'adresse de Bonnie Bird Boatwright. Depuis six ans, la mère d'Harmony vivait dans une communauté pour femmes, dans le nord du Minnesota.

Bonnie Bird avait demandé que les restes de sa fille soient transférés de la morgue de Charleston à un funérarium de Nashville. Elle avait acheté deux pierres tombales et deux concessions l'une à côté de l'autre. Une pour elle. Une pour Harmony.

22 janvier

Mon téléphone a sonné au moment où je revenais de déposer Katy à l'aéroport. Cette fois, la nouvelle était mitigée.

À contrecœur, le directeur du cimetière, Rémi Arbour, avait accédé à ma requête de contacter Ariel, la femme que j'avais rencontrée au Repos Saint-François d'Assise – celle qui m'avait donné une petite carte de prière pour que je la glisse dans la housse mortuaire qui devait se révéler être celle d'Ella. En entendant le français sifflant, nasal, d'Ariel, un flot de souvenirs de cette journée de 2010 m'était revenu. Le cimetière. Les stèles, avec leurs tristes inscriptions.

LSJML-41207 Ossements féminins non identifiés.

LSJML-41208 Ossements d'enfant non identifiés.

Il avait une bonne et une mauvaise nouvelle.

La bonne : Ariel Caldrea était toujours investie dans l'église de la rue Sherbrooke. Des paroissiens continuaient à assister à des enterrements anonymes à Saint-François.

La mauvaise : Florence Sorg refusait de s'occuper de l'enterrement de Melanie et Ella. Ariel avait eu beau faire, elle n'avait pas réussi à trouver un autre membre de la famille Chalamet/Chalmers.

Un peu de bien pour compenser : Melanie et Ella étant du Massachusetts, et citoyennes américaines, Ariel avait trouvé un cimetière de Boston qui acceptait de leur offrir une tombe et une stèle, ainsi qu'une église qui déléguerait les services d'un prêtre.

Si je donnais mon accord, Pierre LaManche remettrait les restes au Québec. Ebony Herrin les remettrait à Charleston. Enfin, Melanie, Ella et Lena auraient une stèle qui porterait leur nom.

Quand j'en ai parlé à Ariel, elle a attribué cette fin heureuse à mère Mary MacKillop, la sainte patronne des petites filles maltraitées.

Je n'en étais pas aussi sûre.

Ça n'avait pas d'importance.

Trois filles reposeraient auprès de leurs mères pour l'éternité.

Remerciements

Comme toujours, nombreux sont ceux et celles qui ont eu la générosité de me communiquer les informations dont j'avais besoin pour assurer l'exactitude de ce livre.

Qu'ils soient ici remerciés.

Le Dr Andrew Rasmussen, du département de biologie de l'université Mount St. Joseph de Cincinnati, pour ses précieux éclaircissements sur la génétique moléculaire et l'édition du génome.

La Dre Susan Erin Presnell, qui m'a décrit la morgue et le fonctionnement du département de pathologie du MUSC, l'hôpital universitaire de Caroline du Sud, à Charleston. Un grand merci à Isabelle Comtois, formidable *technicienne d'autopsie*, pour la patience infinie avec laquelle elle a répondu à mes questions sur les mises à jour des procédures au Bureau du coroner et au LSJML, le Laboratoire de sciences judiciaires et de médecine légale de Montréal.

Mes meilleures amies pour toujours dans le domaine de l'anthropologie médico-légale, les Dres Leslie Eisenberg, Diane France, Madeleine Hinkes, Elizabeth Murray et Marcella Sorg, qui ont répondu à mes innombrables questions sur les os, les fractures et la décomposition des corps. Le Dr William Rodriguez, pour avoir partagé avec moi ses connaissances sur les bernacles, les limaces de mer et autres créatures des profondeurs.

Mes meilleures amies pour toujours plus au nord, Dorothée Berryman, Mélanie Kau, Pauline Normand et Suzanne Vachon (on nous a même surnommées « L'équipe de choc ! » dans une publication), qui m'ont magnifiquement pilotée sur tous les sujets québécois.

Enfin, Denmar Dixon, pour ses tuyaux sur les bateaux Cigarette, et Bill Hurley, qui m'a fait naviguer de Dorval à Saint-Anicet.

Mon assistante, Melissa Fish, a fait trop de choses pour que je les énumère ici.

Je dois un immense merci à mes éditeurs, Rick Horgan aux États-Unis, Laurie Grassi au Canada et Bethan Jones en Grande-Bretagne. Vous êtes tous formidables.

Je tiens aussi à remercier tous ceux qui se donnent tant de mal pour moi. Chez moi, aux États-Unis : Nan Graham, Roz Lippel, Jaya Miceli, Brian Belfiglio, Abigail Novak, Brianna Yamashita et Katie Rizzo. De l'autre côté de la mare aux canards : Ian Chapman, Suzanne Baboneau, Harriett Collins, Rich Vlietstra, Justine Gold, Polly Osborn et Gill Richardson. Au nord du quarante-neuvième parallèle : Kevin Hanson, Nita Pronovost, Felicia Quon, Adria Iwasutiak, Jillian Levick, and Greg Tilney. Et tant d'autres, si nombreux que je ne peux tous les citer.

Je suis très reconnaissante à mes conseils juridiques, Deneen Howell et Robert Barnett chez Williams and Connolly, LLP. Merci de m'épauler. Et merci à ma famille, pour sa patience infinie, ainsi qu'à Skinny et Turk.

Je serre très fort dans mes bras, à les étouffer, tous mes lecteurs. C'est très réconfortant de vous savoir aussi loyaux envers Tempe. J'espère pouvoir vous retrouver dans un proche avenir pour des signatures et des apparitions publiques. En attendant, vous pouvez me retrouver sur mon site (KathyReichs.com), me *liker* sur Facebook, et me suivre sur Twitter (@kathyreichs) et Instagram (@kathyreichs). Vous êtes ma raison d'écrire !

Si j'ai oublié de remercier quelqu'un à qui j'aurais dû exprimer ma gratitude, je lui prie d'accepter mes excuses. Et si vous repérez des erreurs dans mon livre, j'en suis seule responsable.

Ce livre existe grâce au travail de toute une équipe.

Communication : Caroline Babulle, Sandrine Perrier-Replein, Typhaine Maison, Adélaïde Yvert.

Coordination éditoriale et administrative : Céline Poiteaux, Martine Rivierre.

Studio : Pascaline Bressan, Barbara Cassouto-Lhenry, Joël Renaudat.

Fabrication : Muriel Le Ménez, Céline Ducournau, Bernadette Cristini, Sophia Paroussoglou, Phousa Chantharath, Isabelle Goulhot.

Correction : Emmanuelle Coppeaux, Valérie Gautheron.

Commercial, relation libraires et marketing : Laetitia Beauvillain, Élise Iwasinta, Morgane Rissel, Perrine Therond, Aurélie Scart.

Cessions de droits : Isabelle Votier, Benita Edzard, Lucile Besse, Sonia Guerreiro.

Gestion : Sophie Veisseyre, Chloé Hocquet, Isabelle Déxès, Camille Douin.

Service auteurs : Viviane Ouadenni, Jean-François Rechtman, Catherine Reimbold.

Ressources humaines : Mylène Bourreau.

Juridique : Juliane Charbois, Laëtitia Doré, Anaïs Rebouh, Valérie Robe, Julia Crosnier.

Diffusion : Aurélia Spalacci, Nadine Eugénie, Céline Pitt, Arnaud Weill, Hervé Adamczyk, Annie Bourgade, Éric Charpentier, Gilles Couillard, Sandrine Ducrocq, Élisabeth Ehlinger, Guillaume Loras, Jean-Philippe Pilloux, Philippe Maulnier, Gilles Torché, Élisabeth Gastaldo, Jean-Pierre Stephany (Belgique), Olivier Béguin (Suisse), Emmanuelle Cadot, Virginie Godet et Caroline Pan.

Avec le soutien des équipes d'Interforum et d'Editis qui participent à la création, la diffusion et la distribution de ce livre.

Canoros Vehit Canentes

pca
cmb
édition pré-presse
livres numériques

44400 Rezé

MIXTE
Papier issu de sources responsables
FSC® C003309
FSC www.fsc.org

L'éditeur de cet ouvrage s'engage dans une démarche de certification FSC® qui contribue à la préservation des forêts pour les générations futures.

Pour en savoir plus :
www.editis.com/engagement-rse/

Cet ouvrage a été achevé d'imprimer en avril 2022
sur les presses de Normandie Roto Impression s.a.s.
61250 Lonrai (Orne)
N° d'édition : 63777/01 - N° d'impression : 2201673

Imprimé en France